跨度长篇小说文库

Kuadu Novel Series

跨度长篇小说文库
Kuadu Novel Series

裸绿

the Nude Green

李世君
◎著

中国文史出版社

目　　录

上卷　代　价

下卷　上　路

有一种色彩藏在五彩斑斓之中，这就是裸绿，裸绿不显山露水，却时时以耐人寻味的柔和被人们喜爱，它是中性的，从不以大红大紫夺人，它是人们心之所向的善良的代名词。

如果把它比作植物，这种植物的生命力极强，却需要得很少，它不受条件限制，只要有水它就生长，而且茂盛。它是那么坚韧，那么顽强，它的一生都是为他人活着，以绿色给人朝气，对于有害于人们的毒素，它顽强地抵制，它以温雅的形象博得人们喜爱。

上卷　代　价

人生总是希望与失望交织，快乐和痛苦交融。没有持之以恒的精神追求，是大多数人的悲哀。

第一章　夜　雨

天黑得厉害，伸手不见五指的夜空，被密匝匝的乌云挤压着。

我心里憋闷得难受，我尽全力地张开手指，想抓挠胸脯。我的手哆哆嗦嗦，向胸脯伸去，这一时竟然软下来，没了力气，怎么抬都抬不起来。

我喘息了一会儿，又开始把手往胸脯上伸。好，摸到了，我摸到我憋闷的地方了。我一下两下地抓，不行，抓下去一点作用都没有，胸脯依然是那样憋闷，像有重物压着一样。我又在床上喘息了，我艰难地扭动脖子，眼睛模糊地望着墙壁，望着屋顶，隐隐约约听到窗外因为空气的挤压发出的叽叽声，声音不大但是持久，像一个怨妇呃呃呃地提着气呻吟，呜呜喽喽的像喉咙憋了一口痰怎么也吐不出来。我再次抓挠胸脯，再次费力地转动脖颈，我发觉这声音来自屋角的夹缝。我定了定神，目不转睛地注视那里，刚才的感觉找不到了，我耳朵像被什么东西堵塞着了，声音隔得很远。

我现在掌握了一种方法，伸出手使劲扭耳朵，扭了耳朵声音就会听得清晰。于是我努力地扭我的耳朵，没有力气了，我还是尽量地发了疯地扭，可是一点作用都没有，那个怨妇的低泣声，远远地依然在耳边响着，我听不清楚了，我累了。在那里躺一会儿，随后什么都不知道了。

当我再一次醒来，最先感知的是刮风的声音，在这漆黑的夜里，刮风的声音很凄厉，像一只被捆扎了嘴的猫，“呜——呜——”地挣扎着发出来的。气温随即迅速下降，我感觉很冷。树的枝条上挂了孝，枝条经风一吹，晃荡着，碰撞着，能听到噼噼啵啵地夹杂一些散乱的声音。

这一年是个暖冬，整个冬季，无雪无雨，开了春，也是异常干燥。进了五月，从西北地区袭来的冷空气，突然在这个地区开始肆虐，这一夜温度骤然变得异常寒冷。

是倒春寒。倒春寒侵袭这里了，人们猝不及防，紧缩着身子，重新翻出御寒的衣物裹在身上。

雨是从昨天上午下的，下了整整一天又一个夜晚，下得人心里烦烦的，躁躁的。从窗子的缝隙挤进来的风，带着冰冷的寒意，冻得人的心也开始颤抖起来。

看了一会儿电视的人们，我想，这会儿肯定有的捂着被子早早上床了，有的还在坚持着，裹着棉衣，在那里无滋无味地反复换着频道。

在这浓黑寒冷的暗夜里，世界像跌入无底的黑洞，外边所有的声音在这一时间全都消失了，只有那雨淅淅沥沥地下着，风凄厉地吟着，发出瘆人的响声。

我没有觉察到这夜是对着我来的。在这冰冷的暗夜里，我毫无目标地摸索着，等待着，我在等待那一声瞬间劈开我这成茧的霹雳快些到来，也许有了霹雳声，我会清醒过来。

时间一分一秒走得很慢，我只能耐着性子等待。过了午夜，零点一刻，一道闪电，像一把灼目的白色的刀，把厚重的云层劈裂。轰隆隆一阵闷雷，好像千万匹战马拖着木轮战车，从遥远的西北天际，滚压过来。雷声不大，很沉实，天塌地陷样的，震得人心里哆嗦，整个世界也跟着哆嗦。

这雷声长时间地在我头顶上滚动着，咕咕噜噜地响了好长时间，紧接着又是电光一闪，把整个房间都照得雪亮。一声霹雳从乌云的后边劈下来，咣，咔嚓嚓……所有的灯光瞬间熄灭，乌云被劈裂了一个口子。

这时候，在彭州市市医院心脏神经内科的病房里，意外地震醒一个人。

这个人不是别人，是我——范雯莉。这是我等待已久的霹雳，它劈开了紧裹在我身上的茧。

我突然完全清醒，有了感觉。看着房子四周雪白，看着一扇一米见方的透明玻璃隔断了窗外一明一暗的闪电。我慢慢睁大眼睛，望着窗外下着的雨，看着房子顶层的天花板，我的整个脑袋骤然一阵哆嗦，像小时候被吓着了一样，我紧紧地蜷曲着身子，缩在妈妈的怀里，不敢哭不敢叫，也敢不动。妈妈搂着我，轻轻地拍着："不怕，是下雨打雷，是打雷的声音，莉莉不怕。"我觳觫地缩在妈妈怀抱里，从那个时候开始，我就学会了一撞见害怕的事儿，就蜷曲着身子不动。

这是什么地方？我躺在床上想着。这地方好熟悉，又好陌生，我静静地听着窗外的雨声，想着。我的眼注视着房间左右，发现房间的天花板上有一抹亮光，雪亮雪亮的光，像手电筒的光柱那样。据说人之将死，就会有一抹亮光直直地射过来，引导你跟着它走。我目不转睛地注视着这抹亮光。亮光是从窗外斜射进来的。以前没看到过这种亮光，在我经历的那片黑暗、潮湿的地方，也没见过这样的亮光。现在黑暗没有了，潮湿也没有了，只有这空空洞洞的房子。我眼睛直视着亮光，辨认着亮光到底是什么东西。难道是我再一次重返死亡？是我再一次在亮光中寻找那个云烟氤氲的世界，寻找那片飘着腐朽气息的阴森湿地？寻找我曾经的落脚之处？不会的，全都不会的。我努力地辨认着这亮光，辨认着亮光的来源。我感觉这亮光是从背后那块阴暗的死亡的荒原射过来的。这死亡之地的阴暗气体托举着我，我开始往上爬，在爬升当中，我不由自主地四处寻找，寻找我曾经走过的路径。

我试着抬腿，腿像绑缚着什么重物，沉重得怎么抬都抬不起来。这不是我待过的地方。我再一次疑惑地注视这间屋子、这抹亮光，我的手机械地抬了抬，想去抓那亮光，又忽地落下。我的胳膊再一次瘫痪了，完全不听我使唤了。

但是我不甘心，我又抬了抬胳膊。我的手指细长嫩白，像葱白样的漂亮的手指，这会儿被这抹亮光照得通体透明。我看到我的手指有细细的血管，看到血管里有红色的液体流动，我看到了我的骨头，挺吓人的五根光秃秃的骨头，光秃秃地被一层薄薄的皮包裹着。

我伸出手，还是想抓住那抹亮光。我的手一点一点接近目标，我憋住气，努力控制着手的痉挛，我听见有一种东西在胸腔里颤动。我触摸到了，终于触摸到了，我触摸到那抹亮光了，我的五根手指猛地一攥，可是什么也没抓住。我累了，我喘着，感觉身子散了架似的软绵绵的。我像一摊烂泥样地瘫在那里，我的力气用完了。我呻吟着，慢慢抬起另一只手，我还是想抓住那抹亮光。抓住那抹亮光，我就可以翻过这个世界到另一个世界去。可是我没能抓住，因为抓住它，需要整个身子都侧过去才可以，我试了几次都没能成功。我又昏迷过去了，我的脑袋不会思想了，意识不会流动了。

昏迷了大约一个小时，我挣扎着从那个黑暗的世界再次走回来，我感觉我又和刚才一样有了知觉。

房间里异常安静，一片漆黑，有水流动的哗哗声。我陷在一片黑暗潮湿里，匍匐着向前爬行。这是什么地方？按老一辈的说法，这样的夜晚阴气重，必然有诡异的事情发生。我不相信这些，我依然坚持着寻找我前去的路径。有什么东西拦住我不许我向前，我感觉我的脑袋完全变成一个空空的壳子，前边是黑黑的墙，堵着我，我什么也没有看到。这是什么地方？我自言自语地问。我看到了目光所及的天花板，我想了一会儿，有点儿熟悉了，我就是从这里飞出去的，是的，就是从这里飞出去的，飞向了窗外极远的另一个世界。我的思想走到了魔幻的边缘。

我依然顽强地注视着确定的方位，我想坐起来，可是不行，如此再三，我的努力一次次宣告失败。

前几天，吴晓娟和范思奕来了，同来的还有陆萍、燕子、刘昊，他们带来黄莹莹要回国的消息。来了好啊，我一直都是喜欢他们的，我曾经在我生病很厉害的时候感觉到黄莹莹来了，她给了我精神上的安慰，现在不知道跑到哪里去了，又回加拿大了？不对，难道是幻觉？难道她没来？我清清楚楚看到她来了呀。

今天怎么这么多人来看我？好像我是一个行将就木的人。这些人是来见我最后一面的吗？我很讨厌这些人，想赶他们走，尽管我的声音很大，可他们好像都没有听见，依然相互间悄悄说着无关痛痒的话，依然向林婉秋和我妈妈打听着什么。这样悄悄说着话的样子，我非常讨厌，好像我病得很厉害似的，厉害到都不敢大声说话了。陆萍在医生办公室问她的妈妈陆主任，很细致地打听我的病情。陆萍抓住她妈妈陆主任的手，眼里含着泪，让她妈妈一定想办法把我救活。唉，这些无聊的人，你们到这里来泪眼婆娑，是来救我的吗？能起作用吗？我的目光透过这么多人，穿过墙壁，我看到陆萍在医生办公室里抱着她的妈妈哭了。

这些人待了一会儿，就走了，来了一个意想不到的人——唐焕章，他是代表公司来看我的。接着公司里七七八八的其他领导也来了。唐焕章站在我床前注视着我，对我妈妈说了几句安慰的话，随后又到陆主任办公室去了。陆主任是唐焕章的情人？这是我后来才知道的，地下的情人就是这个样子的，所有的行动都是秘密的，唯恐被别人发现，发现了就会随便找个什么理由搪塞过去，只要能达到和情人见面的目的。唉，这些无聊可悲的人呀。

唐焕章表面看上去人五人六挺正派老实的，背地里干着这样污浊的勾当，我有点看不起他了。我最讨厌这种地下情人关系，自己有老婆，偏要在外边找一个，好像证明自己有本事似的。情人能给你什么？人啊人，在这个社会里，怎么处处都有这样的事情发生？真正的夫妻情感冰封了吗？精神之光暗淡了吗？还是自己的情感找不到寄托，就找一个情人满足一下自己的情欲？那些男男女女，怎么到处都充斥着玩弄、奸情？很多人丧失了抵达真爱的纯度了吗？真爱是个什么？为什么这么容易被抛弃、被背叛？我矛盾着，我想找出答案。

我感觉肚子很空，像是五脏六腑都被掏空拿走了似的，前肚皮紧紧贴着后脊梁，有火烧火燎的灼热感。是谁把我肚子里的东西掏空拿走了？我饿得难受，我张大嘴巴，大口呼吸，很希望有东西填进我嘴里。饿倒没什么，只是饿得有点邪乎，我的肚子像有几十只老鼠争先恐后地抓挠着我的胃、我的肺，我饿得难受，让我恨不得抓到什么都想塞进这个窟窿里。过去也有饥饿感，但没像现在这样饿得发慌，淌虚汗。我浑身上下没有一丝力气。但是，我还是要坚持，我需要坚持，需要哪怕一点点力气，我想坐起来。我的手扶在床沿上，这样就可以支撑起身子。我的胳膊很软，手指头也软，试了两次都没能支撑起来身子。我攒足了力气，大口地喘息了一会儿，又开始想坐起来，不久我的力气就可能消耗殆尽，甚至连喘气的力气都没有，我必须抓紧时间。这会儿我像一摊烂泥似的瘫在那里，两眼无光，看什么都是模糊的。我想平静地呼吸。过了好大一会儿，我的视力慢慢恢复，我转过脸，发现一个人睡在我旁边的折叠椅上，睡得很香，我看到他嘴唇翕动着，大概做梦吧。这个人一定梦到什么高兴的事儿才这样的。我想不起这人是谁，为什么会睡在我旁边，我想看清楚一点，抬了抬头，可是刚才窗外射到天花板上的那抹亮光忽然熄灭了，走廊的灯光也没有了，房间里一霎间变得十分黑暗。走廊的夜里不是都有灯么？今天为什么没有了？

我调动身体所有的机能，感应周遭的环境，只是身体不听我的使唤。我只能勉强匍匐向前。空气越来越稀薄，我还得抓紧，所剩的时间已经不多，我能抓住身边的这个人，我就能留在这个世界上，抓不住，我还要回到那个阴暗潮湿的世界里去。

我闭上眼睛，猜想这个睡在我旁边的人是谁，怎么想也想不起来。我再一次转脸看他，只见他换了一个姿势，脸对着我，我能看清他的整个面孔了，可我还是不认识，我脑子里混混沌沌的什么都没有。我想坐起来的愿望失败之后，我想我大概“睡”了好几百年，也该起床了，我可是一个不爱睡懒觉的女孩子，可是现在身子为什么动不了呢？这时我恍惚感觉在我没生病的时候，我是那么讨厌有人生病。生病？我才不会生病呢。现在我是生病了吗？我被一个叫李强的背着来到医院的，只有生病的人才会来医院，我不能确定我是不是生病。以后的事情我全记不清了。李强是谁？这个名字好熟悉，至于怎么熟悉，我不知道。此后这个名字频繁在我脑海里一闪一闪地出现，但是，怎么也想不起李强是谁，更想不起为什么把我送到这里。这样看，我是真的生病了，生病才会到这里来的。那么我和李强是什么关系？我绞尽脑汁努力去想，也没理出个头绪。

我还是想坐起来，我使劲支撑着身子，这时候不知道是一种什么样的力量，使一个极度虚弱的女孩子有要坐起来的想法。是信念么？是的。是一种爱的信念在灵魂深处告诉我的：要活下去，不能躺下。活，是一个多么美好的字眼。是的，活，我要活。我知道，我躺下去就永远起不来了，我这样想着，自己跟自己说，我现在不能躺下去。

我的身子挺了几次都没坐起来。我开始转身，身子开始倾斜，我伸出手，张开五指去抓他，身子一点一点开始接近那个人。我屏住呼吸，由于激动，我感觉有一种东西依然在我胸腔里慌慌地哆嗦。我要去抓那个人，抓紧他。我用尽全身力气，整个身子倾斜得特别厉害，到了床的边沿，我晃了晃，扑通一声，从床上掉下来，摔得我叽歪一声。

这时睡在我旁边的这个人听到响声，醒了。看到我掉下了床，他惊叫一声赶快起来。见我倒在地上正捂着头呻吟，他双手赶快抱我，托着我，把我托到床上。他看着我问："雯莉，你醒了啊？太好了，摔疼了吗？雯莉，你醒了啊，雯莉，我的雯莉……"他的手扶着床边，弯下身子，定定地注视着我，用手轻轻抚摸我的脸。

这人是阿强呀，我真真切切确定他是阿强了呀。在我患病期间，阿强白天黑夜守着我。我的妈妈嵇芳要替换他，他不让，他的妈妈林婉秋也要替换他，他也不让，后来吴晓娟、忠奕、方燕燕也来了，都要替换他，他还是不让。他是不放心他们吗？实际上这些都是陆主任交代的，陆主任交代他一分钟都不要离开我。

阿强吃住都在医院里，都在我身旁。李强整个人瘦了一圈，林婉秋说："强儿，你休息一下吧，我和雯莉的妈妈在这里可以的。"嵇芳说："李强你回去休息休息吧，你可以回去睡一觉，早上过来就可以，你不能再熬了。"李强不愿意，他有一种信念让他这样一直坚持着守护我。这样，让妈妈看着有些心酸。

"不要，我能行，妈妈不要您操心，您和阿姨回去休息吧。"

昨天陆主任已经告诉过他了："这些天你要特别注意，不要随便走开哦，这些天是病人最需要你的时候，是关键时期，你不要随便离开一步哦，她随时都会有意想不到的事情发生哦。"

“知道了陆阿姨。”

“这是我的电话，如果有事了，随时叫我。”

陆主任这些天整个白天都是在我身边的，她自信她的医疗技术能把我的病治疗好。在正常情况下，患者没有了呼吸，就认为生命已经终止，可以宣告死亡，而这一次我的心跳是时有时无的，有一段时间竟然停跳一小时，可是脉动一直都是缓缓地跳动的，隔了几十秒脉搏才跳一下。这一例典型的病例，让陆主任发现了，遇到了，她欣喜若狂。

陆主任把手机号留给李强说：“有情况赶快给我打这个号码。”

“好的，陆主任，谢谢您。”

陆主任说：“白天你可以找人替换一会儿，夜晚你必须在这里守着，因为随时有可能有意外的事情发生。今天白天有雨，夜里预报也有雨，要特别当心，不能离开病人半步。”陆主任交代完，走了。没想到今天下了雨，刚才那一声霹雳把我震醒了。

难道是阿强的一片诚心感动了上苍？难道是刚才一声霹雳把我从死神那里拉了回来？我看到阿强顾不上再想什么，只在心里说：一定是的，我的心灵感应告诉过我的，是有个人一直守在我身边默默地说，雯莉不会死的，怎么会死呢？她整个人都占满了我的心哪，我的心里包容着她哪，她不会受到任何伤害的。他这样想着，没有发出声音，其实我都感觉到了，我躺在那里，心里清清楚楚地感觉着他，没有一点杂念。

现在我聆听到了阿强的一段心事，我的生与死都系在李强的身上。而李强却闹不明白这里边的奥秘。李强是我生命的支点？假若李强离开，我真的必死无疑。看似很玄妙的一个交代，但是在人体上存在着身体的某种内在联系和机能，陆主任清楚这一点，身体上的机能和人的情绪有着紧密的关系，远非李强和妈妈、林阿姨想象的那样神秘。

自从我不明不白地患上这种奇怪的病开始，我突然意识到，我的身体不健康也导致大脑留下“残疾”，对某些本来是很正常的事，经过“残疾”的大脑混沌的糅合、过滤，又分解，变得复杂，把不该考虑的问题全部集中我的大脑里翻来覆去地思考，然后又变得简单，简单得像三岁孩子那样思考问题。1 + 1 = 2 吗？不对吧，我不知道等于几。

陆主任存在的这种疑虑、担心也日渐日深，治疗这种疾病是医学上的一种冒险，是的，也是一种很值得的冒险。其实阿强心里存在这种疑虑是很正常的。包括嵇芳、林婉秋，在我昏迷不醒的时候，他们的那种焦虑、担心日益加深，使他们睡不好吃不香，时时围着我操心，我感觉对不起他们。陆主任为什么让李强一声连一声地呼唤我，我就会醒来？为什么在我生命即将完结的时候，李强一遍一遍弹奏吉他，就能把我唤醒？李强不迷信这些，嵇芳、林婉秋也不迷信这些。他们不能不为发生在眼前的事情难以找到答案而费心琢磨，这其中的奥秘虽然让他们难以理解，最终也只能以难以理解去解释了。只要雯莉能苏醒过来，能活过来，所有的医疗手段都是正确的。看着李强，我觉着李强脑海里被一种东西强占着，这种东西是一个意念无时不在指挥着他的行动。其实陆主任是把他作为一种“药引子”的，我这样想。这种“药引子”撞击着我脆弱的魂魄，撞击着我的思想的根源，撞击到我有了知觉，就会不声不响地把我从死神那里拉回来。这一点阿强和妈妈、林婉秋他们都不知道，他们只知道按照陆主任交代的去做。

看到我和阿强爱得如胶似漆，爱得那么痴迷，似乎两人稍微分开一会儿我都会死掉，陆主任感觉不可思议。她把我们两人的情感比喻成一个圆圆的球，我和李强各占一半，谁缺了谁都不行，否则，一方失去情感的依托，另一方无依无靠找不到生命的支点，就会各自走到生命的尽头。其实陆主任是担负着两条生命复活的重任的，尤其是我这一方，不单单是我的病，还有我的情感，我的情感不能受到一点点颠覆。她认为，在现实社会中，这种生死相依、相恋的感情毕竟太少了，无论是李强，还是我，这种爱恋，都是值得等待一生的。在走廊里，我听见她告诉李强是这样说的：你得好好给我活着，好好地爱着雯莉，你的生命里担负着另一条生命的生死存亡。她还告诉李强，我们每一个人都是为着另外一个人活着，为着另外一些事情活着，生命的体征不单单属于你自己，从生命的独特性来讲，没有哪一条生命是孤立的，尽管生命的体现在这个世界上那么脆弱。是的，生命的珍贵、独特，增加了它的分量和无价，从责任上看，一条生命担负着如此大的重任，那么另一条生命同时也担负着如此大的重任。那么一个人是为了什么？为了对另一个人的爱，为了对一种信念的爱，为了对一种事业的爱，才甘愿走到生命的极致，然后在这个世界上慢慢变老？

这时候我的大脑出现了前所未有的反应，是那种感知上的一个无法解决的未知数。在这么长的时间里，我都是默默承受着一种无形的、痛苦的煎熬，等待着这个未知数能给出一个圆满的答案，这是我一直期盼的。我现在不得不好好考虑我和阿强的关系。我的心脏怦怦怦地激烈跳动几下之后，我发觉自己回归到一间久也无人居住的豪华客堂里了，我的心跳骤间变得那么平稳，那么有规律，终于嗵嗵嗵地正常跳动了，我应当重获新生了。

我要飞翔，向着我心之所向往的地方飞翔，这是我少女时代的向往。

我大口喘息一会儿，让呼吸系统正常地吸入呼出，我的身子静静地躺在那儿，倾听着窗外的世界。外边除了雨声，什么声音也没有，偶尔一两声汽车开过去，在这样的雨夜，显得十分清晰、十分响亮，让我有了亲切的感觉。

我现在是在哪里？我又迷糊了。我的大脑似混沌，似清晰，我是在那个世界还是在这个世界？我躺在那里，我还是想弄清我在哪里。哦，我是在医院里吗？我认定我是在医院里，因为我看到墙边挂滴液瓶的白色的架子，我自问自答地说，是的，我是在医院里。这时候我看到一个很讨厌的人站在我床前，离我很近，目不转睛地看着我，我有心想推开他，我把手抬了抬，没能抬起来。

过了一会儿我问："你……是……谁……"

"啊，雯莉，你能说话了？我是，李强，我是李强呀，你终于醒了，雯莉，我的雯莉。"

"李……强……是……谁？"

“李强？李强是我呀，是你爱着的人呀。”

“爱……着……的……人？什么……是……爱……着……的……人？”

李强顾不上回答我，问我：“雯莉，你完全清醒了是吧？你饿不饿？我给你拿吃的”。

我看着这个自称李强的人，殷勤地为我做事。我“嗯”了一声，在后边又缀一句：“我要回家。”说完我的手捂着心脏那个部位，急速地喘着气，极力忍住要掉下来的眼泪，不使自己哭出来，“我在哪里？你……能送……我回家么？”

“我能送你回家，能送你回家。”

阿强慌忙直起身子，坐到我身边，把我扶着也坐起来，他抓住我的手，仔细地看我。看到我因为生病而没有血色的面孔，他摸摸我的脸，把我揽在怀里。我感到温暖，也得到了这个人的生气，我把脸贴在他的胸脯上，以前和李强在一起，我就是这样把脸贴在他胸脯上的，我喜欢听他心脏咚咚咚地强烈跳动，我有气无力地问：“这是什么……声音？”

“这是我的心脏跳动的声音。”

“我……我也有心脏吗？”

“有呀，有的呀，我们都有心脏的呀。”

“我没有心脏了，我的心脏丢掉了。”我痛苦地说着，我要哭出声了。

“别哭，你的心脏没有丢，还在这里呀，你摸摸。”阿强拿着我的手，按在我心跳的位置。

“我没有心脏了，我的心被一个人拿走了。”说完我又哭了，“没有心的人就会死，我要我的心，我要收回我的心。”

“你的心脏在这里呢，没有被谁拿走，你摸一下。”

“这不是我的心脏，这是魔鬼的心脏，我的心被一个人拿走了。”

“谁拿走了？被谁拿走了？”

“被那个叫李强的人拿走了，他不给我。”

“哦哦哦，我的雯莉，我的雯莉呀。”李强也哭了，他的眼泪滴到我的额头上，他紧紧抱住我，“雯莉，雯莉，我就是李强，你的李强回来了，我把你的心脏送回来了，雯莉……”

“送回来了么？是李强送回来的么？我的心没有被那个人拿走吗？我的心脏没有丢掉吗？”我一只手摸着我心脏跳动的部位，问，“你是李强么？”

“我是李强，雯莉，我是李强。”

“真的是你把我的心脏送回来的吗？你不要我的心脏了是吗？我的心脏属于我了是吗？”

“是的，属于你了，哦不，不不……”

“为什么不……”

“你的心脏……”李强没办法回答我。

“我的心脏，今后不给任何人了，谁也不给了。”

“啊，雯莉，我的雯莉，你的心脏也不再给我了么？”

我听他这样说，我不想回答他，我的心脏为什么要给你？给了你，我就没有心脏了，我就是没有心的人了，我经历了太多的痛苦，我的心一直在那里悬着，没人要……我这会儿感到特别恐慌，肚子特别饿。我又可怜巴巴地说：“李强，你是李强吗？你真的是李强吗？我……饿，能帮我找点吃的么……”

李强听我这样说，赶快说：“好，我去买吃的，你先等等我。”

我抓住他的手，不让他走，我怕他走了不回来了，我说：“你……别……走，别……走。”

“好好，我不走，我给你拿水果吃。”李强弯下腰在床头柜里拿了一把香蕉，在开水里烫烫，剥了一根，在手里拿着喂我。

我抓到手里大口小口吃起来。“慢点吃慢点吃，我给你倒水。”李强把香蕉让我拿着，我没等他倒水已经吃下去半根，我看着他，我还要吃。“先喝点水。”阿强倒了水，端着让我喝，我喝了一口：“我还要吃。”阿强又剥了一根给我，我又吃完了。

“别吃多了，好长时间没吃饭，别吃撑了，歇一歇，床头柜里还有蛋糕。天亮我给你买饭。”

我木然地直着眼睛望着他，又问：“你……是……谁？对……我这么好？”

阿强说：“我是李强，你的阿强呀，我给你擦把脸吧。”

“哦，李强，李强哦，李强是谁……告诉我。”我木然地看着他，像是怕他走了似的，拉着他的手不放。阿强说：“李强就是我，我就是李强。我去倒水，给你洗把脸，你清醒清醒。”

我没有表示，松了手，阿强拿过床下的脸盆，站起来倒了开水，兑了冷水，拧一条毛巾给我细细地擦脸，连鼻子两翼都用毛巾细细地擦洗。

擦了脸，擦擦脖子，又给我擦擦后背、前胸，我用手把他的手推开，不让他擦我的前胸，我的前胸没有异性碰过，没有异性见过。他把手和脚给我洗了洗，我有了精神，自觉着脸色也好看一些，我感到大脑很清晰，只是浑身没有力气。

阿强笑了，看着我，说：“莉莉你虽然瘦了点，还是那么漂亮。”

“不漂亮了，病了这么长时间，脸上肯定非常难看。”

“不难看，你是西施再现，即使病了，也是病西施，是非常非常漂亮的西施。”

“唉……你哄我高兴，我回到公司，肯定会有很多人不认识我了。”

“哦，哦，你想起你的公司了呀。”他抓着我的手，“你完全好了，莉莉。”他把脸贴在我的脸上。

“不会有人认识我了。”我有点伤心。

“不，不会不认识你的，你们公司有好些人都惦记着你，怎么会不认识你这个副总经理呢。”

“我是副总经理？”我深深地叹口气。

“怎么啦，莉莉，叹什么气的，你就是副总经理呀，忘了吗？”

我不想说话，我又忘了这个人是谁了，我说：“我累了，我想躺一会儿。”这个人在这里絮絮叨叨说什么的，我不想跟他说话，我躺下了。

“好。”

阿强扶住我，把我轻轻放下，拉着被子给我盖上，坐在床边上，久久地又在那里看我。

过了好一会儿，我醒了，看着他还是坐在我身边，我心里有点讨厌："你是谁呀?"我问。

"我是李强，忘了吗?"

"李强，李强是谁？我不认识李强。"

"不认识李强？我是你的恋人李强呀。"

我看着他微微地笑着，看着看着怎么也想不起来李强是谁，我说："我记得我有一个同学叫李强，你说你叫李强，你冒充李强的吗?"

"我就是你的同学，我就叫李强。"

"哦，真奇怪，怎么这么多李强。"我看着他说，"人是可以复制的吧，你复制了那个李强，你就是李强了对吧?"

"不是复制，我是真真实实的李强。"他伸了伸胳膊，又做了一个弹吉他的姿势，我看到他的滑稽相，我说："不对，你不是李强，原来叫什么名字?"

"我原来就叫李强。"

"你这个人真固执，你不是那个李强，我不跟你说了，你是冒名的李强，你冒名李强也行，我托你一件事，如果你见到学校里的那个李强，你告诉他，我做了一个梦。"

"好，说说你的梦吧，做的什么梦?"李强感觉她头脑还是不清晰，只好随着她的话说，"见到李强我会告诉他的，你说说吧，什么梦?"

我显然很高兴，我笑了，伸出手，说："你真够朋友。"李强也伸出手，和我握了握。

"你想听什么?"

"你不是说你要给我说你的梦吗?"

"嗯……是喽是喽，好，我跟你讲讲我刚才的梦，因为有了刚才的梦，才有心灵感应，我感觉有一个叫李强的人一定会在这里陪我，所以我醒来了，你知道李强是谁吗?"

"啊，莉莉，莉莉，我知道李强是谁……"李强哭了，抓住我的手，放在他胸脯上。

“你哭了？是我说的话让你哭的吗？”我看着他眼泪唰唰地往下掉。

我又问他：“你是谁？我确确实实不知道你是谁？”

“我是李强呀，忘了吗，雯莉？”阿强疑惑地抱着我，我还是说：“你是谁……我，不认识你。”

看到李强有点愕然，看到他拿起手机拨过去找陆主任。

“是陆主任吗？”

“……”

“我是，是的，雯莉醒了，对对对，是醒了。”

我呆呆地看着他，不知道他说什么，为什么给陆主任打电话。过了一会儿他又说：

“是的是的，雯莉失忆了，她只记得在学校里的李强，不认识我了。我不知道怎么办才好，陆主任，您……”

“不要紧，学校的李强可能在她记忆中是更深刻的，因为都在初恋，都是那么纯洁的恋情，所以在她大脑储存器里的信息量最强，她爱慕初恋时的李强，爱他的纯洁、单一，没有任何杂念，没有后来的烦琐事情干扰，她的灵感是很敏锐的，很快就会转变过来，灵感也会凸显，你不要着急。最好给她讲一些你们在一起的时候，最快活的能引起她兴奋的事情。”

这是谁说的？是陆主任说的吗？我怎么听着像在说我？啊，我的听觉也能穿透人心了。

“她刚才要给我讲她的一个梦。”李强说。

“好，你顺着她的梦也跟她讲一个你瞎编的梦，跟她一样的梦，她会很高兴，就有可能调整过来她的记忆深处的误差。”

说起灵感，李强是有体会的，每次和我要做什么事，他事先准知道得差不多。还是在学校的时候，有一次他要等车回家，好长时间没见到我了，预感到我要来，果然，我真的来了。那时候他和我的感情并没有发展到这么难分难舍的地步，可是那种初恋的情怀，这种心无杂念的相思，今天竟然达到这么难以忘怀。

从细胞器层面上看所有人同类型的脑细胞结构是一致的，我躺在那里默默地想着，报考大学的时候，爸爸曾经让我报考医学院，病理方面的书籍，我是看到过的，我了解由于遗传基因和个体所处环境不同，细胞器会有一定的差别，但往往只是数量层面上的，没有质的区别。由于疾病的原因，有一些病因，可能导致细胞发生病理改变，我顺着这个思路想下去。比如老年痴呆的病人，脑细胞就大量纤维化，在细胞层面上看，脑细胞之间的联系大部分是以突触的形式存在，但是那些脑细胞之间形成的突触，是与个体发育状态和接受到的刺激多少密切相关的，比如，营养条件好的人、经常接触丰富刺激的人细胞之间的联系肯定要更多一点，在组织层面上除了以上两个层面上的基础脑组织作为人体的一部分，还要受到其他组织的影响，又比如，一个人极度贫血或者脑部血供不足，他的脑组织肯定就发育得不好了，脑壳相差那么大肯定脑组织发育不一样啦。再举个极端的例子，大头儿子和小头爸爸脑壳相差那么大肯定脑组织发育不一样的。我胡思乱想一阵，但是我知道我没有，我知道这些东西都是生病期间，陆主任跟我妈妈和林婉秋也是这样讲。她说了这么多让我听不懂的话，是想迷惑别人，却迷惑不了我，我现在没有办法，身体和思想只能任其摆布。我现在所知道的，我的所有的错，只错在我一个人，现在大脑中的想象已经回归于我，我正常了，是一个正常人了。再一个，我为什么要对那个叫李强的这么忠心耿耿。爱他是所有恋爱人的权利，不爱也是所有恋爱人的权利。世界上所有的爱，只是一种身体与灵魂撞击产生的黏合质变的结果。有独立思考的人，是不为这种黏合左右的，只有情感丰富的人，才会发生质变，被它奴役，以致无法自拔。那么我是否属于后者呢？我是的。作为一个有着一定知识结构的女性，走在这种被奴役羁押路上，是不应该的，我走不出去，我自由不了，这对我无疑是一种无法摆脱的悲哀。

但愿这一切这样过去，我突然这样想。

陆主任是上班的时候来到病房的，来之前她通过电话问过值班医生十六床的情况，值班医生大概地讲了讲，陆主任说：“不要惊动他们，只在显示屏上看着不出意外就行。”

值班医生说：“知道了，陆主任。”

这是我妈妈告诉我的。初到医院，我的妈妈嵇芳和林婉秋问陆主任我的心脏怎么样，能看好吗。陆主任说：“心脏问题不是很大，根据初步诊断，这是一例很典型的感情缺失，是情绪失控，处于极度疲劳引起的情感衰竭，在情感处于衰竭的过程中，生命体发生异变，具体导致的后果，有可能引发一系列假死。”

“假死？假死是什么意思？”我妈妈问。

陆主任说：“这种现象，医学上叫‘超越肉体体验’，它是大脑左侧区域激烈活动的结果，是动感意向在处理运动时的知觉，尽管这种现象，医学上还存在争议，但是我认为这种现象确实是存在的，它有一种生命体征行为在作用。要在一定的时间范围内，把缺失的灵魂中的那一半情感找回来，病情才有可能好转。这就要求另一半配合好，否则，有可能前功尽弃。”

陆主任停了一下，又说：“这种病例国内极少发生，国外倒是有这种先例，在东南亚的一个国家。一家煤矿冒顶坍塌，一个矿工被埋在地下两个多月，这个矿工是新婚，婚前两人恋爱七年，女方父母不同意，嫌弃男方家穷，但是在女孩执着的坚持下，父母终于妥协，婚后没几天男方就下井了，煤矿冒顶后，矿上组织抢救，很多人都死了，一直没找到他，把他认定死亡。但是，他新婚的妻子不相信丈夫会死，就一直在心灵上与他交流，在心里念叨他，祝福他。而她的丈夫也在心里念叨他的妻子，两个人的心灵碰撞，增加了活下去的勇气。后来救上来的时候，这个矿工虽然瘦得皮包骨头，没有人形，但是他没有死。这种情况就是他们的心灵时刻保持与对方沟通、碰撞的结果，这是一个十分典型的心灵交流的案例。后来记者采访，男的说，他每天都能听到妻子的呼唤声，饿了，他啃一口煤炭，渴了喝自己的尿，舔潮湿的煤层，他说妻子在等他回家。他的妻子也说，她每天都能听到丈夫呼唤她，她就说，我爱你爱你，我等你回来，他们就是这样自觉不自觉地互相鼓励。”

听了陆主任玄而又玄的解释，林婉秋很是诧异，陆主任说的这些有根据吗？她为什么这样说？林婉秋是不相信人有灵魂的，我的妈妈嵇芳也是不相信的，但是现在她们将信将疑。不过无论怎么说，妈妈还是希望这种奇迹能在我身上发生，她们实在没有别的好办法，既然医生这样说了，还是看病情的发展吧。听天由命的想法让我妈妈的心里像搅着一把刀，哭不出来，说不出来，想死的味都有。

我妈妈和林婉秋回到病房，对林婉秋又说："不行，我看这里不行，我们还是转到武汉医院吧，也许在那里要好一些。"

"那里怎么好？能看脑神经方面的疾病？"

"不知道，我感觉这里不行。"

我妈妈对陆主任似乎彻底失望了，像陆主任这种天方夜谭的解释，她是第一次听到。

"不能让女儿的病再耽误了。"

"武汉医院能治这种奇怪的病吗？再说转院一路上的颠簸她受得了吗？"林婉秋看着我妈妈说。

我妈妈没吭声。"武汉能不能治疗这种病也是一个未知数，万一不能治疗，病耽误了怎么办？"

"要死就死在自己家里。"我妈妈最后是抱着这种想法的。

"还是相信陆主任的话吧，毕竟陆主任是省内有名的心脏神经专科专家。"林婉秋说。

我妈妈无可奈何地嗯一声。

有些事情不是外行人说怎样就会怎样的。经过一段时间的治疗，我的病情果然像陆主任推断的那样，出现假死。看到这种情况，我妈妈十分恐慌，又十分后悔没能坚持转院，可是看到陆主任并没有慌乱的样子，我妈妈心里稍稍又有了安慰，她问陆主任："像这种情况能持续多久？"陆主任说："这个要看男方的配合了，照现在这样看，问题不是很大，正朝着我们预期的效果发展。"

我妈妈和林婉秋虽然看到陆主任胸有成竹的样子，看到陆主任在医生办公室有时和其他的医生说说笑笑的样子，她们把攥的一颗心依然没能放下来，隔不多会儿问一下，隔不多会儿又问一下，陆主任说："你们的心情我能理解，但是这个时候你们的情绪更应当放松才好，你们心情紧张对病人并没有好处，只会给病人造成不应该有的情绪波动、压力，因为现在你们和病人的心是连在一起的。"我妈妈愕然地看着陆主任，她不明白她这话的意思，可是又不好再说什么，只能和林婉秋苦着脸坐在病房外的连椅上。

林婉秋说："雯莉妈妈，医生都这样说了，我们只有等了，问多了反而不好。"

这是发生在白天的事情。

没想到当天夜里我就醒了。这让李强惊奇，值班医生也惊奇，值班医生到病房里看了好几次，就把看到的情况向陆主任做了详细的汇报，陆主任问："那个小伙子在吗？"

"在的，一直都在的。"

"是睡在患者旁边的吗？"

"是的。"

"患者什么时间醒来的？"

值班医生看看手表："是零点二十五分醒来的。"

"好，你不要惊动他们。"

看到范雯莉又睡下了，值班医生离开了。

第二章　陆主任

昨夜响起的那阵闷雷，惊醒的不只是范雯莉，同样惊醒的还有范雯莉的妈妈——嵇芳，嵇芳听到这声霹雳，不自觉地打一个寒战。使她的心脏猛然紧缩一团，她从床上猛然坐起来，茫然四顾，屋内黢黑一片，一道闪电闪过来，又把室内照得雪亮，她捂住怦怦乱跳的心，听到外边哗哗啦啦下着大雨，她后悔没能坚持把女儿转到武汉医院，哪怕治不好病，即使死了，也要死在家乡。想到这里，她鼻子一酸，掉了一会儿眼泪，扭亮台灯靠着床头，想着这些日子发生的事情，心里总有一种内疚中的心碎感。她没办法原谅自己，这全是她自己造的孽。

年轻，年轻是一个人的财富，又是一个人最容易走偏的年龄。脑子一热，一步跨出去就回不来了，对与不对，从不考虑后果。

这些日子嵇芳一直没能睡好觉，女儿的病情是那么奇怪，奇怪得无药可治，没有放心的医院能够治疗这种病吗？昨天白天她和林婉秋商量了一下，林婉秋也不同意转到武汉医院。嵇芳和她分手从医院回到住处，心里一直都是悬着的。女儿是娘的心头肉，娘是女儿的保护伞，像母鸡护着小鸡那样，遇到危险，把孩子护在自己单薄的羽翼之下，只求不会再有厄运降临在孩子身上，女儿整个人都是系在娘的心上的。由于刚才这一声邪魅的雷鸣，她在想，小莉这会儿怎样了，会吓着吗？会有什么意外发生吗？这些她都想知道。电话打不通，什么信息也得不到，她努力使自己平静下来，心里就是乱糟糟的平静不下来。她自言自语地说：“孩子，从你离开妈妈到这里上学、工作这么多年，妈妈的心一直都牵挂着你的，路途遥远我不能保护你，你只能自己学着保护自己。现在遇到这么奇怪的病，陆主任说你的脉搏还有，能把你的病治好的。到底能不能治好，她的医术到底怎么样，都不知道。小莉，你还是那样躺着吗？但愿这阵吓人的雷声没把你吓着。”

嵇芳凄凄哀哀地在那里哭着说着。哭了一会儿她拿起手绢擦擦眼泪，又哭一会儿，又拿起手绢擦擦眼泪：“不行，我要去医院看看。”说着她下了床，穿上鞋，她想找一个遮雨的东西。

这时候偏偏雨又大起来了，哗哗的，风借机作势把窗户上的雨搭掀掉一片。

这间宿舍同时住着女儿的两个女同事，一个调走了，一个常年不在这里住，这里只住着女儿自己。嵇芳看着雨下得这么大，看着屋内空空的，想找件雨衣没有，雨伞也没有，转了半天什么也没找到，她拿起一件上衣顶在头上，就向门外冲去。刚出门下了台阶，“扑通”一声滑倒在泥水里，摔得她哎哟一声，好半天没爬起来，她坐在泥水里，缓缓气，挣扎着一瘸一拐进了屋。她感觉手腕和刚才不一样，她换掉湿衣服，用另一只手握着手腕看，手腕窝着了，木不啦唧地酸疼，她用另一只手捏了捏，手腕痛得让她受不了，不多时就红肿起来。她欲哭无泪地在床边坐一会儿，忍着疼痛，从女儿床头柜里找到一小瓶碘酒。她一边抹，一边想着白天陆主任说的话。她不相信陆主任的判断，更不相信陆主任灵魂离体一说。一个医生受过高等教育，无根无据怎么能跟神婆子似的瞎说呢？怎么能说出这样没有科学根据的话呢？

看看手表，快两点了，不能再耽误了，她要先跟武汉多家医院打电话联系。打了好多家医院的电话没人接，有几家接了，也是呜呜哝哝听不清楚说什么，大概还在梦中。有两家医院倒是说得很清楚，我们不能治疗这种病，让她找神经方面的专家，并把专家的电话给了她，她拨通专家的电话，把女儿的病情说一遍。专家说，根据你说的情况，这种病国内还没听说过，你把病人带过来我们才好诊断是什么病。

嵇芳说：“好的，我们明天就买票过去。”

嵇芳心里着急，看看外边雨下得小点了，她头顶着衣服又去了医院。

天亮的时候，嵇芳到了医院，看见陆主任已经在医院里了。

陆主任叫陆静怡，毕业于南京医学院，毕业时她二十三岁，之前谈过几次恋爱，有三个是年龄相仿的同龄人，但无一幸免地在感情上都被男方玩弄了，后来在南京某医院实习的时候，认识一个比她大十多岁的中年男人，这个男人一脸憨厚，从面相看，她认为这样的男人成熟稳重。为人诚恳，这是很重要的，在感情上有信任感，不会欺骗她。

当时这个男人的母亲住院，是陆静怡医生负责的病号，中年男人每天都来照顾母亲，母亲是老年病，已经住院两年多。母亲住院期间几乎就是个植物人，吃喝拉撒都不知道，全靠这个中年男人照料，尤其是大小便时，中年男人一条胳膊把母亲的身子戗起来，另一只手把便盆塞到母亲屁股底下，等母亲解完大小便，再拿出来放到卫生间冲洗，常常这边刚冲洗完回来，那边母亲又拉在床上，中年男人不厌其烦地又给她换身下的塑料单子，闹得一个病房臭气熏天。做完这些，男人又用毛巾蘸温水细心地给母亲擦洗身子。饿的时候，母亲不能张口说话，只会睁着眼睛看他，逢到这时，他就把家里带来的饭菜，进行第二次加工，用豆浆机打成糊状，用大号针管抽出来，往母亲嘴里打，一天三次都是这样。陆静怡看得心里不是滋味。他没有兄弟姐妹吗？没有妻子儿女吗？他们为什么不来替换他几天？陆静怡看着想着，心里生出许多同情、许多感动，更有许多难受。再是自己的母亲，日复一日成天跟食物、粪便打交道也有厌倦心烦的时候，但是中年男人好像没有。

中年男人叫唐焕章，在南京市机械系统的技校当老师。照顾母亲那段日子里，学校照顾他有事可以走，这让他非常感激学校领导对他的照顾。后来他请了一个保姆，让保姆负责母亲的早餐饮食，喂母亲水喝，注意母亲不掉床就行。中饭晚饭还是由他来照顾，上午有课他脱不开身，中午他做好饭给母亲带着，自己手里拿着个馒头一路吃一路骑车，到了医院，先照顾母亲解大小便，然后给母亲喂饭。

看着唐焕章有时忙不过来，陆静怡心底那份柔软就占据了她的心，她常常帮着刷刷碗、洗洗毛巾什么的。后来由同情发展到心甘情愿地帮他做事，再发展到相亲、相恋。相恋两个月，陆静怡似乎找到了心之所依的人，每天除去自己的本职工作，就到病房里看看有没有要帮着做的事，常常不是她的班，也要到病房转一圈。做这些事成了她感情的寄托，只要看到唐焕章，她一天的工作就很愉快，不在，就感觉很急躁、很失落，心里老是想着，盼着，直到见到他为止。就这样，不长时间，唐焕章也有了感觉。他把这事以开玩笑的口气跟爱人讲了。爱人默默地听着不插嘴。爱人在市扶贫办工作，她表面上不生气，内心里却极为气恼，曾经暗访几次。

就在那段日子里，母亲的老年病没能治疗好，去世了，处理完母亲的后事，唐焕章像换了一个人似的，一身轻松，最要命的是，他心里有了陆静怡，竟然爱上她了。每天下班他都要到医院里去，想办法和陆静怡见面、约会。在河边，在公园，在所有能避开人眼的地方，两人卿卿我我，谈得热烈，也爱得真诚。就是那么几天吧，正值陆静怡排卵期，陆静怡控制不住，把自己给了他。这是在夜间公园树荫下发生的事，爱人跟踪他无数次，终于被她见到了。他爱人不吵不闹，装作没发生任何事情一样。

五天之后不知什么原因，这个男人突然不见了，陆静怡找他找不到，电话没人接，她不知道唐焕章去了哪里，发生了什么事，她再也没能联系到他。难道自己又被骗了？随后几个月一点消息都没有，她每天都活在痛苦的思念里。唐焕章真的把她甩了倒也好说，但是却给她留下一个难以做人的耻辱，十个月后，她为他生了一个女儿。为了躲避闲言，她调回彭州的老家，在市医院不声不响地工作。从此，她看透了世间所有的男人，从此不再轻易接触男性，也从此，她一直守着这个孩子生活，不再嫁人。她认为男人都不是好东西，哪一个男人的心里都有想侵占女人的恶毒想法，思想都很肮脏。在那段时间里，陆静怡心里烦闷到极点，看着襁褓中的女儿，她把女儿托付给妈妈，自己到公园、到山上、到河边散心，到山里尼姑庵寻求精神解脱。在山里的尼姑庵，她接触到叫念慈的老尼姑。念慈老尼姑慈眉善眼，圆脸方嘴，一看就是那种和蔼可亲的老人，老人九十多岁了。逢到星期天或节假日，陆静怡几乎一次不落地在庵堂里听老尼姑讲经布道，帮着做些尼姑庵里该做的服务。

人的一生总是有太多的痛苦和无奈，但是对于她来说，好像又比别人多了一层。一年以后，她皈依佛门，依照佛的心愿利益众生。从此她勤修戒定慧，熄灭贪嗔痴。

自从见到李强和范雯莉，陆静怡为他们真挚的情感所感动。在男女恋情上，她认为自己“经历”得太多，耳闻得太多，像这种为情而死又执着的情男怨女，在现实社会中几乎不可能发生，尤其是现在的年轻人，把爱字当儿戏。看着自己的女儿陆萍也到了恋爱的年龄，她要求女儿也像她一样，认真修习佛门戒律，在恋爱问题上，她不希望女儿谈情说爱，不主张女儿和男人过分亲密接触，她甚至认为男女在一起，哪怕是谈恋爱也是不道德的行为，她不能容忍女儿跟一个陌生的男人同床共枕，然后被骗、被抛弃。她说男人都脏，不可以和肮脏的男人接触，自己宁可养活她一辈子。

现在，看到范雯莉对李强爱得那么坚贞，真的像丢了魂似的，她否定了自己原来对两情的看法。她看出来他们是为一个纯洁的情字失魂的，是为一个爱字要丢掉性命的。是的，他们是为一个爱字而守护，而等待。陆静怡知道她该怎么做了。她要尽力把这例典型的病例治愈，让有缘人终成眷属。

这时候雨已经小了，嵇芳到了医院，顾不上换下湿衣裳就去了病房，看到李强坐在雯莉床边，她睁大眼睛看着女儿，雯莉像不认识她，看看她转过脸去。李强赶快站起来小声说：“阿姨，你来了。”

“来了，小莉怎么样了？醒了？”嵇芳不相信自己的眼睛，看着女儿睁着眼睛睡在那里，她小声问道。

“是的，夜里醒过来了。”李强说。

“哟……真的醒过来了呀。”嵇芳忙不迭地又说，“醒过来了？好，好，好。”

范雯莉听到李强和一个女人的说话声，转过头，看看嵇芳，问李强："这个女人是谁？为什么到这里来？"嵇芳吃了一惊，眼睛诧异地看着她正要说话，李强赶忙拉着嵇芳出了门，告诉她："阿姨，雯莉刚醒时间不长，大脑很乱，还不认识人。"

正这时候，陆主任进来了，看到陆主任，嵇芳说："陆主任，请稍等，我有话要问一下。"

"是雯莉妈妈呀，怎么搞得一身湿？来，先换件衣裳。"看着嵇芳一身湿漉漉的，不等嵇芳说话，把她拉进医生办公室的更衣间，拿出自己的衣服给她换上。"雯莉妈妈你这样要生病的，这么早来这里有什么急事？"

嵇芳一时被她问得没话说了，原来是想告诉陆主任把雯莉转到武汉医院的，现在看到女儿醒过来了，转院似乎没有必要，嵇芳觉着愧对陆主任，就说："我，我放心不下，过来看看。"

"来看看，嗯，雯莉夜里醒过来了。"

"我看到了，谢谢您陆主任，真的很感激您。"

嵇芳把换下的衣服叠一叠，要去病房，被陆主任一把拉住："哎，你别慌，你听我说完。"陆主任拉住嵇芳的手，嵇芳疼得"哎哟"惨叫一声，另一只手赶快托住伤手。

"你怎么啦大姐？"

"我的手，手。"

陆主任看到嵇芳的手腕又红又肿："大姐你怎么搞的，手腕肿这么厉害？"

"我来的时候滑倒了，手腕窝着了。"

"你快去外科看看吧，我去十六床看看，咱们等一会儿聊。"

"我也去病房吧。"

"你去看手去吧。"

看着嵇芳执意要去，陆静怡没再说什么，去了病房，嵇芳跟着也去了病房。

"大姐，你去不要说话，看一看就可以。病人夜里才醒过来，她现在需要静，她正朝着我们希望的结果发展。"陆主任接着又说，

“你在窗前看一下吧，别进去，免得引起病人情绪激动。”

“……嗯，好吧，我不进去。”

“看了以后，赶紧去外科门诊看你的手。”

嵇芳答应着，走到窗前看到雯莉已经坐起来了，李强坐在她旁边，嵇芳睁大了眼睛看着女儿，看着看着她捂着嘴哭了。

陆主任拿出听诊器，给雯莉前后听听，量量血压，问李强：“早上吃的什么?”

“给她吃了两根香蕉。”

“香蕉不要给她吃，只能喝流质，坐一会儿让她休息吧，要保证让她静心休养，慢慢恢复。”

“好的，陆主任，雯莉刚醒来的时候，不认识我了。”

“不认识你了?”陆主任停住脚步，显出已经预见到的表情，又感觉很突然地说了一句，“果然失忆了。”

“失忆了？陆主任这是您预见到的吗？那该怎么办?”

“像患了这种严重脑部神经疾病的患者，有百分之一二患者要患上失忆症的，这之前她伤得太重了，有的患者连家属好友都不认得的情形属于正常，这样看来，事情已经发生了，也不要太着急。”

李强站在那里听得有些愕然，愣愣地看着陆主任，听她说话。

“渐渐失去与人沟通交流的欲望很正常，大脑胡思乱想走偏的情况也属于正常。有没有漫无目的地乱喊、乱叫、打人，完全无法控制自己情绪的现象?”陆主任问。

“这个倒没有，只是直着眼睛看我，完全是那种不认人的表情，说话也是这样。”

陆主任嗯了一声，了解到这种情况，交代几句出来，看到嵇芳还站在窗户旁，她说：“雯莉现在身体非常虚弱，多给她做些有营养的东西吃……还有一个问题，你们要做好思想准备，病人有可能陷入深度失忆状态，失忆以后也不要着急，要经过一个漫长治疗恢复期，短时间两三个月，长了一年两年也是有的。”

“那以后怎么办……”

“不过生活自理方面还是正常的，只是不认识人，把过去的人和事都有可能全部忘掉，甚至认错人和陌生人相处的情况也是有的。”

“这种情况会很严重吗？”

“有这种情况发生，像这种大病初愈，属于正常现象，尤其是脑神经这种病例。”

“怎么才能治疗好，恢复好？”

“还是要常常带她到以前常去的地方，用语言启发、刺激她的记忆力，刺激那些经过的事情，唤回她的记忆。”

嵇芳认真听着陆主任的建议，她为刚才要把雯莉接去武汉治疗的荒唐想法感觉内疚。她沉思两秒钟，说：“我去给她买吃的去吧。”说着她下了楼。到了楼下，迎头撞见林婉秋，林婉秋是来送饭的，看见嵇芳，问道：“你到哪儿去？没吃饭吧？”

“我去给孩子买些吃的。”

“不要去买了，我都带来了，你上来和他们一块吃吧，够三个人吃的。”

“嗯，好吧。”

林婉秋和嵇芳上了楼，看到雯莉在李强的搀扶下已经下了床，嵇芳慌忙进来扶着女儿：“要去卫生间吗？”

“是的姨姨，她要去卫生间。”

嵇芳扶着雯莉进了卫生间，林婉秋把带来的早餐放到床头柜上，问李强：“雯莉醒来了呀？”

“是的，陆主任的医术真的很高明，这种病我听都没听说过，公司的同事也说没见过。夜里零点醒来的。”

“哦。”

“是的，陆主任医术是很高明，陆主任说按照她的方法治疗百分之九十会好起来。”

林婉秋听了心里自然很高兴，她说：“等雯莉好了之后，你要好好照看她，看今年能不能结婚。”

李强没吭声。

过一会儿他问：“妈妈，你们公司的情况怎么样？”

“什么怎么样，公司运转很正常，自从范思奕当了总经理，在他舅舅潘洪洋和其他几位领导的帮助配合下，干得有声有色，吴晓娟也在尽力帮助他。”

“晓娟是可以的，是干事业的料。她不是到法院工作了吗?”

“是到法院工作了，她说现在还在实习阶段，有空她就到公司里来，公司里的人对她反应都很好，前两天还到家里来了一趟，你爸爸过生日，她给你爸爸订了一个蛋糕送过来的。”

“爸爸生日？这事我倒忘了，很对不起爸爸。”

林婉秋笑了，“以前不会客气，现在长本事了，学会客气了。”说了儿子这么一句，弄得李强怪不好意思的，嘿嘿地笑了笑，说：“父母的恩情不会忘，以后好好补补吧。”

“现在照顾好雯莉要紧，能看到你们身体好起来，看到你们能尽快结婚，是做父母的最大心愿。”

“我知道，不要你时时再挂嘴上嘛，妈妈。”李强红红脸很不自然地又笑笑说，“这还要看看雯莉的态度，她愿不愿意尽快结婚。”

“嗯……当然是要看雯莉的态度。”

“妈妈的心情我能理解，昨天夜里，雯莉醒来的时候，不认识人了，她直着眼睛看我问我是谁，我说我是李强，她问李强是谁，我说李强是你的强呀，她摇摇头说不认识。妈妈，她是不是失忆了?”

“不会吧。”

“是这样的，她不认识我是谁了。”

“她昏迷了这么多天，经历了一次次别人没有经过的伤心事，让谁也受不了，刚一醒来大脑有些迷乱也是正常的吧，陆主任怎么说的。”林婉秋宽慰着儿子说。

“还没来得及跟陆主任说。”

“应该不要紧，陆主任医术这么高明，她会有办法的，应当相信她。”林婉秋把被子给雯莉整理了一下。

“肯定会相信她。”

过了一会儿，嵇芳扶着雯莉出了卫生间，李强和林婉秋站起来帮着把雯莉扶着坐到床上。林婉秋拉着嵇芳坐下，嵇芳哎哟一声。林婉秋愣一下问：“你怎么啦?”

“手窝着了，正要去外科看看。”

“哟，肿得很厉害。”林婉秋看着嵇芳的手问，“怎么窝的，快去医生那里看看，我陪你去吧。”林婉秋催着。

嵇芳说：“不要你陪，我自己去就可以。”说着，给雯莉盖盖被子就去了外科门诊。李强要把嵇芳送到楼下，嵇芳说，“不要你送，你快回去照看雯莉去吧。”

李强站住了，说：“姨姨您小心点，别再摔倒了。”嵇芳答应着，去了门诊。

李强回到病房，林婉秋说：“你们连饭也没吃吧，这里是鸡汤，你们先吃饭吧，我给你阿姨送两个包子过去。”

“好的妈妈，你去吧。”

林婉秋把电饭煲拎出来，插上电，给雯莉盛了一小碗鸡汤，自己尝尝还热，让李强喂她，交代着说：“这里边有包子、糖糕、油条、烧饼，还有辣汤，你看雯莉想吃什么，你给她拿什么。我去看看你姨姨。”

妈妈拿了两个包子走了之后，李强喂雯莉喝了一口鸡汤，吃一口包子，雯莉摇摇头，说：“我不让你喂，我让阿强喂我。”

“我就是阿强，雯莉，我就是阿强。”

范雯莉愣愣地看着他，不认识似的，摇摇头：“你不是阿强，我找阿强，你不是阿强，我要阿强。”

“好，你找阿强，你吃了饭我帮你去找行吧？来，雯莉，你先吃饭。”

“嗯，你要帮我找阿强吗？”

“是的，我帮你找。”阿强心里很痛苦，顺着她的话这样说这样劝。雯莉像傻子一样哦了一声说：“你要帮我去找，嗯，那我先谢谢你，让阿强也谢谢你，你真好，我现在先谢谢你。”

阿强痛苦的眼里含着泪，扭歪了脸，他把鸡汤用勺子一勺一勺喂她，雯莉很听话地喝了，又给她包子让她自己拿着吃，雯莉接过包子咬了一小口，不再往嘴里放，拿在手上似有所思地盯着包子看，她说：“不知阿强吃了没有。”

"阿强会吃的，你好好吃，阿强会很高兴的。"

她嗯了一声，又不吃了，拿着包子看了半天说：

"这……包子我见过，吃过……"

"吃过你就好好地吃吧。"阿强并没在意雯莉说这话的意思，男孩子的粗心让他丧失了一次重新认识这种病的机会，他说："吃过，你就好好地吃吧。"可是让她吃她反而不吃了，拿在手上，看着，想着，说："那天，那天二婶娘来的那天……哦，是二婶娘来的时候，我带着她和我的弟弟范思奕……就是吃的这种包子，是的，是这种包子。哎，思奕呢，二婶娘呢？"她左右看看。

李强不太清楚思奕和二婶娘是谁，就哄她说："他们都回家了。"

"不对，二婶娘回武汉的家了，思奕没回武汉，思奕是江浦公司的总经理了，怎么会回家呢？他是我二叔要他做的总经理，嗯，我想起来了，是我二叔要他做的总经理，我二叔去澳大利亚了是吧？"

李强听了，完完全全吃了一惊，啊呀，雯莉，雯莉的记忆恢复了呀。"雯莉，雯莉，你记忆恢复了啊，你，你看看我是谁。"

雯莉愣了愣，直着眼看一会儿，先是摇摇头说不认识，过一会儿又说："你，你是李强，是李强呀。"

李强把碗没来得及放下，就一下抱住她，雯莉扑到他怀里……

李强激动得眼里噙满泪花，紧紧搂着她。他们相偎着好大一会儿，雯莉离开李强的怀抱，正着眼看他："你真的是李强吗，怎么感觉是几百年前的事了呀。"说着，她两只手伸过来摸阿强的脸，抚摸着，擦着他眼里流出的泪，说，"强，真的是你呀，你瘦了。"

"嗯，我们都瘦了。"

"你是瘦了，你为什么瘦的？"

李强没说，他心里翻江倒海，他无从说起。他们沉默着，谁都没有再说话。过了好大一会儿，雯莉看着他，看看四周，悠悠地说："这是哪里，不像是我的家吧，怎么感觉是医院，我生病了吗？"

李强沉默一会儿，说："你没有生病。"

"哦，那就好，我从小到大都没生过病。"

"嗯，你注意好好保养自己，就不会生病，你皮肤也好，雪白粉嫩的，就是脸色有些苍白。”

范雯莉的脸红了，过一会儿才说：“是呀，我是一个爱美的女孩，小的时候，爸爸妈妈总是让我穿最好看的和别人不一样的衣服。”

“能看得出来，看了你的照片就看出来了，你穿得很时尚，很洋气。”

过了一会儿，好像没别的话说了，范雯莉微微地笑着，问李强：“李强，你是李强对吧，我没错吧？能说点别的什么吗？”

“说什么？你想听什么？”

“想听……我告诉你，我夜里做的梦吧，我梦见……”

“你先别说你的梦，我昨天也做了一个梦，看看我们的梦都梦见了什么。”

“嗯……好，我先说吧，我跟你讲讲我刚才的心灵感应，因为有了刚才的心灵感应，我感觉你一定会在这里陪我，所以我起来了。”范雯莉笑着说。

“啊，莉莉，我刚才做了一个梦，就是梦见你起来了，你在喊我。”

“是吗？那是我思念的信号触动了你的心吧。”

“……是的，我想肯定是的，我梦见我们结婚了……”

“是哟，你是这样梦见的吗？我做的也是这样的梦呀，也梦见我们结婚了。”

“在哪里举行的婚礼能知道吗？”

“在，在……”

“那个吧，我们都写在手上，然后亮出来，看看是在哪里举办的婚礼，看看我们梦到的是不是一样。”

“好的，你去找一支笔。”雯莉很兴奋。

李强找了一支水笔，说：“你先写，我后写。”

“好。”雯莉接过水笔，在手上写了“淮海路上的天主教堂”。写完，她攥紧了手不让李强看见，把笔交给李强。

李强也写了，“淮海路上的天主教堂”。

“写好了，你先亮。”阿强说。

“那个吧，我们剪子锤，谁输谁先亮。”

“行。”

结果是雯莉输了。雯莉红红脸撒娇地说：“不嘛不嘛，不是我输的嘛。”

“那，好吧，再来。”

“好，再来。”雯莉又高兴了。

再来的结果还是雯莉输了，雯莉又开始撒娇耍赖：“不嘛，不是我输的嘛。”

“好，不是你输的，算我输的好了吧？”

“嗯。”雯莉把鼻子一皺，“就是你输的就是你输的。”说完咯咯咯地笑了。雯莉长这么大从来没撒过娇，尤其在男生面前，不知为什么，这会儿她非常想撒娇。可能是长时间的病折磨着她，使她的性格有了变异，需要撒一下娇来满足自己。这是从来没有过的。李强一直认为雯莉是一个很矜持、淡定，又很有思想的女孩子，怎么突然变得会撒娇了呢？这些李强都没能细心去想，只觉着女孩子嘛，就该让着点。现在的范雯莉好像非要在阿强面前撒一次娇不可，让阿强有一种说不上来的味道。雯莉把手避在身后，等着阿强。

阿强看着她，忍着笑，猛一下伸出手说：“淮海路上的天主教堂。”

雯莉啊了一声，突然涨红了脸，拍着手说：“哎呀呀，一样的呀，我也是的呀。”雯莉叫了一声，又不相信地拿过阿强的手，正式看看上边写的是不是，看了半天，看到上边果然写的是淮海路上的天主教堂。

阿强说：“我看看你的。”

雯莉的手倒背身后，阿强说：“我看看嘛，是不是。”范雯莉说：“你吻我一下才让你看。”李强脸一红，扳过她的脸深深地亲一会儿，雯莉伸出手，果然手上写的是淮海路上的天主教堂。

“奇怪了，你的心灵感应和我的梦竟然一模一样，这是天意吧，莉莉，这是天意！我们受到神的庇护了，是神让我们结合的，对吗？

我以前从不相信什么鬼啦神啦的，现在我有点相信了。真是感觉有一个神站在高处看着我们的呀。”

雯莉也很惊奇地说：“我感应的和你梦到的竟然一模一样，这是上天作合我们，一定是上天作合我们的，不过我是不相信神的，我的感觉还是很准确的。”

“神也好，感觉也好，如此看来，也许是一种巧合。”李强说。

“是巧合。”雯莉点点头，“你看见都有谁来参加我们的婚礼了吗?”

“人很多，你说都有谁?”

“有我妈妈，有二婶娘，有思奕，有吴晓娟、燕子，还有一个不认识的人……”

“不认识的人？等一下，我想想。”没容阿强去想，雯莉就抱住了他，在他耳边轻轻地说：“是你，是你李强。”说完她鼻子一酸，趴在他肩上，哭了。

阿强忙着抱紧她，对着她的脸吻着：“别哭，好了好了，我们都好了。”

这时候，陆主任进来了，看到两个人热烈地拥抱，她止住了脚步，感觉有些突然，又有些感触。她知道雯莉会有复忆的，没想到这么快，不过这都是暂时的，接下来还会不会有失忆？可能会有。

陆主任站在那里静静地观察着他们，她希望他们的情感能长一些，融洽一些，热烈一些，这样有助于雯莉的病好得快一些，彻底一些。两个人的情感分离是病灶，这种分离是因为受了外部侵袭的因素，使得感情一次次活生生地被撕裂，活生生的撕裂是一个人难以承受的痛苦，尤其是雯莉这样的病体，阿强承受着，雯莉也承受着，只是雯莉承受的代价是那么沉重，有点承受不了。陆主任能理解雯莉，自己当初不也是被活生生地撕裂了吗？那个叫唐焕章的男人，毫无情义地抛弃了她和女儿，自己在痛苦的漩涡里拼命挣扎，几乎被淹死。

这个男人到底去哪里了，她不知道，到底为什么抛弃她，她也不知道，到了万般无奈的时候，她放弃了寻找。

唐焕章的老婆在省扶贫办负责贫困地区的扶贫人员增换和调配。自从了解到丈夫和医院那个小丫头的往来，她认为丈夫背叛了自己，这让她无法忍受。她在办公室里来回走动，本来不很白的面孔，这时候气得慢慢变紫、变青，她咬着牙，嘴角的肌肉一抽一抽的，太阳穴上本来有一个黄豆大的凸块，这时候更明显。先前那种严肃的面孔，现在变得冷冰冰的，一片乌黑的浓云化成愤怒，笼罩在她脸上，凝聚在她心头。她是那种喜怒哀乐不易显露的人，不快的事她善于藏于心里，等到时机要报复一下，现在报复的心理好像加快了。她怀着一股复仇的心，要狠狠对丈夫惩罚。

当时全省各市都有扶贫对口的地区，彭州市的对口地区是新疆和青海。让他去边远地区扶贫。她考虑再三，向彭州市扶贫办要了一个名额，说："我们这里有一个同志想到边疆去，能不能划过来一个名额。"征得对方同意，不声不响地给唐焕章报了名，这在省扶贫办确实是一次义举。

"不和你唐焕章提出离婚就是便宜你的了，你还想怎么着？"老婆得意地想着，打着自己的小算盘，等你的花心有了收敛，回心转意知道错了，我再要求把你调回来，压压你不忠不义的那份花心。

省扶贫办领导看到报上来的人员名单，问她："你是占了彭州的一个名额？老唐同意吗？"

"有什么同意不同意的，是他自己要求去的，以前他总是说想去贫困地区锻炼锻炼，现在边远地区需要教师，老唐是最合适的人选。"

"你呢，是不是很支持？"省领导半开玩笑地问她。

"我当然是支持的了，边远贫困地区的需要，就是我们的自愿嘛。"唐焕章的老婆说得冠冕堂皇。

"这次去的期限是五年，家里有困难吗？"

"没困难，我们都还年轻，有困难也能克服。"

就这样，等到临走的前几天，唐焕章才知道自己被"调到"新疆阿勒泰地区哈萨克县的一个东方红中学学校任教去了。唐焕章是一个生性柔弱的人，既然领导这样决定了，那就去呗，也不去打听为什么调他去。

五年之后，唐焕章回到南京，回到南京的家。一切如旧，老婆还在省扶贫办，女儿唐梅高中已经毕业考上了大学。过惯了独身生活的唐焕章，不愿意再和老婆一块生活，尤其回到机械系统的技校继续任教期间，了解到自己去新疆扶贫的真正原因，他很气愤。自己一个人在家里的时候，气得摩拳擦掌，对着墙壁狠狠地砸，直到把拳头砸得流血。他想找老婆论理，后来想想事情已经这样了，算了。他要求和老婆离婚，老婆就是不离。五年，不算长，一千八百多个日日夜夜，弄得他欲哭无泪。他苦苦地笑着，在那里摇摇头，唉了一声。就这样，一种别样的夫妻，在阴谋当中结束了，其实老婆早就和本单位的一位同事有染，只是中间隔着唐焕章，不能放开自己，现在好了，她名正言顺地睡在那位同事的床了。

唐焕章在南京待了半年，其间他找过陆静怡，没找到，多方打听，得知陆静怡调回彭州的老家了。不久，他也要求上级主管部门调他到彭州市工作。给别人的错觉是，他是想离老婆远点。

调到彭州，市领导根据他的专长，又有几年的扶贫工作经验，分配他在一家机械厂当生产厂长。谁知性情软弱的他自有超人之处，在这家工厂工作三年，原本亏损的企业由于他的到来，效益上去了。公司领导喜出望外，原来省里送给他们的是一块宝呀。从此市机械公司，凡有亏损企业都派他去治理。唐焕章也真有两下子，只要他去的亏损单位，长则三年，短则一年总能转亏为盈。后来女儿大学毕业也不愿意跟妈妈一块生活，她到了彭州爸爸工作的城市。

这时候范雯莉看见了陆主任静静地观察着他们，她的脸一红，松开李强的手，问陆主任："你是陆萍的妈妈是吧？我和陆萍是非常好的朋友呢。"

"是的，我是陆萍的妈妈，我听陆萍讲过，说范副总经理是一个特别好的人，人长得漂亮，工作能力又很强……"陆主任说到这里不说了，她十分用心地观察着范雯莉心理上的反应，观察一会儿，她回到医生办公室开了几种药，交给护士，让护士给她打点滴。

林婉秋回来的时候，看到雯莉躺在那里在打点滴，像正常人一样，一只手正抓着李强的手很亲热地说话。林婉秋很欣喜地说："雯莉，你好了呀？"

范雯莉不知她说什么，转过脸看着林婉秋，问道："阿姨，你去哪儿了？你坐。我正给阿强说我们要出院的事呢。"

"再观察观察吧，今天刚有点起色，等稳定了再说，出院不急。"

"我不想在这里住了。"

"陆主任怎么说，陆主任同意出院我们会出院的。"林婉秋还是坚持着自己的意见，但是她依然很高兴地看着范雯莉，没想到雯莉说好好得这么快。她走过来坐在雯莉身边，很亲热地拉着她的手，说："我把家里收拾好，住到我们家吧，早晚也有个照顾。"

"我想还是让小莉回武汉算了，养好身体再过来。"嵇芳的手腕已经打了膏布，她从卫生间里出来接过林婉秋的话说道。

林婉秋看着她说："雯莉妈妈你的手没问题吧？"

"没大问题，就是窝了一下，过几天就好。"

林婉秋说："没问题就好，雯莉的事还是问问陆主任吧，身体没别的问题，短时间不需要复诊，去武汉过段时间也行。"她安慰着嵇芳和范雯莉。

"我不回去，我这里还有许多事要做。"

"你身体要有个恢复阶段，等身体养好了我送你回来。"嵇芳说。

"我不回去。"

嵇芳看着女儿板着面孔执拗地说，皱下眉头，她也感觉女儿好像换了一个人似的，没生病之前从来没这样拗过。

"雯莉不愿意回去，就在这里算了，我们会照顾好她的。"

嵇芳没表示同意，也没表示不同意，她心里一直想着：这孩子变得越来越不听话了。

林婉秋又说了一遍："雯莉不愿意回去，我看就在这里吧，我把家里收拾干净，就住在我们家好了，我们娘俩一个房间，雯莉妈妈你就放心吧，我们会照顾好的。"

嵇芳依旧没说话，她睁着两只眼睛一直看着女儿。她心里依然纠结在和李亦邙的那件糗事上。这些瞒天瞒地私下里的勾当，是她不愿意让女儿住在他们家的真实原因。她不想见到李亦邙，也不希望女儿再见到李亦邙。多么无奈又多么尴尬的一件事，难道真应了那句善恶有报的俗语吗？真的是人在做，天在看吗？难道真的不给自己留一点改过的机会吗？天下合乎情理的事千千万，不合情理事也有千千万，自己做下的那件丑事，为什么只让自己来偿还？其实说来说去那件破事只瞒着林婉秋一个人，林婉秋不知道是天下太平，知道了也许天下大乱。到了这时候，女人的那点自怜、自爱、自尊才会大大地显露出它本来的面目，才会想起来维护那点可怜的尊严，才会想尽一切办法弥补自己的亏心。哦，多么可怜的弥补。女人，就是这么一个矛盾体。她不知道这些天自己是怎么熬过来的，如果说是自己私下里煎熬，也不完全对。而在李亦邙那边也在为这件事回避着，但是又不得不面对。他们是那种说不出口的心理战争，暗暗敌视，暗暗较量，是那种道德伦理和本位伦理在是与非上的维护与反抗的较量。

过了好一会儿，嵇芳打破了长时间的沉默，问道：“小莉，你哪里有不舒服吗？”

“没有，我不想在这里住，我只想出院。”

这时候陆主任进来了，林婉秋问：“陆主任，雯莉能出院吗？”

“现在还不行，再观察几天没大事可以出院。”

“再观察几天吧，雯莉，听话，陆主任说再观察几天，没问题了就可以出院。”

“病情和病人的情绪有很大关系，要保持一个好的情绪是医治好疾病最起码的要求，不要时时想着自己的病。”陆主任对雯莉说。

过一会儿陆主任把林婉秋和嵇芳让到门外对她们说：“她这种复忆是暂时性的，时时都可能会有反复，要找出她没生病之前喜欢去的地方，喜欢玩的地方，带她去那里经常走走，转转，多看看，她喜欢的事情要多让她做，多给她一些提示，激发她对过去事情的记忆，要慢慢巩固下来，病情会好得更快些。”

“除去失忆别的还有什么吗？心脏问题？”嵇芳问。

这时李强也被叫过来了。

“心脏恢复得很好，其他没什么，情感的缺失就目前来看还是一个很重要的问题。”她看着李强说，“小伙子你要好好地配合，你们是一个整体，任何一方都不能把对方丢弃，这件事情要做好，不能马虎其事。”陆主任严肃地交代他说。

“您放心陆主任，我会的。”李强说。

“我们知道了，陆主任，我们会好好配合的。”林婉秋也这样说，虽是这样答应着，但是心里还是存着一个疑问，这个疑问不单单是她，嵇芳也是疑惑着。关于雯莉的病情，来得突然，走得也突然，究竟是怎么一回事。

“她要回公司上班，现在还不能回吧?”嵇芳问陆主任。

“不要着急着上班，过段时间，身体没大问题，再考虑上班的事。”

第三章　出　院

春天总是让人喜欢的，太阳的光芒像妈妈爱抚的手指，轻轻抚摸着孩子的脸蛋，又像妈妈敞开的怀抱搂抱着孩子，温暖着孩子。有人说春是绿色的，阳光是蓝色的，如果你找到大地最初的一小片绿色，那一定是春姑娘刚刚落脚的地方，那种勃勃生机替代了冰封雪飞的严冬，矫捷的步伐，已经迈开轻盈的脚步向你走来了。她脱去了人们身上厚重的棉衣，带给了人们温暖的笑容，换了春装的人们，容貌总是愉悦的，美丽的。人在这时候会变得年轻，精神焕发，浑身上下有使不完的力气。

想一想吧，在这样的气候里，穿一件镂空的大领驼色毛衣，穿一条黑呢的七分裤，一双白色或者褐色的长筒靴，再戴一顶红色的或者其他颜色的圆顶帽，嗬，别提多惬意，多漂亮。每当这个时候，我就感觉这个季节是我的，她给我带来无限的生机、无限的遐想，接下来的是鲜花初绽，万物复苏，灵动而致美的纯净天空是那么晴朗，阳光是那么明媚。多好啊，我的春末夏初的期盼，我的美好的季节来了。可是，在彭州这座说北不北说南不南，坐落在中国中部又偏东的城市，春天的脚步总是来得迟。春的温暖在人的心头企盼着，萦绕着。

进了五月，我的病逐渐好起来了。李强说，夏天到了，我们去旅游吧，他问我喜欢旅游吗。我说当然喜欢啦。接下来我们开始计划着先到哪里去。李强说："去南屏湖吧，再爬南屏山。"

"嗬，这算是旅游吗？在家门口转转也算旅游吗？"

李强说："当然不算，我们先做一次长途旅游前的热身，然后去加拿大，去美国，去美国的夏威夷，去瑞士，据说瑞士是世界上最适宜人居住的地方……”李强很高兴地这样说着，脸上放了光。

“是的，那是世界上最适宜人居住的地方。”

“我们以后就到瑞士安家好了。”他笑着，连眼睛也在笑着看我。

“嗯，这种设想我同意。”

看着我没什么大事，我的妈妈要回武汉了，本来她想等我出院再回去的，现在看来不能等到我出院了，她请的假已经到期，不过这几天我的精神面貌确实都不错。我说：“妈妈，你放心走吧，没事的。”

听到我这样说，她答应着。

“好好养养身体，不着急上班。”

“嗯。”

这天下午她对林婉秋、对我、对李强说：“李强妈妈，我要回去了，我的那个班一直都是别的老师替我带着的，时间长了不行。”

李强说：“阿姨，你回去吧，雯莉这边有我们照顾着，不会有事的。”

林婉秋也说：“雯莉妈妈，你放心走吧，这里没事，出院后我让雯莉住我们家里，住家里早晚有个照应。”

嵇芳突然沉默了，她不能忍受女儿再度像她一样受着心灵上的谴责，她说：“还是让小莉在公司宿舍住吧，这样她上下班也方便。”

“那怎么行。”

“行的，没问题的。”

林婉秋看嵇芳一再坚持不住自己家，就说：“到时候再说吧。”

嵇芳嗯了一声。林婉秋也没作其他想法，接下来她说：“我一直都没把雯莉当外人看的，从心里说，把她当自己的女儿还嫌不够，况且我们同学一场，接下来又是两个孩子相亲相爱，这是缘分对吧，再说我们也算是世交了吧。”林婉秋红着脸微笑着这么一说，不知怎么搞的，我心里咯噔一下，怎么提到这件事情上了？我忐忑不安的心脏这时候突然惶惶不安激烈猛跳几下，脑袋里霍霍地开始迷乱：“他们是不是合伙瞒着我？把我当她的女儿还嫌不够是什么意思？我是阿强的亲姐姐吗？阿强到底是我的什么人？阿强对我如此照顾只是出于情谊上的吗？有没有其他原因？如果真有那种血缘关系，我宁可去死。天哪，我就知道会有这么一天。我感觉我是搁在砧板上的一块肉，身不由己地任凭他们切割。”我不敢往下想，我看出来了，看出了我的言语的匮乏，我失去了争辩的力量，我被他们的强势强奸了。我的眼睛里、脑袋里都充溢着耻辱的血，我想大声地号叫，粗野地号叫，号叫出他们掩盖、隐瞒的一切，我看到我的妈妈——嵇芳，看到林婉秋，看到李亦邙和李强他们一颗颗险恶的心、丑陋扭曲的脸。他们张牙舞爪，接二连三向我扑来，要吃掉我，他们拿起刀子，从我的心脏开始，一点一点地切割，像古时候凌迟那样。然后张开血盆大口吞噬着我的肉体、我的青春、我的灵魂。他们茹毛饮血，哈哈哈地笑着，哦哦，我打了个寒战。哦，我痛苦，我的心在流血，我没有理性了，我在一点一点地变，变得用最原始的本能，不发出声音也能口齿清楚地叫喊出我的愤怒，直到让所有的人明白我是怎样一个人才肯罢休。阿强你是我最大的仇人么，不可原谅的仇人么？你是他们一伙的么？你也要做那种龌龊的违背人伦的事么？林婉秋，我妈妈，还有那个李亦邙，还有你——李强，所有的人都在欺骗我，隐瞒事实真相。

当我第一次看到林婉秋的时候，现在回想起来，一点都不感到亲切了，她的表情甚至是那么的做作、虚伪，她对我说着让我难以听懂的话，以显示自己的高贵、不俗，这就是我尊敬的林婉秋部长么？这就是她的持重，她的高雅，是让我钦佩的林婉秋部长么？当时我怎么被她的假象迷惑住了呢？我当时竟然有着这样的想法，即这样的婆婆是我要的，哦，李强，正是因为你有了这样的妈妈，才生出了你李强这样气质高雅、清新俊逸、品貌非凡又风度翩翩的儿子，这些都是我要的。

然而，自我患上这种奇怪的病之后，又日趋加重。我自己也能感觉到我变成另外一种人了，我开始怀疑一切，我谁都不相信，我的多疑，让我否定了在我身上发生的原本所有的真实。

这时候林婉秋把话头转向吴晓娟。

林婉秋说："还有晓娟，都是我最亲的人。我常常想，我真的很幸福，谁能像我似的，老了老了有了两个天仙样的女儿在我身边围着。"林婉秋说着说着，脸上突然僵住了，她发现嵇芳——我的妈妈脸色变得很难看。

"你是有福气。"从我妈妈的表情上看，林婉秋不难看出我妈妈的心里是这样想的。

林婉秋哦了一声，想起什么似的，马上说："他们结了婚，让他们到武汉住到你那里去吧，也好有个照应。"林婉秋以为嵇芳的脸色难看是因为这个。

嵇芳忍着内心的杂乱，不笑不怒，冷冷地说："到我那里住？你舍得？"

"当然舍得。"林婉秋笑着大大方方地说。

嵇芳就坡下驴，半认真半开玩笑说："那，说定了。"

"当然说定了。"两个人各怀各的想法，嬉笑着，林婉秋学着男人的样子，伸手击掌。

两个老同学，老朋友，准亲家，还可以说是老冤家，真不真假不假说了这番话，我的终身大事就在她们嘻嘻嘻地谈话中协议了。我知道妈妈说的是假话，为着隐瞒一个事实，做出的假象。可悲的妈妈，你在维护着一个脸面，做出圣洁的高尚的样子，你是要的那种假脸呀，妈妈。

她们没有想到我的心跳这会儿让我很难受，是为刚才的想法？是为着她们达成的一项宰割我的协议？我是一个推来让去没有思想的肉体？我用手捂住那个心跳的部位轻轻按一会儿，好一些了。阿强问："怎么啦，雯莉？"

"……"

"你怎么了，雯莉？"

"没事。"

"没事你捂着心口干什么？"妈妈看见了也问。

我没有回答她，自顾自在那里把脸搓几下，我让李强倒杯水给我。李强给我倒了一杯水递过来。

这已经是病好的第五天了，我的身体恢复得很快，李强、林阿姨每天都想着法儿给我做好吃的，保证我的营养供应，我的身体逐渐恢复到原来的样子，脸色也好看多了。我的妈妈已经走了，林婉秋阿姨也上班去了，吴晓娟、范思奕、燕子、刘昊他们也来过了，所有的一切该去的去了，该来的还要再来，我心里惦念着那件放不下的事。我的妈妈和李亦邙怎么会有这种事呢？做了那事为什么罪孽要落在我身上呢？为什么这笔账在今天要我来偿还呢？根据血型判断我不是李亦邙的孩子，医院的检验会不会出错？万一错了谁来负责任？即使这些都排除掉，但是李亦邙和我妈妈做的那件不光彩的事也让我心里堵得慌。

现在知道这件事的大概只有李亦邙、我妈妈和我三个人，尽管知道这件事的人很少，但是，我还是无法忍受这件丑事对我的打击。我像是光着屁股暴露在光天化日之下，所有的人都在我背后指指戳戳骂我不要脸。范雯莉的妈妈和那个李亦邙野合出来的孩子，现在又和李亦邙的儿子勾搭上了，是同父异母的恋人呀，真不要脸，伤风败俗，啊呸。你们知道吗？那个范雯莉还亲亲热热地喊李亦邙爸爸呢，这才是真真正正的爸爸呀，哈哈哈，那个亲热劲呀，哼，也不嫌碜牙。

范雯莉的妈妈和那个李亦邙曾经是野合的情人？很多人都伸着脖子打听，传言很多。她是那个李亦邙的孩子？李强也是李亦邙的孩子，哈哈哈，一个床上睡着亲姐弟两个，生出的孩子没屁眼。

我妈妈肯定不会再见李亦邙，我呢？和阿强结合？结合，意味着我以后还会见到那个玩弄我妈妈的男人！

好可怕。我摇着头，痛苦地捂着脸。

我是一个自尊、自爱、自洁、自律，名誉观念极强的人，这样见不得人的丑事在我心里挽了一个大大的死结，死结一直系在我的心尖上，时时都在骚扰着我，冲撞着我，我感到窝心，我想发火，对李强我更是横鼻子竖眼，好像他前世就是我的宿敌，是我这辈子都无法摆脱的孽障。

那一天我问李强："你是什么血型？"

“我是O型。”

“你妈妈是什么血型？”

“我妈妈是B型。”

“嗯……你，你爸爸呢？”

“他可能是O型吧，我不太清楚，你问这个干什么？”

我没回答他的为什么，我发了火：“你为什么不弄清楚？啊！你为什么不弄清楚的！你真讨厌！讨厌！你真讨厌！”我大声嚷着。李强看着我，愣了，他过来一把抓住我的手，莉莉，莉莉地叫我。我使劲挣脱他，把他推到一边，厉声喝道：“不要碰我，你滚，滚，你脏，脏！”

“怎么了莉莉？无缘无故的你这是……”他看着我说。

“你滚你滚，你快滚！快滚！”我指着他的鼻子吼道，拿起枕头向他扔过去。“好好好，我走我走。”阿强愕然地睁大眼睛，愣了片刻，然后逃也似的快步跑出去。他到陆主任那里去了。我看到他滚出去了，像一个橄榄球似的，磕磕绊绊跑得很远。

妈妈，你是那么一个有头脑的人，又是一个那么鄙视这种行为的人，你是那么高雅，又是那么时尚的人，我曾经因为拥有你这样的妈妈感到自豪，我曾经发誓要做你这样的人。妈妈，妈妈，你怎么会做那样的事呢，你当时是怎么了妈妈？你是被他骗了，还是主动的？妈妈妈妈……我的心在垃圾堆里挣扎，我的心在流泪，我看见我的泪像黄河奔涌而来，我呼喊，我号叫，我呼喊着她的名字。

这一天上午，吴晓娟和范思奕又来了。

吴晓娟说：“雯莉，听说你要出院，我们来帮你收拾东西。”

“是呀，正准备出院呢，公司忙不忙？”

“忙呢。”

“忙还到这里来？”

吴晓娟没回答我，反而很兴奋地趴在我耳朵上红着脸告诉我：“雯莉，我们已经订婚了。”

我吃了一惊，嘴张几张没说出话来。

“我们昨天晚上商定的，我是第一个告诉你的。”

订婚了？第一个告诉我的？我感觉突然，我的嘴依然张着，我看了她半天，她没看我，她一直都沉浸在自己想象的幸福当中。

“谁订婚？”

“我和思奕订婚了呀。”

“哦，是你们订婚了。”我心里有一块东西又开始向我袭来，堵塞着我的喉咙，有一股说不上来的味道在心里翻腾。

“是的，我们准备买房子了，等房子买下来，装修好，就快到国庆节了，我们准备旅行结婚。”

“到哪里旅行？”我恢复了常态。

“先在这里举行婚礼，然后到武汉办几桌，然后再飞南京、上海玩一玩，最后去国外度蜜月，反正想到哪里，临时再决定去哪里。”

“是随机是吧？”我问。

“是呀是呀，像在电脑上放音乐似的，随机。”吴晓娟说完高兴得跟什么似的，圆圆的脸上放着喜悦的光彩。

“自由自在，两个人的世界真好。”

“嘿嘿……他的爸爸范总经理也过来参加我们的婚礼，我们去武汉，他不去，他说江浦还有许多事情要办。”

“谁，他爸爸？范总经理也过来？他本来应当来的，他还有什么事要办？”

“我也不是很清楚，据他说他们在澳洲申办了一个公司，要在那里发展。”

“是呢，我也觉着他是闲不住的人，把江浦让给你们，他肯定有他的打算。”

“是呀，名义上是把公司让给我们，实际上我们每月的生产经营报表都要传给他看，他是在遥控指挥我们。”

“这样好，不会走偏。”

“范总真是个有心计的人，他跟我讲过他以前白手起家在上海创业的事情，国内这一块，是他拿下来，创下来的，他不可能放弃。”吴晓娟说。

“他有创业经验。”

“是呀，他有创业经验，儿子结婚他应当来的，到时候你能去武汉吗？”

“你们什么时候结婚？哦，是国庆节，你说过了，房子买了吗？什么地方的房子？”

“是想国庆节结婚，房子准备去订，地点是孙健原来在王庄的水疗中心，后来他的水疗中心不干了，开发房地产，过些天是孙健的‘名流雅居’十几栋楼房开盘的日子，我们过去看看，据说这房子，要在明年才能拿钥匙，我们先用他爸爸以前住过的公司招待所，招待所的房子现在正准备装修，就是让公司这批活给耽误了，要不是这个活耽误，我们已经结婚了。到时候你也去武汉好吗？”

我默不作声，心里说不上来是什么滋味。好人自有好报，吴晓娟自小就很苦，硬是凭着一颗不屈服的心走到现在，可以说她以后的路是顺畅的宽广的，也是幸福的阳光的。

“好，我去武汉。”

阿强听我们说完，就去办了出院手续，打点好东西我们就出院了。

出院先到李强家，暂时不回公司宿舍。我问谁在家里，李强说没人，他爸爸一般都不在家。听了这话我的心放下了。到了李强家，李强的爸爸李亦邙正在电脑上收集资料，我一愣，不是说不在家吗，怎么在家了？李亦邙看我们来了，欠欠屁股，说：“范副总出院了？”

“嗯。”

“出院好，小强，给你妈妈打个电话告诉她一声，你们坐，坐。”

“跟我妈妈讲过了，一会儿她就过来。”

“小强拿水果给我们吃，这一位是谁？”

“是范总经理范正辉的儿子范思奕，现在是江浦股份公司的总经理。”

“叔叔好。”范思奕热情礼貌地伸出手和李亦邙握手。

“好，小伙子，我听说过，你们聊，我到单位有点事。”

“爸爸，吃饭时过来。”吴晓娟叫得很亲切。

“不一定不一定，最近很忙，你们吃，不要等我。”李亦邙说完，拿起包逃也似的走了。

“他走就让他走吧，咱们来吃水果，是不是有点凉？雯莉不要紧吧？你来，到这里坐。”李强拿了一个垫子铺在沙发上，让我坐下，又拿过一条毯子，围在我腿上。

我很听话地坐到沙发上，吴晓娟坐在我旁边，范思奕坐在凳子上。

“我不吃，我喝茶。”我说。

“好。”李强去泡茶，起身又说，“你们二位呢？”

“也喝茶吧，都喝茶。”

“好。”

李强慌着去拿茶叶，吴晓娟早已把茶叶盒拿在手上，然后摆好杯子放了茶叶。

“娟姐很熟练啊。”李强笑着站到一边看着，吴晓娟说，“在公司里练就的一身硬功夫，公司经常有客户来，这一身本事不练熟就行了吗？”吴晓娟笑嘻嘻地说。

“娟姐做事就是认真，哎，你实习怎么样了，结束了吗？”

“基本上结束了，上个星期参与了两个案子的审理工作。”

“你是法官了？”

“不是，是做书记员。”

“做书记员要求打字要快是吧？要求一分钟打字多少？你打字速度怎么样？”

“要求一分钟一百二十字，我一分钟能打一百三十到一百五十字，上次考评我属优秀，我们那里老书记员一分钟二百到二百二十字，那才真叫那个快，两只手在键盘上像飞的一样，真佩服。”

“是盲打吗？”

“当然是盲打。”

“可以呀，娟姐。”李强羡慕地说。

“咿呀，晓娟这么厉害。”我看着她很羡慕地说。

“没什么厉害的，工作要求是这样，就要练成这样。刚开始的时候只能打七八十个字。”

“是个什么案子?”范思奕问。

“经济纠纷。”

正要吴晓娟谈谈，林婉秋到了。

“都来了呀，好呀，小强怎么不拿水果给他们吃的。”

“不吃，林总，刚才拿了我们没要吃。”范思奕站起来说。

“你坐下，范总，不用客气。”林婉秋满面喜色让范思奕坐下，把从街上买的菜放到冰箱里。

“完全好了是吧，雯莉。”林婉秋出了厨房，笑吟吟地说。

“是的阿姨，好了，不想在那里住了。”

“出来好，可以到外边转转，玩玩，散散心。”

“嗯，在那里住得很闷。”

林婉秋在厨房里一边说一边把买来的菜放在小筐里：“我们今天吃糖醋排骨怎么样?一会儿让你们的爸爸来做，这是你们的爸爸最拿手的菜。”

又是李亦邙，我听了心里挺烦的。我说：“不吃糖醋排骨。”

“以前不是挺喜欢吃的吗?”

“不吃了，随便弄一点吃就行了。”

“那也好，我把排骨炖一下，你们聊吧。”

这时候范思奕看看吴晓娟小声说道：“咱们走吧。”

吴晓娟给他挤一下眼，小声说：“不能走，妈妈肯定不让走。”李强在那边跟我说话，也听见了，说道：“哪能走，还没和思奕弟聊过呢，喝点酒，今天好好聊聊，这里今后就是你们的家了。”

李强现在也学着会说话了，说得吴晓娟范思奕不好意思起来。

“就是，这里就是你们的家。”我没有了刚才的烦心事，跟着加了一句，吴晓娟纠正说：“这里才是你的家，是你范雯莉的家呢，我们，我们是嫁出去的闺女，泼出去的水。”

一句话逗得大家都笑了，李强笑得尤其厉害。

“那是以前的人这样说，现在没有了，闺女还是跟娘亲，现在的闺女哪个不疼娘。”我红着脸，我不想再提家不家的事。看着电视里正播放《我爱我家》。看到一个出嫁的闺女正跟老公在街上买东西准备回娘家，男的说：你前两天不是买了吗，今天还买这个？女的说：前两天买的是给我妈妈的，今天买的是给我爸爸的，一人一份公平合理呀。

男的有些生气：就知道你家。

你不也是这样吗？不哼不哈偷偷给你妈送了五百块钱，还说春节没给，这回补上。

你爱你家我爱我家，都是正常的。

两个人你一句我一句，说着说着生了气，结果什么都没买，各走各的了。

范思奕和吴晓娟看得哈哈地笑，我在那里感觉很没意思，站起来到了李强的卧室。

这时候吴晓娟也站起来走到厨房：“妈妈，我帮你做饭。”晓娟说着去洗了手，“这个菜要淘淘吧，我来淘。”

“不用你沾手，我一个人就行了，你们去玩吧。”

晓娟说：“他们在那里看电视，我不想看，我来帮你做，正好向妈妈学点做饭的本事呢。”

我听到林婉秋和吴晓娟这样的对话，听见林婉秋洗排骨的声音，又听到林婉秋问吴晓娟：“在武汉结婚的事准备得怎么样了？能办多少桌？”

吴晓娟说：“他妈妈在那边张罗着准备，我不知道他那边有多少人，那天我们大概算了一下，也就是十五六桌吧。”

“十五六桌不少了。”

“妈妈到时候你能去吗？”

“到时候看吧，能去我尽量去。”

“还是去吧，妈妈，那天他妈妈打电话说，上次她来的时候没听我介绍清楚，还没弄清我们的关系，我在电话里跟她说了，他妈妈说，好，这样好，她很想见见您呢。”

“我尽量去。”

“让爸爸也去。”

“不知道他能不能离开。”

“到时候请假去吧，听说这几年武汉的发展很快，正好让爸爸妈妈去看看呢。”

“嗯，是的，武汉发展得是很快。”

林婉秋一边说，一边把剁好的麻将块大小的排骨，放在煮锅里倒入清水，用小火煮开。煮了五六分钟，那排骨捞出来，浸泡在清水里浸泡一段时间。

“还挺麻烦的呢。”

“也不麻烦，不这样做不好吃，虽然浸泡过了，上面的脏东西还没浸泡掉，过后还要放在开水里焯一下，一会儿你看着怎么做就行了，很好做的。”焯了一下，林婉秋上锅用小火煮一会儿，用小火煮，烂得快，煮个十来分钟吧，再用炒锅，炒锅放了油，把切好的生姜爆出香味，放入八角、桂皮、盐，老抽，再倒排骨，小锅翻炒，基本上就成了。

“这样就成了？”

“这样做出的排骨口感好，滋味香浓，香而不腻。”

“哦，妈妈好手艺，鲜鲜的，嫩嫩的，不要说吃了，看着也挺馋人的。”吴晓娟看着笑呵呵地说。

“来，晓娟，你尝一下烂不烂。”林婉秋用铲子铲出一块放在小盘子里给吴晓娟，吴晓娟馋得吸吸溜溜地搓着手，用筷子夹着填到嘴里。“好吃，妈妈，很好吃，你也尝尝。”

“我不要尝。”

“妈妈真的好手艺，又香又嫩。”

“这都是跟电视里学来的，你去看电视去吧，这里不要你帮忙了，我烧条鱼，再弄几个素菜。”

“妈妈不要弄太多菜。”

“好的，你去玩去吧。”我听着她们的对话，感觉她们真像亲娘俩。

吴晓娟嗯嗯啊啊地应着走出厨房，看到李强和范思奕还在那里看电视，只是不见了我，她问：“雯莉哪儿去了？”

“在那边房间了吧。”范思奕说。

吴晓娟去了李强的房间，看到我正对着电脑发愣，看到她来了，我擦了擦眼泪，吴晓娟走过来拉把椅子坐下，扶着我的肩膀，问：“怎么了雯莉？”

“没怎么。”

“没怎么哭什么的？不开电脑的？”

“不想开。”

“你没事吧雯莉？”吴晓娟看着我说。

“没事。”

吴晓娟低下头看见我手里正拿着她那个不锈钢条做的发卡。

“这是我上小学的时候我爸爸给我做的，上次学校会演，我让阿强带回来的，没想到现在还搁在这里。”

“他对你有扯不断的情义是吧。”

“没有，我们之间什么都没有，只是姐弟关系。”

“现在是没有了。”

“以前也没有。雯莉不要胡思乱想那么多。”吴晓娟说着搂着我，把头倚在我的肩上。

“我没想那么多。”

“还没想那么多，刚才哭什么的？”她抬起头看着我说。

“……我在想，黄莹莹，想她该毕业了吧。”我小着声音说。

“应该毕业了，上次为找工作的事还问我是到温州好还是到彭州好，不知道现在怎么说了。”

“她应该结婚了吧。”

“这个不知道，结婚应当告诉我们的，哪能偷着结呢，真要偷着结，那也太不顾姐妹的感受了，见了她真要好好教训一下她不可。”

“没结婚就好。”

“什么意思雯莉？”吴晓娟扳过我的肩，正眼看我，“什么叫没结婚就好？”

我不知道这话怎么没想就出了口，好像不由我自己似的，我说得莫名其妙，她听得也莫名其妙。

过两秒钟她抓住我又问：“说呀雯莉，你什么意思，什么叫没结婚就好？”

“没什么。”

吴晓娟一个劲地问我。我只能这么说，没什么。

看我不回答她，她把头又靠在我的肩膀上，一条胳膊搂着我的肩，轻轻晃着，另一只手攥着我的一只手。

“在个人问题上，我走得很不顺，你的坚持让我感动，雯莉，你就坚持着走下去吧，我衷心地祝福你。”

我本来想说什么的，这会儿被她说得我什么也说不出来了。我心里默默地难过，默默地流泪，也许我永久活在痛苦之中。时间像一个弃儿，没有人可怜地在我生命中不作任何遗憾地流浪着溜走。这偷偷溜掉的弃儿，只有在我回顾往事的时候，才感觉生命的短促和无情。它没有给我留下任何喘息的机会。

她就这样搂着我晃着，过了一会儿，我叹了一声说：“人如果没有婚姻多好，一个人清爽素静地生活一辈子；人如果没有人性多好，舍去许多舍不去的生生死死，恩恩怨怨，舍去许多是是非非，情情爱爱。”

“怎么可能呢？世界上就是因为有这么多舍不去的东西才形成社会，形成世界，人类才能发展，繁衍。真是真，假亦假，不做任何选择地繁衍、生息，世界才能是世界，世上所有的人和事，不都是这样的吗？不可能完全正确，也不可能完全错误。任何单纯强调人性本善或者本恶的观点，都是不客观的，都是不符合事实真相的。对不对雯莉？人生一世，人性的善与恶，都包含着利己成分，人不会只为利益活着。我听我们那个民事法庭庭长说过：舍己为人是为大善，利人利己也是善，损人利己是为恶，损人不利己是为大恶。以利人之名，行利己之实，为伪善；以利己之名，行利人之实，为伪恶。世界上所有的善善恶恶其实只为着两个字：为己。这段话我记得很清，遇到一件事，我就想起庭长说的话，本来该生气的，也不生气了，这好像是划分孰是孰非、孰善孰恶的分水线。”

“你说得有道理，是真是假，有时候真的掩盖了假的，有时候假的遮住了真的，世界真的就是这样的吗？有些事情假的遮住了真的，人们以为就是这样的。这让知道内幕的人，最是受不了，这牵扯到伦理本位，牵扯到社会伦理，谁能说谁一生当中都是实实在在的，没有一点虚假？”

“是的，社会就是这样浑浑噩噩的不可能清爽，正是有了不可能清爽，才更应该讲究社会伦理，伦理本位。”

“哎，晓娟，我们不说什么社会伦理了好不好，一说这些我的头就炸了，社会伦理离我们很远，我们只说伦理本位。”

“哟，雯莉，什么事牵扯到伦理本位了，你受到什么样的伤害了？”

“……没有，我……没有，我只是这样说说。”我敷衍着，这些不能示人，也无法示人的诟污之事，我只有深深地埋在心底，直至带进坟墓。

吴晓娟并没在意我说的话，她不再追问，我当然也不可能告诉她。

过一会儿吴晓娟又说：“世界就是这个样子，看开一点，什么都没有了，我们不能站在道德的制高点上俯瞰别人，也永远不要考验别人，一个人的道德、伦理是经不住考验的。”

这时候妈妈喊我们吃饭了。我和吴晓娟出了房间，帮着把餐桌上的花瓶拿下来，花瓶里的花已经枯萎。枯萎的花朵象征着什么呢？我不希望象征着什么，我拿出来扔进垃圾桶，把塑料台布铺上。

“喝点酒吧？”李强看着我们说，“雯莉也来一点儿吧，能行吗？其实今天是为你庆祝的，没有准备，等过后再好好准备一下，祝贺你大病复康，现在简简单单随便吃一点儿，等有了空，邀上燕子、刘昊他们几个过来正式为你祝贺，黄莹莹要在就好了。”

“要喝你们喝吧，我不能喝。黄莹莹要来怎么就好了？”我突然生出一种妒忌，看着李强问。

“莹莹的俏皮话让大家听着很开心啊。”李强红着脸说。

我哦了一声，心里还是不是滋味，心里尽管有这些排不出去的垃圾，但是从一个层面上说，你阿强是我的，即使我们今后不在一起……我，也不允许任何一个女人占了我的位置。我自私吗，是的，我自私，我的自私是因为我的心膨胀到不能不自私的地步了。

正这样想着，范思奕突然问一句：“姐姐还不喝酒吗？”我吓了一跳，忙说：“我一直不喝酒的，今天喝一点儿。”

“别让她喝了吧，病刚好。”林婉秋心疼地看看我，又说，“能行吗？雯莉，能行你就少喝点。”

“行，我行。”我为什么说我行？难道是赌阿强说的那句话？

“好，那就喝一点，我和思奕喝白的，妈妈和娟姐喝白酒还是喝啤酒？”李强问。

“妈妈喝什么？”吴晓娟问林婉秋。

“要不，我们喝啤酒吧，雯莉也喝啤酒好吗？”林婉秋看着我说。

李强去冰箱拿了几罐啤酒，又拿了一瓶滇王老窖一瓶汾酒，问思奕：“弟弟，喝哪个？这个行吗？”李强拿着滇王酒问道。

“哪个都可以。”

“就喝滇王吧，这个没喝过。”李强说。

“我看看。”吴晓娟接过来看了看，上面写着：“滇王老窖不寻常，远古居然胜夜郎。汉帝闻香曾授印，尝羌献醉已封疆。该扬美酒传真味，莫让佳酿隐僻乡。”

“这酒从汉朝就有了？怎么一直没人知道。”

“咱们不太知道，这酒是云南的，云南那里可能家喻户晓了吧，就像咱们这里的泥池酒，外地人知道的不多，咱们这里谁不知道？”

“这样看这酒是老风味了吧，好像这些年我们才真正发现似的，这皇帝老儿也真是，你汉朝就授印，要好好扬名才是，为什么许多人都不知道呢？”

“皇帝不承担宣传义务，宣传是造酒的人宣传的，那个时代的人好像对宣传不太重视，广告意识不强，不像现在真的假的广告满天飞，假的广告做得比真的还厉害。”吴晓娟说。

“越是广告做得凶，产品越是不怎么样。”我插了一句。

“我对这种酒还真没印象，这个酒广告语做得很好，可能不错吧。”思奕也跟着说。

“正是广告做得好，才会吸引人的，那汉皇闻着香就授印了，这还有错的吗？不过他喝没喝还不知道呢。”

“产品还是需要宣传的，像咱们的‘老四样’、采煤机、绞车什么的，全国各地的煤矿业都知道。”

李强开了酒瓶盖，开始斟酒。

“等爸爸来再开吧。”吴晓娟说。

林婉秋说：“不要等，咱们吃，他不知道什么时候来呢。”

“中午也不回来吃饭吗？”

“他中午在外边吃饭的时候多，一般不回来。”

“爸爸这一两年瘦了，提醒他注意点身体。”吴晓娟关切地说。

“是瘦了，一个是工作忙，第二个不能正常吃饭，还老是往下边跑，前几天到县里的企业去了，去了好几天，几家企业都跑到了，这个滇王酒就是下边的企业送的，说这个酒还可以，他们说让你爸爸尝尝。不要吧，这些人说就送到家里去，你爸爸只好拿了几瓶，搁在家里也不喝。”

“叔叔很清廉的。”范思奕说。

“是的，像你叔叔这个工作最容易和贿赂沾上边，你说你没沾，别人也不信，不过他还是比较遵守廉政政策的，说什么：‘腐败莫论事大小，廉政不在位高低。什么接受监督，严守防线，两袖清风，无悔无怨。’工作中他确实任劳任怨，也很能吃苦，他说在任几年，尽量做好本职工作，尽量不让别人闲话，他就是这样的人。”

我说：“公司里的会计报完税，每次回来她都说见到叔叔了，叔叔总是客客气气的，把她送出办公室，回来会计总要跟我说一句：李副局长这个人真好。”

林婉秋听了，我看得出她心里很高兴，她看着各自杯里都斟满了酒，说：“端起来，大家喝吧，都饿了吧。”

大家端了杯子碰了一下，都喝了。

吃了饭，阿姨因为公司里有事，先走了。我和吴晓娟洗了碗，打扫了卫生，回到客厅看到他们聊得正热。范思奕说：“姐姐，强哥，我也得走，公司里没有人，舅舅在那里一个人，我回去看看。”

说完他看看晓娟，问：“你走吗？”

吴晓娟说：“我也走，让他俩好好聊聊吧。”

我知道我弟弟是故意这样的，他给我留出一个时间的空当，让我和李强好好聊聊，毕竟自我生病以来这么长时间没和阿强好好聊了，有好多话留在心里，想诉说，却难以启齿。

他们走后，我躺在沙发上，看着这间不算大的客厅，想着我的今后，心里有些难过。伤风败俗，亵渎祖宗，没有人伦道德，像牲畜一样地活着。这样的字眼总是像针刺一样扎在我心上，频繁地在我心里跳来跳去，我想我以后将会背着伤风败俗这几个字生活在这个家？我浑身好一阵哆嗦，在这样一种特殊的生活环境中，我背负着沉重的思想包袱，鬼一样躲在不见阳光的角落里生活。

一只苍蝇落在我直视的天花板上，我看见了，像一滴黑色的血滴溅上去的，那滴血是我的吗？我的那滴血溅到天花板上了吗？是我的血，又不太像是我的血，我的血是鲜红鲜红的，那么是陆主任的？才不是呢。是陆主任从我胳膊上抽出来的，她拿着那个大号的针管，朝我的胳膊上的动脉血管，那么一扎，哎哟，好疼好疼，我看到我的血咕咕咕地流到针管里了。小的时候打针，爸爸妈妈带着我到儿童医院，儿童医院有一个大下坡，我紧紧抱着爸爸的脖子。医院里的护士阿姨拿着针管说：“小姑娘长得好漂亮，阿姨给你挠痒痒，不怕不怕哦。”不知不觉就打完了，护士小姐拔下针头，走了。陆主任没事一样，把针头拔下来，我看到针头上有一滴血，我看到我的血被吸进针管里了，我看到她的脸很白净，这会儿很红，红的是我的血进入她的体内。陆主任很平静，医生都是这个样子，戴着大大的遮着面孔的口罩，口罩后边是她的嘴，嘴里的牙齿，咬的咯咯唧唧响的牙齿，看到别人的痛苦，她像没事的一样，我“嗷”地叫一声，我想引起她的注意，但是她和我妈妈说话，没听见我叫。

在医院的时候，为这件事，我痛苦地挣扎着，妈妈走后，我对任何人都隐瞒着她和李亦邙的事，这种事打乱了我对宁静的生活的向往，对纯洁的爱情的向往。我所了解的，我的这种切身经历的，简直可以写一本小说，一本厚厚的小说，将来有时间，我会好好写这本小说的，书的名字，我就写：丑陋的妈妈。在书的扉页上，我要用我的娟秀的字体写我最想说的话：希望天下的母亲，不要像我的妈妈那样。书里的女主角当然是我，男主角当然是李强，我们都很悲哀，李强是一个无辜的人，一个不明底细的人，他的出生，他的成长，他的所有的一切，现在我们共同做着让老天也无法原谅的事情。我们会被老天惩罚吗？是的，我现在就是，我是一条爬虫，蠕动在阴暗的阴沟的角落里，在那里隐藏，在那里残喘，是那滴黑色的血气的作用，到处都很黑。哦，这是哪里？我看不见阳光。根本就没有阳光，没有新鲜的空气，我仰起头，张大嘴巴使劲呼吸，寻找出口，我讨厌这里，我想出去，这里到处都是黑暗，我不喜欢在暗无天日的地下沟道里生活。我在黑暗的泥浆里蠕动，黑色的泥浆涂抹我全身，我遇到了强，强一身污垢，脸上也是，他的脸像舞台上化了妆的大黑脸，这种黑脸我知道，像包公，包公是铁面无私的，包公能铡死驸马爷。我们在那里蜗居着，他抱着我，我开始一下一下吻他，他嘴里的泥浆好苦好咸，他只嘿嘿地笑。“笑什么的?”他还是笑。

“吻我。”他开始胆怯地吻我的脸，吻我的嘴。相亲相爱这个词真好。这时候我看见有人用手电筒照过来，手电筒的光柱不太亮，出现了晕圈，那人晃晃，照射到我的身上，脸上也是这种昏暗的光圈，我赶快伏到阿强怀里，我被他们用铁锹挖出来了，啊，我被扔到地面上的污泥堆里……好可怕，好恐怖……

是呀，我多么渴望我的环境瞬间充满阳光。但是没有，命运将注定我要在这样的思想压力下生活，在这种暗无天日、见不得人的角落里生活，直到永远……

强，我的强，我不好说出心中的秘密，这样让人尴尬的真相，我不想让你知道。你知道了会理解吗？我真的希望你知道真相，知道真相，我们，我们有可能……分手。

想到分手，我的心像被炮烙了一样难受。

我再一次注视着那只苍蝇。我看见苍蝇的两只手在那里搓着，是摩拳擦掌，你想干什么？苍蝇老弟。它不理我。

第四章　买婚房

孙健的水疗中心，自从转型开发房地产以来，已经盖起了十几栋楼房，一大片别墅在离海边不远的地方正在清理场地准备施工。两个月前，江浦公司准备要搬迁到沙洲岛建厂，孙健得知这个消息，找到范思奕和范雯莉，范雯莉装模作样对他提供的资料“审核”，其实建筑方面范雯莉不懂，她只能这样装模作样，随后孙健和江浦公司签下合同，建厂房，建办公楼，年底必须完工，搬迁也要逐步完成，因为时间比较紧，现在工人已经进驻场地开始施工。

几个工地都在施工，忙得孙健没有空闲，整天和工程师、施工员打交道，和图纸打交道，一些杂乱的事也要找孙健。办公室主任蓝妮子说：“孙总，要注意自己的身体，您看您这段时间瘦了。”

蓝妮子自孙健的水疗中心转产做房地产，她就一直跟着他干，别人都说她是二当家，孙健也确实把她当作最信赖的人。

这一天是孙健的“名流雅居”八栋楼房开盘的日子，范思奕和吴晓娟他们吃了早饭开着车去了。范思奕、吴晓娟自从有了买新居的打算，就时时留意房源，据说“名流雅居”的房子不错，而且是孙健开发的，熟人开发的房产让他们初步有了买“名流雅居”的打算。在市体育场里的临时售房处，二十多家开发商互不相让，打起了巨幅标语，一时间彩旗招展，鞭炮雷鸣，为挣得一个好的销售，开发商们不遗余力做足了功课，一时间音乐，广播，手持话筒，对着人头攒动的来看房、订房、买房的人群吆喝，市区体育场像爆炸了似的，震着人的耳朵。从上午的八点多，人们就朝那里涌去，礼仪小姐微笑着把传单送到人们手上，宣传车也来来往往敲锣打鼓宣传。

到了场地，把车停下，走进销售市场，看到每个销售点都挤了许多人看楼房，好像来慢了抢不到房子似的。

房子要在年底才能拿到钥匙，要装修，要晾干，今年十月一日他们结婚，就把范正辉原来住的招待所那两间房子简单装修一遍，暂时作为他们的婚房。

他们挤进临时售房处，看了几家的房型都不太满意。最后还是商定订孙健的那个“名流雅居”比较好。

无论是新房还是临时住房，吴晓娟都要精心设计，人的一生每一步都要做到扎实有效，不可以草草了事，这是她的原则，也是她的心愿。

“我们要把房子按照最高档次的装修你同意吗?”吴晓娟问范思奕。

面对着漂亮的吴晓娟的提议，无论什么事只要吴晓娟说了，范思奕都会尽力照办，从不打折扣。也许人就是这样，漂亮的女人总能唤起异性情感上的波澜，使心为她所向，为她所动。自然晓娟说出来了还有不答应的吗？范思奕有时会说：“对于世界，你是一个女人，作为一个女人，你是我的整个世界。”这样的话虽说得不是多自然，却让吴晓娟十分感动。

“当然同意，父亲给我们的我收下，不能给我们的，我们自己争取，自己创造，我们为什么不可以享受世上一切应该享受的呢?”

说完他又说：“我们挣钱干什么？其实说穿了，就是两个字：‘享受’。像以前我在武汉跟人家干装修，看着那些有钱的人享受，我就心急，去发奋，我想我也会有这样的享受的。夏天我光着膀子跟人家爬高上低地干，肩上晒脱了皮，冬天，一件工作服穿到看不出原来的颜色，我每天都拼命地工作，可是挣的钱只能养活自己，还不能吃得太好，更不能穿得太好。有时候我也恨我爸爸，累得急了，我就想，自己开了这么大一个公司，为什么不要我来这里干呢?我不是他的骨肉吗？那时不管我爸爸因为什么理由抛弃我和我妈妈不管不问，他的这种做法就不对，无论他有什么想法，我只有去恨他，去埋怨他，我是从心里不能原谅他的。现在我突然明白了，原来他心里有一个人让他放不下，我想这可能是一种动力，可能正是因为这样，他一个人才在外边拼命，打拼出这一片天地。我知道他创业不易，挣钱不易，他现在又让我打拼，他把整个公司交给我，我才发觉他是给我一个创业的平台，我在这个平台上怎么去做，做得好与不好，就看我的能力了。他的目的十分明显。打拼，要我像在武汉跟人家干的时候那样打拼，只有打拼，才能达到我所要的，从这点来说，我从心里还是要感激他，更要感激的是他让我知道了怎么去做人，做一个什么样人，如果在我刚毕业的时候来到他的公司，我可能不会有今天这样的想法了，坐享其成谁都愿意，但是坐享其成只会养懒，不会有大作为。”

“你说得对，思奕，一个人活在世上就该这样的，想想80后的那些‘月光族’，每月工资挣多挣少都花光，及时行乐，超前享受，尽管我也是80后，和他们是同龄人，其实我是看不起这样的人的，也许我和他们的观念不一样，我是要先学会挣，其次学会花，学会享受，为着一个想买的东西，手头又没有这么多的资金，我会拼命去赚，赚够了再去买。我凭着自己的两只手，不依赖别人，所以我们有资格享受，你这种想法我是赞许的，值得我学习的。”

“娟姐，你做得够可以的了，自己奋斗到现在，从跟人家打工，到凭自己的努力做了国家公务员，你的路是光明的，不像我，发展私有制企业，一个人说了算。”

“私有公司前途现在不也是光明的吗？何必拘泥私有国有呢？再说公务员有什么好，说不定哪天我也会辞职呢，你的路是光明的，天下人谁不想自己创业发展自己的个体经济呢。”

“说是这样说，路是光明的，发展个体经济尽管是人人向往的，不过心里总感觉没奔头，像我们似的，是为了什么，心里没有了一个信念，难道我只是为了挣钱，挣钱，挣钱？挣了钱以后呢？”

“这是一个值得探讨的问题。”

吴晓娟看看他，又叹了一口气，说：“我曾经思索着，我们前进的动力在哪里，目标又在哪里，没有了动力，没有了方向，方向是往左拐还是往右拐，都不知道，这一类的问题困扰了我好长时间。”

“别想那么多了，娟姐，还是那句话，我们走的所有的路都是为着一个目标：为自己挣钱，挣很多很多钱。有了钱我们什么都有了。”

“嗯，嗯。是为自己挣钱！全都是为自己挣钱！”吴晓娟狠狠地说了这么一句。

范思奕见吴晓娟发狠地这样说话，不知道为什么，他安慰她说：“娟姐，别想那么多了。说说我们小的时候吧，我的童年也是很苦的，首先我没有爸爸，我们学校门口有好多卖吃的，同学们都围上去，我没有钱，我妈妈不给我钱，我妈妈说:不能从小把孩子惯得爱花钱。还有，放了学，别的同学的爸爸骑着自行车在学校门口等着接他们的孩子，我没有爸爸，我羡慕那些有爸爸的同学，有一次我和我的同桌走出校门，我同桌的爸爸来接他了，我的同桌被他爸爸一抱，抱到车横梁上，我心里好一阵难过，看他们走了，我就在他们后边追着跑，我也是想享受有爸爸的幸福吗？现在想想，是的。虽说我的妈妈非常疼爱我，但是她从没接过我，我脖子上挂着开门的钥匙，她让我自己回家。现在，我也有爸爸了，我也能挣钱了，更确切点说，我有一家大公司了，我现在感觉我是幸福的，我感觉我自己是高高在上的，比其他人都好。”

“是的，你比和你同龄的人都好。”吴晓娟不无讽刺地说，说完她又有点后悔，她不该这样说他的。

范思奕说：“看着别人为我卖命地工作，为着几个可怜的工资拼命为我付出，养家糊口。说实话娟姐，我没有高兴的感觉，更不该有高高在上的想法，因此我常常告诫自己，我曾经也是这样的人，为了几个工资为老板卖命。所以有时候就想，我要对我的员工好一点，给他们多一点儿，人家也有老婆孩子。”

“哈，思奕，你果然没有忘本，你是一个先富起来的人了，难为你有这样的思想。”吴晓娟感觉她和范思奕都有一样的想法，她心里瞬间没有了隔阂。

但是仅仅是有这样的想法吗？这样的路能走多远？

“做一个资本家当然好，受大家尊敬，不过不容易，我只是想让我们的员工都能吃得好一点，穿得好一点，日子过得好一点。无论怎么说吧，我们受到党和国家二十多年的培养和教育，脑子里想的，实际上做的，都是为了人类，都是为国家，为国家奉献自己的一切，现在突然什么都没有了，都归我了，从心理上我有点害怕，从感情上讲我也接受不了。”

“是的，真正意义上，是社会变了，体制变了，现在一下子还真的转变不过来，所以我们还是要很好地学习，很好地适应……”

“是的，娟姐，很好地学习，很好地适应。哦——好可怕的适应。”范思奕说。

说到这里，吴晓娟感觉不好往下谈了，她“唉”了一声：“这个问题我们不说了，不说了，我们都是普通百姓，这不是我们关注的问题。”

最后她又说：“这是你从你爸爸那里接手的公司，你是这家公司的老板，是主人。你这样想心里才能平衡，你应当感到荣幸才对。”

“不，我只感到我比过去生活得好一点儿，我没感到荣幸，不错，我是从我爸爸手里接过来的这家企业，不是我自己奋斗出来的，但是在感觉上我还是觉得有点坐享其成的味道。我常想，爸爸交给我这么大的一个企业，我想过了几年之后，凭着我的本事，再挣他一个公司，把这个公司要原封不动地交还给他。”范思奕看着吴晓娟说，“你说，我这样想对不对？”

“思奕，你有很好的个人素质，有很好的向上的志向，但是靠着你自己重新开始，并不是一个好的选择，假如按照你说的那样，也许你不一定能做得很好，你爸爸可是付出几十年的努力，有了几十年的经验，才有了如今这个样子的。”

“那，我该怎么做才是最好？”

“最好的，我认为就是借助你爸爸交给你这个公司的平台，借助他的影响力，大胆地往前走，勇敢地向上攀登，你现在很年轻，有了这么好的条件，正是创业的时候，万万不可以懈怠。现在你不但要守业，更要创业，你要更好地在这条路上走下去，赢得自己的辉煌，你爸爸给你十分，你要回报他百分、千分、万分，正确点说，是赢得你自己给自己的回报，我想，这才是你爸爸希望的，你们是亲父子，他要你还他什么吗？他不要你还他什么，他要你勇敢地走下去，这大概就是他的本意，也是你应该完成的他的夙愿。”

“我懂了，姐姐，谢谢你。”范思奕紧紧地握着她的手说，“我们共同努力吧，为了我们，为了我们共同的目标，我们向前走吧。”

“还有一个，我想，你爸爸把公司交给你，是给你一个发展的机会，让你经一经风浪，见一见世面，你爸爸是想到国外谋发展，等一段时间他肯定会回来。”

“是的，娟姐，你分析得很对。”

范思奕确实是个好小伙子，尽管来到公司的时间不长，但是他每天都在凭着自己的能力去做，许多工作他不熟悉，他愿意去学，尽力去做，技术方面、生产方面、生产调度方面、行政管理方面等等，他像战场上一个年轻的指挥官，在战争中学会战争那样，在工作中学会工作那样，果断地指挥。任命谁，不任命谁，事事都在他脑子里转着、想着。

售房大厅的人很多，看房的，订房的，闲逛的，熙熙攘攘，他们挤进人群，仔细看了一家家房地产公司摆下的立体楼盘模型，看了电子示意图和平面图，看了几家不都太满意，在“名流雅居”，他们站住了，仔细地看着品味着房型，看着那宽敞的客厅、宽大的卧室以及飘窗。范思奕说：“这个公司的房子不错，我们就订这家的好了。”“好呀。”接着他们仔细看着，商量着订哪一层好。

正在他们商量着订哪一层好的时候，吴晓娟感觉肩膀被谁拍了一下，她转过脸，没人，正疑惑着，方燕燕从另一边转到她面前，头一伸，“喵呜”叫一声。

“是你呀，燕子，吓我一跳，来采访还是看房子？”

“来看房子，看看有没有人家丢掉的，不喜欢的，我们来捡一套。”

“哈哈哈。”吴晓娟笑着，赶紧看看她旁边有没有人跟着，她看见了刘昊，刘昊从那边的立体楼盘走过来。刘昊说：“吴大法官好。”

说着伸出手和吴晓娟握了握手。

自从吴晓娟考上区法院，刘昊总是喊她大法官。吴晓娟红红脸，说："你也好，大记者。"

"看上哪套房子了，大法官？"

"都看上了。"

"看上就掏钱呗。"

"正想向你借呢。"

"哎呀，你可找着借钱的了，我一个穷记者呀，我们还正想向你大老板借钱呢？哎，你们老板呢？"

吴晓娟转脸看看，没看到范思奕，燕子也不见了，自语道："就是，范老板到哪儿去了？刚才还在这里。"

左右再看，看到范思奕和方燕燕两个人一人手里拿着两根熟玉米从那边走来了。

原来范思奕看到刘昊来了，挤出去到了外边买了四根玉米，正不好拿，方燕燕过来了，接过他手里的两根玉米。

"燕子好。"

"帅弟好，看到你去买东西去了，所以我也跟着来了。"方燕燕说。

"哎哟，谢谢燕子姐。"

两人拿着玉米来到吴晓娟和刘昊面前，一人一根给他们，刘昊高兴地说："跟着大老板有吃有看的，真好。房子看得怎么样，订了吗？"

"还没订，你问问晓娟，看好没有？"

燕子说："娟娟姐，订哪套？无论你订哪套，咱两家都要搁邻居。"

"好呀。燕子的提议好呀。僻巷邻家少，茅檐喜并居。蒸梨常共灶，浇薤亦同渠……"

"行了你，别喘你的酸气了，也不怕把我的帅弟熏着。"燕子训着刘昊，胳膊搂着范思奕说，"别听他瞎扯。"

把刘昊训得只嘿嘿地笑，站在那里不说话。

范思奕站在那里，看着他两个嘿嘿嘿地傻笑。

“怎么，燕子，订婚了吗，什么时候结婚?”吴晓娟问。

刘昊抢着说：“订了订了，上个月订的，你们呢?”

“我们还没有，结婚前订也不晚。”

“你看看人家，他非缠着要登记，不登记这家伙就要跳……自来水管。”

“哈哈哈。”

“立身为命要有据，不可杂糅糊涂去。”

“你行了你，越说你你越拽着胡子上脸，也不怕拽断了胡子摔着你。”方燕燕说。

“登记早晚是要登的，早一天晚一天一个样。”吴晓娟说。

“说是这样说，这家伙是怕我飞了，是想先给我戴个紧箍，箍着我。”

“这是爱你才这样的。”范思奕也笑了说。

“他心理不健康，是怕我飞了，你怕我飞，你就是把我用笼子罩住，我想飞你也挡不住，身子是你的，心是我的，我可以漫无边际地飞，这你就管不了吧。”燕子半开玩笑地红着脸说。

“你们只要在一起就是斗嘴，走，看好了房子，我们登记房子去吧，别一会儿没有了。”

说着四个人来到一间临时搭建的屋子里，售楼小姐热情地接待了他们，把他们让到玻璃圆桌跟前坐下，随后小姐又拉过来一个椅子让燕子坐。

彻了茶，拿了两份彩页递给他们看。

看着一栋一栋房屋都打了勾，盖上“已订”的图章，他们感觉来晚了。

“好房子都让人家拣完了。”刘昊翻着彩页说。

看看其他楼座还有没有合适的，一页页翻着看，看到还有好多没签的，再一看，不是楼层太高，就是太靠马路。吴晓娟问售楼小姐：“还有没有?”

燕子拉着刘昊说：“不合适不要，到那一家看看去。”说着他们站起来要走。

售楼小姐赶快说："你们跟老板熟悉吗，还有几套是给人家留的，人家没来。"

"非常熟悉，是哪座楼？"

"B 座，D 座还有少量房子。"

"你们老板在哪里办公？"

"在市区的花园小区 3 号楼三层。"

"几号房？"

"整个一层都是的，到那儿一问就知道了。"

"好，我们去。"

"他这是给朋友留的。"售楼小姐又说了一遍。

"什么给朋友留的，这是老板的销售手段，说是留的实际上是想抬高价钱。"

"你们去吧，别说是我告诉你们的。"

"放心，俺们和老板是非常好的朋友。"燕子大大咧咧地说，又问，"你们老板叫什么名？"

"你和老板是朋友还不知道老板叫什么名？你真逗。"售楼小姐也笑了，"叫孙健，你们去吧。"

燕子马上接过来说："是孙健呀，我们一会儿就会认识了。"

刘昊和范思奕也笑了，吴晓娟没笑，她说："孙健？我还真认识呢。"范思奕说："孙老板我更熟悉，我们公司的厂房就是包给他干的。"

"看看，看看，我没说错吧。"燕子狡猾地说。

其他两人都看吴晓娟和范思奕，吴晓娟说："跟他打过好几次交道，范老板和他是朋友。"

"怪不得。"

他们几个出了销售处，上了车直奔花园小区，上了三楼，一个工作人员跪在那里擦地板，红色的木地板被擦得锃光瓦亮，闪着幽光。

他们不约而同地哟一声："这家企业这么厉害，擦地板的员工工作都这么认真，还有干不好的吗？”

吴晓娟问：“哎，小姐，要换鞋吗？”

工作人员站起来擦擦汗，说：“这里有拖鞋，要换一下。”

“请问孙健总经理在哪个办公室？”

“你们找孙总有事吗？”

“我们是朋友，找他有事。”

“好，请来接待室等一等。”工作人员走出去。

换上拖鞋，工作人员把他们带进了接待室：“你们先在这里等一下，我看老总开完会没有。”说着她走出去。刘昊说：“这服务人员好漂亮，这么漂亮的脸蛋子干擦地板的工作，可惜了。”

“哼，色鬼，见谁都说漂亮，漂亮你去找她吧，别沾着赖着我了。”燕子生气地说。

“哪能呢，她哪能跟你比呢，你比她漂亮多了。”

燕子还要呛他一句，这会儿服务员进来说：“请四位过来吧，孙总正好开完会了。”

他们跟着工作人员拐了一个弯，进了一间大办公室，看到孙健正仰靠在老板椅上休息。“孙总您好。”范思奕说。

“哟，哟，是范老板呀，来来，是什么风把你们吹来的？”

“是你的名流雅居，还认识吗，孙老板？”吴晓娟接口说道。

孙健抬头看她：“哟，是吴主任呀，怎么不认识，来，坐，你们坐，蓝主任，请给四位沏茶。”被称作蓝主任的工作人员答应一声，走出去。

接着吴晓娟把刘昊和燕子介绍给孙健，孙健跟他们一一握手。

孙健问范思奕：“范老板，怎么样，新厂区的厂房正在施工吧。”

“正在施工，大框基本上起来了，加工车间可以进设备了，大设备先进来，才能封顶，不慌。”

“哦，几台大车床先进来安装。”

“是的是的。”

“范总，您干得不错呀，有其父必有其子。你爸爸范正辉干得就非常好，我去年的分红，红利很高呀。”

“孙总在江浦也有股份？”

“有呀。”

“全仗着各位股民大力支持。”范思奕说。

“哪里哪里，范老板想买房子？”

“我们是来看房子的，想买。”

“看好哪一处了？”

“要看好就不来麻烦孙总了，我们看的房子没有满意的，才来找您呢。”

“哪一处不满意？”

“楼层太高，也太靠马路，有没有楼层三四层、四五层的，不要太靠马路的？最好在人工湖旁边的那几栋。”

孙健沉默一会儿，说：“有是有，就是价格有点偏高。”

“有就好，偏高不要紧，你给降下来不就行了吗，我们要订两套。”吴晓娟说。

孙健又不说话了，想一想，他说：“蓝主任，你打电话让市场部的蔡部长来一趟，我问问。”

蓝主任说：“地势好些的房子基本上没有了，昨天我问过蔡部长了。”

蓝主任叫蓝妮子，因为蓝妮子有艾滋病，孙健不让她干了，让她负责公司的环境卫生，她就一直跟着孙健干到现在。

“哦，那个吧，我这里D座还有两套，靠近湖边，一套一百四十平方米，一套一百平方米，是上下层，一个是十楼，一个是十一楼，范老板、吴主任你们看怎么样。”

“有没有连在一起的，就是说隔壁的有没有？对门的也行。”燕子问。

“这个没有。”

四个人在那里商量一会儿，范思奕、吴晓娟要了那套一百四十平方米的，方燕燕、刘昊要了那套一百平米的。

房子定下来之后，他们在孙健那里又坐了一会儿，就到中午了，孙健要留他们吃饭，吴晓娟说：“谢谢孙总，我们还有事，晚天吧。”

说着他们告辞了。刘昊要回报社，范思奕说：“没有要紧的事，大家都不回去，我们在外边吃好了。”

燕子嘻嘻嘻地笑着说：“好呀，今天可找到啃大款的理由了，希望大款先生……不不不，希望帅弟天天如此。”

“好，想吃就来找我，今天吃什么？你们想吃什么？”

“吃……”谁也想不出想吃什么。最后还是范思奕说：“我们吃牛排去吧，法国的，美国的，意大利的，还有日本的生鱼片，吃哪一种？”

“不吃日本的，生吃活剥的东西，血淋淋的，看着就让人想到南京大屠杀，本姑娘吃不消。”燕子说。

“哈，那就吃牛排。”吴晓娟说。

“吃法国牛排吧，法国和咱们是友好国家，法国的牛排挺好的。”

“好，去法国餐厅。”

一行人上了范思奕的车，直奔法国餐厅。

四个人一个方桌，一边两个，正好。不一会儿服务员拿着菜单来了，范思奕点了四份牛排，余下的让他们点，各人点了自己喜欢的菜点，又各自要了个人喜欢的红酒、咖啡、饮料。

菜上来之后，他们倒了酒和饮料。

刘昊说：“来，举杯，首先谢谢思奕老板。”他们举起杯子碰了一下，喝了，接着，刀子，叉子，勺子，碰得叮当响，划开铁板上的牛排，牛排红红的，划成一小块一小块的，散发着香味，用叉子戳着正要往嘴里填，刘昊说：“慢着。”紧接着摇头晃脑地随口吟道，“但得今日有盛餐，苦无官况也心安，牛排比萨一起上，女士先生嘴莫闲，大家来品尝吧，别闲着。”

“你这个人怎么回事，大家品尝别闲着，这话该你说的吗？这该帅弟说的话，你倒喧了宾又夺了主，你最会做这种不花钱往自己脸上贴金的事。”燕子狠狠挖苦着他。

“是这样，我是说，这一条条划开的牛排像不像孙老板盖的楼房，我们今天要吃了它，所以胃口大开嘴莫闲。”刘昊给自己解嘲地说。

“哈哈哈！”范思奕笑了。吴晓娟赶快问：“怎么？刘大记者，一日三餐不能吃饱吗？饿着你了吗？”

“他是一九六二年生的，饿怕了。”燕子补充一句说。

“六二年生的怎么回事，燕子姐？”范思奕看着方燕燕问道。

“我听说六二年国家闹饥荒，六二年生的人都是挨饿时生的，所以说时时刻刻只会想着吃。”燕子笑着回答。

“哟，燕子知道得还真不少。”吴晓娟笑着看着燕子。

“这是来稿中别人写的，我才知道的。”燕子说。

“你这是剽窃别人的吧。”刘昊好不容易抓到一个反击的机会，狠狠挖苦燕子一下。

“那你采访别人呢？你采访别人才是正正经经的剽窃，剽窃了别人的事还署上你的大名：本报记者刘牛×。”

刘昊赶忙说：“谁牛×了，我没牛×，我都是正正经经地采访报道。”

“你正正经经采访？你付人家钱了吗？人家国外采访都要付当事人钱的，你付了吗？”

“付什么钱的，中国人跟外国人不一样，中国人都是巴结着你快来采访我呢，好把我宣传出去。”

“刘牛×，你整天牛×哄哄，真会给自己圆场。”

“打住打住，说话讲究点文明。”吴晓娟红着脸做出停止的手势，“也不怕你的帅弟笑话你。”

“不笑对吧帅弟？帅弟不会笑的，谁长的什么，长在哪里，又不是不知道，公开的秘密说说怕什么。”燕子的眼睛看着范思奕，脸上挂了红，也给自己圆场。

“是公开的秘密不错，还是不说为好，多难听，文明点。”

“其实，性交生殖这是多么伟大的事，全让封建社会给搞得封建了。没有性交生殖，还有世界吗？就不成为世界了，完全是一片荒漠。把伟大的事作为一种羞耻，这也太虚伪了吧。”刘昊说完，大家都不说话了，低着头，红着脸，嘿嘿笑着，用刀划开自己的牛排，往嘴里填。

范思奕道："其实也没什么，时代进步了，社会发展了，过去不好意思说的话现在也敢在公共场合说了，尤其在有女人的场合，都大声吆喝了，也没什么不好意思的。"

"对，我和帅弟是同一个战壕里的人。"刘昊点点头说，"现在的女人在性方面比男人还开放哪，什么话都敢说，什么事都敢做。"刘昊看看燕子，好像还不足以说明问题似的又说一句，"像我的方燕燕同志哥，小嘴馋着呢，整天不让我闲着……"

一句话把燕子说得受不了了，她站起来要打刘昊，刘昊赶快双手抱拳求饶："君子动口不动手，君子动口不动手。"

燕子气得脸红一阵，翻眼皮看看范思奕，依然生气地说："谁是你的，谁是你的同志哥？"

吴晓娟见越扯越远，忙用两只手做一个停止动作，赶快转换了话题，说："休战休战，刘记者是诗人，是有感而发的，说得也不错，但得一日饱三餐，苦无官况也心安，牛排比萨一起上，女士先生嘴莫闲。来，大家端起来，喝酒，嘴莫闲着。"

燕子好像余兴未尽，继续说："过去的人谈恋爱扭扭捏捏，跑到黑影里拉拉手还不好意思，现在可好，没认识一天，就敢在大街上搂着抱着摸着亲嘴。"

"还有更有见不得人的呢，在大马路上，都敢做那种见不得人的勾当。"刘昊说。

"世风日下，人心不古。社会在前进，人们的道德却在下滑，不谈这个了，喝酒。"吴晓娟说。

"不谈也要谈谈，现在大街上都明着吆喝：我爱你！不是有一个作家写的什么文章叫'大街上流行爱情'吗？"燕子说。

"对，是有这么一篇文章，好像刊登在《羊城晚报》上的吧，我也看过。我们是礼仪之邦，那些非礼的事不该是我们做的。"吴晓娟说。

"说是这样说，我觉着还是规矩点的好，要不社会成什么了。"范思奕道。

“我是正人君子吧，我不做道德下滑的事，你问问方燕燕，对不对方燕燕同志哥？”刘昊油嘴滑舌地说。

“虚伪。”燕子说。

“虚伪不虚伪，社会提倡文明和谐我还是有道德观的。”刘昊这一时真的好像成了正人君子。

“说你虚伪，你怎么虚得不让人摸了呢？明着说些冠冕堂皇的话，暗里干偷鸡摸狗的事，净说让人恶心的脏话。”

“脏话有什么不好，人的原始本性。”

“好呢，当然好，但是不该你大记者说。”

“什么大记者小记者，说说这样的话心里痛快。”

“其实说脏话就是为了攻击一个目标——虚伪。在虚伪里隐藏的，是实实在在的肮脏，脏话本来就是一个人所能从感官发出的最让别人感觉到肮脏的东西，让攻击的目标布满肮脏、蛆虫。这样，说脏话的人，目的就达到了，虚伪的本相就亮相了。其实嘛，也大可不必在意。”范思奕说。

“说是这样说，我感觉像我们，掌握着一定知识的人，脏话不应该从我们嘴里说出来。”吴晓娟说。

“什么知识不知识，所谓知识就是比别人多知道一些东西，其实去掉这些东西的外衣，赤裸裸表现出来的都是人性的野蛮、愚昧和无知。”范思奕说。

燕子恢复了常态，嘻嘻呵呵地笑着，说：“帅弟说得对，支持，我就是为了攻击一个目标——刘牛×。”

“吃吧吃吧，一会儿铁板凉了，煎不熟了。”吴晓娟说。

“嘿，娟姐也是饿怕的人，来，端起酒来嘴莫闲。”燕子笑着说。

刘昊嘿嘿着也说：“我说嘴莫闲只是这样说，我没饿过，我的意思是说，大家今天啃大款，不要闲着，闲着是对大款的不敬，对不对思奕？”

“嗯，说归说，还是别闲着，大家一边喝一边吃。”范思奕说。

刘昊这时不说话了，低着头，只在那里一手拿叉子、一手拿刀子切牛排，好像这难得的一次大餐要多吃点才好。

范思奕说："等哪天大家都有空了。我姐姐病也好了，喊李强都过来。你们再来一次啃大款，怎么样？"

"行呀，帅弟，只要你肯出钱，我的嘴不会闲着的。"燕子嘻嘻嘻地笑着，营养丰富的脸上放着光，把大家也带得大笑起来。

吴晓娟没有笑，她看着燕子问："燕子，打算什么时候结婚？"

"没定，也不想定。"

"都登记了，怎么还没定，怎么也不想定？"

"定了之后，他把我拴得更紧了，我可就生活在水深火热之中永无出头之日了，所以不想定，就这样过，这样过不也挺好的吗？我还是我，自由之身，想干什么干什么。"

"你可是登过记的。"

"只谈恋爱不结婚？现在这样的情侣越来越多了是吧？"范思奕说。

"是呀，像我们拒男协会的刘大姐那样，坚持独身主义多好。"

"刘大姐是谁，也不结婚？"范思奕问。

"刘大姐是他们编辑部的头头，一个四十开外的老大姐。"刘昊说，"她不结婚带坏了一大群女人，他们编辑部还有一个四十五的女人也不想结婚。"

"你真讨厌，专门打听女人的事。"燕子说。

"本来就是嘛。"刘昊有点委屈地说。

"你不结婚，林老师愿意吗？"吴晓娟看着燕子问。

"你是说我妈妈吗？她不管我。"

"不为将来想想吗？"

"将来？还是这么过呀，不很好的吗？"

"那，人家刘大记者呢？他也同意？"

刘昊说："她是想到哪儿说哪儿，前两天还说到哪里订婚装呢。"

"幼，太幼，哄你不哭就是的。"燕子见揭了她的底，赶快说。

刘昊还要反驳，吴晓娟看着两人又要抬杠，就说："别说了，来，喝酒吧。"然后端起杯子，大家也端起杯子。

喝了酒，刘昊说："我现在总是想着孙总办公室的那个蓝主任跪在地上擦地板的事，一个那么干干净净还有点气质的女孩，又做着那么体面的工作，像小工那样跪在地上擦地板，让人不可思议。我看那女孩很有身份，打扮不俗。”刘昊摇摇头，苦笑着嗯了一声又说，“我都想象不出来，她为什么会这样。”

“人家打扮得俗不俗与你有什么关系？你真是多一道。”

“不是多一道，我是感觉我的……”

“你是感觉你的幽情又要发作了是吧，想你的破诗回去想去。”

“不想作诗，只是感觉这事不可思议。”

吴晓娟也说：“是呀，我也有点不可思议。”

“她肯定自己犯了错误，老板罚她这样的。”燕子说。

“怎么可能，犯错误就该罚她跪在地上擦地板？”刘昊说。

这件事还真让燕子说对了，不过不是孙健罚的她，是她自己甘愿这样做的。

“唉，花红易衰，水流无情，好可怜的一个女人。”刘昊说，似有怜香惜玉的感慨。

往事逐孤鸿，乱云似流水。房子定下来之后，范思奕把国庆节准备结婚的事通知了远在澳洲的爸爸范正辉和在武汉的妈妈潘倩如，喜得潘倩如见谁跟谁说，一个学校要好的同事一二十位，都接到了她儿子要结婚的喜讯，大家都在为她祝福，祝福这个被男人抛弃的善良的女人。

这段时间潘倩如正筹备着把旧房子重新改造装修，给儿媳买衣服，买首饰，张罗着办酒席的准备工作，听说妯娌嵇芳从彭州回来了，又听说雯莉生病了，晚上她去了嵇芳的家。

“怎么会这样？什么病？怎么引起的？现在怎么样了？”潘倩如一见面，一连串问几个问题，嵇芳都没有回答。

潘倩如又问：“没查出来什么病吗？”

嵇芳沉默了许久，才说：“现在已经好了，就要上班了。”

见她不愿说，潘倩如也不便再问。她们喝着今年新下来的茶叶泡的水，聊着这么多天嵇芳离开之后的话题，不一会儿潘倩如问：

“小莉今年能结婚吗?”

“时间比较紧，最快也要到明年四五月份吧，还要征求他们两个的意见，谁知道他们怎么打算的。”

“也都不小了，结了婚你也放下一桩大心事了。”

“是呀，现在的年轻人总是把婚姻当儿戏，这样的话问了好几遍了，嘴上答应着，心里还不知道怎么想。”

“小莉不是那种不爱说话的内向的孩子，也不是那种外向什么都说的女孩子，这样的孩子好，该说的说，不该说的不说，有自己独立的个性，为人处世的原则把握得好。”潘倩如说。

“我总觉得这孩子和其他女孩子不大一样，性格太沉稳了，太沉稳的女孩我感觉不好，现在性格又变得越来越乖张了。”嵇芳说。

“她是那种有分寸的女孩，沉稳有什么不好?乖张些怕什么?很好嘛。”

“我们范家人好像都是这样的人，都有点内向，又说不上来是内向，她二叔、她爸爸不都是这样的吗。”嵇芳说，“我再给你续点水。”

“不用，我自己来。”潘倩如站起来，拿过暖水壶，往自己杯子里兑了水，嵇芳把自己的杯子喝了两口，把杯子递给她，潘倩如接过来也兑了水。“今年的茶叶还是不错的。”

“是不错，前段时间我们学校发了一斤玉露，一会儿你拿走一些，我一个人喝不了这么多。”

“我们也发了，也是这种‘恩施玉露’茶叶，据说还是精品。”潘倩如说。

“说都是这样说，我们发的时候也是这样说，谁知道是不是精品，精品不精品的我也不去品它。我们不是品茶人，品茶的人都不在了。”

潘倩如见嵇芳说着说着有点伤心，咬咬嘴唇，也有点伤心。过一会儿她说:“大嫂，大哥走这么多年了，你一人过得挺孤单的，碰见合适的，你该再找一个。”

“劝都是这样劝，这感情上的事接受不了，也没法强求，再说一个人也过习惯了，不想考虑这些事，再说课程安排得也多，整天忙得很，你呢倩如？你上次去彭州，看他二叔，她二叔怎么说的？”

“唉，他在外边有人了。”

“有人了？怪不得，二十多年了不跟你联系，原来是这样，是不是早就结婚了，你都不知道？”嵇芳问。

“不是，没结婚，这个人是他在大学里的一个同学，他一直都在等着她。”

“哟，还有这么痴情的人，女的知不知道？”嵇芳吃惊地睁大了眼睛。

“女的不知道，这个同学最近这两年才联系上的。”

“是不是一直也没结婚，等着他的？”

“不是，那女同学结过婚了，他们是旧情没忘。”

“为一个人抛弃青春年华，在现在这个社会几乎没有了。”

“就是因为这样，我才放弃的，我也真为他们的付出感动。”

“女的在哪儿工作？”

“好像在市政府，具体干什么我搞不清楚。”

“你们见过？”

“见过，也聊过，还在一起吃过饭。”

“那你……”

“木已成舟，再去翻那些老账有什么意思，闹得天翻地覆，只会三败俱伤，即使经过法院把他判给我，他也不会跟我一心，我不能为了我，让他们两个都伤心，我干脆退出来，成全他两人算了。”

“说是这样说，不过感情这东西，不是一件物体说放弃就能放弃的。”

“唉，感情上的事忍一忍就是了，二十多年了，没有他，我不一样生活吗？权当这辈子没有他。”

“倩如，你太善良了。”

“我以前从来不相信命的，这回相信了，只要我儿子能过好，我就心满意足了……哎，大嫂，我那儿媳你没见过吧，人长得可好了，说仙女美，比仙女还要美几分呢。”潘倩如高兴地跟嵇芳说。

"是吗？在哪里工作?"

"也在江浦公司。"

"在江浦公司干什么?"

"在办公室吧。"

"我到他们公司去过，看到有一个女孩长得确实很美，不知是不是她。"

"叫什么?"

"好像姓吴吧，具体叫什么忘了，我们还在一起吃过饭。"

"叫吴晓娟。"

"对对，是叫吴晓娟，这女孩确实长得很迷人，倩如，这是你的福分，是你应该得到的，说句迷信话，你失去了范正辉，老天对你用另外一种方式补偿，这就说，失去的不一定永远不好，得到的不一定永远都是好的，人生就像一杯茶，苦不会苦一辈子，但是总会苦一阵子。"

"是呀。"

两个人这样说着，嵇芳说："倩如，在这里吃饭吧，我烧鱼你吃。"

"我家里还有昨天剩的呢。"

"哎呀，剩的扔掉好了，不要再吃了。"

"好，我去买点红酒。"倩如说着就要起身。嵇芳说："不用去买，我冰箱里有，就炒几个菜，我们吃就行了。"

两个失去男人的女人，聊得高兴了，就一阵欢笑，聊得伤心了，就一阵难过，嵇芳说："你在这里看电视，我去烧饭。"

第五章　意识泛滥

我不是一个健康的人了。自从病好以后，我突然意识到，身体的不适导致大脑也留下“残疾”，某些本来是很正常的事，进入“残疾”的大脑，我的意识里就会陆陆续续游弋，前前后后地游弋，然后固定一件事上，把复杂的事情变得简单，简单得像两三岁的孩子那样思考问题。1 + 1 =2 吗？我伸出两根指头看着，想着：不对吧？我不知道等于几，随后完全忘掉。又由简单变得复杂，为着一个不该思考的问题，我在我脑子里翻来覆去地思考，联想。漫无边际的意识流于一种心情……这些意识让我看到是空中悬浮的一个UFO，所有的光和气味都在那里扩散。在阳光下，空气中，在无时不在的我的大脑深处来来回回，反反复复，我看到那是一个彩色的气球，在空间飞得很高，很远，然后爆炸。

为了这个李强，我需要创造一段美好的时光，在这个甜蜜的日子里，我要安排好需要忘掉的一切，等待美好时光的到来。我看着时光不声不响从我身边溜过来溜过去，我要拽着时间的尾巴，固定下来。我不希望时光这么快地从我们身边溜掉。我感觉在我心的某个角落里，总是空落落的，没有支撑，同时无时无刻不在等着我爱的人赶快过来把它填满。阳光洒在我的脸上，我的脸是红润的，像盛开的鲜花，我的精神是充沛的，我看到一张别人的面孔，是吴晓娟的，是黄莹莹的……哦，她们贴在我的脸上，好快活，那一时我好快活，幸福而又美好，我的爱有时候停留在时光之上，停留在我的心上，没有走。

这时，我又想起出院时的情景来了，阿强坐在我床边，陆主任说，明天可以出院了，我心里一阵激动。是呀，已经住了这么长时间了，终于可以走出这间捆绑我的牢笼了。窗外的风轻轻吹着，轻轻吹着我的思绪，拂动着阿强浓密的黑发和黑发下黑色的眸子，在他英挺的鼻子下边，那张红润的嘴唇，撩拨着我的心跳，他的夹克衫没拉拉链，敞开着，格子衬衣的领口也敞开着，那么英俊、潇洒，他的嘴巴微微张开，笑得很好看，他笑着看我，是那样青春、性感。他的温暖的血液通过我的眼睛与我的血液融汇在一起了。啊，真的融汇在一起了，红红的，热热的，亲亲密密的血液，嗯呢……这要命的血液融汇在一起了。嗯呢……我的喉咙突然被卡了一下，堵塞了，我不舒服。我的心脏也被卡了一下，跳得缓慢了，我的生命被卡了一下，沉默了，全世界所有的生命全都沉默了……死神再一次向我袭来……

这时我看到阿强走过来，他拿着一条驼色的薄呢毯给我盖上，他要坐在我身旁，我条件反射地赶他走，不许他坐在我身边，我开始讨厌他，这可恶的血液的汇流，让我从心底对他有了抵触。

我说："你走开，走开，别打扰我。"

阿强愣了愣，看着我，站起来在那里一动不动："雯莉你今天怎么了？怎么变，变得这么厉害了？"说着他讨好样地笑了笑。

"你走不走？我就是要变得厉害，我就是要厉害，我是魔鬼，我要吃人……"我看到阿强吓得后退，他退到另一间屋子，躲起来，又伸出脑袋看我。我和我的弟弟思奕小时候就是这样，他藏在衣柜后边，我站在那里，故意不去找他，他以为我走了，就伸出脑袋，我啊地叫一声，一下就把他捉住了。

过一会儿他讪讪走过来，问："雯莉，你没事吧？"

"我会有什么事，我就是讨厌你，讨厌你。"我看他还是不走，我坐起来，"你走开行不行？我心里很烦。"

李强站在我旁边不知所措，挠挠头说："嗯，我去买点菜，晚饭我们自己烧。"

"你去买你去买，想买什么买什么，和我没关系。"我没有再理会他，我听到门带上的声音，我想他下楼了，噔噔的，他骑上他的赛车。他能买什么菜？赛车上没有菜篮，他能买什么菜？

我躺在沙发上，思奕说："姐姐，一会儿让我妈妈烧好吃的我们来吃，我妈妈去买菜了，你可不要走啊。"

"我不走。"

"姐姐，你准备考哪所大学？"

"准备考……"

"不是说要在武汉上学吗？"

"我想去外地上学。"

"你是一条鱼吗，是长江里的鱼吗？长江里的鱼才到处游的。"

"是呀，我就是一条鱼，我要游遍长江。"

岸上是一个三十层高的楼房，脚手架已经搭到二十几层了。

沙发的一边是一个花架，很精致的木制花架，花架上没有花，放一个鱼缸。鱼缸里有三四条金鱼，金鱼身上的色彩艳丽，很大很大的几乎和它的身子的长度相等的鱼尾，像蒲扇，很自在地在水里摆动。

鱼缸很大，像一个湖，是南屏湖，鱼在南屏湖里游动，我看到我的脚丫在湖水里一勾一勾地动，逗引着小鱼，阿强也过来了，他也脱掉鞋子……

这时刻我的眼睛出奇的清晰。

脚手架很高，工人正在施工。花架有一米多高，花架的旁边是餐桌，餐桌四周都坐着人，他们不是脚手架上的工人。这些人嘻嘻哈哈坐在那里谈笑，为着一瓶酒大发宏论。一张张熟悉的面孔都在我的眼前飘过去，飘过来，我毫不费力地看到了他们的思想，我知道他们在想什么。阿强看我，我看出了他的感情照亮了鱼缸里的鱼，鱼在游，他的感情在游，游过了水草，水面上荡漾着涟漪。

长江边上也是这样，不过荡漾的不是涟漪，是波涛。我的爸爸带着我，我们在长江边廓起的泳池里游泳，我不会，爸爸的双手托着我的身体，我像一条鱼，我就是一条鱼，一条金鱼，在他手掌上浮游着，他说，小莉，你的手拨水划动，双脚伸直扑通扑通打水，我的两条胳膊开始划动，双脚扑通扑通打水，爸爸的手不托我了。"哎，哎哎，爸爸不行。"我话没说出来，就喝了一口水，爸爸赶快托起我，我哭了。爸爸把我抱上岸，妈妈坐在岸上，赶快接住我，爸爸也上来了，“不喝几次水，学不会游泳的。”

妈妈很生气，尽管这样，我还是爱我的爸爸，爱我老实的爸爸，诚实的爸爸，爸爸你被……妈妈，骗……了，我可怜的爸爸……我很伤心地这样想。

妈妈开始训爸爸，说：“有像你这样的吗，孩子不会游泳，你能撒手吗?”那时，我是多么爱妈妈的，现在，现在打了折扣……我不喜欢妈妈了，不喜欢不是不爱她，只是对她的作为有看法。

妈妈，好可怜的妈妈。我很想哭，想哭，妈妈，你能听见吗……

这鱼生下来就会游泳，我是知道的。我看到一条小金鱼突然静止不动，鱼缸上落着一只苍蝇，正好遮住了鱼的眼睛。鱼动一下，进入我的视线，它的眼睛盯着我看，我想它是一个思想家，它在那里思想：我是一个什么怪物?我猜不到它是不是这样想的，就像蚂蚁永远不知道人想什么一样。我看到这条金鱼悬浮在水中，像一朵彩色的云，水就是天空，鱼就是彩云，云是在天上，水也在天上，在天上的水擎不住自身的重量，掉下来，就变成雨，花花绿绿的雨落到地上就聚流成河，河水凶猛地冲击着堤岸，于是就有许多鱼上了岸。

大自然真奇妙。

我揉揉眼，看它，它的鳍翅一动不动地静止在那里看我，嗯，小小的思想家，你看什么看?透过鱼缸的玻璃看我一动不动，我透过鱼缸的玻璃看它，一动不动，我们四目相对，我看到它大大的眼睛，像一对灯泡，软软的，柔柔的，透明晶亮的，在水里漂浮。它能看清楚我吗?能看到我在想什么吗?能知道我心里为什么难受吗?它看到的我，是一个纯洁漂亮的姑娘，在它眼睛里一定有一种透明的幻象，景物则是水中朦胧的暗影，两者叠加在一起，描绘出一个超脱现实的、有着象征意义的世界。我的妈妈，李强的爸爸……唉，不说这些了，这不该我说的，我想坐起来，我想靠近鱼缸，我坐不起来。天哪，生命多么脆弱，境遇多么无奈。生命只能依托肉体的承载才会感觉无奈，才会有思想，那么思想是什么？怎么来的？思想的起源在哪里？是借助了生命才有的？还是思想依托生命才有所表现？生命只是一堆无知的肉体。不不，应该肉体是一条无知的生命，肉体是放在砧板的一块鲜红的肌纤维，还滴着血的肌纤维。由肌纤维构成的这个，我们称作肉块，肉块集合在一起，外面包着疏松结缔的组织，就成为肌束，很多肌束再被结缔组织裹在一起，才形成为肉。那么肉怎么会活起来的，又怎么被注入思想？这是一个复杂的生物探究工程。我很无知，我只是一个学生，这其中的东西太深奥，只有留给那些老学究去研究好了。

不想它了，太复杂，与我无关。

所有的迹象已经表明，思想有时会走偏，这是很正常的，这其中受外部环境的影响，受外部的人和事的左右。走偏了，它的判断就不会正确。因此走偏的思想，我无法确定对人对事物的判断是真的这样还是假的这样。社会伦理以及伦理本位的定位，是谁定的位？在人类社会中，偏离它就是不正确，就是道德沦丧吗？

这是一条铁定的俗规，自古传下来，人们都自觉遵守，让所有的俗人笃信不疑。

另一条金鱼游来了，它和另一条的鳍翅几乎搭在一起，这是友好的表示。这一条和另一条在窃窃私语，它们在说我么？在讥笑我的认真么？它们私语的内容我想知道，无论它们说我什么，我都想知道，可惜我听不懂鱼类的语言，我很遗憾地看着它们相亲相爱的样子，在它们的天地里自由地游荡。鸭子也是这样游的，有时“站”在水面上，高高地看着游动的其他伙伴，旁若无人似的，用两只翅膀扑腾几下，表演芭蕾，这是向其他同类表示自己的美丽。南屏湖的鸭子很少？湖面这么大，也就是几十只的样子，都是野鸭，野鸭一边游，一边猛一低头，扎进水里，嘴里就叼起一条鱼，雪白的鱼在鸭子嘴上打着扑腾，在挣扎。

不一会儿这条小金鱼又开始吐泡泡，吐的都是“血”，白色的血，一串一串的，像人类的呼吸。我知道它一定是高兴的，它一高兴就要吐这种颜色的“血”，所以，血不一定全是红的，还有绿的，白的。吐了白色的血，然后浮游在水面上。与此同时，我看见水上的涟漪和水底白色的砾石了，清清楚楚地看见右边一条塑料管咕咕噜噜输着氧气，左边是一座小小的假山。假山？是南屏湖上的假山么？我和李强去过那里。那里的假山上没有庙宇，只有一个亭子，这里有“庙宇”，我看到一个像酒杯大小的“庙宇”，矗立在水中，一个小小的“和尚”坐在庙门前打坐。南屏湖上的假山有洞口，这里也有洞口，这条小金鱼，碰了碰，没游进洞里去，被一块小石头挡住了，它一定是想和别的金鱼秘密幽会，如此看来它们还是讲文明、道德的，不像狗，不像鸡鸭鹅也不像人，不讲道德随意交配……

塑料管的口径太小，正是因为小，输入的氧气，才会咕咕嘟嘟冒泡泡，一切散乱的东西看似散乱，实则是一个整体，会形成一种状态，这是自然生发的规律，违反不得。那么人的生命呢？也是这样，人的生命是一个整体，生命也生发着一种规律，也有灭亡的时候，灭亡也是一个整体，人类有归冥的一天，一个人死亡，然后形成量子，这个量子被虚空的整体包裹着，向着浩瀚无际的宇宙空间生发开去，它活跃在宇宙之中，它的生命是自由的，是无所顾忌的，也是永恒的，存留在浩瀚的宇宙当中。我也想自由、永恒，在无所顾忌当中存活。我这样想象着的时候，我的思绪就开始流动了，我感觉我现在就要形成量子，我会超脱了所有的自然或不自然套给我的羁绊，我有其超脱社会伦理、超脱伦理本位的自由。

我的妈妈没有社会伦理，没有伦理本位，李亦邙也没有，因此他们是幸福的，自由的，他们满足于一时之欢。这像是一种参差不齐的缘分，胡乱地穿插一起，竟也那么和谐，也能得到心灵的快乐，这是老天让我在这种际遇中经受磨难？唐僧经历九九八十一难能修成正果，我的磨难会得到什么？

哦，我顾忌的东西太多，就是因为顾忌得太多，我无法在我的痴情中找到幸福，我无法摆脱伦理本位的束缚……我的爸爸，我的爷爷奶奶，他们以本分的生活体验，影响着我，我现在走不出这个圈子。

我闭上眼睛，我不愿再想这些，我什么都不愿再想，不想再看。可是大脑里时不时还是浮出阿强的影子……他到了菜场，他要做个家庭主妇倒是可以，他不但买了鱼，还买了鸡……他付钱的时候，怎么这么笨的呢，多付给人家八十元钱就走了。哦，这个卖鸡的老头喊住了他，这老头有社会道德，人都应该有社会道德的。

好一会儿我揉揉眼，睁开，房顶上那个黑点不见了。那黑点不是钉子，是只苍蝇，我不能确定，我弄不清那黑点到底是什么？是一只蚊子？这时节不会有蚊子的，是一只冻死的蚊子，是蚊子的一摊血吧？不，一定还是苍蝇。因为那个黑点没有了，飞走了？飞到哪里去了？我到处找，没找到，没飞走吗？我没有看到，到处都没看到。它到厨房去了，一定是到厨房去了。厨房没有门，它很容易就会飞进去，它在台面上寻找饭粒和菜渍，它爬爬停停，飞起来又落到另一边的菜案上。两只长长的毛茸茸的细爪，像卓别林脚上长长的鞋子，往两侧撇着，走路的样子十分滑稽，一歪一歪的，它也会这样走，看啊，它站起来了，他鼻子下边的小胡子，嗯，是落着的一只苍蝇，苍蝇落到他鼻头下边了。其实卓别林的脸用剃须刀剃得很干净的，正是因为这样，这只苍蝇落到他的鼻头下边，才让观众误以为是胡子。我仔细地看着，辨认着，想象着，它的两只“手”又开始搓，搓了好一时，大眼睛搓亮了，又搓自己长着毛茸茸的细毛的嘴，搓自己的“脸”。黄莹莹说，苍蝇是没有脸的，只有眼睛和两片裂开的柔软的嘴巴，两只大眼睛长在额头上，分在两边，盖着整个头颅，它什么都能看见，上下左右，一有危险就飞起来，非常警觉。你观察得很细，莹莹。黄莹莹坐在饭桌旁，碗沿上落了一只苍蝇，黄莹莹正聚精会神地观察，也不注意卫生，看什么呀。我说我走了，莹莹。莹莹还是留恋着那只苍蝇，嘴里说着，就走就走，就是不走。

她拿起碗，苍蝇飞走了。黄莹莹又追着看，她的眼睛睁得好大，越过我的头顶仰望着那只飞走的苍蝇。

这就是昆虫，昆虫都是这样，两只眼睛连在一起像一颗黑豆，中间一丝白丝样的东西把“眼睛”分为两半。谁说苍蝇是一只眼睛？

我看到了，它是两只，在两只大眼睛的下边，那个裂开的嘴巴总是啫啫着吃东西，两只爪子抓着要吃的食物，像小狗两只爪子抱着骨头那样啃。台子上所有的东西它都看得很清楚，它都想吃。

菜板上有一处痕迹，它飞过去，那里已经有两只苍蝇，它们伏在那里不友好地争夺着，狼吞虎咽，它们在吃什么？这一只飞过去，这一只不像它们，这是一只受过教育的挺文明的苍蝇，拄着文明拐杖，踱到那两只跟前之后，像是说着什么，另两只停下来了。它扔下文明棍，也磨自己的手拳，做着餐前的卫生准备，这小家伙爱干净……不，它不是在争抢食物，它是在，哦，它趴在另一只苍蝇身上了，这些小东西，它们也懂得繁殖……病房里也有一只苍蝇，被那个矮个护士拍死了。人的残忍，无情，在哪里都可以看得到。

黄莹莹？黄莹莹什么时间回国，黄莹莹什么时候才能回到我们这个“三人帮”小团体？她来了会给我们带来许多的快乐吗？因此我很想念她。

我还在寻找那个黑点，我往天花板上看，我看到了那个黑点的阴影，那个黑点还在呀。它是那只飞走的苍蝇，它又落在天花板上了，看样子这只苍蝇有恋旧的心理，旧巢难忘，连昆虫也是这样的。

在那个黑点的阴影里，我看到了吴晓娟伸出头，左看右看，原来她正和范思奕趴在那里小声谈着什么，我想知道他们搞什么鬼把戏。她告诉我，她快要结婚了，结婚是美事，也是大事，告别了独身生活，她有了家。我的弟弟也有了家，二婶娘一定很高兴，我弟弟是一个勤奋的人，是干装潢出身的，每天一身汗津津的，二婶娘是个勤劳善良的女人，她总是利用晚上吃过饭之后，看学生的作业，看完学生的作业，写了评语，才给儿子洗汗津津的衣服，一忙忙到午夜。

他们的婚房装潢得很漂亮，用最好的装潢材料，是高规格的装潢，装潢得像皇宫一样，走进去，金碧辉煌。他们很努力这样做，吴晓娟是幸福的，我弟弟是幸福的，他们应当这样做呢。

我闭上眼睛，我想晓娟够可怜的。第一次跟那个田斌，田斌小小气气，猥猥琐琐，谁都瞧不起他，而晓娟又是那么一个大方的女孩子。她为什么着了迷地要跟田斌好呢？晓娟可是一个没接触过男生的女孩，很处的。没有选择地第一次跟异性交往，就陷入情网不能自拔。那么张欣呢，阿娟有了第一次和田斌交往的经历，变得有头脑了，可是张欣也是田斌一样的人，无论怎么说，最终晓娟和张欣还是以分手告终。

张欣，一个可悲的家伙，一个城市的小市民，没有男人的骨气。女人需要的男人，是有责任心、有担当、有骨气的，是阳光的，也是大大方方的，你张欣什么都没有。多么可悲的家伙，你没有资格赢得晓娟的满意，没有人可怜你。世界上有许多令人可悲的事，可悲的事都是自己造成的，不能怪别人，应当检查自己做得对不对。

阿强强劲吗？阿强应该是强劲的，在梅姐的肯德基店里，和黑社会那个叫姜三的打架，尽管他受了伤，但是他的强硬，他的骨气，我是喜欢的，喜欢他的正义、正直，喜欢他的不屈服邪恶的势力。

她为什么告诉我她要结婚了？我也搓搓脸，像那只苍蝇一样似的搓脸。她的话让我在脑子里翻来覆去想了好长时间。她为什么这么快就订了婚？还有这么好的一个男朋友？她为什么不等等我，我们一起结婚多好，我们都要到武汉去，你和你的思奕，我和我的阿强。现在还来得及吗？恐怕不行了。阿娟，你是对我的一次挑战吗？我看到她从那个黑点的阴影里探出了头，又飞走了，我仍然在追踪，寻找，它飞出门外，无影无踪了。阿娟走了，去她的法院了，她在法官前边那个台子里坐着，这个台子是书记员的，台子上有一台电脑，那只苍蝇飞到了电脑屏上。呵，在这里呢，可爱的小黑点，它也要参加案件的审判了，哈，小东西，哦哦哦，不是，这是另一只，我认出它了。它是叮咬在阿娟衣服上的那只黑色的苍蝇，它一直跟着阿娟，跟她一起去上班，跟她走进庄严肃穆的民事法庭。

我看着阿娟穿着很整齐的制服，佩戴着徽章出庭了，严峻的目光注视着电脑屏幕，原告说得很快，晓娟的手指在键盘上移动得很快。

很有意思的小东西，它也想做法官。在它们昆虫界也有犯罪的，也有对与不对之分，对不对的事发生了怎么处理，就要上昆虫法院，这只苍蝇是来学习取经的，世界上所有的生灵都有正义非正义之分。

在阿娟前方的两侧，坐着男女双方的当事人，这个案子是一桩离婚引起的财产纠纷，原告和被告以及他们的辩护律师在陈述自己的理由。我锁着眉头看看男女双方，一边是我的妈妈，一边是李亦邙。啊啊，怎么会呢，我的妈妈怎么站在被告席上了呢？不会的，妈妈不会的，妈妈还在武汉没有到彭州来。我是学法学的，我知道他们是违背了道德，当然要受到道德的谴责，好多人旁听，都在指责他们。

不一会儿那只黑点飞走了，它一定对离婚案不感兴趣，飞到哪里去了？阿娟的两只手还是飞快地在键盘移动，她不关心苍蝇飞到哪里去了。阿娟做事从来都是这样的，一心一意。这点我很清楚，电脑上一个个汉字整整齐齐排列在屏幕上，像苍蝇排着队那样，按着口号，一二一地跑步，后边的队伍还有很长，长得没有止境，原告还在喋喋不休地述说。

我不能结婚，我为什么不能结婚？我应当很快也会结婚的，像阿娟那样。可是不行，心里感觉特别别扭，像一条扭歪的苦瓜，现在证实了我不是李亦邙的孩子，我的妈妈和阿强的爸爸，两个人曾经那么不光彩地光着屁股扭在一张床上……嗯啊，丢人，真的很丢人。

我感到脸发烧，心跳得特别厉害。啊，对上辈人的事情我为什么非要了解这么清呢？这是不由自主的事情吧，我知道，我不想知道，可是不想知道的事情偏偏硬往我的脑子里钻，让我不得不想。

妈妈妈妈，我的妈妈，我的妈妈呀，你没对起我爸爸，没对起我。那个李亦邙就是违背道德本位的一个典型。……嗯，其实也不能说违背道德本位，他们毕竟是婚前不作为的行为，不作为是因为这个社会，是这个社会开放了人性自由的结果，这个结果造成的人，像动物一样，没有约束体制，任其发展。法律的软弱，导致了这样的行为恶果，导致了不道德的污浊行为肆意泛滥。这样的恶果为什么偏偏落在我身上，又由我来承担？我是一个比较保守的人吗？我的爷爷奶奶，成天谆谆叮咛的话常常响在我的耳边：什么小姑娘不能太随便呀，什么小姑娘要有小姑娘的样子呀，这样的话让我听得耳朵起茧子，正是有了这样让我起茧子的嘱咐，我的思想和现在人的人性开放格格不入。这和保守不保守不搭界吧。爷爷奶奶活着的时候，会想到我长大了思想会保守吗？爸爸活着的时候会想到我长大了思想会保守吗？没有，他们认为我是一个新时代的现代青年，是一个有着道德规范的青年。我没有保守，我不会保守，只有学校里那些自负清高又鄙陋的平庸之辈这样说我保守，说我是新时期的出土文物，抱残守缺，死板得令人难以接受，说我罔顾现实，洁身自好。我知道我不是这样的人，我不是，不是，我是新时代一个行为高尚、严于律己的青年，一个讲道德、心地纯洁的青年。正是因为这样，我心里才痛苦，我才对妈妈他们的作为激烈反对，我才那么诅咒老天，这么罔顾人间的忌讳，这么苛刻地乱配……

这是老天对我妈妈的报复，是对我妈妈的惩罚，我看见妈妈站在道德的法庭上，吴晓娟的双手在键盘上飞快地记录，妈妈背负着道德的枷锁，双手被锁住，我看到审判长对我妈妈的宣判……啊……

这种恶果为什么要她的下一代来承担？我无法接受……

我转过身子，侧着躺在沙发上，我注视着客厅的墙壁，客厅的墙壁上挂着一幅毕加索的抽象画——《阿尔及尔的女人》。重叠的女人，重叠的人生，像把二十世纪的生活复制到现在一样，把现实中的人的行为表现得淋漓尽致。我看到阿尔及尔的女人走下来了，来到我身边，她的上衣领口怎么开得这么低，我问她，两只大大的乳房趴在领口下多难看，哟，有好多只乳房啊，黑的白的紫的，东一个西一个，什么意思？性开放吗？嗯，在我们这里不行，这属于流氓。嗯？李强，李强也流氓了一次呀，恶性流氓案件，那一次在学校里，刘处长差点给他定性的恶性流氓案件，让他对我的身子都害怕起来了，可见这个六个字组成的词组，让人是多么恐惧。

吴晓娟不是阿尔及尔中的女人，她不会那么开放，她的开放是有原则的，是对一个人的开放，所以他们没有道德方面的精神负担。我有。他们能高高兴兴在酒席上喝酒，嘻嘻哈哈地笑着为自己的幸福干杯，能冲出大脑皮层的重重包围干一杯，我不能，我冲不出去这禁锢我大脑皮层的重重包围。

他们有什么舍弃的吗？有。他们舍弃的都是过去那些与他们不利的行为，像阿娟两次与男性的交往，像思奕三次恋爱，舍弃的全都与他们不相干，他们需要舍弃，只有把这些都舍弃掉，才能向着他们希望的光明未来走去，身心才能轻松往前走。我也能舍弃掉的，但是我舍弃的却与他们舍弃的截然不同，我舍弃的是那种干净的，快乐的，积极向上的。我现在无论如何也摆脱不掉我对我的妈妈和李强的爸爸这种丑恶行为的恶心，那种心理上的郁结紧紧缠绕着我，如同我梦想的边缘起了毛边，毛边是绒绒的黑色肮脏的细毛，乱七八糟，每一根细细的黑毛都骚扰着我，阻止我无法游离于梦想之外的美好，他们的梦想没有毛边。他们是实实在在在梦想以外实现着他们的梦想。

我感到悲哀。我悲哀的是我无法把我梦想中的肮脏的毛边驱逐出去，我下了很大决心，我拿起剪刀沿着梦的边缘移动，我需要把这些令我不快的东西驱逐出去，我才能获得自由。

这时候他们一定十分快乐，我看到了晓娟那张美丽的笑脸，思奕那张英俊的笑脸，他们心情舒畅，爱得真真实实，爱得清清楚楚。他们一直都是这样，他们嘻嘻哈哈开怀大声笑着，大声开着滑稽的玩笑，玩笑挂在那幅抽象的油画《阿尔及尔的女人》的眼睛上。挂在现实中的女人和虚构的线条上。我看着这个画中的女人沉静的目光，抿着的小嘴。车外的高楼大厦上也是女人的画像，这画像很大，遮盖着一层楼面，我们从画像眼前一闪而过……笑声飘出车外。林婉秋阿姨是搞设计的，线条是她立业的根本，我看到高楼上这些线条最终变成产品，像这幅画，在国际市场出售，价值两亿美元。

当然，我可以寻找另外一种生活，我可以跳出这个困扰着我思想的圈子，我甚至可以离开我的阿强。但是，我的妈妈，我们母子是无法摆脱掉的血肉关系，我的妈妈做的那件丑事我没办法摆脱掉。阿强，我要离开你了，哦，我的强。不行，不行，我们两人已经是那种融入骨髓里无法分离的感情了，我要把这种融入骨髓的感情清除掉，我的眼睛里涌出了泪，我拿出纸巾擦了擦。

强，你为什么是李强，你为什么不是王强，张强，曹强？我离开你，你愿意吗？我是你生命中最最重要的一部分吗？你是被我迷住了吗？你为什么不和美国的那个叫吉米的小女孩好？你和她好，我顶多痛苦一阵子，我们之间没有孽障阻碍我们了，我们只作为一个同学、一个朋友、一个擦肩而过的路人，而现在，这所有的一切都是在折磨我。

不行，你是我的，是我一个人的，我们绝不会分开的。

几条色彩斑斓的金鱼，在鱼缸里自由自在游来游去，两条蓝黄相间的金鱼又开始吐泡泡了，它们相互倾慕，共诉衷肠，它们在吐露心曲的同时，十分关注着对方的表情。它们是不会有表情的，有，别人看不出来，我看出来了。我从它们的“脸”上看不出来，但是在我心里我已经看出来了，我心里存有它们的表情的图谱：或喜，或忧，或欢笑，或哭泣。凡是有生命的都会有一张独特的、表达自己感情的图谱，互相交流，互相慰藉。强，你也是这样的吗？看着你沉默背后的想法，就像悄悄钻入水底的光，照亮鱼的游动的方向，照亮了水面上的涟漪，因为你是我最最亲爱的人，所以我知道你心里想的是什么，我们是两条并行的鱼。

你是哪一条？你当然是那一条大些的，小些的是我，男的一般都比女的个头大，都帅。我看到它们游到一起来了，这就是你吗？很亲密，很快活的样子，互相戏耍，互相亲吻，你也会游到我身边来吗？我要一生一世都依偎着你，完成今生的夙愿，我们可以白头到老，然后共赴黄泉。黄泉——好可怕的两个字眼，强，你没去过，我可是去过的。那里乌云密布，雾气昭彰，常常冷风凄雨扑面而来。那里的地是肮脏的，到处是垃圾、粪便，分不清天上地下到处是一片黑，不小心就会踏上去，就是一个坑，陷进去也没人救你。我孤孤单单地在荒野上奔跑，逃也似的，四周全是孤魂野鬼在那里窥视，游荡，张牙舞爪，寻找目标，它们想投胎，在寻找合适的人选。那些张牙舞爪的冤魂向我诉说它们的冤屈。强，我多么需要一个坚实的肩膀，可是没有谁来供我依靠。希望的湮灭，对于瘦弱的我来说是多么残酷。

我的内心被一种混乱压得弯了腰。

我心里憋不住，我站起来，喘了一口气，我走到窗前，窗外是一条大街，阿强说他们这里每天都能听到换大米的声音。我看到郭达过来了，他是在春晚舞台上走到了这里吆喝着来的。“换大米，换大米。”新的一天总是伴随着换大米的吆喝声开始，窗外真的有换大米的来了，是郭达吗？我仔细看，仔细听，不是郭达，是一个底气十足的矮个子汉子，他的声音有点儿沙哑，他大声吆喝“换大米，换大米”。我推开窗子站在窗前，我把太阳放进来了，把这个换大米的声音放进来了，把南屏湖湿润的空气放进来了。我没有看到换大米的，我看到小区走来走去的人们，我听到楼下街上汽车鸣笛的声音，再远处就是南屏湖了，我看到了南屏湖的湖面。湖面开阔，连着遥远的天际，我有一种置身遥远天际的感觉，而真正遥远的感觉是在我心里，出神的片刻，我的思绪飞跃了广阔的湖面，飞翔在世界的天空，深沉的呼吸与苍穹一样澄清无垠，与宇宙一样宏阔，与伊甸园一样宁静。这世界真的很美好。这是我生病以来第一次感觉世界这么美好。

我太需要一个人不被打扰，就那么静静的，不对任何人说话，也不需要站起来走动，我的大脑可以自由地从这件事滑向另一件事，我可以只认知我自己，可以写我的诗，可以全身心地读我喜欢的书，我愿为书中的人物去感动，去哭泣，去欢乐。被别人打扰是十分头疼的事，我会一边读书，一边把我感兴趣的段落画下来，或者记在手机上。我喜欢阅读手机上保存下来的文字，像我的藏书那样随意翻阅。我读《唐璜》，读《浮士德》，读《叶普盖尼奥涅金》，读《呼啸山庄》，读《恋爱中的女人》，读《查泰莱夫人的情人》。我不喜欢没有品位的女人，不喜欢那种烂男人只注意女人的胸部、女人的屁股，津津乐道评价女人的脸蛋。我不喜欢那种肩宽胸厚的女人。像我这样最好，亭亭玉立，举止文雅，美艳动人，又落落大方。一个女人不能失掉对美的追求。这也许是我最最自我感觉自豪的地方。我拥有我自己，我自己的命运在我自己手中掌握。幸福的事不常有，我有了，就要好好地珍惜。

这时候一只很大的黑乌鸦自天而降，吓我一跳，我往后退一步，等到没了动静，我慢慢靠近窗户探出头往上看，是一件衣服落在下边的绳子上，我往楼上看，看见楼上一个小姑娘低着脑袋往下看。

“喂，你好，你是李强家里的人吗？”一个少女的声音问我。

“我是，你是谁？干什么？”

“我是灿灿，我的衣服掉在你家窗台上了，我下去拿。”

“嗯，好的，你下来吧。”

我捋顺了我的头发，照照镜子，看了看自己。不一会儿有人敲门，我开了门，是一个十三四岁的小女孩。

“我的衣服不小心弄掉下来了。”

“哦，你去拿。”

小女孩进来，又站住，看了我一眼，去拿她的衣服，回来的时候又站在那里看我：“姐姐，你长得真美，你是强哥哥的女朋友吗？”

“我是他的同学。”

“同学就是女朋友吧，嘿嘿。”小女孩一笑一颗小虎牙就露出来了，很可爱的样子。

“也算是吧。”我说，“你叫什么名字？”

“我叫金灿。”

“你的名字挺好的。”

“人家也说我的名字好，是金光灿烂的意思。”

“是金光灿烂，你上初几了？”

“初二。”

“明年就该初三了，是吗？”我看到小姑娘天真烂漫的笑脸，我感觉她是幸福的，快乐的，“祝福你哦，小姑娘。”

“谢谢姐姐，姐姐你也在江浦公司上班吗？”

“是呀。”

“我妈妈也在那里上班。”

“你妈妈叫什么名字？”

“我妈妈叫黄英，在江浦公司技术部。”

“在江浦公司技术部呀？”

“是的，是工程师。”

“哦，我知道了，你是黄工的女儿。”

“是的，姐姐，江浦公司的叔叔阿姨都喊我妈妈黄工。”

“嗯，这是江浦公司的宿舍楼是吧。”

“是的姐姐，这一座楼，还有前边一座楼都是江浦公司的宿舍。”

这时候阿强回来了，我感觉到他来了，他手里提着买来的蔬菜、肉食品，还有一只杀好的鸡和鱼，他开了门。

小女孩说：“强哥哥。”

“哟，是灿灿呀，有事吗？”

“我洗好的衣服刮掉了，我来拿衣服。”说完就要走，到了门口，转过脸对我伸伸舌头，很调皮地做个鬼脸。

“小姑娘真好，爱劳动的小姑娘，真好。”

阿强笑了笑，问我：“起来了，雯莉。”我嗯了一声，我到沙发上坐下。他到厨房去了，放下买的东西，洗了洗手来到我身边。

“雯莉，你睡着了吗？”

“我没睡。”我说，“只是不想说话。”

“你喝水吗？我给你倒。”

我看着他，他脸上汗津津的。他一边拿毛巾擦脸一边说：“我遇到我们校的一个同学了。”

“哪个同学？”

“计算机班的杨乐全，放假的时候，他找我在肯德基给他谋一份临时工的那个，就是后来因为他我在餐厅跟人打架的那个。他要办公司，正准备找我，没想到我们在街上碰到了。”

“办什么公司？”

阿强的手机响了。“办一个电脑配件销售公司。”他一边回答我一边打开手机“喂”了一声，开始接听，对方的声音很大，是一个男人的声音。李强说：“我们不要，谢谢。”

对方说：“很好的，利润很大的。”

“我们不需要。”

“真的很好，我推荐给你，你可以办一个公司，我保证你绝对赚大钱。”

“你怎么了先生，我不是说了吗，我们不要。”阿强红着脸看看我。

“我说的全是真的，是新一款美国研究生产的产品，全世界的男人都在用，全世界的女人都喜欢。”对方还是纠缠着。

“我再说一遍，我不要，请不要再来骚扰我，我有事。”李强说完把手机关了，过一会儿对方又打过来了。

他还是重复说着这样的话，不问别人的感受，这是低层次生意人惯用的做法，我心里想。

他们一年到头做不出什么有价值能赚钱的生意，投机倒把搞几个钱，除了吃喝就是吃喝，除了聊女人就是聊女人，女人在他们口中是第一位取笑的话题，他们视女人愚蠢，什么事也干不了。到后来还都是女人的错。他们会哈哈哈笑着说哪个女人屁股大，屁股大的女人会以怎样的功夫征服男人，这样的人是社会的垃圾，根本不要理会。

唉，可悲的社会，使得文明变得堕落，变得难以忍受，他们为什么这样侮辱女人？我受不了。

我气愤地问他：“这是谁？”

“是在飞机上认识的一个美籍华人，他向我推销他们新开发的男用产品。”

“什么男用产品？”

“西地那非。”

“西地那非是什么产品？”

“就是，就是……”阿强窘得脸通红。

我明白了，我感觉我的脸发烧发烫，我生气地问他：“他为什么向你推销这类产品，你在外边究竟做了什么？”

“我没做什么。”

“没做什么他就向你推销这类乱七八糟的东西？”

“真的没做什么，雯莉，你不相信我吗？我真的什么都没做。”

“你没做他们为什么向你推荐这类东西，为什么不向别人推荐？”

我很痛苦，我把那条驼色的薄呢毯叠起来，我坐在沙发上直着眼睛注视他，他受不了我直视的目光，低了头，像是一个做错事的孩子，站在那里不知所措。

我扫一眼鱼缸，鱼缸里的金鱼不吐泡泡了，两条鱼在一起自由自在地游荡，亲亲热热地“交谈”“拉手”，然后又分开了……它们会拉手的？我笑了，我知道它们会拉手，也会拥抱，它们是幸福的。

我想阿强要去做生意，办一个电脑配件销售公司，这很好的，有一份职业，不说创造什么价值吧，最起码不要闲着，可以养活自己。

我想做一条鱼。

为了迎合市场的需要，我常常利用闲暇找一些创业之类的书看，其实我不想在二叔这个公司长久干下去，别人能创业我为什么不能，黄莹莹、吴晓娟她们不都是在努力实现自己的梦想吗？

黄莹莹应该回来了吧，我是了解她的，一件事只要下了决心，她不会中途放弃。

她说拿到文凭就回来，争取考进司法单位，或者开一家律师事务所。她的愿望能够实现的。吴晓娟不是实现了吗？每个人心里都有一个梦想计划，只要坚持下去，总会实现的。

人人都为自己的梦想努力，我的梦想是什么？我没有梦想了，我流于疏懒了，我在我的人生道路上肆意挥霍我的青春了。江浦公司现在怎样了？江浦公司不是我最终的归宿，我这样想着，有些伤心，默默地掉了眼泪。

李强要办什么公司？电子材料公司？李强是喜欢这个的，是卖电脑材料？卖电脑倒不错，也算是一种创业吧，不，应该是自谋职业，应当勇于创业才对。

“你们资金有吗？”

“我们两人合股，他哥哥在美国有一家公司，是做电脑芯片的，据他说很厉害，他说他哥哥可以贷款给他，他哥哥想在中国注册一家公司，做电脑芯片销售，让杨乐全做，杨乐全就找到我。”

“大约需要多少资金？怎么分成？这些都要事先达成协议的。”我一连问他这两个很关键的问题。

“具体细节还没谈，需要多少资金现在不好说，多也行，少也行，最起码能够先进几台电脑，芯片从他哥哥那里发过来，先装装门面，吸引客户。”

“装门面也要租房，在哪里租房？”

“现在只是初步打算，具体实施起来还要好好计划。”

“要有一个切实可行的计划，不是说说就能成的。”

“是的是的，雯莉，你有几年的工作经验，又是江浦公司的副总经理，你很精明，你刚才这几项建议让我一下顿开茅塞，明白了，你是一个不可或缺的人才，我想公司成立起来，聘请你做我们的客户经理。”

“这不是你大包大揽的。”

“这件事我刚才在路上就跟杨乐全提了，他很高兴，他还说他很欣赏你的才华。”

我的脸一热：“这样说他认识我吗？”

“怎么不认识，一个学校里谁谁长得漂亮，谁谁有才气，在我们男生那里都有评论的，嘿嘿。”

李强的笑让我心里不舒服，我发觉李强现在变得很世俗，我从心里反感。

“你没经过我同意就跟人家提出让我做客户经理，你不觉着太过分了吗？”

李强略一迟疑，说：“我觉着你会同意才这样说的，你在江浦继续做你的副总经理，电脑公司的事，你附带着做做就可以。”李强脸红了不好意思地说。

“再说吧。”我感觉李强太冒失，刚见面就跟人家提这样的事，我心里真的有点烦了，不再想说话。

李强没感觉我烦他，他看看我，显出很快活的样子。

“行，再说就再说。雯莉，你想吃什么？我现在就做给你吃。”

“我回去，我回单位。”

“怎么？你刚出院就要回单位，单位没有人照顾你。”

“我不需要谁来照顾我，我在这里很不方便，我还是回去。”

“怎么不方便，很方便的。”

我忍着气，固执地说：“我还是回去吧。”

李强显出很无奈的样子，说：“等我妈妈下班回来好吗？”

“不要等了，我现在就走。”我执意要走。

阿强看到阻拦已经失去作用，着急地说："雯莉，雯莉，你听我说一句。"

"说什么说，我不想听你的，更不能在这里住，很不方便。"

"哪里不方便？不是很方便的吗？"

"……没有床……"

"……你和我妈妈一个床，我，我睡沙发。"

"我走，我心里很烦……"

"你等等，我还有一件事想说给你听。"

"什么事？"

"知道梅姐吧，我回来的时候见到我在肯德基打工时的老板唐梅了。"

"见她又怎么样，不见又怎么样？我又不认识她。"

"她可是知道你的。"

"是你告诉她的吧。"

"也算是吧，梅姐这个人我曾经给你讲过，她是我上学打工时的老板，上次晓娟姐跟张欣结婚的时候，她参加过娟姐的婚礼，梅姐是你们公司书记唐焕章的女儿。"

"这个倒不知道。"

"你坐下，我说给你听。"

我坐下了。

"梅姐第一次结婚我不知道，那时还不认识她，第二次结婚我知道，而且还参加了她的婚礼，新郎是一个老师，教师是本分的，为人师表，在人心里总是有一种高尚的形象。"

"就这事吗？没别的事我回去了，我回去了。"

"雯莉，你……"见我非要走，阿强显出很无奈的样子，说，"真想走啊，那……我送你走吧。"

"不要。"我拿起我随身所带的东西，走出门。

第六章　海归女

黄莹莹要来彭州的消息最先知道的是吴晓娟，那天早上，吴晓娟和范思奕在家具商场选购家具，刚进到商场，听到手机响，她拿起来问了一声：“哪位？”

“是我，黄莹莹。”

“啊，是你啊，莹莹，毕业了吗？回来了吗？在哪里了？”

“是的，我毕业了，回来了，刚下火车。”

“在哪里刚下火车？”

“刚到彭州。”

“好，你在车站等着，我开车去接你。”

“哟，哥们混上车子啦？”黄莹莹一句调侃话，让吴晓娟听了好开心。

“哈哈，是呀是呀，不过不是我的，我没有车，是朋友的。”

“男朋友女朋友？”

“嗯，你见了就知道了。”

“好好，我见了就知道了。”

“嗯，来吧，伙计，我等你来接我，我们一块玩个把戏。”黄莹莹说话还是这么俏皮。

“好，我们一块玩个把戏。”吴晓娟嘻嘻哈哈地笑着重复着她的话。

吴晓娟和范思奕没去家具商场，和范思奕开着车去了火车站。

“黄莹莹是你的同学吗？”在车子里范思奕问。

“是的，在学校里我和范雯莉、黄莹莹三个是最好的姐们，前几年莹莹去加拿大留学了，取得了学位，现在回来了。”

“她学什么的？回来想干什么？”

“学的法学，回来想当法官吧。”

“回来当法官？”

“是呀，她是这样计划的，不知道联系得怎么样了，去年就开始联系了，原来想在她的老家温州，后来又说还是在彭州好，不知道她到底是在彭州还是在温州。”

“来彭州应该可以吧，这两年彭州发展很快，市政府对高学历人才来彭州工作十分欢迎的，还专门下发了文件，对引进的高学历人才在住房、工资待遇上都有特别的优惠，前段时间企业家协会开会的时候，有些老板就在议论这件事，都说人才难得，有的老板要出年薪三十万到五十万的高薪聘请呢。”

“但愿是这样。”

车开到火车站，范思奕把车停到停车场，和吴晓娟去了火车站出口处，在人来人往的出站口，吴晓娟一眼就认出站在出站口台阶上的黄莹莹。黄莹莹正在那里东张西望，远远看去，吴晓娟感觉她个子比以前高了。她走过去，从侧面看，她简直就是一道亮丽的风景。她上身穿一件白色宽松中袖圆领衬衫，有点文艺小清新的雅俏与活泼，淡淡的灰色竖条纹装饰，展现着女性温婉的魅力，显得既亲切又温柔，下身搭配浅灰色五分裤，那种中性风格明显，展现夏日清爽的 boyfriend style 率性。浓密的披肩发上，歪戴着一顶白色的带两条蓝色条纹的水手船型帽，黑色的宽松半桶靴头，露出一截光洁的雪白的小腿，同样也是雪白细腻的脸蛋，显示出她的青春、艳丽。黄莹莹的身体曲线，像一幅大写意，青春，性感，那么地让人想入非非。这样的穿戴，在加拿大可能很普遍，在国内就显得很突出，因此特别惹眼。哦，风日有情无处著，初回光景到桑麻了呀。

“莹莹。”吴晓娟喊了一声，向她招招手。

黄莹莹转过脸，看到吴晓娟，“哟，哥们，来得好快呀。”说着，也招招手，高兴地一蹦，跳到吴晓娟跟前，紧紧抱住她。

“晓娟，想死你们了，想死你们了。”黄莹莹亲热地一连串地叫着。

吴晓娟紧紧地一把抱住她也说："是呀是呀，我也想你，想你呀。"亲亲热热地搂抱一会儿，吴晓娟扳过黄莹莹的肩膀看她的脸，黄莹莹脸蛋嫩嫩的，依然那么白净，白皙的脖颈和红润的两腮，薄而有形的嘴唇，露出一排既整齐又洁白的牙齿，显得又年轻又可爱。热热闹闹又搂抱着对看一会儿，引得几个下车的旅客也转过脸看她们。范思奕站在不远处微笑着注视着。黄莹莹悄声问吴晓娟："这是你带来的车夫吗?"吴晓娟转过脸："车夫？哟，是的是的，忘了介绍了。"随后伸过手，拉过范思奕对黄莹莹说，"范思奕，我的男朋友。"

黄莹莹赶快伸出小手："帅姐夫呀，幸会幸会。"

范思奕憨憨地笑了笑，窘红着脸，很笨拙地说一句："欢迎你黄莹莹，欢迎你。"

"嗯嗯，准姐夫长得真帅。"黄莹莹说着看着又说了一句，说得范思奕笑嗤笑嗤不自然地窘着脸，显得极不好意思地站在那里低了头。

吴晓娟说："走吧走吧，别贫嘴了，上车，回去谈。"

范思奕帮着黄莹莹提起拉杆箱，走到车子跟前，放进后备厢，三个人上了车。吴晓娟和黄莹莹坐到后排位上，紧紧相互靠着，黄莹莹抓着吴晓娟的手迫不及待地问这问那，好像什么都想知道。

"你温州的父母身体还好吧?"

"好着呢。"

"你在温州一个月了吧，上回说你要回国，我们就等着你来。"

"是的，在温州住了一个月零一天又十个小时，离开的。"

"哈哈，算得蛮清楚的，原以为你在温州工作不来了呢，不来也不先说一声，前两天和雯莉还说，见了你，一定要好好教训教训你。"

"哪能，真要在那里工作哪能不说，到了温州之后的几天还好些，时间长了老想着这边，这个心总放不下，想着这里的同学、朋友，感觉还是到彭州比较好，有那么几天我都是掰着手指头算日子，如果不是我弟弟结婚，给他忙里忙外好多天，我也许早就来了。"

“哦，你弟弟结婚了，你呢，你怎么样？有男朋友吗？”

“我？没有，正想让你介绍一个呢？”

“真的假的。”

“当然是真的。”

“好，我就想着给你介绍一个能配上你的。”

“你认识的同学、朋友还有没结婚的吗？”

“有，当然有。”

“好，阿强、雯莉怎么样，还不结婚的，我都替他们着急了。”

“皇上不急太监再急有什么用，问他们，他们像没事的一样，一点不往心里去。”

“嗯，他们关系一直挺好的吧？”黄莹莹问了这么一句，是有意还是无意，她自己也说不清，反正心里想知道，没经过考虑随口就说出来了。

“表面上看挺好的，不过有时也闹一些小摩擦，我看是小摩擦，谁知道呢？”

“怎么也闹一些小摩擦？”黄莹莹问得很细。

“雯莉平时看起来很老实，生起气的时候也挺厉害的，上一次因为什么两人生气，一连几天都板着脸，也不知道为什么，阿强跟她说话她都装着没听见，把头扭向一边，只干她自己的事，阿强像巴结什么似的，看着她的脸说话，她往左转脸，阿强跟着往左去跟她说话，她往右转脸，阿强到右边去，唯恐言语有不到的地方再惹她生气。”

“他们是闹着玩的吧。”

“不是，不像闹着玩的。”

这时候黄莹莹想起还在加拿大学校的时候，阿强去她那里，让她心里突然生出异样的感觉，李强对她的这次造访，让她心里有一种抑制不住的激动。今天是什么样的日子啊，能得到你的光顾，你这个不知情义为何物的大男孩，让我想得好苦。黄莹莹一路上这样想着，去接阿强，见了他反而没有那么激动了。回来的时候，在车上她问阿强：“雯莉怎么样？你们的关系还正常着吗？”

阿强说："嗯，还正常。"

"什么时候结婚?"

"什么时候结婚？这，没想过。"

"没想过？难道就，就这样，下，下去吗?"黄莹莹变得结巴起来。阿强没有回答她，他心里想，等回国之后，这件事才能落实下来，结婚是他期待的，更是雯莉期待的。

同学，朋友，我们仅仅是同学，朋友吗？黄莹莹坐在一边想着，几年了，在国内学校里，阿强先是跟吴晓娟好，其实也说不上好，是吴晓娟整天明目张胆地老公老公地喊他，阿强只认为是叫着玩的，从没当真，直到后来在吴晓娟的生日酒宴上，范雯莉当着大家的面向他直接表白，才使得阿强认真起来，而吴晓娟却是后悔不迭，喊了一两个学期的老公，竟然都是替别人喊的。

黄莹莹想，这两个人无论明里暗里对阿强的恋情，都是做足了功课的，而黄莹莹只是在旁边默默地看着暗恋的人，跟人家亲近，默默地承受着心里的痛苦。她感觉自己无论从哪方面，都比不了她们两个。看着阿强跟范雯莉、吴晓娟那么亲近，心里总有一种酸溜溜的感觉，有时也想对阿强亲近，但是说出的话总觉着生硬，不自然。其实最想和阿强亲近的，还是她黄莹莹，而黄莹莹却有自知之明。再说她又从不会做那种损害朋友，争抢男人的事。还有一个是她不是那种在男人面前乞爱的人，低三下四地乞爱不是她黄莹莹做的。做女人就要做得有点尊严，即使心里想爱，也要爱得有水平，有质量，平时在阿强对她一言一行的接触当中，她看出阿强并没有喜欢她的意思，她没有吴晓娟那种明目张胆地叫着和他好，也没有范雯莉那种默默的，关键时候，猛一下表白自己感情的勇敢。每每想到这里，她心里就有一种压抑中的苦恼。

是呀，时光一隅，一些思念是柔软无形的，只适合一个人默默地承受，在国内学校里的每一次接触，她相信都是上苍对她的恩赐，使得她在心的某一个角落，宝贝似的贮存着那些忘不掉的旧念。茕影孤立，一阙暖香缱缱绻绻，如缕丝长，其结果是浓了又淡，淡了又浓。站在渥太华河的对岸，凝视落日黄昏，心事滑过的日日夜夜，被旧念击中，她感觉心很痛，却又是那么的快乐，因为他的形象、他的热情不再是陌生的感动。

有时推窗远眺，万物俱静，那是思念与眼眸的相会之处的景致，是静与心灵的完美结合。物美，在于静，在于厚度，是朝夕点滴间的沉淀，美之深，在心境，也在文化，是洗尽铅华后的质感。一首诗，是一种沉醉的美，品到深处，芳香自来，细品静好人生，使人生变得如陈酿的美酒一样醇厚，一段情，爱到深处，浓郁醇香，静默无声，牵记如影相随。时光，是一幅流动的山水，也是一帧静默的风景，在绚丽与平淡之间，跃动出对爱的意义的执念，这种执念中的爱是经历了岁月的侵蚀、人间杂芜感情的过滤。她感觉自己固执的心在静默中进行着一场无止境的修行，带着岁月的遗痕和恬淡中的感悟，执守着心灵一方净土。

当然，黄莹莹并不是没有看不上眼的男生，有那么几个为她献殷勤的男同学、朋友当中，她不自觉地总是把他们和阿强类比。

想起阿强从美国到她那里的一次，竟让她喜出望外，心情激荡。她从没奢望阿强会来她这里。那天阿强到了加拿大，她接到他的电话，说他已经到了加拿大魁北克大学，问她住在哪里的时候，她才知道这不是梦。

还在阿强说来没来的那几个晚上，她一个人躺在宿舍里，常常梦中见到的是阿强，迷迷糊糊中“看见”的是阿强，她感觉阿强就在自己身边了，还有一次蒙眬中看到阿强真的来了，竟然抱紧了她，她激动得昏了过去……

梦总归是梦吧，这次阿强真的来了，她竟然害怕起来，她揣着忐忑不安的心去接他，又在忐忑不安当中拥抱了他。

那是校外一个幽静又雅致的餐厅。一处私密的空间，营造出一份温馨而又浪漫的氛围。窗外是半亩花园，植着无数株美人蕉，美人蕉红、黄色的花冠和浓绿的叶裙，像亭亭玉立的女子。黄莹莹不胖不瘦，不高不矮，袅袅婷婷的身姿，她没有范雯莉的那种典雅的美，也不是晓娟的那种开放型的美，她的美是她黄莹莹独有的，是任何人都代替不了的那种有学识、有修养，清纯中透着俏皮，性感中又不失庄重的美。

“真美。”李强说。

没有别人，只有她和他两个，他们点了几个菜，要了一些啤酒，相视一会儿笑笑，李强说：“喝酒吧。”

“好。”莹莹脸色绯红，像晨雾中美人蕉初绽的花蕾，带着淡雅的芳香。

“来，干杯。”

黄莹莹没说话，明净清澈的眼睛，翻看他一眼，端起杯子和他碰了一下，默默啜饮。

“在美国也经常喝酒吗？”

“不经常，除非几个要好的同学，高兴了就坐一起喝点啤酒。”

这时音乐在耳边柔柔地响起，思绪轻轻地飘向了云端，一股沁人心脾的气息在全身涌动……远处渥太华河的河水，静静地流淌，郁郁葱葱的河岸的树林掩映其中，似乎给这静谧优美的环境增添一些浪漫。夜幕下的渥太华分校，沿街景致灯光绚丽，五光十色，窗外不远处的街道有来往的车辆，唯独这一块清静悠然，那些红色的华石红枫的枝叶，映在教学楼红色墙面上的黑影，在风中摇曳生姿。

“真好。”阿强说。莹莹微微地笑着看着他。

没想到那一次阿强竟然醉了，昏乎乎的，是酒醉还是这秋日的红枫使得人醉？阿强酒醉中说话也不大利索，目光蒙眬地看着黄莹莹好像是范雯莉，他呜喽呜喽地说：“你真美，纤细白净的脖颈，娇好的面容，你，我，我的……”听了这话，黄莹莹的心突突突的，乱跳的心，停跳半拍。她知道，在国内学校的时候，她对他只能远视，当中碍着吴晓娟和范雯莉两位好姐妹，她不敢，也不能。心里尽管喜欢着这个男孩子，却从没有明显地表示过。现在回过头来想一想，她有些后悔当初，谁让当初她顾前思后想那么多的呢？现在李强就在自己身边，她强忍着那颗不规则地狂跳的心，不由自主地站起来走到窗前，一个女人的矜持，压抑了她的冲动。窗外的夜色已经拉上幕布，阿强呜呜喽喽的说话声和着听不清的语言。他说：“看，看到，到你苗条的腰肢，再从你白玉般的皮肤，到坚挺的乳房和臀部……”这是他意识不清的醉话，还是清醒时真实的心里话？

“你的曲线是那么的美，美……那么，那么的标准，你，你的身体轮廓，又，又是那么清晰可见……雯莉，你……”

他喊雯莉，黄莹莹模模糊糊还是听清了，她愕然地转过脸看他，心里刚刚生出的那份激动，瞬间泯灭了。她哆嗦着，想哭，她想跑到外边痛痛快快地哭，她甩开他伸过来的要拉她的手，可是那一时竟然鬼使神差没有了走开的力气，她软了，阿强紧紧地抱住了她，疯狂地吻她……

在这样的情景下，再怎么持重的女人，智商都会为零，虚荣占据了她的全部，黄莹莹竟然昏昏然地妥协了。

他说了这话，又喝了两罐酒，迷迷瞪瞪的目光注视着她，他伸开的双臂不顾莹莹的挣扎，剥了她的衣服，把她揽在怀里……

完事之后，他躺了一会儿，清醒了，转脸看看，坐在那里的竟然是黄莹莹，他“啊，啊……”地叫起来，坐起来，攥紧拳头狠狠地砸沙发。

“对不起，莹莹，我以为你是……”

黄莹莹感到羞愧难当。她的脸通红，像发烧似的。

“你别说了，什么也别说了，你……”她本想说，你走吧，但是她没说，她的那颗软塌塌的心，告诉她，什么也不要说。

他探过身子的时候，不顾黄莹莹的反对，红着脸，说：“莹莹我对不起你，我不该……”这让黄莹莹更加难受。可是他坚持着这样说，黄莹莹看着他的脸，生气地站起来想走，可是他又说：“这是我第一次，我对不起雯莉，更对不起你。”黄莹莹愕然地站住了，“你的第一次？”

“嗯。”

“你的第一次……竟然给了我？”

阿强低头不说话，面容有点不自然地“嗯”了一声。

“你和雯莉没有吗？”

“……没有……想有，没成功……”

“为什么想有没能成功？”她听雯莉讲过一点点，具体不清楚，她还想证实一下。

“为什么想有没能成功?”黄莹莹咄咄逼人地看着他问。

阿强再一次低下了头不答话。

想起那天的事情，尽管黄莹莹非常伤心，但她很快调整过来。她认为阿强是对的，由衷地从心里钦佩他。

因为他们之间那种比同学朋友更进一步的感情搅和在里头了。后来她用理智理清这一次相聚，她自然而然地得出一种庄严而又崇高的结论，即：任何人的感情并不是得到了才是幸福，没得到，在心里想着，同样也是一种幸福，只不过这是另一种存在的方式。

想起在加拿大的那一次，对于她来说，她得到的是精神上和肉体上的满足，是阿强给了她超出友谊之外所能想象出的满足。

“什么原因没能成功?”阿强没说为什么，黄莹莹不再问，她知道，问明白了，就一目了然了，变得简简单单没有任何意义了，隐藏着，无论对他还是对她，都是一种相互间的尊重，什么时候想起来重温一下，就会感觉这是一生中最最甜蜜，也是最最超脱人世间庸俗的幸福。人都应该有一点不可示人的小秘密的。这不牵扯不信任。而正是这种相互间的信任，才能衍生出一种真真实实的崇敬，才使得那种距离不成为距离。因此，阿强的秘不可宣的秘密，不宜在她面前公开，她能理解。

黄莹莹用心宝贝着这种信任，轻易不肯触碰，直到有一天这个秘密真的暴露出来，友谊的真谛也许就真的平淡无奇了。不过话又说回来，有了这一次，黄莹莹已经心满意足，假使阿强以后不是她黄莹莹的，也不枉阿强慷慨对她亲密一回，使得她由衷地对他敬重。

一个女性对异性的倾心爱慕、崇拜，用这种方式维护着，会使得她变得更加纯洁、自信，抑或高尚。

黄莹莹原本是要在老家温州工作的，在加拿大的时候，她同时联系了温州和彭州两地，最终为了这个男人，她还是选择到彭州来，至于和这男人最终结局如何？她不想那么多。

“在国外也这样想吗?”

“在国外不这样想，在国外想也没办法，距离远，不像在国内，一抬脚就到了，所以说想得不一样。”

“这话说得对。”

“再说，在外边久了，总感觉不那么习惯。”

“回老家了还不习惯?”

“是呀，感觉到那也不方便这也不方便，甚至连个说话开玩笑的人都没有，就想赶快到彭州来，再说这边单位也在催我快过来报到。”

“工作都弄好了？具体还是在中级法院吗?”

“是呀，当初联系的时候，把材料寄给市中院，市中院很快就有了回音。哎，光顾说这些了，雯莉的病怎样了？出院了吗?”黄莹莹迫不及待地问。

“出院了。”

“身体还好吧？精神怎么样?”

“身体还行，精神也还行，就是有些恍惚，有些憔悴。”

“上次听你电话里说，我就很担心，给她打电话她总是关机，憔悴不要紧，可以慢慢养，只要没有其他的病就好。”黄莹莹不会说假话，这一次说的却不是真话。

“好像没有其他的病，她精神很好。”

“嗯……给我找家旅馆吧，我要住些日子。”黄莹莹不再说这件事了，她问起了旅社。

“住在我们住的地方好了。”

“你们住哪里?”

“我们住的是江浦公司的招待所，原来是他爸爸范正辉住的，我们要结婚了，暂时在那里住着，等结了婚就搬出去住。”

“哦，这位就是你上回电话里说的你们大老板的公子吗?”黄莹莹趴在她耳边轻声问道。

“是的。”

“好，只要方便就好。”

“很方便的。”

说着话车子已经到了楼下，范思奕下了车，忙着打开后备厢车盖，拎出黄莹莹的拉杆箱，和她俩一起上了楼。

房间开的是六层，和范思奕的房间隔了一个门，范思奕进了门把箱子放下来。吴晓娟说："莹莹先休息一下，待会儿来我们房间，我通知雯莉，李强也过来，我们今天晚上开一个小型欢迎会。"

"好呀，谢谢铁哥们。"莹莹嘿嘿地笑着抱抱她说。

"你饿不饿，要不要先吃点东西再休息？"

"不用，我在车上吃过了。"

"那好，你就先休息一会儿吧。"

吴晓娟他们走后，黄莹莹打开淋浴器，舒舒服服冲了个澡，很惬意地躺在床上，闭上眼睛。

这时候吴晓娟已经给范雯莉通了电话，当时范雯莉刚从办公室回到宿舍，接到电话她说了一声好，我下午过去。

"你中午过来吧，我们等着你，过来一块吃饭。"

"好吧。"

这段日子江浦公司有两家分公司正在搬迁。总部暂时没有动，还有许多事情要处理。范雯莉离开阿强来到江浦公司，范思奕让她休息几天，说："姐，你不要急着工作，你还是先休息休息吧，过几天想上班再来上班。"

范雯莉没吭声，她心里很着急，自然回到公司，为什么还要过几天。她勉强笑了一下，并没有听从他的安排，第二天就去了她的办公室。

办公室依然如故，虽然住了这么长时间的医院，办公室却很干净，像刚刚打扫过的一样，没有一点脏东西。窗玻璃、办公桌、文件柜甚至脸盆架也擦得一尘不染，盆架上搭着的一条毛巾也洗得雪白，这些都是朱先云每天上班来打扫的吧。刚才路过办公室的时候没看到朱先云，却看到一个年龄大些的女工坐在那里，对着桌子上的一份文件出神。她本想问一问的，算一算日期，朱先云应该生孩子去了，但是她走进去还是问了一声，那女工说："先云生孩子去了。"果然是这样。

范雯莉要了自己办公室的钥匙，不再说什么，退出来进了自己的办公室。看到桌子上整整齐齐地摆放着几份杂志、报纸、信件，她坐下拿起一封信刚拆开要看，门推开了，进来的是办公室的那位女工。

“范副总，您出院了，刚开始没认出来，很对不起您。”来人抱歉似的笑嘻嘻地说。

“没事，我出院了。”

“我刚才给您要了一桶矿泉水，一会儿就送过来。”

“好的，谢谢你，你请坐。”

女工坐下了，看着她说：“范副总，您瘦了，以前您去车间见过您一次，现在瘦得不敢认了。”

范雯莉摸摸自己的脸，说：“是有点瘦，你贵姓？”

“我姓张，叫张涵，朱先云前两天到医院生孩子，我暂时调过来在办公室帮几天忙。”

“哦，办公室很忙是吧。”

“是的，这几天公司老是来人，我帮着接待接待。”

“你原来在哪个单位？”

“我原来在一车间工会。”

“最近公司还好吧，住了这么长时间的医院，对公司的情况一点都不了解了。”

“生产经营很正常，工资也能正常开，这月月还有奖金呢，上个月奖金拿一千块呢。”

“那很好。”

“工人情绪怎么样，没别的事吧？”

“不可能有别的事，工资开着，奖金拿着，还会有什么事？”

正说着，电话铃响了，范雯莉拿起电话，那边问一声：“是范副总吗？”

“我是，你是哪位？”

“范副总，我是潘洪洋，我在楼上看到你回来了，问一声，你是出院了？还是先到公司看看？”

“上班了，谢谢潘副总。”

“我一会儿到你那里去。”

“好的，你过来吧，潘副总。”

张涵站起来说：“范副总，我过去了，办公室离不开人，您有事打电话叫我就行。”

“好的，你去忙吧。”范雯莉放下电话站起来要送她。

张涵说：“不要送，不要送。”

张涵走之后，不多会儿潘洪洋来了，问了问范雯莉的病情，说了几句宽慰的话。

范雯莉问他：“你那边生产怎么样？”

“还不错，上个月接了新加坡一个一千吨的钢结构工程结束了，安装人员跟着去了新加坡安装，这个月接的一个网架工程，工人正在加班干着。”

“也是国外的吗？”

“不是，是重庆的一个体育馆屋面。”

“多少吨？”

“也有一千多吨，工程量不大，但是造型很奇特。”

“什么造型？”

“网架直径五百五十米，最大悬挑四十米，中间高起，上部有组成圆锥状的桁架，屋面为双层彩钢板，结构上像一个飞碟，又像重庆人酷爱的火锅。”

“这种造型很新颖，设计上应该没问题吧。”

“就是设计上有点难度，设计人员都在加班干，前几天设计完工，拿到市设计院审批，没通过，拿过来又改了一稿，问题不是很大。”

范雯莉原来不懂网架这一块，后来公司要求各单位的领导轮换着深入生产第一线，了解生产各个环节和流程，范雯莉就去了潘洪洋的钢结构公司学习两个月，基本生产程序多多少少了解一些。

就目前来说，江浦公司虽是对江浦集团公司所拥有的一切有形与无形的存量资产，通过流动、裂变、组合、优化配置等各种方式进行了有效运营，但是根子的实质还是私营企业运作模式，这像一个贫困山区的村姑嫁豪门，一方面处处显得蹑手蹑脚不敢迈大步，另一方面又忽高忽低地出台一些不合实际的决策，让人出乎意料，没有一套系统的运作模式，是一个企业的悲哀，尤其在范正辉交给范思奕以后，形成的这种局面，常常在工作中捉襟见肘，工作环节也是漏洞百出，再一个，执行当中，不能全程督导，不能有步骤、有计划地抓好“检查”“处置”“协调”，执行中不能圆满收结。不能圆满完成一项工作的原因，极大一部分是领导在生产中是外行，喊几句口号还可以，生产、技术上的事不是喊口号就能解决的。

范正辉认为范思奕跟私营老板打过工，有一定的“工作经验”，自己走后把企业交给他也放心。不过要想在众多企业竞争当中出人头地，就要有另一番手段来实施。要有过人的胆量和计谋，要大胆尝试。开会时范正辉强调，我们不单纯是产品质量上的事，也不单纯是高层人员要懂生产销售方面的事，我们更需要每个生产环节以及销售渠道都要大家不但懂得，更要非常熟悉。你是一个高层领导、中层领导，你更应该是一个熟练的技术工人，工作中要切实把企业当作自己的事情来做，要尽心，尽力，要领导大家拧成一股绳，只有这样我们的企业才能强大起来。

说是这么说，大家心里都明白，江浦公司现在是你个人的了，内部是一条家族的血脉牵系着，尽管企业高层的忠诚度很高，企业的决策效率也很高，但是也有一定的缺陷，内部制度化建设却也非常差，随意性较大，内部形不成制衡机制，导致决策风险也大。这是私有企业的致命弱点，也是特点，不易改变。原因是企业文化是以家族关系为中心的，家族以外的人难以受到信任，存在排外的情况很突出，要使家族人员、朋友关系都要懂得生产这一块，形成一个合体，就要强化企业文化，使之按照国有企业模式，形成一个制度，让大家紧密团结在一起，根据目前情况看，这样似乎不太可能。因此范正辉想出一个两全其美的办法：义务劳动。过去有“义务劳动”之说，现在为什么不行，现在也要形成这么一种制度，这不是所谓定期参加无报酬的劳动，在家族企业的管理人员和工人当中，没有高低之分，都是生产者，这就是家族企业一大特色，是一个创举，别的私有企业也有老板亲自参加劳动的，而我们要求是不管你是高管还是中层，都要定期参加义务劳动，要熟悉生产中各个环节、流程，做无私的奉献。到年终根据你劳动的天数、创造的业绩进行考核评分，合格的继续在你的职位上，不合格的下去，不再重用，甚至丢饭碗。

形成这么一种制度，人人都害怕。

范正辉创造性地发明这一举措，工人是极力反对的。

谁反对，谁走人。

“那没有王法了?”许多人对此不解。

“我就是王法。”范正辉咄咄逼人的态势，让大家的心寒了，即使不明着顶撞，暗里一封封的匿名信反映到市里、省里，但最终都没能解决。他俨然是江浦公司独霸一方的地方王，唯我独尊，只有我说了算。这样的霸气导致了他和工人之间形成无法化解的矛盾。

每一天他都是在工人冷视的目光中度过的，工人的强烈反对，最终还是使得范正辉有些害怕，多多少少有所收敛。上一次“砸黑砖”事件，就是一次沉痛的教训，“水能载舟也能覆舟”，这浅显的道理他懂得，也谨记于心。到了大家强硬的反对声越来越大，那种火几乎一点就着的时候，他找来潘洪洋、范雯莉认真地商量对策，最终决定，他“退隐”比较好，他要“告老返乡”退居二线，做做“太上皇”。把企业交给儿子，没想到这样的决定竟然得到大家的拥护，宣布“退居二线”的那天，会场上一片掌声，这对于范正辉虽然有点痛，心里还是满意的。其实大家都在想着自己的饭碗能不能保住的问题，无论你怎么搞，只要不过分地对待工人，不要让工人拉家带口出去讨饭就行。同样，这种实施的义务劳动“制度”，随着公司要搬迁，最后也无疾而终。现在管理权交到儿子手上，实际掌控的还是他范正辉，自从范正辉到澳大利亚以后，每月范思奕不但给他发过去财务报表、生产指标统计、生产任务落实情况、经营状况等等汇报，甚至连管理人员的任免变动都要经过他签字同意，他名义上是不管不问，实际上他什么事都要问都要管，而且比以前抓得更紧。

范正辉临走之前，要求范雯莉和潘洪洋按既定方针办，切实做好支持、协助范思奕的工作，不但要把公司搞好，而且一定要有大的发展，要做出大的成绩。这像是一道强硬的死命令，这道命令实实在在地拴住了范雯莉。

“范思奕年轻，有什么需要你们出面解决的问题要好好帮助他解决。”

把这一摊子交给范思奕，范雯莉在感觉上认为二叔这人做事太霸气，心里尽管有些不舒服，又不能说什么，毕竟公司是人家的公司，是人家的“家务”事。父亲的事业交给儿子来管理，天经地义，你有什么资格去干涉人家？可是又一想这种想法也不对，公司名义上是私人的，工人可不是你私人想怎么着就怎么着的，人家有老婆有孩子，人家也要吃饭，你不能不顾工人的利益想怎样就怎样吧，但是又说回来了，这完全是家族决策者的独裁，凭自己的喜好说了算的事，没有人干涉得了，也不可能干涉得了。

说到工人阶级，工人已经为私企老板打工养家了，为了“那口饭”，工人们能忍的还是忍了，能敷衍的尽量敷衍，能得过且过的就得过且过，这是工人当中最普遍的想法。劳动热情，工作责任心，屁，这就是现实。

而潘洪洋和范雯莉的想法很不同，潘洪洋一开始就是跟范正辉干的，老婆没有工作，孩子要上学，私营企业的盈亏关系到他家的生活质量，因此他是有一种“责任心”在心头，他没有范雯莉那种失落的想法。而范雯莉也是尽着一种习惯性的工作责任在这里干。话又说回来了，潘洪洋是何等样的人？谁又能了解他的内心想法？他本来就不是那种甘愿为他人服务、任人摆布的高级知识分子，在他负责的钢结构网架生产中，从上海的工厂到现在彭州钢结构网架工厂，几年中，每一年都有一两千万的工程被他甩到别的钢结构网架公司加工制造，这事当然不能让范正辉知道，让他知道了自己就要滚蛋，现在他的羽毛未丰，还独立不起来。

范雯莉跟潘副总聊了一会儿生产上的事，又谈到公司第二次裁人，公司裁人将近一个月了，工人都很平静，也没闹事，生产运转还算正常，这让她心里略略有些安慰，这种安慰是对二叔临走之前交代她的工作有个交代。

至于自己，她不想在这里做下去，尽管在这里自己是一个不可或缺的人，最主要的是自己所学的东西没有施展的空间。青春耽误在这里不值得，她为不能趁年轻奋斗一番感到遗憾。因此想走的想法一直在她内心强占着位子。

我到哪里去？她一直困惑着。吴晓娟的理想实现了，黄莹莹的理想实现了，不少同学实现自己价值的理想在各行各业也都实现了，那么我呢？

二叔走了之后，我心理上有一种对工作一丝不苟的工作惯性掺杂在里面，不想这么干，可是这种惯性不自然地让你去干了，另一方面，更多的则是感觉没有奔头的失望。这像是一张弩弓，本来能发出三百米的射程，由于心理和外界等原因，却只能射出二十米或者五米、十米。

潘副总聊了一会儿，走了。

过了几天，范雯莉想着要到车间里转转，尽管以后有以后的打算，但是现在还在这里干着，还要当一天和尚撞一天钟。

从车间出来，刚走出生产区的二道门不远，看见孙献茹在公司的花坛边扫地，正要走过去，孙献茹一转脸看到她，哟了一声，说："大妹妹是你呀，什么时候出的院，好了吗？"

"好了，孙大姐，我出院好几天了。"

"还不多住几天，好利索了再来上班。"

"不想在那里住了。"

"噢，我正想到你那里去，看看你呢。"

"已经好了。"

"我有件事想找你帮帮忙。"

"什么事孙大姐，你说。"

"嗨，一会儿我到你那里去吧，不是三句两句话说得完的，你还在你那个副总经理办公室吧？"

“是的，我还在那间办公室，有什么事现在不能说吗?”

“还是等一会儿我上去说吧，你先上楼，我拾掇拾掇马上就过去。”

看孙献茹执意要到她办公室，范雯莉就上楼去了。过了一个多小时，孙献茹来了，手里提着一个包。进了门，她把门关上，范雯莉不知她要干什么，就说：“你坐，孙大姐。”

孙献茹坐下，范雯莉要给她倒水，孙献茹忙站起来说：“不要大妹妹，我就坐一会儿说几句话就走。”

范雯莉给她倒了一杯水，放在茶几上，在办公桌的椅子上坐下来。看着她，心里想，孙献茹平时都是直来直去有什么事说什么事，今天怎么了？正疑惑着，孙献茹把拿着的塑料袋放到范雯莉的桌上：“大妹妹，一点小意思，没买多，请你千万要收下，赶快收起来吧，让人家看见了不好。”这更让范雯莉不理解了。

“孙大姐，你这是干什么?”

孙献茹红了红脸，显出不好意思的窘态，吞吞吐吐地说：“大妹妹，是这样，前，前几天公司又裁人了，我，我那口子裁下来了，你看看，他又没有什么技术，到社会上上哪找活干去，我们又没有其他进项，本来工资就不高，只是能凑合过，他，他这一下来……我儿子还在国外上学，我们的生活明显着就……”

对公司第二次裁人范雯莉一点不知道，上一次在医院，范雯莉迷迷糊糊听范思奕和潘洪洋说了这么一句：管理人员还是要精简，这么多人在那里闲磕牙，不干事不行。

潘洪洋说，能下的都让他们下去，我们的企业不养闲人。

范雯莉明白了她的意思，住院之前就听说公司科室人员还要精简一部分，没想到第二批裁人，她爱人秦副部长就被裁下来了。

“具体情况我还不清楚，我才上班，等我了解了解情况吧。”

“大妹妹，你可千万给我们做主，他下来，一没有技术，二来年龄又这么大，到外边打工，找了几家都没人要，这些天整天躺在床上唉声叹气，夜里翻来覆去睡不着觉，这以后的日子我们怎么过。”说着说着，她有些伤心，伸出手抹两把眼泪，眼圈被她擦得有些红。

“孙大姐，别难过，我问问，看到底怎么回事。”

孙献茹摸了一把鼻子掏出手绢擦擦，说：“他这人吧，没本事，人又太老实，做事太认真，十六岁参加工作，先是当学员干搬运，后来装配车间缺人，又跟着干装配，没干半年，又回去干搬运，后来调到加工车间干磨床，这一干就是十年，在车间里兢兢业业，任劳任怨，原想学个技术啥的，后来又让干计划员，再后来就调到组织科帮忙，说是以工代干，前几年转了正，原以为好时候到了，再干几年就退休了，你看现在，又被裁下来了。”

“秦副部长在这个厂干一辈子了？”

“是呀，从小就在这个厂里干，他把厂当成自己的家，厂里的情况他都熟悉，你说说，这怎么裁也不该轮到他呀。”

“你的意思是？”

“还想留在咱公司。”

“等我了解了解，问问情况。”

“大妹妹，你可用心给俺做主吧。”

范雯莉一边嗯着一边问：“你还在超市干着吗？”

“还干着，不干怎么办？前几天超市招两个搬运工，我想介绍他去，没想到报名的一呼啦来了八九个，不光年轻力壮，还都是靠关系介绍来的。”

看她说得急，范雯莉又说：“我明天等领导都上班了，我问问情况再答复你吧。”

“大妹妹一定要帮帮俺呀，前几天他没局了，跑到庙里去，他不信佛，到了庙门旁，买了一把香，许了愿，给佛爷磕了三个头，出了庙，看到庙门前有摆地摊的算命先生，花了五块钱抽签，算了一卦，自从算了卦，回到家像失了魂似的，那几天不吃也不喝，成天唉声叹气，老想着死。”

这么严重？范雯莉很想把话追下去问，想想这话不能出口，人家伤口本来就够疼的，你不是把人家伤口撕开往上面撒盐吗。

孙献茹说完，可怜巴巴地又要哭，说：“大妹妹，没法子，求求你救救他吧，我实在没有指望才来麻烦你的，他平时不吸烟，前天我下班回到家，家里乌烟瘴气，烟头满地都是，不知为什么，他把自己的衣服和所用的东西都烧掉砸碎了，家里一片狼藉，问他他也不说。”孙献茹说完扑通一声，给范雯莉跪下了。

“你看你看，这是干什么？你起来，起来。”范雯莉听了一惊，看她跪下，赶快拉起她，说，“孙大姐，你起来，好好说话，你也得叫我了解一下情况吧，能帮忙的我一定会帮你的。”不过说是这么说，她心里还是有点儿不太相信的，下岗工人都会这么说，把事情虚得大一点，紧迫一些，引起听者同情，都可以理解，不过说得如此可怜，这让她不得不认真地对待了。

孙献茹擦擦眼泪站起来，有点不好意思地说：“我本来打算明天到医院看看你的，没想到你这么快就出院了。”

“秦副部长今年多大？”

“才五十一岁，离正式退休还有九年呢，这是不是明显违反国家六十岁退休的规定？

“秦副部长下来几天了？”

“下来好多天了。”

看着她可可怜怜的样子，范雯莉沉思一会儿，孙献茹又说：“我们只能等死了。”

“哪能，孙大姐，看你说的，不要这么悲观，回家好好安慰安慰秦副部长，天无绝人之路。”

“对人家是天无绝人之路，对我们就是死路一条了。”

“不要太悲观，悲观也没用，这个情况我知道了。”

孙献茹说：“我不悲观，大妹妹，我听你的，我们再没本事，老天也会照顾我们的吧，现在老天也不照顾我们了，好像我们是多余的人了，不等死还等什么。”孙献茹说着又去擦眼泪，眼睛被她擦得红红的。

“我刚上班，这些情况我都不太了解，我刚才看领导都不在。”范雯莉跟着说了一句。

“大妹妹你看，我那口子下来之后整天苦着个脸，唉声叹气，我一下班就是这一套，我说他一句吧，他就要死要活的，我们今后怎么办呀。”

听到这里，范雯莉看孙献茹要走，赶快把她拿来的东西还给她，说：“孙大姐，这个你带回去，带回去给秦部长吃，我不能要这个。”

“大妹妹，你外气了，一点小意思，又不是什么贵重的东西，给你补补身子。”

“孙大姐，你看你说的，你这样才是外气，我年轻轻的不要什么东西补身子，你托我的事，我一定给你找找问问是怎么回事，你尽管放心。”看着孙献茹不收，范雯莉也有点急了，她把东西硬往孙献茹手里塞，“孙大姐，拿着拿着，拿回去给秦副部长吃，你们两口子想开一些。”

范雯莉可从来没这样让人家求过。两人推来让去，正说着有人敲门：“范副总在吗？”

范雯莉小声说：“赶快收起来孙大姐，让人家看见多不好。”随后答应一声：“在。”忙着去开门。

看着孙献茹把东西放在沙发上，从盆架上拿一条洗脸的毛巾盖上，范雯莉去开了门，门外站着的是张涵，张涵说：“范副总，刚才打电话怎么也打不通，市里通知去开会，请你和范总都过去。”

“好的。”

张涵走了之后，孙献茹站起来也要走，范雯莉把她拿着的东西递到孙献茹手上，让她带回去，孙献茹说什么也不愿意要，两个人一番推让，孙献茹最后拿着东西走了。

第七章　我们扯平了

中午快下班的时候，我想起和晓娟的相约，拿起包到了办公室跟张涵说："张大姐，我出去了，有人找我可打我的手机。"张涵正吃着饭，站起来说："好的，范副总，你不吃饭就出去吗？"

"我不吃，这是办公室钥匙。"我把我的办公室钥匙交给张涵，张涵接过来，我就出去了。

我到了范思奕住的招待所楼下，看到范思奕和吴晓娟从楼下的宾馆饭店出来往楼上去，后边跟着饭店服务员端着做好的菜也往楼上去。我问："怎么，是在这里订的饭吗？"

"是的，点几个凉菜炒七八个热菜，再烧两个菜行不行？都是自己人。"

"行，怎么还往楼上端？"

吴晓娟说："在楼下吃人来人往的，没有气氛，也不随便，还是在我们那里吃好些，想怎么吃就怎么吃，想怎么闹就怎么闹，吃饭喝酒又不影响别人，闹到天明也没人问，多好。"吴晓娟笑笑说。

我说："这样也好，就是有点太麻烦厨师了。"

"不麻烦，给厨师一说，厨师满口答应，他说只要我们高兴，就不怕麻烦。"

我嗯着，推开门进了客厅，看到黄莹莹坐在沙发上正在玩手机，几年不见的黄莹莹更漂亮也更成熟了，皮肤白得像煮熟的蛋白一样，一张薄而有形的小嘴，洁白的牙齿，眼睛虽然不是很大，却楚楚动人。黄莹莹抬头看见我，一下子蹦起来。

"啊，雯莉雯莉，我的好姐姐，是你呀，可看到你了。"她一边喊着一边紧走一步伸出胳膊抱住了我，在原地转了两个圈，"嘿嘿，雯莉雯莉呀，你让我想得好痛呀。”

“你看你看，你们两个亲热得好像几辈子没见似的。”吴晓娟说。

“就是几辈子没见嘛，对不对林妹妹?”黄莹莹歪着脑袋看着我的脸，哆哆啦啦地说着，对着我的脸狠狠亲一口，“想死你们了。”她把我拥到沙发上，看了一遍又看，说：“林妹妹，你还是那个样子，就是有点憔悴，怪不得晓娟说你憔悴。出院后身体怎么样了，病了这么长时间现在好了吗?”

“好了好了。”我说着拉着莹莹嫩嫩的小手。

她侧着身子，把一条大腿搭在我腿上，上身贴着我，一条雪白的胳膊亲切地半搂着我的脖子，她的脸亲亲热热地贴着我的脸。我把她的腿轻轻挪下来说：“干什么呀。”我翻眼看看大家，他们没注意我们。

“放稳重点。”我说。

虽然显着很亲密随意的样子，还是让我很不好意思，我的脸红起来。而这时的她，眼睛竟有些湿润，为什么湿润？我突然胡思乱想起来，好像是一种自责，一种什么事没能对起我？我不得其解。在这样的场合，她用这种亲昵的动作对待我，是表示对朋友的亲近？还是什么？我接受不了，同时又不得不让我怀疑她的动机。

黄莹莹哈哈笑着，突然打着掩饰地对着我耳语：“感觉不一样吧，这是亲密的表示，非常好的朋友才这样。”

“你在国外就学了这一套亲密的动作呀?”我低着头说。

“不是不是，也不知怎么搞的，见到亲密的朋友，不由自主地就想这样了。”这更是一种拙劣的掩饰，我想。

“你是被洋化了吧。”

“可能可能，不过你也学着对阿强这样，阿强对你才会更加爱上加爱。”

我讨厌她提阿强，寒着脸，说：“别提他，我心里很烦。”

“怎么？你们……”

范思奕看着我们，转过脸，问我：“姐姐，李强哥什么时候过来?”

吴晓娟看看手表，说：“他应该来了吧，我让他最迟十二点半到，都通知半个多小时了。”

我说：“我们先吃我们的，不管他，爱来不来，随他。”听我说得有点刺耳，大家都看看我，吴晓娟很在意地问我：“怎么了雯莉?”

“没怎么。”

黄莹莹也在看我，她拉过我的手，像是同情，又像是安慰。我知道他们不可能弄清我们之间究竟发生了什么，看着他们诧异的表情，我装着没事样的，我看得出晓娟和莹莹肯定猜出我们闹意见了，想就想去，谁想怎么想就怎么想，我就是想让她们知道。

“我这会儿不想谈到他。心烦呢。”我咕哝一句。

“只要你们没事就好。”吴晓娟说。

范思奕说：“再等一会儿吧，说不定在路上呢。”话音没落，吴晓娟的手机响了。

“阿强，干什么了，这么蔫的。”

“这就走，一个同学到家里找我来了，聊了几句话。你们住哪里?”

“我们住江浦集团招待所，你不知道吗?”

“知道知道，我马上就到，雯莉到了吗?”

“雯莉早就到了，就等你一个。”吴晓娟看看我。

“好，我这就走。”

“怎么，还没开始来呀?”

这时候听到电话里一个男人的声音说：“你去吧，过两天我再来找你，我请你吃饭，咱们好好计划一下。”

“哟，有钱了是吧，好的，你慢走。”接着听到开门关门的声音。

“你跟谁说话?”吴晓娟问。

“杨乐全，计算机班的一个同学。”

“让他也过来吧。”吴晓娟说。

“他走了。”

“那你就快来，都等你了。”

“好的，我换件衣服就过去。”

这时楼下饭店打来电话："热菜什么时候上？"

"等一会儿，人还没到齐。"范思奕说。

我坐在黄莹莹身边，拉住她的手，跟她说着话，黄莹莹问："雯莉，听说你在江浦公司很厉害的，那些工人都听你的？"

"听谁说的？"我说，"没有的事，别听他们瞎说。"

"没有的事？我听晓娟说的。"

"哪有这回事，没有没有。"我肯定地说，至于有没有这回事我也不知道，他们又不在我跟前说，我当然不知道。

"我知道你的能力，在自己家族公司干，你不是干得更出色也更能发挥你的才智吗？"

"我有什么才智，有多大能力出多大能力就是的。"

范思奕接过来说："我姐姐很有人缘的，工作干得又很出色，工人都很喜欢她。"说着他下楼去了，刚出了门正碰上来的阿强，"李强哥哥来了，你进去吧，他们都在，我到下边看看，让他们再烧一条鱼。"

"好，你去吧，思奕。"

思奕去了一小会。阿强捧着一束鲜花笑嘻嘻地进了门，看见黄莹莹就说："莹莹，欢迎你。"

黄莹莹站起来，脸上带着笑，又带点儿羞怯和激动，我看出她的眼睛里闪出几分柔情，这让我稍稍有了点妒忌。阿强从来没送过我花的，只是有一回，我们到南屏湖玩，他掐了两枝紫薇花送给我："雯姐你闻一闻，香气淡淡的，倒是很清爽。"我接过来闻一闻，果然是这样，淡淡的香气萦绕着我们，后来在湖边坐下，他把这花戴在我头上，戴不上去，他把我的长发绾一个结，插在发上，多么浪漫，多么美好，这像是一种原始的求爱方式。那一次是他主动这样的，这让我心里有一种别样的感触，以前以为阿强对女生很冷淡，不懂情，暗地里说他没有情商，黄莹莹还开玩笑地说："要好好调教调教他，让他知道知道女人来到这个世界是干什么的。"我当时一愣，我看出来，黄莹莹说这话不是开玩笑，是真心说的。

"谢谢阿强弟弟。"黄莹莹这句话让我从回忆中醒过来，我看到黄莹莹接过花，狠狠地抱抱阿强，抱得有点儿特别，这种特别，别人是看不出来的，但是我能感觉出来，接着她又把花放在鼻子上闻了闻。

“不要闻，没有香味，这是专门培育的花，花店老板为了吸引顾客在花上喷了一种香水，香味也不是花香，是一种花露水，假的。”吴晓娟说。

“是呀是呀，怪不得大家都说花店里的花是‘假花’，没有香味。”

“这么说情人节送花，也是假花了？这是不是亵渎了情人节的含义。”

“这真是一种绝妙的讽刺，情人送的花都是假的，‘情’，就是假情假意喽。”我这样说。黄莹莹听出我这句话的意思，她红红脸说：“花倒是真花，不是大自然生长的那种，没有香味的花是人工培育的结果。”

我看着黄莹莹还在鼻子上闻，我又说：“李强够浪漫的呀，我们都没有享受过这种送花的待遇。”

李强的脸也红了，说：“路过花店，就买了一束，我是觉着一两年没见莹莹了，今天她到了彭州，为了表示欢迎，就买了一束。”

“怎么 两年没见，不是四年了吗？”我故意这样问。

“中间我从美国去过加拿大，在她那儿玩了两三天。”阿强解释说。

“嗯，我说呢，你们友谊地久天长，感情深不可测是吧。”我有些嫉妒地说。

阿强听我说话带点醋味，马上反问我一句，说：“我不是在网上跟你说过吗，你还说代你向莹莹问好，你忘了吗雯莉？”

“我记忆力严重退化，你应该觉着我说这话听起来很单纯，很好奇才说出这样的话的，莹莹，你说是不是？”我问莹莹。

黄莹莹看看我，阿娟也看看我，我装着很随便的样子，她们真的感觉我和阿强闹意见了，真的感觉我的醋心太大了。

随便他们怎么想吧。

“阿强，你就让着点林妹妹吧，她的病刚好，心里有点儿烦是正常的。”晓娟很有人情味地圆着场说。

“没有没有，我很正常，很正常的一个人。”我心里突然又跳出这么一个想法，你想要黄莹莹是吗？你要就要吧，我发誓我不会介意的，我心里发狠地说。

这时候范思奕进来了，说：“添了一个鲫鱼，刚到的，很新鲜，各就各位吧。”大家坐下了，范思奕又问，“喝什么酒？白酒怎么样。”

“白酒可以，就喝白酒。”

“姐姐你呢？”

“我也喝白酒。”这时候我很想喝白酒，喝醉了，让自己睡过去，睡个一天两天，三天五天，睡一辈子，我什么都想不知道。

“那就喝白的吧，我们几个今天又团聚了，莹莹万里迢迢落雁归巢，应该好好招待一下，好好欢迎一下。”吴晓娟说。

阿强说：“是呀是呀，今天是一个高兴的日子，莹莹来了，雯莉的病……”他本想说雯莉的病也好了，可是话到嘴边，他看到我冷冰冰的表情，把想说的话不往下说了。

我脸上毫无表情地坐在那里不吭声。我心里的怨气依然没消。好几天了，我心里好像窝了一个疙瘩，怎么解都解不开，上辈人有这样的事，自己竟然跟他热恋这么多年，还恋得难分难舍要死要活，我不能原谅我自己，我宁愿我自己孤身一人，一辈子不嫁，也不能和阿强再有什么瓜葛。

阿强没有这方面的考虑，也不可能有这方面的考虑，看他的表情就能知道，他高兴得什么似的。他压根儿就想不到他的爸爸和我的妈妈之间竟然发生过这样的丑事，他现在肯定以为我只是耍耍女孩子的小脾气，事情过后很快就会和好如初。现在看我对他的态度，冰冷的面孔像对待陌生人一样，使得他的心里咯噔一响，我看到他的心了，还听到他的心咯噔那么一响了。那么他的脸呢，我看见他寒了脸，面对着我，想笑又没笑出来，只是咧咧嘴，做出一种笑的样子，让我看出了一个不能忍，又不能不忍着很难受的笑容。他看到我真生气了好像很在意似的，他扬起脸，一双讨好乞怜的目光对着我看，希望在我脸上找到为什么这样的答案，这时候我的心莫名其妙地一软，真想找个地方痛哭一场。

我冷冰冰的面孔依然装着像没看到他一样，我一边拉着黄莹莹往我身边靠靠给她拉呱，一边心里还是想着他，他是我心里绕不过去的一座山。

“倒酒吧。”吴晓娟拿过酒瓶要开瓶盖，范思奕接过来，说：“我来。”范思奕接过酒瓶开了瓶盖，给大家一一斟上。

范思奕说：“姐姐，半杯行不行？”

“一杯，一杯，你们喝多少我就喝多少。”我突然来了这么一句，不但让大家吃惊，也让大家高兴地鼓起掌来。

“好呀好呀，雯莉练出来了。”我何尝是练出来了？我原来不能喝，现在依然不能喝，今天我就是要喝，就是毒药我也要喝，我要用酒精麻醉我，我受不了这件事对我的打击，我是想一醉解千愁。谁人能理解？没有人能理解。

“哟，雯莉，以前滴酒不沾的，现在也会喝酒了。”黄莹莹有点儿吃惊地说。

“这都是练的，在她这个位子上，不喝也不行，这么多客户，这么多生意上的往来，你不喝，那些人灌也得给你灌下去，再说，你不喝就是对人家不恭。”吴晓娟很理解地说。

“也是的，在什么场合说什么话，随流。”范思奕说。

阿强在那里坐着不吭声，他一会儿看看我，一会儿看看吴晓娟他们，自从他从美国回来，一直都没能和我正式坐下吃一次饭，也没能正式地聊过，现在又摊上这件让我无法摆脱的肮脏的丑事。刚开始因为吉米，我心理上已经大受其害了，尽管后来慢慢好了，现在又因为这件事让我有了这么一场不知名的怪病，几乎把我折磨死。在李强那边呢，几个月来的热恋，我知道在他那里一直都是高居不下的，现在突然跌入谷底，让他也受到一次精神上的打击，他肯定怎么想都想不通，他肯定在想，雯莉是怎么回事？为什么突然变得这样热热冷冷不正常了？他曾经对我说过，我是他生命的支柱，是他生命中的源泉，因为有了我，他的生命力才如此旺盛，没有我，他的源泉可能枯竭，生命的树肯定枯黄，没办法活下去。

“来，我们共同祝福莹莹回到我们这个大家庭，为莹莹小姐的到来干杯。”吴晓娟端着酒杯站起来说。

“好，莹莹，祝福你。”范思奕端着斟满的酒杯也站起来，大家都站起来了。

“谢谢，谢谢大家，谢谢。”黄莹莹站起来给大家拱拱手，然后端起杯子碰一碰表示感谢，然后大家一饮而尽。

“说实话，在国外的时候，有时想起你们，想得心里很不是滋味，想起我们一起度过的日日夜夜，总觉着是在昨天，总觉着我们在一起的那几年是老天赐予我的黄金期，为什么当时没能好好享受，好好珍惜呢？我不能轻易忘掉那几年的友谊，每当我回忆的时候，我都细细地检点着每一个细节，检点每一天每一时是怎么过来的，唯恐漏掉什么。因为友谊是缘分，有了缘分才得以结交，然后成为朋友，成为知己。友谊的伟大在于有了困难能互相帮助，有了痛苦能相互分担，有了欢乐能互相分享。”黄莹莹一番表白，说得大家心有同感，也让大家心有所爱，心有所敬。但是我不这样想，你走肯定有一个重要的原因，这个原因埋在你的心底很深，你不会轻易示人。

“大事小事隐秘的，不隐秘的，能推心置腹地交流，同性朋友和异性朋友不一样，同性朋友在自己需要男朋友的时候能做你的男朋友，在你自己困难的时候能做你的哥哥，在你需要关爱的时候做你的爸爸，妈妈。”黄莹莹说。

“说得好，说得太好了。”李强首先带头鼓掌，其他人也跟着使劲拍手。“莹莹对友谊的理解很深刻，很让我们感动。”接着他又一语双关地说：“异性朋友，从友谊发展成为恋人、爱人，这是上天赐予我们的缘分，是上天赐予我们最珍贵的礼物，我们要好好珍惜才对。”说完，他又看我，我知道他是针对我说的。

“是呀是呀，缘分这个东西强求不得，有了缘分更不能轻易舍弃。”黄莹莹不明就里地跟着说。

“对，对。来喝酒吧，都端起来，为我们的缘分干杯。”吴晓娟说。

大家端起酒杯，杯子互相又是一碰，我抿了一点酒，李强和范思奕干了。吴晓娟说：“我也干。”说着她一仰脖子也干了。

“莹莹，雯莉你们呢？也干了吧。”

黄莹莹抿着嘴一笑：“好，我也干。”

“雯莉呢，还没见过雯莉喝这么多酒呢，都上脸了，雯莉的脸蛋灿若桃花，鲜艳无比呢，怎么样，能干吗？”

我端起来一仰脖子，也干了，我咳了一阵，阿强赶快拍拍我的后背，我心里很烦，他的手碰到我，我都感觉很脏。黄莹莹给我倒了一杯水，我喝了一口，好多了。我停了一会儿，说：“酒真是好东西。”阿强问我：“怎么样，不要紧吧，喝慢一点。”我没理他，他心里在想什么？我全知道，上一次他问我：“我没有你想的那么复杂，我在你面前简直就是一个傻孩子，什么都不懂的傻孩子，是吧？”

我不希望他这样说，那个时候我们还在热恋的时候，我说：“你是我最爱的人，我是那么喜欢你，爱着你，你撩起了一个女孩子单纯的对爱的情愫，对爱的向往。那个时候你的所有一切，都是那么完美，那么上游，那么让我欣赏，为什么是傻孩子呢？”

想起过去的交往，我厌烦了那些等待他的经历，那些不见他时的痛苦，就想让他快些回国。没想到时过境迁，他现在真的成为我厌烦的人了。那时候我是病态的吗？一个病态的人看到什么当然都是病态的、不辨真伪的，都是为着一个病态的想法，之所想，之所向，之所依。那个时候我不知道我和他都是生长在这样一个家庭，正确点说，有着这样一个父亲，为什么要我知道？啊……我们的上辈……啊……我突然感觉我错怪了阿强，阿强是一个好青年，我不能怪他，我为什么要怪他，他是无辜的。社会上的男男女女乱七八糟的事情，有多少是干净的呢？红楼梦里的柳湘莲说:你们东府里除了那两个石头狮子干净，只怕连猫儿狗儿也不干净。在当下社会，也可以这么说，除了不谙世事的娃娃是干净的，只怕连猫儿狗儿也不干净，狗儿猫儿在大街上都干那些让人羞耻的勾当，那是它们没有头脑，不懂羞耻，而人呢，人不该这样的。

尽管事情是这样的事情，但是，对我来说，我还是接受不下来。

黄莹莹喝干了杯里的酒，拿张纸巾擦着嘴说：“在国外一般不喝烈酒的，几瓶红酒都会醉倒一大片。”

“怎么？都不能喝白酒吗？”

“不是，是想家呀。”

“是的，想家，和我在美国一样，那种想家的味道无法形容，大家抱在一起又哭又笑，酒喝到狂叫。”

“对呀，没有深切的体验是想象不出来的，有一次是夏天，就像现在这个气候一样，男男女女穿的衣服又很少，大家喝够了，号够了，唱够了，也哭够了，睡了，第二天醒来一看，哈，有好多都光着屁股，抱着搂着，白花花地躺在地上一大片。”莹莹的话让我想起刚刚想到的，“狗儿猫儿在大街上都干那些让人羞耻的勾当，那是它们没有头脑，不懂耻辱。”

“这倒是实在的。”阿强说。

“这么说，你也有过？”我突然向他发出攻击。

“我？没有没有，我是住在钱教授家的。”

这时候范思奕的手机响了，是楼下饭店的：“范总，上热菜吗？”

“好，上来吧。”

不一会儿热菜上来了。

“来，吃菜，莹莹吃菜。”

吴晓娟招呼着，大家拿起筷子，吃菜。

“雯莉，怎么不说话的，怎么了？”吴晓娟问我。

“没怎么，不想说话。”

“你呢，李强也不想说话了？”

李强闷不吭地拿起筷子叨菜。

“说话呀。”吴晓娟看着李强和范雯莉，想着他们之间肯定有什么事，就想挑起他们的话头。

“雯莉，你的酒量真的可以，你跟阿强碰一下吧，你的酒量不是逐渐长进，是猛一下突飞猛进，让我们都吃惊。”

我没理会，端起酒杯直着脖子，直接往嘴里灌，范思奕、吴晓娟、黄莹莹，都睁大眼睛看着我，吴晓娟问：“雯莉，你怎么了?”

“什么怎么了，没事呀。”我笑笑说。

“没事就好。”

“来，我敬副总经理。”吴晓娟端起杯子。

我也端起杯子。

“来，李强，一块来，碰一下，祝二人早日结为秦晋之好。”阿娟说。

我并不碰杯，我端起来又一饮而尽。吴晓娟都看愣了，她不明白我今天是怎么回事，说：“雯莉，不能这么喝，要喝出事的，这一杯足有二两。”

“不，不会，怎，怎么能喝出事?没能耐的人才会喝出事。”我强忍着火辣辣的烧灼感，忍着肚子里的翻江倒海，到底没能熬过酒精的度数，我摇着头，喉管里像有无数条虫子在爬，我憋着气咳了一声，急忙跑到卫生间。黄莹莹对阿强说：“雯莉怎么回事?是不是你老先生干的?”她眼睛逼着李强问，李强摇摇头，傻痴痴地说：“我能干什么事，她病刚好，喝酒可能不太适应吧。”

黄莹莹问的意思是，雯莉是不是怀孕了。李强没经历过这样的事情，他不知道黄莹莹这话意指什么。

黄莹莹说：“哎呀，你真是一个可爱的呆子，什么也不懂。”她看着范思奕又不好明说，只说了一句：“你还不快去看看。”

阿强霍地站起来，去了卫生间。阿强原本是要看看的，当着大家的面没好意思去，一是范雯莉讨厌他，他怕再“惹”着她，二是人家上卫生间方便，你一个大男人跟着干什么，现在黄莹莹这句话正合他的心意，阿强“哦”了一声，像领了圣旨，答应着跑过去了。

他推卫生间的门，没推开，使了点劲把门撞开，看到我正张嘴对着脸盆用手指抠喉咙里的酒，他扶住我的肩膀：“很难受吗?莉莉，你怎么样?”

“不让你问。”

阿强依然扶着我的肩膀说："不能喝以后少喝点，你看你喝成这个样，真叫人……"

"……我，我想喝，喝死都不要你问，反正不想活了。"我抬了抬头，发狠地说。

阿强知道我还在生气，他拿过一条毛巾，试图给我擦嘴，说："你起来，我看看你怎么样了。"

我不理他，在那里一声连一声地咳着，吐着，连鼻孔都感觉辛辣得要冒烟，呛得难受，阿强给我擦擦嘴，在我背后轻轻拍着，把我扶起来，接着我又咳，他出了卫生间，到外间给我倒一杯水，他们问："怎么样？"

"没事，喝得有点多了，吐出来就好了。"

说完他把水端回来给我喝，我喝了两口，他又给我擦嘴，我猛力推开他，我感到他很讨厌，他却切切地望着我，我难受地喘了两口气，又吐了一口，他过来抱我，又把水端给我喝，轻轻地拍着我的后背说："好了好了，莉莉，吐出来就好了，我们不闹了。"他像哄孩子样地哄着我。我累了，我呼哧呼哧喘着气，浑身没有力气，他揽着我的腰，抱着我，我感觉舒服一点，长长舒了一口气。闭着眼睛，歪在李强怀里，他宝贝似的抱着我，给我擦擦眼角，我的眼角湿湿的，一滴眼泪顺着脸颊流下来，他低下头轻轻吻干了我的眼泪。

阿强轻声问我："莉，怎样了，好些了吗？"

我还是不理他，我肚子里又有了难受的感觉，翻江倒海似的，喉咙里痒丝丝地又像有虫在爬，我呃呃地干咳着，咯喽一声要吐，阿强赶快用手给我接着，然后把我扶到面盆前，让我对着面盆吐，我呃呃呃地吐了两口，好些了，阿强把面盆放了水冲冲，又放了水，拧一条毛巾帮我擦了脸。

我直起身子，阿强扳过我的肩，正面对着我看，看了好一会儿。

看着我白皙的脖颈，高耸的乳房，后来他告诉我，那一时，他望着望着，心里涌起一阵甜蜜的激动，使得他再一次抱紧了我。

就那么一小会工夫，我睁开眼，突然，我反过来，抱住他，把他挤到墙角，对着他的脸、他的嘴发疯似的狂吻，之后我用拳头狠狠捶打他的肩，使劲搦他掐他的脖子，我像一个魔鬼。阿强被我搦得几乎喘不出气来，哦哦哦地憋红了脸，他猛地把头甩到一边，咳了两声说："想把我搦死呀？"

我不回答他，继续使劲搦他的脖子、他的喉咙，我想把我所有的怨恨都发泄到十根手指上，我睁大眼睛愤怒地看着他，死命地把他推到墙角，狠狠地搦，狠狠地掐……

"雯……莉……你……你……想掐……掐死我！"

"就是要把你搦死，掐死，掐死你，你去死吧，去死吧，我们都死吧。"

那一时我的疯狂达到顶点，我的两只手狠狠对握着，使得他不能喘息。他使劲推我，使劲扭动自己的脖子，最终我的手指没有他的脖子有耐性，没了力气，软了。阿强后来说，那一瞬间他看到了死亡的临近，看到一个飘浮的影子在他眼前游来荡去，他突然意识到真的要死了，就要死在心爱的女人怀里了。那就死吧，死吧，他心里说，就这样死吧，他浑身也软了，等待着死亡降临。可能是条件反射，人到临死都有一次挣命的过程，阿强用尽力气猛地推开我，我却一把抓住他的领口，紧紧地抱住他，把他搂到我怀里。阿强宽阔的肩膀，他的两条手臂趁机也紧紧地搂着我，我想哭，我说了这样一句话："李强，你，你为什么生在这样的家庭，你为什么有这样的爹，为什么？为什么？"那一时阿强好像愣了，愣得让我看上去有些害怕，摸不着头脑地看着我，问："怎么了，莉莉，你说的什么意思，我有这样的爹，怎、怎么了吗？"

我没回答他，我还是想哭，我用手捂着嘴，我怕我的哭声被外边的人听到，我怕他们一下都闯进来，我强忍着，心里难受，我十分难受地捂着嘴。

"怎么回事，莉莉你说清楚一点，我爸爸怎么你了吗？莉莉，范雯莉，你说清楚……"

"没怎么着我。"我知道阿强误会了我的意思。

"那……"

这时候，我突然醒悟：我为什么要这样，二十一世纪了，我的脑袋，古董？这些事情都是很正常的了，是很正常吗？哦，我在维护什么……我受不了。

我默不作声，看着他，只用手指死命地拧阿强的后背、大腿，拧他的屁股，拧得阿强咧着嘴想叫，又不敢叫。

“好了好了，别闹了，歇会儿吧。”阿强抱起我，用手给我擦嘴，“告诉我莉莉，我爸爸怎么你了吗？”我摇摇头，呜噜呜噜地说，“没有，什么都没有。”我心里很难受，肚子里咕咕噜噜地像有什么东西往上翻，我憋着气，把嘴对着李强的嘴，阿强以为我要吻他，他张开嘴，我感觉那是一只痰盂，我要把我肚子里的东西尽情地吐出来，我哇的一口，把窝在喉头里积压的脏气怨气，都吐到这只“痰盂”里了。阿强愣了，脸上快速地变换着颜色，他困难地看我，困难地憋了气，困难地把吐在他嘴里的东西咽下去。阿强脸色变得十分难看，没有了刚才那种红白的色彩，他在脸盆里洗把脸，漱漱口，抬起头，他的胳膊伸出来，抱住我。

我舒服一些，也喝了一口水，漱漱口。醒悟过来的我，告诉他说：“强，对不起，很对不起你，我想明白了。”我把水端给他，他接过来也喝了一口，我又说：“我们扯平了。阿强，我们扯平了，我想明白了。”

他拉过我，问：“怎么回事，莉莉，什么我们扯平了，什么你想明白了，告诉我，告诉我怎么回事。”

“我……我心里的固执，都让它粉身碎骨吧。你中有我，我中有你，这样我们就不会分离。”

“什么意思？告诉我，你这话什么意思？”

“我不说了，别问什么意思，阿强，你欠我的情意，我欠你的情意，都让它从今天开始消失殆尽吧，这不怪你。”

“爱，是一个顽固的字眼，你记着就行了。”我又说，“撕开道德的外衣，看到思想的本质，社会原来就是这样的，社会本身，是一个良莠并存的繁杂体，不可能完全理清。对的是生活，不对的也是生活，一切都在对与不对当中发生，在对与不对当中存活，都是遵循着一种自然规律的。”

说完，我看着阿强，阿强又去擦眼，他眼里总有一些水样的东西挤出眼外。他始终没明白我这句话的意思。不明白就不明白吧，我永远不会告诉他的。我的脸紧紧地贴在他脸上，他的脸烫人，我的嘴唇烫人，我又紧紧贴在他嘴上，我发疯似的吻他，他任凭我把他脸部的全部空间吻遍。

我的胳膊紧紧地箍住他，我把他箍得更紧时，挤压着他的胸部，他被挤得喘不过气来，他轻轻推开我，再一次正眼看我的时候，我说：“我好了，阿强，我什么都放下了，请你原谅我，原谅我的不敬。”阿强站在那里，任凭我去说，我控制住自己的感情，强忍着扭过头，不去看他，我的眼里也有一些水样的东西挤出眼外。

看到我掉泪，阿强的心好像很痛，他宽以待人地说：“好了，我不再追问你了，你这样做肯定有你不告诉我的理由，从此以后我们不要再闹了，还像以前那样好好相处吧，我们走过了这几年，体验了人生相思的痛苦、孤独的凄凉，我们应当也要像其他人那样你敬我爱地相处着，快乐着，我们将会是世界上最幸福的一对。”

我默默地点头，真诚地看着他，我相信他的话。

“是的，这是我期盼已久的，我何尝不是这样想的呢？我要把所有的不快全部忘掉，不再提。”我说。

阿强想了一会儿，两手扳过我的脸，嘴对着我的嘴亲了一下，他说了一段既理智又富有哲理的话，让我一生都不会忘记。他说：“雯莉，世界上的事永远都是这样，人不可能什么事都分得清清爽爽；世界上的事情都是黑白混淆一起的，善恶是混淆一起的，形成一种灰的颜色，这就是现实，我们都是在灰颜色的现实当中生活，都是在混沌当中生活，谁又能厘清这其中的关系？水至清则无鱼，人太清则无法在一起，让我们抛弃所有的不利于我们关系的东西，和好如初。”

他这段话让我明白了许多道理，我是不是分得太清，才让我这些日子不得安宁？

接着他又说：“两情相悦时，卿卿我我互敬互爱。是非曲直之争在两人当中争辩，实际上是一对糊涂蛋，谁也说不清道不明的糊涂蛋，这只会造成两败俱伤。回到中国传统的社会伦理思想中的天下，既是‘普天之下，莫非王土’的天下，也是以仁义为主要内容，以社会道德风尚为主要表现的现实社会。那么我们将追寻哪一种？”他这段话说得让我睁大了眼睛。他也是暗暗遵守着社会伦理这方面的德行的呀。

生在这样的时代，这样的社会给了我们一个虚拟又实在的生活，生活的内容让我们填充，让我们实践，一个行为规范制导着我们不可逾越。

这是我按照他前边说的话引申出来的，我想看他怎么回答我，他回答得让我满意，我就全盘托出他爸爸和我妈妈这件事，可是他没有回答我，他不回答，说明他还是没明白我的意思。

唉，什么事都不说了，这样的事是不好出口的。

我和阿强在卫生间待了好长时间了，我出了卫生间，大家看着我好像换了一个人似的，一脸的高兴，阿强随后也出来了，表情很自然地坐在他原来的位子上。

“你们在里边干啥的，猫咪吵架斗殴似的，又是抓又是挠，又是哭又是闹，互诉衷肠了吗？”黄莹莹笑嘻嘻地看着我说。

我咬着嘴唇笑了笑，脸上感觉有点发烧，我说：“没有，什么都没有。”

“还没有，脸都红了，还没有。”黄莹莹笑嘻嘻地说，摸摸我的肚子，趴在我耳边悄悄地问，“几个月了？”

“说什么呢。”我有点不好意思，脸唰地红了。

“没事，这又不是什么秘密，来，先跟我一个人悄悄地说，让我心里有数，几个月了？”

“没有，什么都没有，真的，什么都没有。”我窘得头上冒汗。

范思奕说：“来，喝酒吧，我们都喝几圈了，要罚你们的。”

“罚吧，你们罚吧。”心里没有了芥蒂，我感到一身轻松，我要抛开那些虚无的杂念，和阿强重新好好相处。

斟了酒，我刚把酒杯端起来要喝，手机响了。我放下酒杯接听电话，是工会主席肖丽丽打来的。

“范副总，你在哪里了?”

“是丽丽呀，有事吗?”

“范副总，刚才110打电话说，组织部的秦副部长投河了，让你们赶快过去，范总在吗?”

“哟，投河了？范总在的。”我吃了一惊，顾不上问别的。

“是呀是呀。”

“现在人在哪里?”

“在市医院抢救。”

“我们马上过去。”我合上手机跟范思奕说，“工会的肖丽丽打电话说，组织部的秦副部长投河了。”

“投河了？怎么回事?”范思奕问。

“不知道怎么回事。”

“我们过去看看，在哪个医院住着?”

“在市医院。”

范思奕站起来：“你不要过去，我过去吧，你陪他们几个，几年了，好不容易见面，多聊一会儿，有事我喊你。”然后对黄莹莹、吴晓娟和李强他们，说：“莹莹，很对不起，公司出了点事，我现在要过去一下。等有了时间我们正式请你，好好给你接风洗尘。”

“不客气，范总经理，你去忙吧。”黄莹莹慌忙站起来和范思奕握了握手，送出门。

第八章　乱套了

范思奕走了，范雯莉、吴晓娟、李强、黄莹莹他们四个坐在那里沉默着。

当时他们都不明白，秦副部长为什么要投河。

好一会儿，吴晓娟才说："秦副部长是个很好的人，老老实实，兢兢业业干着自己的工作，没和谁有过争执，为什么投河呢？"

"他爱人做什么的，在哪里工作？"黄莹莹问。

"他爱人也在江浦公司，两个人都是很老实的好人。"

"是不是两口子吵架了？"李强问。

"吵架也不至于投河寻死吧。"黄莹莹说。

"是呀。"

范雯莉心里很不是滋味，擦擦眼睛，心里想着肯定和下岗有关。

"来，咱们喝酒吧。"过了一会儿李强说。

他们四个人斟了酒，李强问："莹莹，在中院的工作安排好了没有？"

"今天刚来到，还没去报到，等明天报了到才能知道。"

李强说："莹莹做得好，我就想，一个人只要有梦，而且要坚持下去，总有一天会实现的，莹莹和晓娟就是很好的例子。"

"阿强说得对，无论干什么，只要坚持下去都会有收获，半途而废，只会一事无成。你看晓娟，上了班还在坚持学习，最后终于达成自己的法官梦想。你呢，阿强，你准备干什么？"范雯莉恢复了常态。

吴晓娟看着李强："是呀，你怎么样？想干什么？"

"我……目前我的学业还没结束，美国考博很严的，还要两年，我很想不等学业结束，就去找工作，或者去开一家公司，看到你们上班的上班，挣钱的挣钱，心里急着呢。”

“开公司不错，现在大学生毕业之后没有合适的工作，都在搞创业，开自己的公司，随心所欲，真不错，你想干什么？”吴晓娟问。

“别问干什么，先把吃饭问题解决了，自己安顿下来，再去考虑别的事情，无论是给别人打工，还是自己创业，只要自己想干，没有干不成的。”黄莹莹说。

“莹莹这话说得对。”阿强很赞成莹莹这句话。

“是呀，我是这么想的，其实在法院干也不是铁饭碗，我挺羡慕律师行业，说不定哪天我去当律师，或者跳槽开一家别的什么公司。”

“有这种可能，不过先不要说这么早，还没开始工作就想跳槽开公司了，那就行了吗？”阿强嘻嘻嘻地笑着说。

晓娟也说：“是这样，跳槽总是和自己的期望紧密关联的，跳槽最终的目的就是为了获取自身的价值，实现自己心中的既定梦想。”

“这话说得有道理，谁也不能老在一个单位待一辈子，跳槽是最好的选择。像我这样能干什么呢，大家帮我出出主意。”黄莹莹说。

“你不说你要当律师吗？根据你的性格，你想单干，单干就去开法院。”吴晓娟开玩笑地说。

“哈哈哈，法院能是私人开的吗？私人要开法院，社会就乱了套了。”

“开句玩笑，法院当然是国家的，怎么会让私人开呢。不可能的事。”吴晓娟笑着又说，“法院有审判权，或者称为司法管辖权，这是指法院或司法机构对诉讼进行聆讯和审判的权力。”

“到底是法官，说出话来一套一套的，话又说了回来，这法院是国家设立的专政机构，世界上哪个国家也没有私人开的法院。莹莹你只能开律师事务所，给人家挣个理出来。一个留洋归来的博士生，开一家律师事务所生意绝对兴隆，大财等着你去拿呢，哈哈哈，你的小嘴吧啦吧啦又会说，长得又好，说话机智、幽默，原告被告都会让你的小嘴说得服服帖帖。你要给企业打官司呀，黄莹莹律师，哈哈哈，你记好了，一个官司下来，保证你能挣三十万二十万的。”

“哈，真的吗，好，你们公司什么时候有官司，我先挂个号，现在有吗？现在有，我明天就不去报到了，去律师事务所。”

“现在没有。”

“有一定要找我呀，我先预定一个。”

“好，不过我现在已经离开江浦了。”

“哎呀，多没劲。”

“雯莉还在，可以找她。”

“怎么老想着打官司？”范雯莉说。

“挣钱呀，挣大钱呀，谁不想挣钱。”

“这话说得有点道理，钱是硬的，谁都想挣钱。”李强说，“我觉着，我们还是办我们的公司好，等我和雯莉办了公司，挣了大把大把钞票的时候，莹莹你又不想在法院干了，律师事务所也不满意干了，你就到我们公司来好了。”

“好呀，看看看看，这到处都是工作，还说毕业以后工作难找，这不挺好找吗？不过话先说好，到时候我到你们公司，我又做出很大的成绩，李老板，范老板，能给我多少提成？”

“那要看你创造多大利润，利润大了，按照利润的百分之……百分之多少给？雯莉。”

“你是老板你当家。”范雯莉笑了笑。

“还是你来说，我喜欢听内人的。”

“哟，还没结婚就喊内人了。”

阿强红红脸道：“先喊一声过过当先生的瘾嘛。”

“阿强的嘴皮子练得够厉害了。”黄莹莹说。范雯莉坐在那里红着脸，看着阿强，看着晓娟和莹莹，心里突然难过起来。让他做我的先生，我做他的内人，这不是我期盼已久的吗？可是现在……她尽量把这种突然冒出来的想法往下压。

“还是喊太太好，喊内人是旧时代对老婆的称呼，是夫权制的天下，我们没有夫权，现在都是太太当家。”吴晓娟说。

“还是你说得好，现在喊雯莉就喊李太太喽，喊晓娟就喊范太太喽。”莹莹挤挤眼看着李强笑着说。

“那么你呢，莹莹，喊你什么？”吴晓娟问。

“我？”黄莹莹看一眼阿强，又看看吴晓娟，“那就喊我，黄花大姑娘吧。”

“黄花大姑娘？嗯，挺好的，挺纯的。不过……是不是黄花还不好说吧。”晓娟开了一句玩笑，“你真的假的，你是不是黄花？”

黄莹莹的脸一下红到耳后边，她看了一眼阿强，结结巴巴地说：“绝、绝对是原装的黄花。”

“是没开封的黄花大姑娘吗？是从加拿大乘飞机过来的原装黄花大姑娘吗？”范雯莉说了一句连自己都无法想象的挺荤的玩笑话。这是这些日子她总想证实却无从证实的心里话，这一次好了，她冒着被他们看轻自己的危险，才冒天下之大不韪说这句话的。说了这句话，她心安了。

“嗯，没开封的黄花大姑娘，没掺一点假的是吧？莹莹你真会搁，你想搁到什么时候？”吴晓娟问。

不等莹莹说话，晓娟抢着又说一句：“哎哎，大姑娘就大姑娘，为什么还要加个黄花，不加黄花就不是大姑娘了？”晓娟看着黄莹莹的脸故意问，“加黄花是不是更纯了？以后给你介绍男友的时候，就在前边加一句，我们的莹莹可是黄花大姑娘呀，或者在你的包包里装一牌牌，上边写着‘我是黄花大姑娘’，如果男朋友问的时候，不要你说话，掏出牌牌给他看就行。”

“哈哈哈。”他们没想到吴晓娟这么幽默。

范雯莉更是开心，李强想忍没忍住，扑哧一声笑了，黄莹莹本想板着脸的，这会儿也扑哧一声笑了。

“晓娟也学着幽默了是不是？不过有些男生还不要黄花的呢，说黄花姑娘生涩，啥都不懂。”黄莹莹看着阿强说。

“傻，十足的大傻。”

“黄花什么意思？加个红花不更好么？”范雯莉对这黄花的含义真的不太懂。

黄莹莹说：“‘黄花姑娘’一词，据说源于南京，普天下的人都知道。南北朝刘宋时期，宋武帝有个女儿叫寿阳公主，生得十分漂亮。有一天，她在宫里玩累了，躺卧于宫殿外的檐下，当时正逢梅花盛开，一阵风过去，梅花片片飞落，有几瓣梅花掉在她的额头。梅花渍染，留下斑斑花痕，寿阳公主被衬得更加娇柔妩媚，宫女们见状，都忍不住惊呼起来。从此，爱美的寿阳公主就常将梅花贴在前额。寿阳公主这种打扮被人称为‘梅花妆’。传到民间，许多富家大户的女儿都争着效仿。但梅花是有季节性的，于是有人想出了法子，设法采集其他黄色的花粉制成粉料，用来化妆。这种粉料，人们便叫作‘花黄’。由于梅花妆的粉料是黄色的，加上采用这种妆饰的都是没有出阁的女子，慢慢地，‘黄花闺女’一词便成了未婚少女的专有称谓了。民间常把年轻姑娘称为‘黄花闺女’。这个名称是怎么来的呢？原来，古时未婚女子在梳妆打扮时，喜爱‘贴黄花’，就是妇女们根据自己的爱好，用黄颜色在额上或脸部脸两颊上画成各种花纹，也有用黄纸剪成各种花样贴上的。同时，‘黄花’又指菊花。因菊花能傲霜耐寒，常用来比喻人有节操。所以，在闺女前面加上‘黄花’二字，就说明这个女子还没有结婚，能保持贞节。”

“哦，还有这种说法，那黄花姑娘傲霜耐寒的品质就出来了，节操和贞节也就可嘉了是吗？”阿强半天没说话，现在说了这么一句。

“莹莹，你怎么知道这么多？”

“哎，我们学校有几个专门研究中国民俗的‘黄花大姑娘’，都是外国人，她们邀我参加他们小组，自从有了这个小组，好几个和男朋友谈恋爱的女生主动‘拒性’，说，等结婚再开封。”

“哈哈哈，中国的风俗影响还真够大的，都大到国外去了啊。”

“可不，是挺大的，她们喜欢中国的风俗文化。”

“那么你呢，莹莹，你现在还保持完好吧？”

黄莹莹没正面回答，只说：“我准备一辈子不出嫁，当一辈子姑娘。”说完她微笑着乜了一眼阿强。

“真不嫁了？”吴晓娟问。

“唉……真不嫁了，还是一个人的好。”

“怎么了，还没见莹莹叹过气呢。”

“来，喝酒吧。”范雯莉说，“喝了酒，吃饭，莹莹你饿了吧？”

“我不饿。”

“不过就现在的社会来说，真正纯的少女真不多了，前段时间报纸上登了一个十二岁的女孩生孩子，做这事的竟然是一个不满十四岁的男孩，小孩子生小孩子，天下奇闻，现在十来岁的初高中生，有的都不是黄花大姑娘了，更别说大学生了。”

“哈哈哈，不过像我们这样守规矩能够自觉继承传统美德的年轻人还真的不多。”

“这与教育引导有关，与社会上乌七八糟的东西有关，与电影电视都有关，只要能赚钱，什么都不顾，也不想想下一代，二三十年以后，你等着看，中国也许真的无可救药了。”

“是啊，不治理真的不行了。从小的方面说，像十几岁的初高中生，做了这事根本没有羞耻感，还到处宣传，好像没和异性发生关系是笨蛋，年龄大些了，真正到了找对象的时候，你知道的不是纯的，还有不知道的呢？你还以为都是很纯很纯的黄花呢，表面上又看不出来。”

“怎么看不出来，能看出来。”

“能看出来？怎么看，莹莹，你也太神了吧，不去医院检查，处女不处女你能看出来？”

“当然能看出来，有些非处女为了让男人相信她是处女，到医院做人工修膜手术，以为这样一做就会变成处女了，其实这是医院骗女人钱的，非处女再修补都修补不成处女身，看一个女人是不是处女身，看走相，看腰身，看眼神，看眉毛。一眼就看出来了。”黄莹莹这样一说，其他三人都睁大眼睛。

“那么都想知道是吧，今天我就给你们上上生理课，当然，李强不是外人，让他听听未必有害。”黄莹莹喜笑颜开说着，又有些羞涩地红了脸。

莹莹的话让大家听了既感兴趣，又有点害怕，尤其是吴晓娟，范雯莉也是有点怕，虽然她和李强没有真正意义上的肉体接触，但是他们曾经零距离搂抱过，亲吻过，这些知识他们平时都是接触不到的。吴晓娟说："你就说说吧，别卖关子了。"

"好，我就说说，这处女和非处女的差别在于处女走路的臂是双挟的，尤其是在她扔东西的时候，你要认真观察，她上臂总是紧贴乳侧，肘以下总是张得很开，这样强烈的反差是判定处女的一个有效方法。还有，处女的眉毛是轻柔地平贴在眉骨附近的皮肤上面，眉根不乱，而且不会竖立起来。非处女的眉毛是离开了眉骨的皮肤向空中怒放着的，这是因为女性的内分泌受了性生活、异性的精液刺激，起了生理上的变化，对毛发产生了助长作用。好像雨露滋润的花草一样。还有，看腿，看臀部，看颈部，看眼神……还有，处女的胯部和大腿是浑然一体的，这是因为处女的胯骨之间闭合较好。而非处女就不同了，非处女的胯部是松散的，两个屁股的肉在走路时不贴合，这是因为女性只要有了第一次，身体的性别就会被唤醒，胯骨关节在此后的三十六个小时中自然地放开。女性胯骨的舒展在初夜后为第一次，在生育时达到顶峰。所以说，看处与非处首先看屁股，哎呀，很多种都能看出一个女孩是不是处女。"

"莹莹，你怎么知道得这么多？从哪里学到的？"

"这是英国人类学家研究发现的，刊载在英国一份杂志上的，杂志上还说，处女和非处女的差别，不只是一层膜的问题。"

"哎呀，越说越离奇了是吧，不是膜的问题是什么问题？"吴晓娟首先发起询问，"你是不是看我们不懂，越说越悬乎地忽悠我们了？"

"怎么会忽悠你们呢？不会的，我这说的不是悬乎，这杂志上真是这样说的，我们同学之间都传疯了，看了以后，有不少女同学开始慢慢修正自己的行为，不跟甚至少跟男同学接触，有的连拉拉手都害怕变成非处女。"

"呵呵，拉手也怕变成非处女？神经病了。"

"是啊，这是比较保守的女同学，像香港的、台湾的，也有内地的，当然啦，外国人开放得多，对这事不以为然的也多，以为只要注意些，不要染病，不要怀孕就行了。其实不是这样的，只有处女，才有纯洁的基因，才能生出属于一个男人的后代，很多人都不明白性生活圣洁的重要性，实在是很遗憾的事。”

“哦，请继续讲。”范雯莉说。

“由于男人的精液进入女性体内后，会被阴道吸收，然后在体内不断循环。男人的雄性激素与女人体内的雌性激素产生类似化学反应。这种反应所产生的新物质会使女人的身体内部发生微妙的变化，变化之后会固定不变。这就是人们通常所说的受到了爱情的滋润，所以女人会对使她变化的第一个男人终生不忘，如果两人生活得久了的话，女人的相貌会渐渐地像她所爱的人，因此社会上有夫妻相之说。”

“啊，是这样的呀，这么神奇。”范雯莉惊叫一声，随后沉默不语。

“不单单是神奇，还有女人和她老公生的孩子，在血缘上讲，孩子确实是老公所生，但相貌却更像和女人发生关系的第一个男人，这就是‘双父’之说。所以女人的第一次的确非常重要，非常宝贵，原因不仅仅是那层处女膜的问题。科学家研究发现：女人一生的第一个男人体液激素成分，会长期附着在女人的子宫内壁上，这样的激素成分，将在一定的概率下影响下一代的性格、长相、爱好。再婚的妇女朋友和现在的丈夫生的小孩子长得像前夫，这就不足为怪了。有些还闹出了家庭矛盾，丈夫以为妻子又有第三者，其实正是这样的激素成分附着引起的。从另一个侧面讲，处女的圣洁之处也就在这里，检测报告还显示非处女会丧失其原有的纯洁的基因。”

吴晓娟红着脸首先反对：“真是胡说八道。如此说来，这个世界永远没有公平的了，女人在婚配上永远没有选择自己挚爱的男性的路可走了，只能被男人支配。男人为了自己利益，为了压迫女人，是很容易钻牛角尖的，他们永远不会允许女人有所谓的背叛，如果这个理论能站住脚，会被很多男人以这种借口找处女，会在各种论坛上、贴吧里大骂那些和第一个男人有过亲密接触的女人，尤其是两次三次跟过不同男人的非处女，那种血口大开的样子我们都能想象得到。假如这样的话，女人的自由可不又回到封建社会了？”

李强说：“这样的事，我们身边多了，到处都有，尤其是现在，社会开放了，男女这方面的事也都开放了，想禁也禁止不了。”

“如此说来，英国这种所谓理论，禁的是女人，连带着让过去那种束缚女人的‘三从四德’‘内外有别’‘男尊女卑’，尤其是儒家礼教对妇女的那种未嫁从父、既嫁从夫、夫死从子的苛求，以及妇德、妇言、妇容、妇功、妇功的规范，都卷土重来了？为适应父权制家庭的稳定，维护迎合父权、夫权家庭利益的需要，什么事都可能做出来的。”

“也不是绝对的，社会的发展、进步到今天，过去的东西不可能重新再来的。”

李强好像意犹未尽，跟着又说：“是不可能重新再来的，但是婚前的半明半暗的这类事情很多，你能完全控制了吗？能完全恢复到封建礼教那一套吗？我敢说现在一百对夫妻中最起码有一半的妻子都曾经和第一个男朋友发生过关系。我所说的第一个男朋友，指的是发生过关系的第一个男朋友。”

吴晓娟嗯了一声，说：“人为的束缚就不说了，这科学上的理论也是这样说，你能说，不是人为地为了控制女性，强加上去的吗？”

范雯莉只在那里听着想着，她的脑袋里依然想着黄莹莹说的话，越想心里越恼得慌。

“如此看来，这个世界永远没有公平的了，女人永远没有自己的路可选择了，只能被男人支配？因为男人为了自己利益，为了自己的尊严，为了压迫女人，是很容易钻牛角尖的，他们不会允许女人有所谓的背叛。”吴晓娟说。

范雯莉这时候也插话进来：“这个理论要被很多男人拿来当作找处女的理由，会在各种论坛、贴吧里大骂非处女女人的。”

李强说：“是呀，太不公平了，他这种理论是瞎扯的，编造的，不可服人的。”

吴晓娟接过来又说：“这种理论再不可服人，但是男人抓住了就会作为理论的依据，压迫女人了。那种血口大开的样子我能想象得到。这样的话，女人真没有自由可言了，妇女解放叫了几十年上百年了，现在看根本谈不上妇女解放。这不又回到封建社会了？男人可以为所欲为，女人只能委曲求全？几千年来带给女人的屈辱又都回来了是不是？由此看来这社会上自杀的女人也许会越来越多，一个婚前的女人，一旦上了非处的‘名单’，你的日子就难熬了，男人就会以这个为借口，肆无忌惮地折磨你。本来女人来到世界上就有太多眼泪，规矩，压力和痛苦，被男人掌控了，岂不更加重了女人被怒吼被暴力的命运？女人真的没有自由了，哪怕再完美的女人，一旦跟第一个男人有了第一次，再跟第二个男人结婚，本人自觉地在丈夫面前就低了似的，没有了信心。是否保证今后不被社会压力伤害？不被丈夫肆意侮辱？这个理论假如真是这样的那就别生女孩了。”吴晓娟一气问了好多个为什么，最后又说：“这是一派胡说，不可信。”吴晓娟说完，端起酒杯自顾自地一饮而尽。

黄莹莹说：“这跟妇女解放没有任何关系，这个理论是告诫女性，未婚不要先有性接触，结了婚的，说明你的婚姻已经是动了的。再一个，哪怕你有再多个男朋友，只要你始终是跟一个男人的，从相处到结婚，你的婚前行为无论怎么样都不怕，哪怕怀孕也不怕，因为你还是一个正经女人，因为第一个男友的精子只留在你的子宫内壁上了，所以，一个女人要活得有尊严，就要正正经经地立在这个世界上，就要活得体面一些，有价值一些，不能为了一时贪欢而什么都不顾。”说到这里她不说了。她为什么不说了，只有她自己知道。

吴晓娟说：“有的女生谈了一个男友，谈得很好，跟他发生了关系，没结婚发现这个男人不合适，散了，又跟第二个男人结婚，像这种情况，哪个国家的女人都有，所以，人种问题无论哪个国家都不能保证是纯一色的吧。”

范雯莉说：“天方夜谭，胡说八道。”

“来来，大家先喝酒，别问是天方夜谭、地方夜谭了，都是胡说八道，这个话题暂停。”吴晓娟说。

李强睁着眼睛还想听，听见说先喝酒，他端起了杯子开始喝酒吃菜。

过一会儿黄莹莹说：“别问胡说不胡说，女人总是受男人控制的，这一点大多数女人都是肯定的。尤其是中国，中国男人很看重这个，哪个男人也不希望自己的领地被别人侵犯，更不希望自己的孩子和别的男人相像，这就是事实。女人也不希望生的孩子像她的前男友，这也是事实。”

黄莹莹喝了酒又说道：“这个理论主要是说女人和一个男人有性接触后，如果精液没有接触到女性，那就什么事都没有，如果说男人的精子进到了子宫，他精子的遗传物质会被女性子宫永久或一段时间地保留，这个女人以后和别的男人生的孩子，身体里会有第一个男人的基因。这种所谓的理论当时很多女同学看了，是极力反对的，有的甚至给英国研究者去信反驳这种学说。”

李强听了，兀自摇摇头，自语：“真不可思议。”范雯莉十分惊讶，很注意地看着李强，心里五味杂陈，不是因为她和李强有怎样的关系，而是因为妈妈和李亦邙有那回事。范雯莉离开饭桌，到外边走廊里站了一会儿，想了一会儿，又回来，听到黄莹莹还在那里说：“……更具体地说，女性在性交以后，如果让男性的精液进入子宫，子宫会分泌一种液体，来延长精子与卵子结合的机会。并且，会杀死一部分活力差的精子，达到优生的目的。但是，这种分泌物把精子分解以后，吸收了精子的部分基因，并保存起来。这种保存，是永久性的，而且，会遗传给女性的后代，是无法剔除的。在女人和男人交合的那些日子里，男人的亿万个精子进入了女人的子宫，精子进入子宫后，除一部分流出外，其他的都发生了自溶。在它们自溶时，会释放出一种遗传物质‘核蛋白体’，被女性生殖器官的内腺所吸收，与此同时，精液中还含有多种性激素，这些性激素也被女性吸收。被吸收的精子和性激素中的遗传物质‘脱氧核糖核酸’，能使母体性细胞产生遗传变异而被同化，进而引起后次卵细胞也随之变化，因此而产生‘无距离遗传’的效果，所以如果和有过性经历的女人结婚，便会出现儿子像其他人的情况。”

三个人听了不由都倒吸一口凉气。而范雯莉此时不但吸了一口凉气，而且在这口凉气中“看”到黄莹莹和阿强在加拿大相聚的经历。黄莹莹你和阿强有过吗？在加拿大你们肯定没老实过吧，都在年轻精力的旺盛期，他去加拿大找你玩，就不相信你们都能忍住。如果事情真是这样，你黄莹莹能对得起姐妹一场吗？你是知道的，为了阿强范雯莉几乎要疯，几乎赔了性命，这是你黄莹莹能够看到的。

“莹莹晚上在哪儿住？”阿强问。

你问这个什么意思？难道你阿强有什么企图？人家一个黄花大姑娘你问女人在哪儿住的事干什么？

黄莹莹从沉思中清醒过来，道：“呶，就在隔壁那个房间。”

吴晓娟说：“来吧，大家喝酒吧，喝醉了我们跳舞，唱歌。”

“好。”

晓娟把瓶子里的酒分别又倒在四个人的杯子里，不多不少，刚好四杯，范雯莉说：“我不能喝了，你们三个喝吧，一会儿我到医院看看秦副部长，让他们看见我喝酒不好。”吴晓娟听雯莉这样说，把酒匀到三个人的杯子里，由于晓娟的提议，他们把杯子里的酒端起来碰一碰，一饮而尽，四个人高兴地哈哈哈地笑着，口无遮拦大喊大叫，开始蹦跶起来。可是刚才的心事却一直在范雯莉心里无法排解。

“来呀，朋友们，我们来，来跳舞吧。”晓娟歪歪斜斜地拉过桌子，又扭开音响，嘴里呜呜喽喽有点说不清道不明，“跳，我们跳，大着大着胆子跳。”

“对，我们大着胆子放开跳。”阿强似乎也发了疯。四个人都喝多了。

黄莹莹在那里马上响应，“好，好呀”地叫着，自顾自地随着音乐扭着屁股跳开了。她跳得很有水平，她大幅度地扭着屁股，吴晓娟说：“来，我们跟着黄莹莹学学，也这样大幅度地扭着屁股跳。”

范雯莉不想跳，她很注意地看着黄莹莹饱满的屁股，希望能从中发现些什么，可是看了半天也没看出什么，她拿出手机录像，专门对着黄莹莹的屁股录像，她想拿回去好好研究研究。

“来呀，强，我的最最亲爱的，日、日夜想念的强，来吧，我们跳一个。”黄莹莹一把拽过李强，搂着就跳。黄莹莹这样一说，说得范雯莉心里一阵悸动，当着我的面她怎么可以这样说呢？

“哈哈哈，雯莉，我这样说，你不会吃醋吧？”

“不，不会吃醋的。”范雯莉强忍着，说着假话。

“僧多粥少僧多粥少，我们把阿强劈了吧，一人一块扛回家。”吴晓娟开玩笑地说。

平时和范思奕在一起的时候，吴晓娟从来没这样过，不是她不敢，而是心里有一种不能让范思奕看到她太随便的想法。范思奕深深地爱着她，所以她更要表现出一种端庄、大方、举止文雅的态势，实际上吴晓娟也是那种端庄、大方、举止文雅的女性，不是亲密的伙伴她绝不会这样放开。

她对范雯莉说：“我不会装，也不会做做样子，我与范思奕互敬互爱，我们相互是信任的。”

尽管这样，范雯莉心理上还是有一种承受不了的妒忌感，人的心理尽管都有一种原始的野性，但是吴晓娟做得很好的。

吴晓娟又说：“人的本性就是这样，即使是多年的夫妻，双方十分了解，如果有爱人在身边，也要有一点收敛，不能太放开，在爱人面前太放开了，好像让对方窥探了自己的隐秘似的，总感觉不舒服。”

现在黄莹莹说出了她的心里话，她咯咯咯地大声笑过，举着胳膊大声嗷嗷嗷地号了几声，不顾范雯莉在面前，拉过阿强的手说：“来吧，亲爱的，我们跳舞，我们今晚都不要走了，跳累了都在这里睡……哦，不不不，要休息一会儿再喝，喝到天明。”

要在这里睡，范雯莉感觉到了她这话太不可思议，心里一颤，很生气，当着我范雯莉的面就这样放肆，无视我的存在呀。

这时候范雯莉注意到黄莹莹神思有点恍惚，断断续续听了吴晓娟说了这样的话，她一边随着音乐扭屁股，一边眼神只往李强脸上溜，她的眼光是复杂的，带着某种贪婪，也带点不好意思。而李强好像不介意这些，他总是这样，对什么都不是那么介意，范雯莉感觉他对她是个小小的阴谋家，李强看看范雯莉说：“今天我们四个人都不要走，要玩得尽兴一些，黄莹莹才来，为了黄莹莹也要这样玩，雯莉你说好吗？”

范雯莉看到黄莹莹听了李强的话好像一哆嗦。黄莹莹，你们在加拿大的时候尽兴了吗？有过一夜的风花雪月吗？在网上，黄莹莹对范雯莉说过，那个男人烫平了她心底的褶皱，“有这一次就够了，不会再有奢望了。”

那个男人是谁？跟谁烫平了你心底的褶皱，是阿强吗？是怎样的一次？你跟谁有了那一次不会再有奢望了？黄莹莹说得糊里糊涂，范雯莉听得糊里糊涂，问她跟谁有了那一次，她不说，她下了。

从此你对那个男人不再存有奢望了吗？而现在，又有一个男人出现在你面前，这个男人是你在国内学校暗恋的男人？如果是这样，那，这个男人肯定是阿强无疑了。阿强过来牵范雯莉的手要和雯莉一起跳，范雯莉说：“我不跳，我喜欢看你们跳。”她甩开李强的手。

范雯莉总是三番五次地把李强与黄莹莹往一块扯，究竟为什么把他们扯到一块？是不由自主的，还是对黄莹莹一直都有一种防卫的心理？她自己都说不清。

现在他们又继续跳舞了，起起伏伏的，一团一团热浪，从心底直接往上翻。肯定是这样，范雯莉心里这样想着，看见黄莹莹从阿娟手里抢过阿强，说：“阿强，我跟你学学步子。”她抢过阿强的手，把手搭在他肩上，一、二、三轻快的舞步跟着阿强踩上了节奏。黄莹莹任凭阿强搂着她的腰，她紧缩着身子像一只听话的小猫，缩在他怀里，沉浸在美好的幻想当中。这时候范雯莉站起来了，她不满意黄莹莹这样亲热地拉着阿强跳，本来不想跳的她，这会儿抢过阿强的手说：“我还没跟你学会呢，你过来李强。”范雯莉不许黄莹莹这样紧贴着阿强。黄莹莹愣了愣，松了手，擦擦汗，接了杯水喝，伸开胳膊往那张席梦思圆形床上猛一躺，重重的身子砸在席梦思床垫上，席梦思床垫颠了一颠。范雯莉和阿强跳了几支曲子，跳累了，他们四个人头顶头地躺在那里，八条腿八叉着，喘息着歇息。范雯莉心里放开了许多，感觉也舒畅许多。

休息一会儿范雯莉坐起来，心里没有了芥蒂，说话也变得顺畅起来，她看着黄莹莹，问：“莹莹你饿了吧？”

“我不饿。”

“不饿一会儿也吃点，你们吃点饭，继续喝酒，莹莹你就好好休息吧，我要去医院看看秦副部长。”范雯莉说。

“好的，谢谢范副总的关爱。”黄莹莹调皮地说。

范雯莉给范思奕打个电话，问秦副部长怎么样了，范思奕说，不是多好。范雯莉挂了电话，说：“莹莹过几天我们再正式表示欢迎，给你接风，今天真不巧。”范雯莉做出很大度的样子，说完就要走。

黄莹莹说：“感谢范副总的关爱。你等一等。”黄莹莹起来到了范雯莉跟前，伸开双臂狠狠地抱她一下，又在她腮上狠狠地亲一下。

第九章　医院纠纷

我告别了他们去了医院。医院里的医生正在给秦副部长输氧抢救，孙献茹站在抢救室门外，不时隔着门玻璃目不转睛地看着医生忙碌，痛苦的脸上满是眼泪。看到我来了，她站过来一把抓住我的胳膊就哭了。

“别哭孙大姐，怎么样了？”

孙献茹说：“不是多好。”

“别难过，医生不是正在抢救吗？”

“是的。”

“你别急，孙大姐。”

孙献茹可怜巴巴地摇摇头说：“唉，他真要是有个三长两短，我们今后怎么办？”我也没有话说，只能问她：“一直都在抢救的吧？”

“嗯，刚才又输氧，又打强心针。”

这时候工会的肖丽丽和组织部的另一位姓周的科员也来了。

“前两天秦副部长还有说有笑好好的，还说他儿子在澳洲怎么怎么样好，这怎么突然就想不开了？因为什么跳河？”小周问。

孙献茹说：“不知道因为什么，前两天儿子又打电话来要钱，他爸爸说，上个月才给你汇了一千，花完了吗？花这么快？他爸爸有点生气。跟你说要省着点花，省着点花，这一个月没过完，就花完了？儿子不等他爸爸说完，大声说，不要不要，以后再也不问你们要钱了，说完啪的一声挂了电话。他爸爸愣在那里半天没说话，再打电话过去，儿子不接了，后来他爸爸又去找他的朋友借，朋友出差，上次借他这个朋友的钱现在没还清，这次再借，本来不好意思，心里窝着一肚子怨气。那天从外边回来，喊他吃饭不吃，闷不吭声地躺在床上。前两个月他爸爸得了肺癌，现在在医院化疗，他妈妈去医院的路上又被车撞了……这什么事都赶在一起了。”孙献茹说着叹着气，愁眉苦脸坐在那里。

“都赶一起了，那也不能去死，死能解决问题吗？”范思奕也过来了，说，“这些事怎么没听他说。给公司反映一下总能帮着解决的，也不至于去跳河。”

“他这个人就这样，有事在自己肚里窝着，三棍都打不出个屁来，老实得无能，上边说啥他就信啥，上回公司说集资，他呼噜呼噜把家里存了十几年的钱都集了。”

“你儿子一个月要多少生活费？”小周问。

“以前五六百块就够了，现在谈了一个女朋友，五六百就不够了。”

“秦副部长这个人太实在了……”肖丽丽说。

“现在他爸妈在医院住着，儿子又要钱，再加上他下岗，几件事凑着，想不开……”

这时候一个医生出来了，我和孙献茹、肖丽丽迎上去问：“医生，人怎么样了？”

医生说：“呼吸恢复了，肺部有问题。”

“严重吗？”

“很严重。”

“能进去看看吗？”

“现在不行，医生正在会诊。”

他们在病房门口等待。

过来一会儿，又有三个医生出来了。孙献茹问：“我们能进去看看吗，这是我们单位的领导。”孙献茹指着我们说。

“少跟他说话，看一眼就出来。”医生嘱咐着，匆匆去了医生办公室。

范思奕、我和孙献茹进了病房，看到秦副部长闭着眼睛，脸色蜡黄，鼻子上戴着呼吸器，范思奕弯下身子轻声问道：“秦副部长，感觉好些了吗？”秦副部长眼皮动了动，没睁眼。

“现在不能跟他说话。”护士说。

范思奕在那里待了一会儿，他很后悔，当初裁人的时候就没考虑周到，潘洪洋副总经理说，上次是一刀切，这次还是一刀切，这样大家都不会有意见，尤其是管理人员，把不符合条件的、闲着的，都裁下去，省得该下去的没下去，不该下去的下去了。规定是这样规定的，实施起来大家不会有多大怨言的。范思奕考虑得太简单，当时查看裁下去的人员名单的时候，秦副部长刚好五十一岁，不在留用范围之内，也不在照顾范围之内，范思奕当时在那里考虑了一会儿，最后还是同意裁下去，如果再慎重考虑一下，把年龄放宽个一岁两岁也许不至于出现这个样的事情，现在说什么都晚了，积极进行抢救吧。

大约过了十分钟，进来几个医生又要进来会诊，刚才那个医生看到他们还没走，皱了皱眉头，护士说：“请大家离开吧。”

范思奕他们出了病房，对范雯莉说：“我回去了，公司没人不行。”

“你回去吧。”

范思奕说：“有事给我打电话，需要用钱给财务的刘小惠打电话。”

“好的范总，你走吧。”范思奕走了之后不一会儿，这几个会诊的医生出了病房，进了医生办公室。

孙献茹耷拉个脸，也尾随着他们去了医生办公室，几个医生看看她，孙献茹不看他们，只拉着个脸，站在门旁不走。“这位同志，请你先出去一下，我们研究会诊方案。”一个医生说。

“我要在这里听听。”

“我们会诊，你在这里不方便。”

“有什么不方便，住院的是我丈夫，你们会诊，我又不打扰你们，听听有什么不方便的？”

“你听不懂……”

“我丈夫是厉害，是不厉害，我怎么会听不懂的？”

医生又说：“还是请你出去吧，你在这里影响我们工作，有事我们喊你。”

孙献茹说：“我不出去，我要听听你们怎么会的诊，我丈夫他到底怎么样，不就是在河里淹了一会儿呛了一下吗，救个人这么复杂？”医生没理她，他们拿出诊断报告，各科的大夫说了自己的意见。孙献茹也凑到跟前偏着脑袋看诊断报告。医生的嘴咂了一下，把出诊断报告一放，厌烦地说：“还是请你出去一下，你在这里影响我们工作。”孙献茹说：“现在什么都是透明的，医生对病人，对病人家属都有告知义务，都要让家属知道。”

“是要让家属知道，我们现在研究治疗方案，你又听不懂，有什么要告知你的义务，你在这里影响我们工作知道吗？”医生耐着性子说。

另一个医生站起来到了门口问：“哪位是病人厂里的领导，请过来一下。”

我正跟肖丽丽他们说话，见医生找领导，我问：“什么事，医生？”

“请把你们公司的这位女同志劝走，她在这里影响我们工作。”

我去了医生办公室对孙献茹说：“孙大姐，你出来一下，医生研究治疗方案，你在这里不方便。”

“我不出去，我要在这里听听。”

“你在这里听有什么用，你又听不懂。”我劝着她，拉着她出来。

孙献茹转过脸对医生说：“医生，请你行行好，一定想办法把他救过来，他上有老下有小，老的老的住院，小的小的在国外上学都需要钱，一家人全指靠他，他真要有个三长两短，我们这家人可没办法过了。”

医生说：“对每个患者我们都会认真负责治疗的，请你先出去，我们在研究治疗方案，一会儿我们喊你。”

“我不能听听吗？”

“我说的话听不懂吗？现在请你先出去。”这个医生有点生气了。

孙献茹也生气了，她看着医生重重地“哼”了一声。

医生再没搭理她，我拉着孙献茹出来，医生关了门跟另外几个医生继续研究会诊结果。过一会儿，这个医生和另外一个医生出来又去了病房。

“笨蛋，都是大笨蛋，一次会诊，两次会诊，连着三次还在会诊，白吃干饭的么？”

我看医生很忙，我和肖丽丽拉着孙献茹只能在外边等。过了十来分钟，还是那个医生出来了说：“你过来，你是他家属是吧？”

“是呀，我是他家属。”

“你厂里的领导来了吗？”

“来了。”我答道。

“你们过来一下。”医生把我们两人叫到办公室，对孙献茹说，“情况不是多好，他以前有过肺病吧？”

“有过，都好了，他是年年咳嗽，咳嗽起来没个头，老咳嗽病了。”

“几年了？”

“有，怪好的几年了。”

“具体几年？”

“有十六七年了吧，那时候我儿子还小，他就成夜地咳嗽，咳得我夜里睡不着觉，就干脆上外间屋睡去。”

“根据检查会诊结果看，他以前的咳嗽是下呼吸道感染造成的，就是气管、支气管、毛细支气管、肺泡、肺间质感染，虽然说后期治疗好了，但是遗留下来的问题依然很严重，这一次的感染，跟上一次的咳嗽有很大关系。”

“哟，医生请你们用心治疗吧，我们家离不开他。”

“你们要有个思想准备，需要手术，这是‘病情说明书’，请在这上边签个字。”

我接过来看了一眼，交给孙献茹，说：“医生，请您尽力抢救，需要什么药，只要能买到，不论多少钱，都由我们公司承担。”

孙献茹看过“病情说明书”在旁边说：“你们不是会诊了吗，还要签什么字的？”

“这是程序，都要这样做。”

孙献茹又看看“病情说明书”，看着上边的文字和一条条条文，问我：“范副总，你说，我能不能签？”

医生说：“这是必须走的程序，看着没问题就可以签。”

孙献茹拿着重新又仔细看了一遍，拿起笔，想想，又放下了，对我说：“我总感觉这一签，就等于把我那口子卖了似的，随便他们怎么手术，出了医疗事故都没有他们一点责任了。”

医生笑笑说：“哪能像你说的那样，手术都是要家属同意我们才能手术。”

“就是家属同意签字！这字一签，出了医疗事故都没你们医生的责任了是吧？你们要是不负责任呢，手术当中人要是死了人呢，与你们医院、医生一点关系都没有了是吗？”停一会儿她又说，“那不行，这个字我不能签，坚决不能签。”

“不签我们没法进行下一步。”医生愣了一下。他似乎还没有遇到这样的家属，他看看我，说：“领导，这是必须履行的合作义务，不签字我们没办法继续进行下一步治疗，签了字我们会更负责、更放心地大胆进行下一步工作。”

我看着孙献茹，我感觉孙献茹不该有这样的考虑，我站在那里劝也不是不劝也不是，过一会儿我对孙献茹说：“孙大姐，病人进了医院，我们都要听医生的，作为医生他们也会尽力的。”

我感觉我说的这话毫无意义，我又补充一句：“这也不是什么大病，一般不会出现医疗事故的吧。”我看着医生问。

孙献茹说：“他们万一不负责任出现医疗事故呢，谁来负责？”

我没再说什么，我纳闷孙献茹今天这是怎么了，这么固执。

孙献茹又说：“自然你们尽力，还要签字干什么？又不是其他治不好的病叫签就签了，他平时身体很好的，这个病又不是多严重，很简单的治疗是吧，签了字，人如果死了你们就没有责任了是不是？你们这是事先把责任推脱掉，治疗好了是你们的成绩，治疗不好你们也没有责任，如果你们玩忽职守呢，本来不该死的病，给治死了呢，谁来负这个责任？”

我倒没想到这一层，现在孙献茹说了，不能说孙献茹说得完全没有道理，现在的问题是还没到分清责任的时候，事先说出这话总感觉不太好。

坐在医生对面的那个医生说：“不签字我们没办法继续治疗，要么你拉走，要么你签字。”这个医生也生气了。

“拉走，没门，我们就是要在你们这里治疗，你开医院干什么的，你开医院就是治病救人的，不给治我到中央告你们去，治不好我更要告你们去。”

医生让她说得没办法，气哼哼地找院长去了。孙献茹也在那里气哼哼的，她一屁股坐在刚才那个医生的椅子上，等着医生，其他医生齉齉鼻子，有的走了，有的埋头翻看医案。

“想给我们马马虎虎治疗了事，一点责任不担当，没门！上一次这个医院给一个阑尾炎病人手术就把人治死了。”

“上一次是病人来晚了，阑尾发炎化脓，整个肠道都是脓，这一次跟上一次不一样。”另一个医生说。

“不一样的事多了，不照样都是治死人的。”

医生不再理她，到另一间办公室去了。

不一会儿院长来了。这是一个四十多岁的中年男人，来到之后，看到孙献茹坐在那里，他说：“这位是患者家属吧？我是院长，有什么不明白的事可以跟我说。”

孙献茹迟疑一下站起来：“是院长呀，你好院长，我是病人家属，我老公的病需要签字才能治疗吗？”

“你老公因为什么住的院？”

“因为跳河。”

“跳河会引发好几种并发症，肺部污水感染，心脏呼吸骤停所导致的缺氧，还会在自主循环恢复后出现心血管功能和血流动等方面的紊乱，还会出现休克、心律失常、脑水肿、肾功能不全以及继发感染等等并发症。刚才医生会诊的结果是患者肺部有问题，需要手术，所以要病人家属积极配合治疗。”

“那你们要切实负起责任来，不要拿病人当儿戏。”孙献茹说。

“我们还没做，怎么就能说切实负起责任来呢？治疗当中我们当然要负起责任，不可能把病人的治疗当儿戏的，现在耽误一分钟，病人的病情有可能加重一分。”院长说，“看看没问题就签个字吧，这个程序得走。”

孙献茹听了默默拿起笔，还没签字就哭了，她抱着我说：“大妹妹，我害怕，这好像是一个活人交给他们，随便他们宰杀了似的，是好是坏全由他们做主了。”

我安慰她说：“哪有这么严重，不是你想的那样，签了字他们不是更放心更大胆地治疗了吗?”

过了一会儿孙献茹固执地说：“这个字我还是不能签，上次我婆婆动手术让我老公签字，我老公签了，不没治好吗？签了字，治好治不好和他们一点责任都没有，他们说他们尽力了，他们到底尽力了没有谁知道？你找谁说理去？这个字我不能签。”

医生站在那里干磨脖，看着她这么倔强，院长招呼我出来，对我说：“你是她领导是吧，这字不签我们没办法手术，他现在肺部已经严重感染，心脏呼吸骤停的现象时时都会发生。”

我嗯了一声，对院长说：“我去劝劝她。”

孙献茹是刚才听医生说情况不是多好，要他们有个思想准备才害怕的。看到院长进来了，孙献茹说：“如果家属不在跟前没有人签字就不抢救了吗！当初我婆婆得了肺气肿，要手术，让我老公签字，结果签了字也没治好，我们上告无门，医生却在一旁吸烟喝茶，一点责任都没有。尽力不尽力效果完全不一样。”

“我们当然会尽力，但是程序也要走，不这样走，医生不好进行下一步工作，签字吧，别耽误时间了。”

“签字，签了字就能保证医生都尽力治疗了吗？你们是不是觉着反正有人签字了，尽不尽力与你们都无所谓了是不是?”

“还没治疗怎么能说这样的话?”

“这是程序，必须进行的程序。”另一个医生咕哝着。

“程序，程序都是对医院有利，对医生有利，对患者没有利，这个字我不签。”

看着任性的孙献茹，院长让我到隔壁办公室来，我进去了。医生说："她害怕签，你替她签字吧，不签字没法手术。"

孙献茹听见了，一步跨到隔壁办公室说："我们领导也不能签，她签字能负起责任吗？再说为什么要有这样的规定？要走这样的程序？没有这样的程序就不抢救了吗?"

看孙献茹也进来了，院长说："你也坐下，我跟你们谈谈签字的重要性。"孙献茹挨着我坐下了。

"外科手术往往带有一定的危险性，必须征得病人的家属同意才能施行，因病人体质虚弱，对机体又是一次创伤，再加上麻醉过程中可能发生血压下降、心跳呼吸骤停等等意外，都有可能发生危及生命的情况，通过签字一边可以让病人家属充分了解疾病的发生、发展、施行手术的目的及后果，一边与家属取得一致意见，虽有风险仍愿意接受手术的患者，我们肯定会精心治疗的。这就要家属配合我们的工作，增强与疾病斗争的信心与勇气，即使发生意外，家属心理上也要有所准备。这个病不是多么严重，但是也要履行签字手续，表明同意手术。"

"院长，不签字不行吗?"

"不签字不行，这是应该走的程序，这样的程序免去了许多医患纠纷，是有积极意义的，是对患者负责的。"

"积极意义！屁。"孙献茹又愤怒起来，"这是把责任推给患者家属，看好看不好都是我们家属同意的，和你们没有责任，是吧。"

谈到这里，院长看她这样，笑笑说："不是你说的这样，作为医生我们是要对患者负责的。"

孙献茹沉默了。

"就这样吧，签字去吧，我叮嘱他们做精细一些。"

说完，院长出来了，孙献茹也出来了，院长给医生交代几句，医生们刚才在外间听了孙献茹这样胡搅蛮缠，都鄙夷地看着她，但又没有办法。

这时候院长手机响了，院长说："好，我马上过去。"说着要走。孙献茹一把拽住院长的袖子："院长院长，救命的大菩萨，您不慌走，请您费点心再跟医生交代一遍，一定要用心手术，一定要做仔细点，我们全家都指望他，我给您老磕头了。”说完，她扑通跪在地上“嘭嘭嘭”不停地磕头，磕了十几个响头。我去拉她，医生在旁边说：“你起来，院长都亲自交代了，我们当然会尽力做仔细的，你先签字，我们好进行下一步……”话说到一半，孙献茹听了又要她签字，憋得心口一口气没上来，身子一歪晕过去了。在场的院长、医生都愣住了，我吓一跳，院长医生赶快紧急抢救，一个医生忙打电话喊护工推车，院长和另一个医生不等车来，背上她，急急忙忙去了抢救室。

经过四十分钟的抢救，孙献茹逐渐恢复知觉。我一直看着她，坐在病床旁的凳子上，看她醒了，拉着她的手问：“孙大姐，好点了吧，怎么样?”

孙献茹躺着不想说话，眼睛一个劲地掉眼泪。

“不要急，医生会很仔细手术的，很快就会好起来的。”

过一会儿，孙献茹问：“是说我男人吗？我男人咋样了?”

“情况好多了。”范雯莉安慰着她。

“好多了？不行，我得去看看。”说完她拔掉正在打着吊针的针头，光着脚下了床。

“孙大姐，你还没好，你不能去，医生正在准备手术，你不能去。”

孙献茹不听她的，快步走上楼，走进秦副部长的病房，看着秦副部长嘴上依然带着呼吸器，睡在那里，一个医生在旁边的一架仪器旁，看着监视屏，收集着数据，一张张数据图从监视屏旁边的机子里吐出来，医生在给秦副部长做手术前准备。

“你出去，这里不能进。”一个医生说。

“我是他家属。”

“家属也不能进。”

“我看看我男人怎样了，怎么不能进的?”

医生并不理会她，拉着她的衣袖，把她推出门外，她撤着身子不愿意走。这时候我也到了病房，看到孙献茹我说：“孙大姐，你怎么搞的，走，咱们走，别影响他们工作，你回你的病房去。”

孙献茹看着医生，依然埋怨着："我看看我男人抢救得怎么样了，他们不让看，有这样的医院吗?"

我说："不是不让你看，你又帮不上什么忙，你在这里要影响他们工作，你到你的病房去吧，医生还在那里等着你。"

"我不能去，我要在这里守着他们给我男人手术。"

"你守在这里不守在这里还不是一样，孙大姐，听话，咱们去你病房。"范雯莉拉她，她掣着膀子就是不走。

医生出来问道："病人单位的领导在不在?"

"在，什么事医生?"我说。

"她在这里大喊大叫不行。"

我过来拉着孙献茹的手说："孙大姐，你去你的门诊病房吧，你还没好。"

"他是我男人，我是他家属，我都不当紧，我男人的病当紧。"孙献茹瞪着眼看着医生说。

我说："知道知道，他们都知道你是他家属，你在这里影响他们工作，给秦副部长看不好病，你不后悔吗?"

"哦，我在这里影响他们工作了?给我男人看不好病了是吗?好，我走，我走，我走是走，得让他们下个保证。"孙献茹精神有些不正常了。

我觉得有点可笑地看着她："他们怎么给你保证?今天你是怎么了孙大姐?怎么不听劝的呢?"

工会的肖丽丽说："人到发急的时候可能都会这样。"最后还是硬劝，才把她劝回门诊病房。

两个护士在那里整理铺床，看到她回来了，把被子给她掀开，就出去了。她们以为她脑子出了问题，一路走一路说着话，嘿嘿地笑。

范思奕回到公司，安排财务处的刘小惠给秦副部长缴住院费，然后又给我打电话问怎么样了。我说，秦副部长需要手术，正在准备。刚放下手机，看到孙健进了病房，问："范副总你好，我姐哪?我姐夫怎么回事?"他手伸过来同我握了握。

"你姐在这里，你姐夫在楼上的病房里。"我说。

"我姐怎么也住院了?"孙健感觉很吃惊，忙过来看着躺在病床上的孙献茹。

"你姐晕倒了。"

"我姐怎么晕倒了？怎么会晕倒?"孙健过来摸着孙献茹的手，看着她，轻轻地喊着，"姐，你怎么了?"孙献茹也不理他。

"让她睡一会儿吧，刚给她打了针。"

孙健直了身子，看着我，说："怎么回事?"

"你姐夫要手术，要家属签字，你姐一着急，就晕过去了。"

孙健一脸不是一脸地"唉"了一声，看着孙献茹，说："我姐这个人心眼小，有点什么事就搁在心上放不下。"

"就是因为你姐夫要手术，让她签字的事，她很害怕不愿意签，这就晕倒了。"

"怎么都这么想不开的，生活慢慢熬着过就是了，又不是缺吃少穿，还有过不去的火焰山吗?"这时候护士来了，护士拍拍孙献茹，孙献茹睁开眼。"打针。"孙献茹转过身，我帮着孙献茹把裤子扒下一点，医生打了针，走了。

孙献茹好多了，她平躺着身子，看见孙健和我，说："你怎么来了小健?"

孙健弯下身子："我听说我姐夫出事了，过来看看，你怎么搞的也住院了。"

"唉，你姐夫要动手术，我……"看着孙献茹又要伤心，我示意孙健不要再问了就说："孙总经理不放心过来看看。"

孙健说："你感觉怎么样?"

"我没事了，你姐夫他，你去看看你姐夫去吧……"

孙健又看看她，把被子替她往上拉拉。"没事就行，以后不要这样想不开，手术签字是应该的，不签字医生也不好进行下一步，没事的，姐，你放心吧，我去看看我姐夫。你这里能行吗?"

"行，在楼上，在哪一层，我都忘了，让大妹妹带你过去吧。"说完孙献茹闭了眼。

我说："让她休息一会儿吧，咱出去。"

孙健答应一声，对孙献茹，说："姐，我去我姐夫那里看看。"

我交代肖丽丽在这儿看着点，和孙健去了秦副部长的病房。

"前段时间我还问我姐，生活上需要用钱说一声，我姐还说，生活上没什么问题。我知道我姐我姐夫都是那种死要面子的人，两个人都要强得要命，是那种有困难不愿意张口的人。再要强，钱是硬的，生活是实实在在的，装是装不出来的。"

"是呀，你姐是个好人。"

"这裁人对职工的情绪影响很大是吧，公司有什么说法吗？"孙健问我。

"具体什么说法，出了这件事，还得到回公司研究一下再说。"

孙健说："公司就不该这样搞，有些职工生活确实很困难，外边的工作又不好找，裁掉了怎么生活，张着嘴挨饿？"

我没回答他，到了楼上，进了秦副部长的病房，看到护士正把一台心脏测量仪往床头柜上放，孙健站在旁边看了一会儿，看到秦副部长闭着眼睛，好像睡着了，问一声："怎么样，医生？"

"正在做手术前的准备。"

"他这个病不要紧吧？"

"不要紧是不要紧，是这个病人不太愿意配合，你是他什么人？"

"他是我姐夫。"

又问了几个问题，正要出来，看病房外边有一个打扮很时髦的女人，在走廊里这里看看那里看看，好像找什么人，到了这间病房刚要进来，迎头看到孙健。

孙健说："你怎么来了？"

"孙总，在这里住着的？楼上楼下我都找遍了，以为不是在这家医院，正想走呢。"听说话口音不是本地人。

"不让你来你怎么还是来了？公司有人吗？"

"有，高宝庆经理在那里，我让他替我一会儿。"

孙健看着她手里提着东西，说："你买什么东西的？"

"又没买什么，一点水果。我过来看看，不来心里总过不去。"

说完她把水果放在床头柜的抽屉里。

孙健给我介绍说："这是我公司办公室主任蓝妮子，这是我姐公司的副总经理范雯莉。"

"你好，范副总经理。"

"你好，蓝主任。"

我伸出手要跟她握手，蓝妮子戴着一副和肤色接近的肉色的、连到胳膊的长手套，看我要跟她握手，她连手套也不抹，把两只手藏在背后，说："我手有伤，别脏了您的手，别握了吧，范总经理。"

我注视着她，她目光柔柔地看着我，微笑着，不像故意装出来的，我也笑笑。我对她的第一感觉是这个女人不但爱清洁，还有人情味，握握手怕什么的。这女人有三十多岁，身材高挑，五官端正，白白净净的脸上，施了淡淡的妆，衣着略显时尚，只是瘦了点，说不上十分漂亮，但是比一般人要受看。

蓝妮子站在较远的地方看着秦副部长，似有很大的同情心。

这时候孙献茹也过来了，看到我正跟蓝妮子说话，她微微一愣。

"你怎么出来了?"

"我没事，出来看看他怎么样了。"

"正在做着手术前的准备。"

过一会儿她说："范副总经理，医生叫单位领导过去，你去看看。"

"哦。"

"我带你去。"孙献茹和我出了病房，到了外边，她把我拉到一边，悄悄告诉我，"范副总，您不要跟那个女的说话。"

"怎么啦?"

她往后边看看，趴我耳边说："她有艾滋病。"

我吃了一惊，"是吗？你怎么知道的?"

"我弟弟说的，我弟弟孙健你知道吧，就是给我们公司建车间盖大楼的那个老板。"

"我认识。"

"那天我到我弟弟的开发公司去，看到这个女人，正跟我弟弟在他办公室拉呱，这女人长相这么好，又是我弟弟身边的人，我以为是我弟弟谈的对象，看着两个人很般配，我打心里很高兴。自从我弟媳妇死了之后，两三年了我弟弟一直都不愿意找，我问他为什么不愿意找，是没遇到合适的还是怎么着，他说不急着找，我跟他介绍两个大学生都没成功，原来跟这个女人谈着啦。我说：'小健，你谈了怎么不告诉姐的？姐天天为你的事操着心，如果你们都满意今年就结婚算了，省得你的生活没人照顾。'

"我弟弟说：'我没谈，姐。'

"'这一位是？'

"'她是我公司办公室的。'

"'她老公是做什么的？'我以为我弟弟跟她有了感情，连大学生都不愿意见。正想劝劝他，我弟弟说："'她没有老公。'

"'她没老公，也不要跟她谈。'

"'我没跟她谈。'

"我说：'我看这个人也挺好的，是不是因为她你不愿意找？'

"'不是不是，姐，你别瞎想。'

"我说：'这个人长得很漂亮，很好的。'

"'是很好。'

"'那你为什么不能和她……'

"'不行，姐。

"我问：'怎么不行，你不满意她是吧？不满意我再跟你介绍一个吧，这个很好的，我见过的，今年二十五岁，是我们公司陈大姐的侄女，毕业两年了，正在找工作，要不先让她到你公司打工，联络一下感情？'

"'姐，不要。我不要。'

"我说：'为什么不愿意呢？你还是想着她是吧？'

"'不是不愿意，我不能和她……'

"我看着孙健不好意思说，我心里明白了，我说：'你不好意思说，我去给你说去。'说着我就要走。我弟一把拉着我说，姐你不要去，你误会了我的意思，再说你去也没用。我看他这个样子，我感

觉他有苦难言。我就说：‘等哪天我过来先探探她的口气吧。’

“‘姐，你也不要探她的口气，你探也没用。’

“‘为什么？她在这干几年了？三年多了吧？’

“‘是三年多了。’

“‘你们互相没有表示过好感？’

“他说：‘哎呀，姐，你别问了好不好？’

“‘到底怎么回事？弟，能告诉我吗，我们小的时候，你什么话都告诉我，现在你的个人的终身大事怎么就不能告诉姐的呢？’

“我弟看我很着急，就说：‘姐，我告诉你，你千万要保密，不要让别人知道，知道了她就活不成了，她曾经有几次要自杀，要不是我开导她，也许她早就死了。’

“我当时很吃惊，我说：‘什么事这么严重，你说吧，我不往外说。’

“‘她有艾滋病。’

“‘哟……’”

这时候护士出来了，对我们说：“你是二十床的家属吧，该交费了，这一次药就没拿出来，不交就停药了。”

“才交几天就没钱了？交多少？”

“交五千。”

“怎么交这么多？”

护士没理她，孙献茹看看我，我给公司打了电话，我让财务过来交费。

第十章　蓝妮子

孙健的水疗中心改为房地产之后，蓝妮子一直都是跟着他干的，每天上班，蓝妮子提前四五十分钟来到公司，把公司楼上楼下走廊，两个厕所，先打扫一遍，走廊的地面能拖的就拖，十几个办公室不能拖的用吸尘器，然后把办公桌，文件柜，窗玻璃，也都用湿毛巾擦得一尘不染，垃圾装袋，拖下楼。等到大家上班，她已把这些工作基本做好了。她的工作在公司办公室，做收发信件接待人。安排公司活动的工作，打扫卫生本来不是她干的，有专人负责，负责打扫卫生的人不干了，她接过来，后来孙健又安排一个人做这项工作，蓝妮子说："孙总别安排人了，我来干吧。"原以为只是说说，可是她一干就干了成年的，不愿意换人，孙健提出过几次要调人过来。她说，干得很愉快，孙总，这也能增强我的抵抗力。想干就干吧，孙健嘱咐她，累了就要休息，不休息不行。她只是嗯着，可从来没见她休息过。每天都是这样，中午休息，晚上下班之前，也是随时清理，打扫，有一次清理文件柜顶层上的灰尘，从凳子上摔下来，摔伤了腿，走路一瘸一拐。她怕别人发现，贴了两块膏药，硬撑着装作好人样地坚持到摔伤的部位疼痛减轻。疼痛减轻了，身上的病没有减轻：发热、盗汗、头痛、厌食、肌肉酸疼，她知道这个讨厌的病毒又向她进攻了。

"来吧，你有本事你就来吧。"她发狠地说，用头撞墙，用绳子勒腿、勒手，晚上用绳子狠狠地缠住膝盖、胳膊肘的关节，她把自己绑缚得紧紧的。她发疯样地折磨自己，她希望这个疼痛能盖过全身的酸痛，更希望这样的折磨能把病折磨到没有，可是人为的折磨并没有减轻她的疼痛，全身的酸痛照样向她袭来，看着腿上身上一个个指甲盖大小的斑点，她用刀刮，刮得鲜血直淌。

“平时吃了那么多药怎么不起作用的呢?”最后她加大剂量地服用，有几次晕过去，依然不起作用。

她失望了，看到她日渐消瘦的样子，孙健知道她的病又厉害了。在这一两年的时间里，孙健一直都在打听有没有最新生产出来治疗艾滋病的药物，只要听说有，花再多的钱他都要买，现在吃了不知多少种药了，国产的，进口的，一点作用都没有。孙健建议她去住院，蓝妮子说：“孙总，住院住几次了也没用，这个病我知道是看不好的，也不打算再让您花钱了，我没事的，您放心好了。”那时她已经抱定死了不去打扰任何人的决心。每天上班都是忍着疼痛，刻意化妆打扮，她要让公司的人看出她还是那么漂亮，那么神采奕奕，还是想让人家喊她小仙女。在水疗中心的时候，大家都是喊她小仙女的，为这个称呼她一直心里都是愉快的。

蓝妮子爱打扮，她对孙健说：“我要把光鲜的一面留给大家看，留给这个世界。”每每听到这样的话，孙健心里就发酸。

“爱打扮好，爱化妆不要过分，过分就不好了，画个淡妆更能显示原生态的美。”孙健总是这样说，她听了很高兴，工作的时候嘴里就哼着家乡的小曲。有人说：“蓝主任，你唱得真好听，你开个个人演唱会好了。”她笑着说：“好呀，我从小就喜欢唱歌，人家说我的声音像百灵鸟一样好听呢。”

人家就笑点头说：“是的，蓝主任的声音真的像百灵鸟叫的那么好听呢，以后就喊你百灵鸟好了。”

从此百灵鸟的绰号又在公司里叫开了。

孙健看她高兴，心里也很高兴，要保持一个好的心情，对治病很有帮助。

看她付出这么大的劳动量，比男人付出的多得多，就安排她休息一段时间，可是她还是照常来上班，她说：“办公室没人不说了，大家都很忙，我怎么好意思歇着呢。”劝也劝不住，只好随她了，并嘱咐：“累了一定歇歇，不要这么死干。”她说：“孙总，我不需要休息，我就是要狠狠地累自己，人是累不死的，病是可以累走的，我要把这个病累死，累得从我身体里逃走。”蓝妮子幼稚的想法让孙健听了又好笑又心疼，他说：“不要这么折磨自己，病要真能累走，还要医院干什么。”

说着两人都苦苦地笑了。

孙健之所以这样，是出于一种同情，出于一种人道就不说了，有一个更重要的原因，让他久久不能放下。自从在水疗中心，第一次见到蓝妮子来应聘，就有一种似曾相识的感觉。

那一年，孙健十二岁，随着父母下放到山东一个山区，那里不是他的家乡，是当时政府这样搞的，地富反坏右，五类人，凡是有点问题的，统统都赶到农村。他父亲过去是国民党，一个在黄浦江上专查走私盐的水上警察，父亲的哥哥是那个小舰艇的艇长。后来新中国成立了，哥哥逃到台湾省，又辗转去了加拿大。孙健的父亲没逃出去，被划为历史反革命。他们全家下放的那个小村子很闭塞，很穷。他们被安排到一户姓蓝的农民家两间破败的草房居住。这家农户家中有一个三岁的女孩，过了几年这家女的又生了一个男孩。孙健他们家在那里生活了几年，后来政策变动，孙健全家回城，但是那家人的善良、朴实孙健始终没有忘记。

蓝妮子来应聘水疗中心，孙健一看这女孩怎么这么像那家农户的女主人呢，当时问她家在哪里，蓝妮子不愿意说。后来公司对凡是应聘的员工检查身体，得知蓝妮子携带艾滋病毒。孙健本来要辞退她的，就因为怀疑她是那家的女孩，没有辞退。看到她可可怜怜的样子，他不让她为客人服务，只让她做些日常打扫卫生之类的服务性工作。蓝妮子工作很认真，总是把工作做得漂漂亮亮，没有任何让人挑剔之处。救人一命胜造七级浮屠呀，孙健信奉这个。还有一个原因，这女孩弄不巧就是那家农户的女孩，他没有对她挑明他的怀疑。后来了解到，蓝妮子十六岁那年，被一个外乡人骗走，到了外地强迫她卖淫，染上艾滋病。骗他走的那个人是个逃犯，被抓后，蓝妮子没法生活。有老客户找，她就继续干这种勾当，后来发现自己得了这个治不好的病。

这世界说大很大，说小又很小。后来证实，这女孩果然是那家农户的女孩。所以孙健尽力给她提供帮助。

现在孙健知道她病得很厉害了，他只希望在她有生之年，过得快活一些，不留任何遗憾地到另一个世界去。

一个这么善良能干又这么漂亮的弱女子，患上这种要命的病，他从心里生出怜悯。这个世界太残忍，太不公平了。

她的工作量如此之大，孙健每月都多开她一点工资，并且不让她知道以她的名义往她老家寄一千块钱，帮助她患病的母亲治病。

她弟弟发来短信说："姐，你的病好了吗？不要往家寄这么多钱了，留点钱好好治你自己的病就行了，咱娘的病现在好多了，人也吃胖了，我今年报考的医药大学，分数已经过线，等我毕了业，分到医院工作，我就能给你治病给娘治病了，咱娘说，等你有时间来家一趟，咱娘很想你。"又说，"你以前寄的钱够用了，每个月怎么又寄一份过来，一两年了，你每个月工资多少，还是分两次寄，咱娘都过意不去，我把你寄的钱除去留用的，其他的都给你存起来。"

蓝妮子看到弟弟发来的短信，她愣了，"我没两次寄钱呀，每个月开了工资我留下自己用的，都是寄一千块钱，无形当中这是谁又寄一千块钱？"想了一圈，她想到孙总，可能是孙总寄的吧。

现在她知道娘跟弟弟妹妹不讨厌她了，她拿着手机伤心地哭了一场，跑到孙健那里，高兴得不得了，把短信拿给他看，说："孙总，俺感谢您，感谢您，俺全家都要好好感谢您哪，您救了俺全家。过段时间，俺娘说要俺回家看看，说俺娘想俺了。"说完她撇撇嘴，嗷嗷地又哭，哭着哭着她扑通跪地上"嘭嘭"给孙健磕了几个响头，孙健见了要去拉她，蓝妮子像一只受惊的小鹿，赶忙往后扯开身子，躲开他的手。

她哭着说："孙总您别拉，我身子脏，别脏了您的手。"

"没事的，小蓝，握握手都不会传染，拉一下衣服就传染了吗？没事的。"

"那也不要您拉。"

"好，我不拉不拉你，你坐吧，坐下吧。"蓝妮子歪着半个屁股似沾似不沾地歪坐在沙发上说："孙总，有件事我想问问您，每个月我给家里寄一千块钱，怎么又是谁给我家寄一次钱？想了半天，只有您那么关心我。"

孙健没回答她的问话，说："看你弟弟发来的信息，我也很高兴，你妈妈的病好了是吧？"

“好了，孙总。”

孙健说：“你老母亲不计前嫌接纳你，以后好好孝敬孝敬她老人家才好，和你弟弟妹妹搞好团结。”

“嗯，孙总，我知道。”

“你弟弟报考的什么大学?”

“报考的山东中医药大学，他说要好好学习，好好研究中医药对这种病的药物呢。”

“好，有志气。”

蓝妮子笑了，那一时她笑得非常好看。

“孙总，我还想问一下，那个钱是您寄的吧？您已经开我工资了，您不要再寄了。”

“不要问那么多了，谁寄的不要管他了，给你妈妈看病就行了。”

“每个月都寄，已经两年了，我给我弟弟说，把第二次寄的钱都存起来，等以后有机会好好报答人家。孙总是不是您寄的?”

“是又怎样，不是又怎样，别问这么多了。”

这时有人来找孙健，孙健站起来跟来人握手。

蓝妮子说：“孙总，我过去了。”

“你去吧。”

蓝妮子回到办公室，看到高宝庆坐在那里翻看报纸。

她说：“高经理您没事了吗?”

“有事没事都想过来看看你。”

蓝妮子说：“我有什么好看的?”

高宝庆说：“心里的事，就是想来看看你。”

蓝妮子红红脸，没回答他。当初招聘的时候，是蓝妮子和公司人事部王经理在那里的，高宝庆两眼目不转睛地看着她，简单地填了表，就被录取了，临走他跟蓝妮子握握手，久久地不愿松手。自从高宝庆招聘过来，她感到他有事没事总要找各种机会和她接近，公司里有几个活跃分子，她是知道的，大家也都喜欢和她聊天，到她办公室里坐，她也没把这当回事。可是这个高宝庆好像很认真，他说，只要我看上的，我就喜欢和她深交。这话说得让蓝妮子心里一愣，她不能和任何人有深交，她常常都故意躲开他。有一天高宝庆带一些好吃的给她，她感激地说：“我不要，谢谢您高经理，有些东西我是不能吃的，您还是拿去吃吧。”高宝庆就假作生气。

他整天把头剪得很时尚，有意扮酷，三十多岁的人了，还像小年轻似的。

高宝庆喜欢和别人开玩笑，但是常常被别人当作开玩笑的对象。他听了也不生气，总是笑呵呵的，有时候还把这些玩笑话讲给蓝妮子听。

“你不忙了吗？”

“忙也想过来看看你。”

“我有什么好看的。”她冷着脸，回答得很简单。

“就是好看，就是喜欢你，才来看你的。”

“应该把工作放在第一。”蓝妮子说。

“是的是的，我听你的。另一个，我的工作自由得很，哈哈哈，没人管得了我，所以说我的自由空间很大。”高宝庆很狡猾地说。

“那也不能这样干。”

“对，还是蓝主任说得对，以后我就改正，向蓝主任你学习。”

蓝妮子不再吭声，她把乱放的报纸杂志整理一下，放到杂志柜，高宝庆赶快站起来抓着她的手，说：“我来我来，不要蓝主任你费事，我弄乱的我来收拾。”

蓝妮子的手被抓得一哆嗦，杂志和报纸掉到地上，高宝庆赶快弯下身子去拾。

蓝妮子说：“对不起，我来吧，我来拾。”

“我来我来。”高宝庆赶快蹲下了，他慢慢拾地上的杂志报纸，眼睛却直勾勾看着她的一双没穿袜子的白脚和那双漂亮的高跟鞋，他伸出手摸了一把，蓝妮子吓得往后一退。高宝庆站起来说：“蓝主任，你的脚很白，非常好看，非常细腻，我摸了一下，真想抱着舔一舔。”

羞得蓝妮子一下涨红了脸，说：“不讲卫生，脚有什么好看的。”

“你的脚又白又嫩，谁都喜欢，我更喜欢。”

“高经理，我要打扫一下卫生了。”蓝妮子拿起抹布要去走廊抹各个办公室的门。

“又不脏，老打扫什么的，以后这个工作我来替你做好了。”

蓝妮子没理他。高宝庆也没感到不好意思，这样的事情他经历了很多次。

高宝庆这段时间看出了蓝妮子瘦，他问：“蓝主任，这段时间你怎么这么瘦的呢，去医院检查了吗？”

“我就这样，吃不胖。”

“这样不行呀，吃不胖不行，你能稍稍胖一点，一定更漂亮，你该不是有意这样瘦的吧，我知道现在的女人都讲究瘦身，以为瘦点会更好看，其实瘦了不好看。”蓝妮子没搭理他，依然做自己的事情。

“我带你去医院看看吧，我医院有好多朋友，外科的，内科的，五官科的，哪个科都有，我可以让他们好好给你检查检查。”蓝妮子听了，说：“谢谢您高经理，我没事，我身体就这样，再怎么吃都胖不起来，我的身体是化油机，吃到肚里的东西都化得跑掉了。”

高宝庆说：“你这样不行，再是化油机，也不能说瘦就瘦得这么快。你一定要去检查一下，身体是本钱，本钱亏了，挣的钱再多有什么用，对吧？”高宝庆关心地看着她，又补充一句，说：“我家里没负担，就我一个人，银行里我有六位数的存款，看病我带你去。”

“谢谢您高经理，谢谢您，我不需要看。”

“真的，六位数呢。”说完高宝庆伸出手指比画着给她看。刚开始的那些天蓝妮子还是很尊敬他的，后来感觉什么事他总是有点吹，年轻人大概都这样，比起另外几个年轻的，他吹的比他们大一点，也就不当回事了。

高宝庆在女人面前就是喜欢吹嘘自己，以赢得女人的好感。实际上他银行里一分钱的存款都没有。

“你有六位数还来这里打工？”蓝妮子说。

“我是在家闲得慌，来这里玩的。”高宝庆见蓝主任相信了他的话，并且很注意地看他一眼，他心里乐滋滋地说，“蓝主任，病可不能耽误呀，早看早好。你是没钱看病对吧，没钱我给你。等休息了，我带你去看病。你别指望孙健给你钱治病，指望他没用。”

“谢谢您的好心，孙总待我像亲生女儿一样，我把他当作再生的爹娘，我这辈子下辈子都还不清他对我的恩。”

“哦哦哦，蓝主任，你太实在了，你人真好，又知道感恩，很难得，能和你这么好的人交朋友是我今生的荣幸。”

“高经理您过奖了，我不是您想象中的人，也不是您说的那么好。”

“你就是好，我没见过像你这么好的人，我们交个朋友吧，我们可以经常来往，我可以带你去旅游，到国外去旅游，带你吃山珍海味，带你……”

“我们现在不就是朋友吗？”

“不不不，我说的是另一种意义上的朋友。”

蓝妮子不搭话，她拨了电话给下边单位的严会计，说有寄给您的东西，让她来拿。严会计拿了东西走了之后，高宝庆说：“蓝经理，晚上我们去听音乐会怎么样？北京来的顶级的音乐会，很多大腕都来了，刘德华你知道的吧。”

刘德华的歌她是喜欢的，“刘德华是香港的，怎么是北京的呢？”

“哦，是香港的，他是北京特邀过来演唱的呀。”

“哦，你去吧，我一天工作下来很累的，想休息。”

“唱得可好了，不愧是第一歌王。我去买票，我带你去看。看了你就知道了，那个帅气，就像我一样这么帅气，没得比了。”他用手弹弹自己的衣服，以示自己确实比刘德华长得帅，他拍拍胸脯，又挺挺胸，等着蓝妮子对他赞扬。蓝妮子什么也没说，只在那里默默地看一份房地产简报，房地产简报是她统计编辑的。

看着她不说话，高宝庆想了想，说：“你喜欢他是吧，好多人都喜欢他的歌，我除了不会唱歌，好多人也喜欢我。”

“喜欢谁？”蓝妮子抬起头。

“刘德华呀，喜欢我呀，现在我可以改个名，叫高德华，怎么样？”

“嗯。”

她敏感到他在挑逗自己，她沉默一会儿，说：“对不起，高经理，我还有事。”说着就要走。这时候有人进来了，来人是江浦公司基建科的，他问蓝妮子孙总在不在。

“在的在的。”

“刚才打电话没人接，正好我出去办事路过这里，我就跑来一趟了。”

“可能开会了吧，有什么事找他？”

“你们公司给我们建厂房的事情，图纸上边有一个隔断墙要改一下，这是设计院的图纸，我带来了需要和孙总沟通一下。”

“好，您在这儿等一会儿，我去看看散会没有。”

“好的。”

高宝庆感觉很乏味，对蓝妮子说：“我走了，蓝主任。”

高宝庆今年三十一岁，年龄不大，却有过两次结婚离婚的经历。他有三个同居的女友，前几个月三个同居的女友都相继跟他拜拜了，他又挂上一个，女朋友和他谈了不到一星期，他就动手动脚。女朋友说，结了婚才能办这样的事。他说，结婚有什么意思，我不打算结婚，这样多自由。结果那天他强硬着要跟她上床，女朋友气得一巴掌打在他脸上，接着要打110。他害怕了，看着女的走了。他沮丧地待了一会儿，看着她远去的身影，使劲一蹦，冲着她的背影骂道：妈的，不知好歹的女人，三条腿的蛤蟆难找，两条腿的女人到处都是，我稀罕你么？后来他又追过几个女人都没成功，高宝庆心里很烦。没有女人的日子对他来说很不好过。

他应聘来到了这家公司之后，就注意到了蓝妮子，她身材苗条，圆形的脸蛋，洁白的皮肤，走路做事总是利利索索，尽管蓝妮子年龄比他大，他还是想勾引她。一个男人在迫切需要女人的时候，即使长相不怎么好看，在他眼里都是天仙虞美人，何况蓝妮子长这么漂亮呢。所以有事没事总爱往她办公室跑，有时出外办事也要拐个弯跟她搭讪几句，更多的时候，他来到公司办公室，装着看报纸赖着不走，没话找话地跟她搭讪。后来听说她是离婚的，他的胆子大起来了，坐在那里一坐就是老半天，有话无话地跟她瞎扯。刚开始蓝妮子还应付几句，后来随他怎么说，只笑着不答话。他有时候趁着蓝妮子不注意，还抓一下她的手，碰一碰她的屁股，蓝妮子非常害怕，赶快躲开，她越是躲，他反而变本加厉越是得寸进尺。你是离过婚的女人了，我谁都不怕，就是招惹你，我这样对你是看得起你。

他认为漂亮的女人态度是傲慢的，是不轻易弄到手的，蓝妮子越是躲他，越是吸引他。追这样的女人要下点功夫，要有计谋，瞅个机会先把她办了，关系肯定能固定下来。以前他的两个老婆一个二十一，一个二十五，都比他小，小的要哄，大的要笼。哄，他没有钱，笼，只能开空头支票。再说年龄大些的一旦上了勾，就会贴着你，跟着你。所以他认为还是年龄大些的好，大些的成熟，有味，尽管面部的肌肉没有往日光鲜了，他知道这是女人成熟的标志。成熟的女人是妈妈型的，有魅力，不是那种半生不熟的小丫头能装出来的，他相信蓝妮子是他嘴里的美味佳肴，一张嘴他就能吃到她。可是经过几次跟踪，总没能如愿。过了几天，他看准一个机会，他下了决心，无论怎么样也要把她弄到手。

公司下了班一般要开会，一开开到八点九点，蓝妮子都要等着散了会才能走，她要打扫一下卫生，把杯子里的茶水倒掉洗刷一下，这样的话，天就更晚了。蓝妮子走出公司，看着蓝妮子走出来，蹲在公司门口黑影里的高宝庆，悄悄尾随过去。尾随到一条小街，是继续跟着，还是找个没人的地方先办了她，他考虑了好一会儿都没拿定主意。

深蓝色的天空上，闪烁着数不清的繁星，像是眨着眼在讪笑他似的。微微的凉风掠着路边的法桐，吹拂着人们的面孔。

小街显得更幽静了，街上少有人走，树影婆娑的一段路程，两旁是两家公司的围墙，不时有人路过。蓝妮子走着走着感觉背后有人，她转回头一看是高宝庆："哟，是高经理，吓我一跳，你到哪里去，怎么还不回家?"

高宝庆笑笑："看到你一个人走黑路，形只影单的，不放心你呀，怕你遇到坏人，所以就跟上你了，给你当保镖。"

蓝妮子笑笑没说话，想着：这个人平时挺好的，整天蓝主任蓝主任叫着，见了她总是笑得眯缝了眼。虽说有时做得有点过分，这也是人之常情。今天这么晚了还在担心她，真的令她有点感动。又一想，别是另有企图吧？想到这里，她心里一沉，她知道她没有权利交那种意义上的朋友，她怕感情发展到一定地步，对方要求那方面的事，她不能做。她不能害人家。

“下个月市里举办房地产销售大会。”

“是呀，这段时间很忙的，忙着做展牌，准备宣传资料，休息也取消了。”

“你一定非常忙，注意一下自己的身体，别累坏了。”

“谢谢你，高经理。”

“谁跟谁呀，不谢不谢，我们之间不存在那个谢字，你的事就是我的事，我应当吃力向前才对。”

蓝妮子红红脸，又有点儿感动。

他们肩并肩踽踽前行。他的黑色的旧皮鞋合着蓝妮子的奶白色高跟皮鞋，不和谐地敲击着柏油路面，发出橐橐的声响，他故意把步子放慢，很谦虚地问：“蓝主任，你对我有什么看法？”

“对你什么看法？我对你还不十分了解，谈不上看法，不过你这个人挺好的。”蓝妮子笑着很直爽地说。

高宝庆嘿嘿地也笑着说：“我这个人就是喜欢交朋友，男朋友女朋友我都喜欢交，还喜欢帮助人，并且很大方，人家都说我这个人很好相处，属于好男人型的，如果有家庭的话，我是正儿八经的暖男，以后我们相处的时间长了就知道了。”

“嗯。”

“蓝主任，刚开始公司招聘的时候，我就看上你了，你那么漂亮，那么优雅，简直是百里挑一的美人儿，我对你印象是非常之好，你能感觉到吗？你不但人长得漂亮，还那么敬业，我就是喜欢漂亮、敬业的女人，我应该好好向你学习。”高宝庆絮絮叨叨重复地说着漂亮、敬业这几个字，说得她脸上泛红，但是她并没有被夸晕了头，她在想，这个高经理想干什么呀？

“我没什么好学的，敬业不敬业那是工作需要这样做。”

“你看，谦虚了不是，这一点更是应该让我从头学习呢。你们老员工有很多优点，让我们新来的员工都不知道从哪里学才好，你应该教教我，从哪里开始向你学习。”

蓝妮子没答话。

走出小街，前边就是她租住的楼房了，有几个行人走过，蓝妮子说："高经理，我到家了，谢谢您，您请回吧。"她站在那里看着他，不走了，等着他说再见的话。

可是他不说，他注视着她的脸，过一会儿才哦了一声："你到家了呀，你看，我正想再跟你多聊会儿呢。"他很后悔刚才只顾谈别的，该办的没办。

蓝妮子说："改天咱们再聊吧，我们有时间的，你请回吧高经理。"

"那，不请我上去坐会儿了？"

"天太晚了，不方便，改天吧。"

看着蓝妮子拒绝了他，高宝庆说："不晚，我有点事刚想起来正想请教请教你呢。"

"什么事？"

"到你家说吧，我只坐一会儿就走，不影响你休息。"

听他这样说，蓝妮子迟疑地说："天太晚了，明天还要上班。"

"没事，就谈一小会儿，谈完我就走。"

话说到这份上，蓝妮子没办法，很不情愿地和他一起上了楼。到了楼上开了门，高宝庆站在客厅当中，那里看看这里看看，"呀"了一声说："很干净的房间哦，从这里就可以看出主人是那么爱整洁，你看到处收拾得井井有条，给人一种赏心悦目的感觉。"

"你坐，高经理。"蓝妮子笑笑说。

高宝庆在沙发上坐下了，他看着蓝妮子，拍拍身边的沙发："来，你也坐，蓝主任，这里坐。"

"我给你倒点水。"

"不用不用。"高宝庆站起来要拉她，蓝妮子像突然触了电，不自然地跳一下，往旁边闪开，在另一张单人沙发上坐了。

"什么事，高经理，你说。"

"也没多大事，就是想跟你随便聊聊，问问我今后工作上的事。来，到这里坐。"他拍拍身边的长沙发。

"不用，你说，我能听见。"

"哈哈哈，我能吃了你咋的？来嘛，这里坐嘛。"

"你说就是的。"蓝妮子坐着不动，"我能听见。"

"怕我吃了你呀？那我就，啊呜……"他做出一副调皮的要吃人的样子，张开十指，放在嘴的两边，假装要吃她。

蓝妮子被他的滑稽相逗笑了。她站起来坐到他那张沙发的一角。

"就是嘛，来这里坐，离那么远干啥，来来来。"他拍拍沙发，伸出手拉她，她的手被他拉住了，他把她拉到身边，她心里一颤，脸不自觉地红了。尽管这方面的事她经历得很多，但是感觉脸上还是发烧，脑袋一麻，她不能让他这样，她离开了他，往一边坐坐，她认为他是一个很好的人，她不能害他。

高宝庆好像很满意她的拒绝，她的拒绝说明她很纯洁，这正是他想要的，他往她跟前挪挪屁股，紧贴在她身边，一条胳膊就势搭在她肩上，蓝妮子用胳膊肘死死地抵着他，"别这样高经理，别这样。"蓝妮子依然客客气气地说。

高宝庆嘻嘻地笑了，不顾她的反对把她拉到怀里："又没人看见，你怕什么，不要怕，我的小宝贝。"

说着就往她怀里摸，蓝妮子说："高经理，你……"

"我喜欢你才这样的，我不喜欢的人，我看都不看，你太漂亮了，蓝主任，我忍不住……"说着他的一张嘴伸过去要吻她，她使劲推他，用头撞他，他都不理会，他腾出一只手解她的裤带。

"不行不行，高经理，千万不要这样，不行不行。"高宝庆不听她的，蓝妮子两手攥着裤带。

"蓝主任，你太让我喜欢了，我要娶你，我们明天就去登记。"他撤出身子，把她按倒在沙发上，一边用嘴死死堵住她的嘴，一边使劲把她的裤带拽开，扒下裤子……

蓝妮子最终还是没能犟过他，他的整个身子压住了她，蓝妮子的反抗一点作用都没有，她喘了一口气，几乎用哀求口气，说："高经理，你别、别，我有病，会传染你。"

"有病我也不怕。"

"……高经理，真的，我、我有艾滋病。"

高宝庆一愣，"艾滋病？"随后他哈哈哈一笑，"好狡猾的小美人，用这种说法吓唬我，没用的，美丽的女人总是爱用这种方法骗人，你那么漂亮，你不可能有的，不可能的。”

蓝妮子看实在没办法了，说：“你、你要做，那边抽屉里有安全套……”

高宝庆不理会，他知道她又想骗他，他强奸了她。

高宝庆走后，蓝妮子全身松散地躺在沙发上，两眼直勾勾地看着天花板……

第二天，已经到了上班的时间，她还没起，她躺在床上想了一夜，自己不能在这里干了，不能在这里到哪里去？原想在这里看好病，重新做人，回家种地去，这样的想法破灭了。现在有些事不是你想怎样就能怎样的。她翻出了弟弟给她发来的信息，又看一遍，弟弟说：“姐，我高考的成绩已经过了分数线了，上学有一级企业可以资助申请贷款。姐，你再也不要帮我了，你好好养好你的身体。我上学后，利用星期天，我会常来看娘的，反正不远，坐车也就是一个多小时。姐如果有时间你可以回来看看娘，咱娘很想你。”看了弟弟的短信，她又有些伤心，无精打采地起了床，也不像以前那样精心打扮，洗把脸拿着包就去了公司。

到了公司，看到大家集中在会议室开会，她没有去，把孙健的办公室打扫打扫，把走廊拖了一遍，就回到了自己的办公室，愣愣地坐在那里。

一直快到中午，公司的人陆陆续续到食堂去吃饭，蓝妮子还在那里坐着，高宝庆走过来说：“蓝主任，怎么了，生病了吗？刚才开会孙总还表扬你呢，我去给你买饭，想吃什么？”蓝妮子不想听他说话，她站起来走出去。

“你想怎么吃饭，我去给你买，蓝主任，蓝主任。”

蓝妮子像是没听见，她回家去了。

下卷 上 路

掸一下身上的泥土，擦干眼泪，抛弃那些虚幻的东西，不要那些忧愁和怨恨，我们轻装上路。重新开始的路，尽管曲折又漫长，但它总是我心中的天地，光明的天地。

第十一章　决绝之痛

秦副部长的肺部感染最终没能治疗好。出院后不久还是发烧、咳嗽、多痰、胸痛，时不时喘气急促、呼吸困难。

“院长都出面了，还是没能治好，为什么没治好？真像孙献茹担心的那样吗？”结果出院一段时间再次住进医院，住院期间我和孙献茹去看他一次。在医生办公室，我问医生的病况，医生解释说，患者本来肺部有炎症，后来虽说痊愈了，还是留下了后遗症，现在又经过这么一次大的刺激，原来的肺炎复发转变成肺结核。

“你们医院干什么吃的，拿着纳税人的钱，不给老百姓办事，浪费国家的粮食！他肺病十几年了都没事，在你们医院住了一次院，病情越治越厉害了，这是你们的责任。”孙献茹气愤地大声嚷嚷。

“现在的情况是药物不能达到应有的治疗效果，导致耐药性。”

孙献如不能接受这样的说法，在医生办公室大吵大闹，拍桌子，吓得护士乱跑。最后医院保卫科的人过来，把孙献茹劝走了。

孙献茹也到公司去过，她找我没找到，我在范思奕那里，她推开范思奕的门，看到范思奕正跟我谈论生产上的事情，她略略停一下，指着范思奕说：“我男人的病，公司要负有主要责任，你范思奕要负主要责任。”

范思奕没经历过这种面对面的质问，猛听她这么一说，吓了一跳，看着孙献茹竟然张口结舌，不知如何回答才好。我站起来给孙献茹倒杯水说：“孙大姐，你坐下，怎么回事。”

“我男人的病厉害了，看不好了。”

范思奕说：“孙师傅，你坐下慢慢谈。”

“慢慢谈怎么谈，不慢慢谈怎么谈？”

“秦副部长不是看好出院了吗？”

“看好该好了，现在又住院了。”

“又住医院了？”

“又住医院了，不能出院，一出院就咳嗽，痰喘，吃药打针也不管症，前几天又吐血。”

“吃点有营养的东西，先慢慢调养着吧，慢慢治疗。”

“光说吃营养慢慢治疗，我们要钱没钱，怎么吃营养，怎么治疗？”

“还是在市医院住的吗？”

“不在市医院去哪医院，这是第二次住院。”

“不行就换家医院试试看。”我说。

“原先也是这么想，转院全部都要重新检查一遍，不死也让折腾死了。”

范思奕说：“还是转别的医院看看吧，看看另一家医院怎么说。”

“转院，钱哪？你批几个钱我们转院，我们平时别说吃营养，连个鸡蛋都舍不得吃。”

范思奕没办法，给财务打了电话，让财务送五千块钱过来。

“五千块钱管屁用？”

范思奕也不理她，平时看孙献茹工作挺卖力，也肯帮助人的，说话也是挺热乎的一个人，谁有困难都能吃热上前，还好打抱不平，虽然对孙献茹不十分了解，但是看她一天到晚拿着扫把不闲着，围裙前边的口袋里装着一条湿毛巾，办公区的门窗户哪里脏就在哪里擦擦，还是让人感动的。现在怎么这样了？这么容易发火。

刘小惠接了电话，不一会儿送了五千块钱的现金支票。

“你给财务打个借条。”范思奕对孙献茹说。

“还要打借条呀。”

刘小惠说：“不打借条就行了吗，支出去的钱要有凭据，财务要入账。”

“奶奶的，真麻烦。”

孙献茹歪歪巴巴写了张借条，交给刘小惠，刘小惠说："让范总签个字。"

孙献茹把借条交给范思奕，范思奕签了名，刘小惠收了，把支票交给孙献茹。孙献茹接过支票，出门就骂："奶奶个逼起来的，不是你裁人哪能出这样的龟孙事，不是你裁人哪能出这样的事，猫生老鼠，一窝不如一窝。"

孙献茹从打丈夫手术跟医生闹了一场，脾气坏透了，看谁不顺眼都敢骂，在公司里打扫卫生，也是东一扫把西一扫把，扫的尘土漫天飞扬。

秦副部长换了一家医院，是我去联系的，这家医院有一位专门治疗肺部的专家，治疗效果很好，经过两个多星期的住院检查治疗，医生诊断病人是肺癌，已经到了肺癌晚期，他把孙献茹喊到办公室说："你丈夫平时有什么业余爱好吗？"

"业余爱好，没有什么爱好，平时就是工作，工作，最多和同事打打牌，休息天出去钓钓鱼，医生，我丈夫的肺病转移了吗，得的什么病？"她对病况不了解，听别人说病情转移，她也跟着这样问，"转移是不是转移到好的方向了，能看好了？"

医生不好回答她，对病况丝毫不了解的人，他不好回答，就安慰说："你丈夫的肺部炎症比较严重。"医生没告诉她实情。

"怎么严重法？是不是得了不治之症了？"

医生没直接回答她，只是问："近几个月你丈夫受到过什么刺激没有？"

"医生，你指的是什么？受到什么样的刺激？我丈夫被裁下来了，下岗了，心情不好，就是受到这样的刺激。"

"这样的刺激跟病情没有直接关系，我说这种刺激是身体方面的，比如受凉，洗冷水澡，被冷水一击，下河游泳被水呛一下，都会导致肺病加重、转移。"

"你是说，往坏处转移了？"医生看着她没说话。孙献茹又问了一遍，医生点点头。"医生，那就让您费心了，只要能看好花多少钱都无所谓。"

医生苦苦笑笑没回答她，只说：“对他的病情你不要跟他说太多，陪着他做一些他喜欢的事，他会高兴的，病情有可能朝好的方面发展。”

孙献茹听到这里似乎明白了，公司里的人家里病人病重了医生也是这样交代的，她愣了一下问医生：“我丈夫的肺炎是不是很严重了？还有没有其他的治疗方法？”

医生说：“你在你丈夫面前不要急，着急了对他只能起到不好的作用，这都需要家属配合好，平时要注意多让他休息，听听音乐、散散步、养养花，也可以跳跳广场舞什么的。”

孙献茹听了，急不可待地又问：“医生，我丈夫得的到底是啥病？是不是治不好的病？”医生还是没直接跟她说，只说平时注意哪些事项，尽量让他心情愉快。

孙献茹听着听着，也不说话，她这才感觉丈夫的病严重了，只在那里默默地掉泪，后来医生又给她说了什么，她一句都没听进去。

医生看她很伤心，说：“这些业余爱好能转移他的注意力，能起到比较好的治疗作用，在保证他休息的基础上，也要积极丰富他的生活。因为好情绪也是可以互相影响互相带动病情转换的，有这种好的情绪状态，会让你丈夫的康复概率大大提高。平时你多做点好吃的给他，他要什么尽量满足他。”

我站在那里听了，也感觉秦副部长病情非常严重了，等孙献茹去了病房，我问医生，病人到底什么病？

“你是他们领导是吧？”

“是的。”

“他得的是肺癌，而且到了晚期，你劝劝他爱人要放宽心，不要在病人面前太过伤心，太伤心会影响病人的情绪，对病人没有好处。”

“哟，病人还有多长时间？”

“照顾得好一点也就是两个月。”

这样的事不能让孙献茹知道，知道了她能发疯。

第二天，孙献茹又去了公司，我正在范思奕那里说外单位欠我们的款要不要派人去催的事，看到孙献茹进来了，对着范思奕直嚷嚷："范老板，我丈夫得了治不好的病了，你看怎么办吧。"说着说着扑通坐在地上放声大哭起来。我过去劝她说："孙大姐，你起来，有话咱好好说。"

"都是因为你们把他裁下来引起的，不裁下来哪能有这样的事？不裁下来他不会跳河，他一辈子任劳任怨为这个厂工作，今天落到这样的下场。这孩子孩子在外边上学需要钱，他家里家里父母两人都住院，这叫谁都想不开，我看我明天也去跳河，一个厂的工人都去死，我看你这个老板怎么当，让公安局来逮你。"孙献茹看着我，指着范思奕的鼻子说。

"你这个人太没道理了，你爹在这里当老板绝不会这样办的，你看你还没当两天的老板，就把一个公司的工人治得都有意见，你有什么能耐？你拿出来，你有吗？你有能耐让工人都吃饱饭才算你有本事。工人辛辛苦苦跟你干，挣了钱都落你腰包了，最后看谁不好，还让你踢出去，你就这点本事吗？你这点本事能把公司搞好吗？工厂不是靠裁人效益才能上去的。"

范思奕被她抢白得直挠头，脸一会儿红一会儿白，没话应对。

"孙大姐你起来，前几天范总和工会的同志都到医院去了，询问了秦副部长的病情，并且跟主治医生谈了好长时间……"

"询问有什么用，病在他身上，询问能询问掉吗？"

"询问知道病的情况，要积极想办法配合治疗，照好的方面去努力，咱彭州的医院不行，咱就去外地医院……你起来，孙大姐，坐下来歇歇喝口水。"

孙献茹起来了，坐到沙发上，我忙给她换了一杯茶，端给她。

"我不喝。"

"喝口就是的，说了一大会儿话，口干。"

孙献茹接过来喝一口，说："你说说有这样的公司么，一次裁人两次裁人，裁上瘾了是不是？"

"孙大姐，有什么意见可以说出来，我们工作中肯定有许多做不到的地方，你能这样面对面地直接给我们指出来，我们要感激你呢，我们可以修正今后工作上的不足。”

孙献茹不说话了。

秦副部长到底没能撑过两个月，到了七月份就去世了。秦副部长的死对我是一个很大的震动，那些日子我心情总是郁闷，很多事情在我的心里翻来覆去，想到企业改制，想到第二次裁人，想到我的妈妈，想到我和李强，想到命运对我如此不公，也想到吴晓娟和黄莹莹，尤其是黄莹莹，总感觉她那些让人心衰的话，都是对我讲的。我心痛得不能自已。

黄莹莹是一个敏感的女生，在男女之间的交往上，一句话、一个动作都会引起她的疑心。在国内学校的时候，她对我、对吴晓娟从来不显示她的爱的观点，是没有爱的情愫？还是对男女情爱不屑一顾？碰到这类事，她时不时会说几句俏皮话，或者笑嘻嘻地开开我们的玩笑，时间一长，我感觉她天生就是这样一个人。

有时候她也会露出一点埋在心里的话，那是在她情绪不好的时候。常常是毫无来由地说一句：一个人再是自己心仪的，都不要留有任何幻想，不是你的菜，最好不要浪费心思动筷子。

她这话说得认真，是自言自语说的，又像是故意说给我听的。不过听了这句话，再问她，她就什么都不说了，只是默默地叹气，好像很遗憾，心事很沉重的样子让人看了心疼。我猜出她在男女的交往中肯定遇到不如意，或者遭遇什么挫折，才让她心情如此低落。你找个人谈谈不好么？我曾经这样建议她，她不回答我，只是苦苦地一笑，后来我发现她从没找谁谈过心，就连我和吴晓娟这么好的朋友也没有。她把自己的心门上了锁，锁得死死的。想想她前前后后时隐时现的情感表露，我猜得出她和她的男友交往还在初识或者根本谈不上初识阶段，最多是对一个人不敢爱又不能爱的一种倾慕中的不安。唉，这个黄莹莹，你怎么会这样呢？为什么不大点胆子呢？为什么不勇敢地向对方吐露你的心声呢？你不乏胆大，也不怯懦，在爱的问题上你却是一个胆小鬼，你为什么不勇敢些呢？像吴晓娟，像我？现在看来你是怕羞？怕对方拒绝。即使被拒绝了，又有什么，现在都什么年代了还怕羞？我这样分析似乎也不对，按着她的脾气性格，她不应该是这样的人，她应该比我更大胆才对，她现在对一个人一直都是暗恋的吗？这一点可以肯定。漫长的单相思，一场感动自己却没能感动对方的独角表演，苦不堪言地一个人熬着，那个人对你什么态度？是把你当作普通朋友，还是怎么着？抑或他根本不知道你在暗恋着他，没能理解你对他的倾慕和痴情。

对这种猜测，我很费力地寻找符合条件的人，找了一圈也没有找到，最后还是想到李强，难道真的是李强，当我再一次往李强身上"拐"的时候，我自己都感觉真有那么回事了。现在我突然明白了，拨开迷雾，我看到了本相，一定是李强无疑了。因为你黄莹莹总是人前人后调侃他，总是在他面前说那些酸不啦唧的俏皮话，有时说的话，连我都感到过分。如此看来你的俏皮话不是天生的，你是有意用那种俏皮的语言刺激他，以期引起他对你注意，这是一种对爱的人无法接近时玩弄的一个小把戏，是掩饰你想和他拉近距离的一种狡猾手段。然而，事实并非如你所愿，他傻不啦唧的根本没往这方面想。因此这更使你不敢接近他。不过这样的猜测我还是不能完全肯定。

那个人不在我们学校是吧？看起来你好像又没有和别校的男生有过交往。那么这个人到底是谁？我花费好长时间细细揣摩，观察，我发觉这些猜测又都不对。你什么都没有，你只是对一个莫须有的"人"做一个荒唐的崇拜。哎哎，我为什么要说这样的话呢？我唯一得到解释的就是你是针对我来的，当时我正跟阿强闹别扭，一个多月没有来往，也不再理他，这一点你黄莹莹和吴晓娟都看得清清楚楚，你黄莹莹是在向我表明你爱他的分量吗？是的，是这样的。

这时我又突然明白了，你一定把这个人当作神去崇拜的，是当作神那样不敢触碰的。这个人在你心目中一定非常高大，完美，完美到让你看到他连呼吸都不能顺畅，完美到你甚至不敢直视他的眼睛。是这样的么，莹莹？看见他，你心情就激动，这让你本来不怯懦的心变得越发怯懦起来。对他的爱你无法用语言表现出来，只能苦苦地相思，苦苦地等。因此你和他说话基本上都是哆嗦的，话不成句的，因此你就用俏皮话对他不轻不重地刺激一下，以获得你对他人格、性情、容貌、才气的拥有。

我感觉黄莹莹对选人这一点上比较心细，比较明智，感觉她对男朋友的选择上有一定的标准和独到的见解。两情相交，性格、感情合不合又不是用心细能度量出来的，更不是用数学公式计算出来的。爱，纯粹是一种感性的认知，是你看我好我看你好才能结合的非物质体系。从另一个方面说，她的这种看法，也印证了我对她的看法，以世俗的眼光解释，她对自身的终身大事表面上如此淡漠，淡漠到近乎结冰的地步，对男女情爱缺乏一种爱欲成分，不是社会上男男女女进行的那种俗爱。这是因为男人的阳刚需要女人的阴柔来增加弹性，女人的阴柔需要男人的阳刚来增加硬度、厚度。人是能思能想的动物，有着七情六欲，再加上化学作用产生的效果，才有卿卿我我的爱情，才有人类的繁衍。这些她应该比谁都懂得的，那么她为什么会这样呢？对自己爱的，是有目的的，或者说是有蓄谋的吗？如果是这样，她对心中爱的那个人，无论到什么时候，都会坚持不懈爱到底的，一定会爱到有结果的。

平平常常的交往，没有惊天动地轰轰烈烈的爱情故事，等着我们去完善，也没有比爱更重要的事让我们重视，那么就形成这么一种当然结论，即：每个女生都把自己的爱想象得惊天动地，想象得与别人不同。可是，莹莹，众多的事实表明，红尘中的男女并非都是这样的，总是有许多不遂人意的。我感觉你把自己的爱建立在想象当中了，把爱置于精神王国里了。一个女生到了春花初绽、情欲萌动的年龄，这种爱挡是挡不住的，最起码不会如此淡定吧，除非她有病。

无意中再次想到了李强，这个人就在我们三个人中间，让我的心好一阵痉挛。在学校的时候，李强只是出于同学间的情意，和黄莹莹谈论几句，没怎么上心。回头再看看黄莹莹，我和吴晓娟在对她这件事上的看法是一致的。我们甚至认为她是一个不懂事的小姑娘，爱说俏皮话的小姑娘。她漠然注视着我和吴晓娟对李强的关系，她的沉稳、她的自律、她的分寸感的把握，甚至宗教式的虔诚，说实话，都不是她这个年龄所能达到的。

黄莹莹是一个琢磨不透的人。

她到加拿大上学有一部分原因，我想，一定是想避开我和吴晓娟对阿强的亲密接触，在外边另处一个，平息对阿强暗恋的痛苦，结果她和那个台湾人有了短暂的结交，这就是个例子。现在她又回到了彭州，难道还是为着阿强？还是想重温过去的时光？还是为了那个可怜的单相思？

“对一个心仪的人，平时只要能看上一眼，聊聊心里话，做一个亲密无间的朋友，在以后的日子里相忘于世，相记于心就够了，何必整天黏在一起？”黄莹莹又这样对我说。分析她话里所表达的思想，又不像没有主见。不过吴晓娟倒说过一句话：黄莹莹是一个最有头脑的人，你根本猜不透她心里想的什么，不像我傻了吧唧地心里有什么就说出来了，还唯恐人家知道晚了，也不像你，心里有了就在适当的时机表现出来。我同意吴晓娟对莹莹的说法。我知道我对莹莹的感情的推断是正确的。

我和吴晓娟问她有没有男朋友的时候，她总是说，没有没有，也不想有，想有也不在学校里找。敞开心思说亮话，这是她第一次在我面前暴露她的思想，她这种思想的表述大概是想掩盖什么的吧。这是我那次在学校里和阿强闹意见之后，我有一个多月没理阿强，让她看出来了，接着她又说：“你不理阿强，阿强可要属于另一个人的了哟。”我当时只认为她又是一句玩笑，是善意地想撮合我们和好。

尽管她对我是用玩笑的口气说出的，我还是认为她对我是好，想成全我们。不过后边一句话又让我有所怀疑：“对一个人，如果人家对你没有感觉了，你最好不要触碰，保留下来这种友谊是最好的选择，什么时候遇到不痛快或者对未来沮丧的时候，翻出来回忆回忆，能给你一点力量，也就足够了，你会说：‘哦，这个人在我心的一边一直支持着我呢，我为什么不够坚强？我应当坚强起来才对呀。’”

这是对她自己说的，也是对我说的。

有一天我真的直接问她："你喜欢的这个人是谁，是我们校的吗？能告诉我吗？"她还是不说，只是诡秘地笑笑，这样的问题后来又问过她一遍，她还是笑笑不告诉我。好阴谋哟。这多少让我有点失望。为了这件事，吴晓娟曾经有一次以开玩笑的口气直接点她。黄莹莹面不改色心不跳地说："没有没有，他是你们的，我怎么可能做那种不道德的事呢。"也许她真的没有，是我疑心太重了。看到李强对她确实没有特别之处，也就放心了，随后就把这件事忘掉了。

唉，我这个人自从病好之后，大脑总是颠三倒四，胡思乱想，时时重复纠缠着某一件事，我的大脑时时混乱着的，我被这种主观地妄以臆度的病魔侵袭着，折磨着，使我无法自拔。清醒的时候，我也知道，但是控制不了，我真的感觉到神经末梢对我的侵害了。平时，我这个人总以好心理解别人，在以后许多的日子里，我看到黄莹莹把这份心思都用在学业上了，直到考取加拿大这所学校，并且在那里毕业，拿了学位，回国。

从国外回来，黄莹莹好像换了一个人似的，在对待李强这件事上，似乎也有所转变。不是那么爱开玩笑了，也不回避对爱的说法了。尽管回来以后我们接触的时间不够多，但从很短的接触中，我看出李强看黄莹莹的那副眼神总是那么闪烁着亮光，闪烁的背后总是让我生疑。这时候我就会看到黄莹莹的心一软，看出她目光中折射出的内容是一个人对另一个人在倾慕中得不到时的那种饥渴。

其实一个人对另一个人的真情流露，不需要过多的语言，一个羞涩的眼神，一个无意中的身体触碰，都会像闪电似的让对方心里一颤，有一个小小的紧张就足以说明这个人对另一个人暗恋的程度了，现在的问题是，黄莹莹具备了那种心态，李强还没有，现在能猜到的大概就是这些。

他们在加拿大曾经相聚，肯定不是偶然的，是约好了的。那一次相聚是促成黄莹莹对李强观念的转变关键吗？我是这样想的，并且给了这样的肯定。我不觉有了失去李强的痛苦感觉。

我回到我的住处，反复想着黄莹莹说的话，想着李强将被别人占有，心里那种被掏空的感觉让我用什么东西都无法填补，我像失掉一个至亲至爱的亲人似的，说不上来的苦恼、忧伤。这种忧伤在心里一点点发酵，膨胀，开始撞击我的灵魂了。

“这可是经过科学家论证的呀。”我想。

我虽然和李强有过两次零距离床笫之亲，均没能成功，这是我的遗憾。转回头又一想，遗憾是遗憾，保持一个纯洁的处女之身，到结婚那天全部交给他，意义也许不一样。我的一生只能属于一个人，唯有这个人才是我的最爱，是我生命的归宿。

本来和李强的关系因为上辈的事几近夭折，后来反复思考终于不舍得放弃，并且得以谅解。李强是无辜的，上辈的作为不能记在他身上，我不愿再想这件事情。现在怎么又出现黄莹莹这一派“胡言乱语”了呢？这就是说，我虽然和阿强没有直接的血亲关系，但是黄莹莹的“胡言乱语”更让我痛心得无法自拔。黄莹莹是那么言之凿凿，没有一点让别人有反驳的余地，这更是让我揪心，这是经过人类学家的研究发现、论证的呀。我无法怀疑这种论证是否准确，无法怀疑人家是不是故意瞎编臆造的。人家为什么要瞎编臆造？又不是针对我，他们不可能知道我有这方面的事。假若这一派胡言乱语是真实的……我不敢想象会有什么样的后果。

我再一次翻出黄莹莹说的这些话：“女人一生中的第一个男人体液激素成分会长期附着在女人的子宫内壁上，这样的激素成分将有一定的概率影响下一代。再婚的女人和现在的丈夫生的小孩子长得像前夫……”

啊，啊啊，我的大脑里总是来回地纠缠着黄莹莹的这些话，我无法平息我杂乱的心绪，我的悲哀到了无以复加的地步了。我该怎么办？谁能帮我释清这一“荒唐”的论断，谁能为我劈开一条路，让我扔掉精神的桎梏，去平和地面对所有的人所有的事？

在我很小的时候，我到妈妈学校去，妈妈的同事说过我长得漂亮，不像我的爸爸范正光，难道我的出生就已经验证了英国研究者的学说？我真的和李强有这层割不断的激素链关系？终生的遗憾，是我终生的耻辱，这种遗憾中的耻辱，笃定我的基因不可能纯洁。

非处女丧失原有的纯洁基因，形同一个妓女在神圣的殿堂跳裸体舞，还口口声声说自己是文明的化身，美丽动人。

范正光——我可怜的爸爸，我在为我的爸爸叫屈。

一个人活在世上，人前风风光光，人后还不知道有多少乌七八糟的东西。

我躺在床上，想着李强的鼻子眼睛和嘴巴，我坐起来翻出手机上我和他的合影，我用手挡着他的头发和我的头发看脸形，细细比较……天哪，我们还真有点像，那鼻头，他那微笑着的嘴巴……我气得把手机摔了，这简直就是同父异母的一对姐弟。

我的心一瞬间陷入无底的深渊，心情沉重地坐在床上发呆，我不知道如何是好。从身体内部传来的心脏的激跳，像钟鼓楼上的钟声，咚、咚、咚地沉重地撞击着我的灵魂，我的心脏病又要复发了，我有些难受，我痛苦地捂着心跳的部位，尽量使自己平静。我坐在那里不动，无力地张开嘴，我想大声叫喊，我叫不出来，我嘴里却像吞了一只蝎子，蜇着我，蜇得我疼痛难忍。

耻辱，一个耻辱，像一个幽灵在我心中默默地徘徊。

已经很晚了，半个月亮被一块游云遮着，久久不愿离去，我穿上衣服走出宿舍，来到空旷的街上，橘黄的路灯光在破了一半的灯壳上昏沉沉地照着。街上少有人走，我踽踽独行，步履缓慢，很多个声音交织在一起，在我心里争斗不休。人真是不堪折磨，内心的风霜雨雪刹那间抹去了过往的岁月，我眼前出现的是七零八落飘飞的碎片。

去吧，你去吧，一个声音在冥冥之中亲切地对我说，你去了之后，你将是一个自由之身，你会随着即将消失的碎片，向着天上无尽的高空飞翔，你去吧，趁着夜色上路吧，那里是一个极乐世界，没有哭闹，没有忧愁，没有这些乌七八糟的失德的事情，去吧，长夜就要过去，黎明的曙光会绊住你的脚步，一切将又回归到耻辱的从前。

街灯总是昏昏沉沉地照着，道路愈发显得漫长，心上有几滴鲜红的水样的东西渗出来，一滴一滴，滴在我的脚下。

已经到了无可挽回的地步了，失重的心被那个“胡言乱语”激发的疼痛如此强烈，使我几欲平复的心再一次被撞，一种愤懑和压抑中的苦恼，胁迫着我，这将是我不能继续留在这个世界上的原因。

这就是我的世界？我的世界为什么这样丑恶、可怖，我的世界为什么这样残酷、无情？走在故黄河的岸上，沉默的河水静静地泛着幽灵似的光，薄雾浮起在河面上……

风吹来了，柔柔的，夏夜的风总是让人感觉惬意，我没有感到惬意。我站在岸边一遍一遍回忆黄莹莹说的话……

在我二十多年的生命旅程中，灵魂一次次地茫无目的地放逐，放逐在生与死的边缘。在茫然无措的状态下，找不到可依托的家园。

自杀其实是很简单的事，也就是在很短的时间内即可完成生命的终结。不过这要有一个无懈可击的理由，这个理由一定比活着的理由更充分，更重要。秦副部长跳河了，他的理由是无法忍受生活的压力，往河里一跃，然后什么都不想知道。那么我呢？我的理由是什么？是心理上那点无法承受的耻辱？还是将被社会的伦理道德所唾弃……

双父？一个多么可耻的名词。一个是名正言顺的父亲，一个是暗藏在伦理本位间的违规的“父亲”。

乱了，乱了，社会乱了，世界乱了，整个都乱了，我的上辈，我的同辈，我所知道的社会上所有的人都乱了……

这时候过来几个骑车的人，骑着车大声笑着，说着话。又过来一伙下夜班的，也是说着，笑着，他们骑着自行车一闪而过。会有什么可笑的，我听出他们说话的内容，这大概是江浦公司车间里的工人？他们在谈工资，在谈生产，我躲在树的后边，我怕被他们发现。

车间有加班的吗？我不知道，车间很忙吗？任务很重吗？我也不知道，公司近期已经动迁搬到新的厂区去了，这片厂区卖给英国人了，卖吧，卖吧，什么都卖吧，连同我这个肮脏的躯体。

这帮人过去之后，又走来两个中年人，一个说：“咦，河边怎么站着一个人，深更半夜的，站在这里干什么？想死吗？”另一个说：“可能是想找地方死，走，咱看看去。”

“多一事不如少一事，问这么多事干什么，走吧，我们还不知道活到哪一天呢。”

“看看去嘛。”

“你去吧，我走了。”

这两个人走过去了。走不远一个回头看看，说：“不行，还得去看看，真的要去死，让我们碰到了，不救就是我们的罪孽了，救人一命胜造七级浮屠呀。”

另一个说：“那就去看看，听你的，去看看。”他们来到我跟前，一个人看看我说：“大姐，天这么晚了，还不回家？在这里干什么？”

另一个咦了一声：“这不是范副总吗？你怎么在这里？在这里干什么的？”

这是两个曾经下岗的工人，一个叫胡常仪，一个叫武天杰，这两个人下岗都是我审批过并且签字同意的，后来因为车间需要人，又把他们召回来，我认出他们了，因为下岗的时候他们到我办公室去过，问我为什么要他们下岗，他们也曾经到范思奕那里去问，去闹。

“范副总，你在这里干什么？”

“是你们？我在这里……在这里……散散心。”我支支吾吾地说。

“半夜了，在这里散什么心的，是不是遇到什么事了？”另一个也说，“回去吧范副总，一个人在外边多不安全，走吧，我们送你回去。”

那一晚我心情很复杂，我不知道我是怎么回来的，他们把我送回宿舍就走了，临走的时候他们说：“范副总，有什么事你不好办的，跟我们讲一声，我们帮你办，一个人深更半夜在那里散心，多不安全，万一遇到坏人怎么办。”看着他们憨厚诚实的面孔，我鼻子一酸，工人师傅的善良、朴实和博大的胸怀，让我感觉我是那么的渺小可怜，为着心里的那点不快，竟然寻死？可是话又说回来，是那点不快吗？当然不是，这样的事对我就是一种刻骨铭心的耻辱，是妈妈和李亦邙强加给我的耻辱，是我无法摆脱无法容忍的耻辱。妈妈，你是高校的一名教授，高级知识分子，人们都那么尊敬你，这种事的结果你应当明白的，应当知道事情的严重性的，你怎么不经考虑就这样呢？

“谢谢你们，谢谢。”

他们走了，我躺在床上，我的眼泪不自觉地流下来。

大三的时候，爸爸去世了，隔不长时间爷爷奶奶也去世了，三个亲人相继离世，让我有过一次自杀的念头，生命是那么脆弱，一眨眼都没有了。但是最后，我还是凭着对生活美好的向往，我正视着这个世界了。

小的时候我是多么不谙世事，我感觉失去了爸爸、爷爷、奶奶，我生活的天空突然塌下来了，我感觉我活着没什么意义。我站在江边，看着滔滔江水，我第一次寻找死的地方。后来我妈妈看见我了，她跑过来，说，到处找我没找到，正想报案，看到我一个人站在江边。“你怎么一个人到这里来了？”妈妈问我，她没有生气，她怕生了气我更想不开，她用亲切的眼神注视着我，眼泪涂满她的面颊。她说，是不是很想爸爸？是不是想爷爷奶奶了？她搂着我，声音软软地又说：“好孩子，想爸爸了是吧？”我摇摇头，其实我心里是很想很想爸爸的，我却固执地摇摇头。“走吧，好孩子，我们回家吧。”那一次是我的妈妈救了我，她又一次给了我生命。

如今经历了人生这么多的风风雨雨，经历了这么多复杂多变的社会现实，我的社会阅历，让我有了面对逆境应该怎样选择的思考。当然，我的经历并非逆境这两个字所能涵盖的，这是另一种灼骨裂髓的疼痛。有人说，每个人都不只是为了自己活着，无论多么渺小、多么卑微，都不应该选择自卑、消沉，因此我们要学会适时地调整自己。

在以后的许多日子里，我没有了自卑，没有了消沉，我勇敢地活了下来，勇敢地面对我经历的一切。因为我找到了一个我心中可以信赖的人，他给了我活下去的信心和勇气。现在这个人突然在我心目中没有了，心目中支撑的擎天巨柱坍塌了。又像一只舢板在海涛中倾覆，抓不住求生的木板。

我感叹命运对我的不公。

上一次吴晓娟想不开，我也是这样劝她的，现在轮到我想不开了。人的一生波澜起伏，没有一个人一生是静如平面的，就像这故黄河的水，说不定明天天气突然骤变，会有狂风暴雨，河面会翻波起浪。

这样看来我是一个多么软弱的人。你作为一个公司的领导，你就这样吗？为了一己自尊，为了一己所谓道德本位的坚持，竟然走不出阴霾。在今后漫长的人生旅程中，还会有那么多高山险阻、狂风大浪，你又怎么去应对？

在学校的时候，我曾经参加过学校里的朗诵比赛，我引用了泰戈尔的一句话：只有经过地狱般的磨炼，才能炼出创造天堂的力量。只有流过血的手指，才能弹奏出世间的绝唱。

我希望我经历的是一种磨炼。

第十二章　英国老板

范正辉到澳洲办好一切必要的手续，买了一栋别墅、一辆豪车，和姜晓奕过起了天堂般的日子。他现在心里什么都没有，只有姜晓奕，有时也会想起儿子，想起他在彭州的公司，生产销售也是他十分关心的。

自他接管江浦公司这几年，赚了将近六千万，晏有才买江浦公司预付的折合一亿元人民币的资金，范正辉划拨了一亿五千万存入他的个人账户。他总是想挣钱，使用任何手段多多挣钱。

在国内的时候，贫困山区的孩子上不了学，市希望工程爱心助学中心动员各大企业踊跃捐款，受灾地区，市红十字会动员各企业捐款捐物，他打电话让工会动员全公司员工响应号召踊跃捐款捐物，自己倒是没捐一分钱不说，还把员工捐的三万多块钱留下一半交了电费。你就这么缺钱吗？事情败露后，有人控告到红十字会，他被公司员工堵在办公室，追问。后来是范雯莉、潘洪洋拿出私人的钱，补上。范雯莉对员工解释说，当时红十字会捐款就要结束了，银行一时取不出来钱，实在是救急之举，希望大家理解，搪塞过去。不过员工并不是傻子。从此他的威信降低了，被公司员工作为谈资讥笑好长时间。私人企业老板都是这样，唯利是图，嗜钱如命，他们的心态是扭曲的，是新时期形成的变态狂。有人说穷人富有同情心，富人没有。

现在他不再是那个干不锈钢装修窗户的农民工了，他是一个大型企业的总经理，拥有上亿固定资产，手下员工上千人。现在怎么变成这样吝惜了呢？如果这样说他，他就跟你算算细账：一台采煤机去了成本能有多大利润？工人工资、工人劳保福利、电费、水费、职工养老金、职工的医疗保险、退休职工的工资，还有不知名目的钱，十几项，少哪一项都不行，公司一开门，上边不问你盈不盈利都要交税，除非你关门破产上边不找你。再说税务那一块……他给范雯莉、范思弈这样算着账。不当家不知柴米贵呀。

最让人接受不了的是，公司工会组织设立一个捐助基金机构，救助困难职工，这钱他也敢挪用，市里的慈善事业隔段时间请各企业捐款救助，请他捐点钱出来，他捐了五千块，别的企业，有捐十万的，有捐五万的。他捐了五千，同行笑他，他笑笑说："五千都是多的，再说捐多少是多？有点意思就是的，社会主义的分配原则按劳分配，多劳多得，体现的是社会主义下的公平原则，这些人不去拼搏，不劳而获，我们拼死拼活地生产，我们拿钱白养活他们呀，我们这是养懒，我们不能鼓励他们这样。再说公司最近销售也不太好，等赚到钱了一定多捐，我也想上电视、上报纸。"慈善机构的人听着他一阵牢骚，苦苦地笑笑，最后还是感激不尽地跟他握握手，道了谢，走了。

有了那几次，他的口碑在公司内外像西坠的太阳，很快降下来。走在路上，都有员工指指戳戳，就是他，把职工捐的钱据为私有，他听见也装着听不见走过去，更有的员工敢直面训他，挖苦他，甚至朝他要钱。这是他在江浦公司不能继续待下去的原因。

英国公司的晏有才和那个英国老板兼工程师来江浦公司之后，签了购买江浦公司的合同，付了定金和保证金就回英国了，江浦公司这边就等着英国老板拆房。很快，将近一年的时间过去了，范正辉在澳洲置了房产，买了车，又在澳洲筹办起一个钢结构网架公司。

"我们的使命是不断地创造财富，为振兴国家企业，多出把力。"这是范正辉在国内的时候常说的话。现在出国了，在国外办起了厂，这样的话他再不说了，他对姜晓奕变换了一种腔调说："创造下的财富，我们为谁？为我们自己。"他的话跟儿子说的话如出一辙，"我们就是要及时享乐。其实真正的人生意义就在有了钱怎么去享乐，这是正本。"姜晓奕虽然不太同意他的话，还是点了头。她眼睛望着窗外，嘴唇哆嗦着，她不想说什么了，也不会说什么了，所有的一切全凭范正辉去说，去做，人生夙愿和抱负在来到澳洲的那一天开始，全部崩塌。现在姜晓奕是抱着一种欣赏和参与的态度投入进去的，凭着心中泛起的一股还没泯灭的热情参与进来的。她有时感觉自己很苦，苦得她没有了心的底线。而范正辉却始终不减当年，因此，姜晓奕有时候想想自己离开冼杰和范正辉结合，是一个错误，有时又感觉选对了，对比在冼杰那边被压抑的二十多年里，她现在像是弃暗投明，她觉着也很值。她的人生目标本来那么光明，那么健康，只是被冼杰强加给她的阴郁沉闷的生活覆盖了，她恨他么？是的，她恨他。自从来到澳洲，跟着眼前这个男人，她又有很多的不满意，人生就是这样的呀，在不满意中寻求满意，她始终是矛盾着的，她像一具行尸走肉，在现实当中没有思想地活着。

自从办起了厂，姜晓奕负责对外联络业务，范正辉负责厂里的生产加工。两个人干得热火朝天，井然有序。一个三百来吨的小网架工程，配料，加工，带安装，一多月的时间很快竣工，工程干得漂漂亮亮，得到甲方认可。姜晓奕紧接着又接了一个四千多吨的工程。范正辉把图纸传到国内，让国内设计院帮助设计，又在澳洲当地招聘两个网架技术人员帮着解图。招聘一些网架加工焊接工人，实行有活就干、没活休息的弹性工作制，生产加工好之后，范正辉在工地现场指导安装。

在江浦公司这一块，范思奕也紧锣密鼓地把公司往沙洲岛搬迁。九月初，范正辉接到晏有才的电话，近日去中国，落实合同，正好这时范正辉也接到儿子范思奕的电话，范思奕把要结婚的消息告诉了他，希望爸爸能过来。范正辉这才想起儿子不小了，该结婚了。

在完成这个四千多吨的工程后，范正辉问姜晓奕："你是在澳洲修养一段时间，还是跟我回国内一趟？"姜晓奕说："你回去吧，我在这里休养几天，看能不能把女儿接过来，我想她了。"

范正辉想起晓奕还有一个在英国读书的女儿。

"把女儿接过来，他爸爸呢？"

"冼杰呀，不知道，听女儿说，每次他都是给女儿汇去足够的生活费，就不问她的事了。”

“不负责任！”范正辉佯装生气地说。

“是不负责任。”

“当初就不该让他把女儿带走。”

“他是为了最大限度地刺痛我才这样的，这个人他摸透了我的心。”

“嗯，别难过了，把女儿接过来吧。女儿今后怎么办？”

“不知道，全是冼杰一手操办的，今后再说今后吧，先顾眼前。”

“嗯，好了，你好好休息吧，不要累着。”范正辉对姜晓奕关爱有加，常常让晓奕心里温暖如春。

临别时两个人紧紧拥抱，久久地吻着。

范正辉晚上到的彭州，范雯莉和范思奕没顾上吃饭就去了机场接机。范正辉见到爸爸，爸爸好像比以前在国内的时候瘦了，却也精神。他们在机场饭店简单吃了饭，上了车，在回宾馆的路上，范雯莉问：

“二叔，姜阿姨怎么没一块来？”

“那边的公司有许多事情，她在那边过不来。”

“那边的网架生产怎么样？工程量怎么样？”范思奕问。

“那边的工程干不了。”

“价格比国内呢？”范雯莉问。

“价格比国内高得多得多，不过质量要求也高，那边大多都是德国企业来做的，我们打进去很难，不过做过了两个不大的工程，甲方还是比较满意的，业务慢慢就会多的。”

“德国网架公司做得好是吧？”

“做得相当好，国内怎么样？”

“国内工程也有不少，就是钢结构网架生产厂家太多了，竞争相当激烈，这种产品技术含量低，再不景气的企业都能干，一个工程下来不够争的，不大的工程，一般都有六七家甚至十几家去争，请客送礼，互相压价，相互倾轧，‘血淋淋’的竞争现场，等到工程接到手了，利润寥寥无几了，有时还要亏本。我们公司还可以，毕竟是老企业了，还有潘副总这样的高级工程师，大家都信得过。”

“亏本怎么办？咱们公司亏过吗？”

“咱们公司还没亏过，有些公司倒是常有这样的事发生。”

“再是常有这样的事，亏了也不是办法，怎么处理的？反正不能贴老本吧。”

“办法是有，实际上正是这些厂家挣钱的好机会，他们巴不得‘亏本’。”

范正辉似乎不太明白，他离开国内将近一年时间，企业与企业之间这种互相诋毁的竞争，还不太了解。

“航天网架公司知道吧，他们每次都亏，每次竞价，他们报的价最低，别人不敢接，他们接下来，干的当中看着亏了，就等工程干了一多半时故意停下来，跟甲方说，还需要多少多少钱才能干起来。这个时候，甲方代表很为难，合同签过了，钱也打过去了，工程不能按期完成，这是他的责任，不行怎么办，甲方又怕上级领导知道了说他无能。所以负责工程的甲方都急得跺脚，骂娘，跺脚骂娘也不能解决问题，尤其是那种急着要落成让领导来视察的工程，像体育馆、会议大厅、火车站候车室、蔬菜大棚、汽车站的屋面等等，日期定好了，上边的屋盖不能竣工，最后只能按着乙方的要求要多少给多少。”

“还有这样的事？这就行了吗？”

“不行怎么办，甲方要的是竣工日期，乙方要的是再加钱，到头来，只能按照乙方的要求加价，所以这个时候，就是这些网架公司最挣钱的时候了，虽然竞争工程的时候，把价格压得很低，看似不挣钱，实际上最挣钱。”

“不道德。”范正辉摇摇头。

“要什么道德，爸爸，在国内这种企业间的竞争，就没有道德可讲。澳洲没有这种情况吧？”

“没有，也不可能有，签了合同，哪怕你亏完甲方也不问你，竣工日期到了，到时候人家就来验收，没完成，人家双倍罚款。所以在那边干，甲乙双方都很放心。”

“还是国外正规些。”

“过两年，如果条件成熟，我们把整个江浦公司都迁到澳洲去，那边才是我们发展的地方。”

“好的，爸爸，好的。”范思奕高兴地说着。

说着话，已经到了皇冠大酒店，这是范正辉在澳洲通过网上查询订下的酒店。

“爸爸酒店订的这里是吧？”

范思奕嗯了一声，范思奕帮着爸爸把行李拿下来：“爸爸，您把身份证、护照给我，我帮您办，您和姐姐先在大厅休息。”

范正辉把身份证、护照连同预订的房间等证件交给范思奕，就和范雯莉上了电梯。

房间订的是 1210 房，办好手续，服务小姐把范思奕领到 1210 房。

“洗个澡吧，爸爸。”范思奕把水池里的水放好。

“好的，我先洗个澡。”

范正辉拿了换的衣服去了盥洗间。

洗了澡，看到范雯莉正在切橘子，范正辉坐在沙发上，范雯莉把水果端到范正辉跟前的小桌上。他们都坐了，开始吃橘子，范正辉问：

“公司怎么样，生产顺利吗？”

“还行，爸爸，挺顺利的。”

“工人没闹情绪吧？”

“有什么情绪可闹的，工资月月发着，奖金拿着，没有理由闹情绪。”

“这样就好，有工资拿着，大家就能安下心生产。我看你传给我的财务报表，有一笔网架业务出入很大，怎么回事？”

“是潘副总接的那个工程，是一个三万多吨的体育馆及附属设施的大工程，他给我说是别的单位到我们公司外协的，网架七千吨，其他还有钢结构什么的。”

范正辉很注意地听着，随后意味深长地哦了一声，说：“我不在，你要跟潘副总搞好团结，要尊敬点他，有些事情他愿意怎么做，就随他怎么做好了，只要不太过分损害公司的利益就行。还有，你要经常和我保持联系，把公司里的情况随时报告给我，把潘副总的情况汇报给我。”范正辉知道潘洪洋有反骨，在他不在的时候，会不声不响把一个工程私自吞下去。但是在儿子面前他还是表现得很大度。要他尊敬他，毕竟那是他爱人潘倩如的弟弟、思奕的舅舅，他不能一下就断了这种关系，他还要用他。

范正辉处心积虑，又狡黠多端，范雯莉看得清清楚楚。

“我知道，爸爸，这点你放心，潘副总我一直都很尊敬他的。”

谈了一会儿话，范雯莉说：“二叔，您休息吧，休息一天，后天再去江浦公司？”

“我明天就过去，晏有才近两天就到中国来，我要先到公司看看，他来到后，再把大批款项打给我们，你们在这里要安心生产，不要和工人闹矛盾，工人想的是钱，把钱开给他们，他们就会安心，你叫他们干什么他们就会干什么。”

“好的爸爸。”范思奕很高兴，他有点佩服爸爸的远见和魄力。

“你妈妈好吗？我最放心不下的就是你妈妈，我走后你妈妈身体怎么样？”

“我妈妈身体还行，前段时间她胃不好，医生建议她住院，她在医院没住几天就出院了，她说放不下她的学生。”

“嗯，你妈妈就是这样的人，整天就是学生学生，也该退了吧。”范正辉说。

“还不该退，她说等我们结了婚，她就申请提前退休。”

“等你结了婚把她接过来，你们住在一起，也有个人照顾。”

“是的爸爸，我也有这个打算。”

“你妈妈是个好人。”范正辉说着有些难过，他想起在彭州住院的那些日子，潘倩茹表现出的那种大义、那种气度、那种对他和姜晓奕的宽容和理解，让他心里有太多的愧疚，更没想到的是，她回到武汉，就把离婚协议寄过来了，让他有些意外。虽然范正辉很强势，对有些人使奸耍滑，又很会耍阴谋，但是对待弱势女人方面，他还是极富同情心的。潘倩如这样的女人，使得他永远都留下无法释怀的愧疚，使得他在心里也永远都给她留下一个位置。他不再往下想了，再想会难过。

“爸爸，能在这里多待些日子吗？”

“我顶多待一个月，那边还有工程，你姜阿姨一个人不行，其他还有许多事等着我做，等把你的事办完了，我就回去。”

“过些天我们在彭州办完婚事，还要到武汉去，武汉你不能去吗？”

“武汉就不过去了，有你妈妈就行了。”

过一会儿，他又说：“你们回去吧，路上注意安全。”

“好的爸爸，你休息吧，我明天开车来酒店接您。”

第二天范思奕把爸爸接到江浦公司，范正辉让范雯莉召集公司高层领导开会，检查他走后范思奕和他们的工作情况。领导们进了会议室，向范正辉一一做了汇报，范正辉静静地听着，不插话。通过汇报，范正辉对范思奕、范雯莉和潘洪洋的工作还比较满意。

看到公司部分车间已经动迁，范正辉问：

“公司搬迁情况怎么样？”

“还算顺利，先把加工车间的大型设备搬过去，一个车间一个车间地搬，这样不影响生产。”范思奕说。

范正辉嗯着，说：“我们到新厂区看看吧。”

“好的。”

新厂区的七八栋办公楼整体还没建起来，办公地点暂时租借附近农村盖的一幢三层楼。新建的厂区建筑，工人正在紧张地施工，他们要赶在明年三月份全部完工交付使用。办公楼很远的地方是十来个车间，一个车间已经开始试生产，一个车间大型设备正在吊装，小型设备正在调试。不少设备，从江浦公司拆装，源源不断地往这里搬运。整体来说全公司都在忙碌着。看到潘洪洋头戴安全帽指挥设备安装。范正辉走过去。看到我们来了，潘洪洋慌忙走过来：“范总，您也不休息一下？”

“过来看看。”

潘洪洋陪着我们走进临时作为办公室的二三十间平房，车间主任王河山看见了，猛地站起来，哟了一声：“是范总呀，您什么时候回来的？光在这里忙了，也没回老厂。”

“我回来两天了。”

“好，范总，您到了就好了，你走了这么长时间还真的挺想您的。”

“谢谢，王主任。”

“范总，您坐，我让他们烧水您喝，才搬来，连烧开水的条件都不具备，都是用的热水棒烧水。”

“条件是够艰苦的。中午吃饭怎么吃的？”

“有盒饭，专门有人送。”

“嗯，要注意卫生。”

“注意着呢。”

“王主任，我们到场地看看，你忙吧。”

“好的，范总。”王河山跟范正辉握握手，送他们出了办公室。

范正辉、范思奕和范雯莉、潘洪洋来到一个大车间，这个车间的水泥基础还没做好，建筑工人正在搅拌水泥铺地。范正辉他们去了另一个车间。这个车间是作为钢结构生产用的，两边铺设行车轨道用的水泥支座，已经完成一个多月，现在正在把行车轨道往上吊。“车间跨度有三十米吧。”范正辉问。

“三十五米，副跨二十米。”

“这是多少吨的行吊？”

“订的是一台四十吨的。”潘洪洋说。

“嗯，这差不多了，上次在老厂，新加坡那个工程，焊接的横梁有十吨重，两台行吊硬是没吊起来，很耽误事。”

“嗯。”

“最后怎么弄上去的？”范正辉问。

“后来又借调来一台十吨的汽车吊，三个吊一起，才吊起来，所以建这个车间的时候，我就说，考虑以后要做钢板结构，行车就不能用小的，老厂那个吊是五吨，加工网架完全可以。”

“那两台行车一台能吊多少吨?”范雯莉问。

“两台加起来才能吊十吨，一个行吊是六吨的，一个是五吨。”

“焊接的怎么样?”

“要求一级焊缝，跑焊没办法达到，全部是人工焊接。”

“甲方验收没问题吧?”

“焊接有点小问题，不大，倒是钢板出问题了，十条横梁，每一条长十二米，宽两米，运到上海，新加坡来检验，钢板不合格。”

“钢板不合格怎么回事，买谁的钢板?”

“钢板是首钢生产的，五十毫米的厚度，中间有夹层。”潘洪洋说。

“最后怎么处理的?”

“重新加工。”

检测报告传回新加坡，老板很生气。

“车间的建筑材料是另外一家板材生产厂生产的吧?”

“是的，钢结构是在我们那里加工。”潘洪洋说。

泡沫预制彩板墙壁，网架屋面板都很漂亮。他们出了车间，范思奕说：“爸爸，您到技术部看看建筑图纸吧，有不足的地方，还可以修改。”

范正辉去了技术部。

过了两天英国的晏有才来了。

晏有才到了之后，在江浦公司转了一圈，看了看正在搬迁的车间，没说什么，随后就到了楼上范正辉的办公室，具体谈了余款的问题和他近期要拆江浦公司的房屋的打算。

“十一月中旬我准备进驻工人拆迁，到时候我就不走了。”

“好的，最迟年底我们的搬迁也快完了。”

接着他们谈了余款。

潘洪洋没参加他们的具体谈话。他说老家有些要紧的事要去处理，实际上他是接到一个电话，他私下里在南京办的一个网架厂，要他过去。潘洪洋也没和范正辉打招呼，就租了一辆车去了组建的南京这家网架厂，潘洪洋打着江浦公司的旗号办了营业执照，到现在已经一年多了，范正辉父子和范雯莉竟然一点都没发觉。对外潘洪洋只说是彭州江浦公司南京网架分公司，所有的宣传资料也都是江浦公司的，国内一些客户一听是江浦公司的，许多客户都愿意跟他签约。他们很清楚江浦公司的名气，在国内甚至国外都有叫得响的工程。前两年潘洪洋没有加工厂，他在南京租赁一间楼房办公，有了业务，他就甩给别的网架厂加工生产，自己赚得少点，就是这样一个不太大的工程干下来，也能赚个二三十万、四五十万。那时他的独立建厂条件不具备，在范正辉还没去澳洲的那一两年时间里，他就这样遮遮掩掩地干着，那个七千吨的网架工程，就是他人不知鬼不觉接下来的，又偷偷摸摸甩给别的厂生产加工，加工还有一半没有能力干下来，潘洪洋拿到江浦继续干，所以范正辉说这个工程款有出入，指的就是潘洪洋的这个工程。假如客户来公司考察，那更没问题，领他们在江浦公司转转就是，江浦公司生产采煤机系列，让客户看得眼花。“我们公司是新中国成立初期的老军工企业，质量要求很高，生产出的工件，用的量具是卡尺和千分尺，网架杆件锥头和球的结合部位，一般网架生产企业都是用厘米计算，像木工师傅使用的木尺，大差不差量一下就行，而我们用的是毫米，只有几丝公差，这样质量标准差别就大了，所以有些网架厂，网架安装好了，承受不了重量塌下来了，甚至安装过程中就塌下来了，他们的质量和我们的质量根本没法比。”潘洪洋在那里说，说得客户连连点头称是。

以前，接的单子潘洪洋甩出去给别的单位外协加工，当时只是碍着姐夫范正辉的面子不能决然离开江浦，现在范正辉去了澳洲，他一半的时间都是借着出差去南京经营自己的公司。

潘洪洋的这些小动作做得很隐秘，尽管是这样，还是让范雯莉觉察出来了，那一次范雯莉是在江浦公司原来的那个网架厂，她去了他的车间，看到车间里工人干得热火朝天，进去看了看，正想走，新提拔的庞副经理赶快走过来，说：“潘副总去南京了。”他以为她是找潘洪洋。

“去南京了？去南京干什么？什么时候走的？”

“今天上午，范副总您不知道吗？”

“我？……哦，知道知道，我知道。”范雯莉很机警地回答了庞副经理的话。

他去南京干什么？她心里留下一个很大的疑问，接着她去了他的办公室，在他办公室里她发现客户快递有一大摞，其中一份是近期的，图纸是一个拆开的包裹，包裹是厚厚一沓图纸，按照图纸的要求来看，这是一个很大的工程，有一万五千吨，这么大的单子，她没听潘洪洋谈起过，看日期，是最近的，范雯莉看不懂图纸，但是她心里有数了。她回到自己的办公室，没对任何人说起。她知道潘副总早有自己单干的打算，只是没有机会，可以说羽翼没丰满，没有走。现在范正辉离开江浦，去了澳洲，他一步步开始实施自己单干的计划，正好接了这么大一个单子，他仰天长啸：“啊，这是老天助我也！”

他在南京郊区租了一个废弃的厂房，厂房很破旧，有三百多平方米，另外还有几间平房，这是范雯莉不知道的。这个神奇的厂房，坐落在山坳，不远有一条铁路，是以前运送矿石的，已经破败不堪，但是潘洪洋很喜欢，厂房外有一块很大的空地，潘洪洋计划着，这真是一个天然的干网架的地方，四周各种树木密密匝匝，一条路直通到外边，收拾出来这里一定很美。潘洪洋雇了二十几个农民工开始打扫，院子里搭建一个大棚，进了几套简单的焊接设备，一个像样的工厂雏形出现了。潘洪洋雄心勃勃，他要在这里实施他的创业梦想。

现在南京公司打电话要他过去，可能就是为这个单子的事，潘洪洋当天到了南京，果然是这个一万五千吨的大单子的事。这是老客户直接找他干的。他没把客户领到这个新厂址，他把他领到在市区租下的办公室。

事情很紧迫，潘洪洋没有考虑这么多，而甲方也没要求什么相关资料，潘洪洋就以江浦公司的名义，跟甲方签了。

两天以后，江浦这边的范正辉在找他，范思奕也在找他，甚至他网架公司那个庞副经理也找他，他的手机关机了，派人去他住的地方，门锁着，找他可谓找翻了天，范正辉到底不知道他去了哪里。十几天以后，潘洪洋才回到江浦公司。

范思奕到了办公室，看到桌上放着一封信，他拿起拆开，是潘洪洋的辞职报告。他呆住了。

他无法接受这个现实，他马上给潘洪洋打电话，潘洪洋打开手机，他听到范思奕的声音，他静静地听着不说话。

范思奕说："舅舅，你到哪里去了，有事找你商量，打手机你关机。"范思奕好像预见到会出现这样的事，但是他还是不甘心，他想听听舅舅怎么说，没听到回答，他又喊："舅舅，你在哪里了，你过来一下好吗？"

潘洪洋把手机挂断了。

范思奕虽然很聪明，很好学，管理上的业务技能跟爸爸范正辉、舅舅潘洪洋、姐姐范雯莉也学了不少，但是爸爸的离开，舅舅的不辞而别，还是让他心里缺了主心骨似的没有了主张。范雯莉倒没有范思奕这么失落，她到范思奕办公室坐坐，范思奕把潘洪洋的辞职报告拿给她看。范雯莉看完之后，没说什么，她早就知道会有这么一天，只是不知道潘洪洋会以这种方式走的，是在工作最需要他的时候，事先连个招呼都不打走的。

"姐姐，我们怎么办？"范思奕为难地说。

半天，范雯莉才说："很正常的事，也没什么。"

"你认为这很正常啊？"

"潘副总早有离开江浦的意思，只是中间碍着你爸爸，他不好说走，他现在走，你爸爸走了快一年了，他已经为我们付出很多了，我们还能要求他什么？我们应当感谢他才对。"范雯莉看得很开。

"你是知道他要走的？怎么不告诉我？"

"以前只是怀疑，不敢确定，像潘副总这样的人，有着高学历，有着超人的能力，又有着这么多年的工作经验，他不可能蜗居别人手下的，这就要求我们如果想留住人，就要自身硬，比他行，他才会跟你干。”

“可……我们是亲戚呀。”

“亲戚只能帮你一时，不能帮你一生，人家也有一大家人，人家不为自己着想吗？”

“姐姐你说得有点道理，姐姐，你以后可不要走了哇。”

范雯莉苦笑了一下，说：“思奕，想开点吧。”

范雯莉没正面回答他，范思奕又说，“姐姐，我要不要给他打电话，给他开个欢送会什么的。”

“没这个必要，他走事先连句话都没有，你让他来给他开欢送会，这不是羞辱他吗？不要开，他走就让他高高兴兴走吧，他是做大事的人，留不住的。他不像我们公司的工人，工人哪家给的工资高，哪家待遇好，就往哪家去，有碗饭吃就行了。他的能量不在这里。”

“不在这里，在什么地方？”范思奕疑惑地看着范雯莉。

“这都不好说，他自己单干也好，给别人打工也好，现在的时代就是这个样子，跳槽很正常了，以后还会遇到这样的事情，都不要奇怪，你慢慢地也成熟了，凡事要看得远一点。”

“他可能自己单干了吧。”

“有可能，网架这个行业没有什么高精端的技术含量，设计上有设计院，球，有专门供应球的，杆件有杆件，无非找人切割、焊接，找人安装就行了，多简单的事。”

“是的姐姐，我这个人吧，太感性，总感觉在一起的时间长了，留恋的因素就很大，这种留恋的感性因子多了，总是想着在一起时候热热闹闹的多好，人一离开，就感觉心里闪得慌。”

“思奕，什么最好，钱，最好，为了钱，亲情没有了，友情没有了，在现实社会中，这也属于正常，想开点吧。”

范思奕把潘洪洋离开的消息告诉了爸爸范正辉，范正辉半天没吭声，他知道人才的流失，尤其是高素质的人才流失，是企业的一大损失，在企改之初人们的思想都在萌动之中，有本事的人走了，没有本事的留下了。然后这些没本事的人聚在一起，能好好团结，就是稳定。稳定之后这些人找准自己的位子，你的企业才能稳定，才能发展，这种发展也只能是低档次的。他自言自语地说着，唉了一声，说："天要下雨，娘要嫁人，随他去吧。"他呆呆地坐在那里想了一会儿，把这件事告诉了姜晓奕，姜晓奕说："在企业改制期，每个人的萌动方向都不一样，这是大环境下的一个企业的窘迫，这是企业在不断地换血、充血的过程。有适合自己的环境，找准自己的位置，然后果断地走开，对企业来说是一个损失，对个人可能是好事，是一个很好的机遇。人人都是为了找准自己的目标，更好地发挥自己的专长，也是为了更好地生存，更好地生活。像这件事，他不愿意屈居他人之下，是对的，如果是我，我也会这样。"

第十三章　酒宴诗词

时间过得真快，转眼到了九月下旬，黄金的九月是收获的季节，秋高气爽，丹桂飘香，这是大家喜欢的。同样，生长了几年的爱情之树，在九月里也开始有了收获，结果子了。

吴晓娟的婚前酒订在彭州的开元大酒店。九月二十二日是中秋佳节，离国庆节还有一个多星期。好长时间没聚了，借着这个日子要好好聚一聚，乐一乐，也是大家共同的愿望。

开元大酒店坐落在南屏湖西岸，背靠一带苍翠矮山，面俯一湖滟滟波光，环境十分优美。人不多，就是几个非常要好的朋友。李强、我、方燕燕、刘昊、黄莹莹、吴晓娟加上李强的父母一共八个人。下午两点我们早早地到了开元大酒店进了餐厅，方燕燕问："范老板怎么没来?"

"他在这里没有朋友，他说这婚前酒是单身汉的告别派对，请的都是你要好的朋友，你们可以拉拉心里话，他不适合到这里来。"

"哎哎，怎么不适合，他也属于单身族呀，分这么清干什么，你们两人都过来不是更有意义吗？我们都是你们的好朋友，为什么你来他不来？没有那么多讲究，都来都来，让他快过来。"燕子快嘴快舌地说。

黄莹莹也说："是呀是呀，两个单身汉一碰，又这么一捆，就不是单身了嘛，这样更有意义。有人说，通过一场婚前酒就能够看出未来婚姻是幸福还是不幸福，如果有焦虑有矛盾，证明这时进入婚姻殿堂还不够成熟，应当等一等、处一处再喝婚前酒。如果两个人都巴望着要喝婚前酒，这证明婚姻十有八九都会是美满幸福的。喊他过来吧晓娟。"

“婚前酒这么重要啊。娟姐，那就快喊他过来。”半天没说话的李强这会儿也说话了。

“好，我打电话让他过来。”吴晓娟说着拿起手机，给他打了电话。时间不长，准新郎范思奕穿着笔挺的西服，一身干干净净出现在大厅的时候，我们正在议论爸爸妈妈的事。

吴晓娟说：“这婚前酒还是妈妈林婉秋提出来的，我对当地的习俗不太懂，妈妈说，这里很重视婚前酒的，尤其是男孩子办的婚前酒，朋友多，也能敞开聊得深入一些，有的一办都好几桌，你们女孩子也一样办，都有朋友嘛。”

“我说，好好，就办。”

“晓娟，真好，有这样的妈妈提醒，真的很好。”黄莹莹用羡慕的眼光看着吴晓娟，又看看李强。吴晓娟嘻嘻地笑着，又说：“妈妈还说，这是向单身岁月告别的酒会，婚后意味着单身汉无拘无束的日子结束了，同时责任也加重了，一个人想怎样就怎样的生活已经成为过去，应该负起一个家庭的责任了。和谐的家庭，是要用幸福做保证的，也是甜蜜生活的牵绊，因此在步入婚姻殿堂之前，喝一场酒，会使双方感情更好地融合，知道今后的生活路该怎么走。”

吴晓娟坐在那里美美地笑着，看着范思奕，看着大家，她的笑很能感染人，是从心底往上翻出来的笑，因此看着她的笑，你也会感到非常甜蜜，幸福。过一会儿她又说：“有人说通过婚前酒，能够预测出两个人未来的婚姻是幸福不幸福，如果有焦虑有矛盾，证明这时进入婚姻殿堂为时还早，如果两个人都巴望着喝婚前酒，那么两个人是对幸福生活的一种期待，这样的婚姻大多都会美满幸福的。”

“婚前酒这么重要呀……娟姐，你有焦虑吗？”燕子歪着头问。

吴晓娟说：“我没有。”

“不焦虑说明你心里有一种快些当新娘的想法对不对？”燕子说完嘿嘿一笑，让人感觉她是在调戏。

吴晓娟的脸蛋唰地红了。李强说：“你说得这么露骨干什么，你看娟姐的脸都红了。我还没见过娟姐这么害羞呢，以前在学校的时候从没见过娟姐这么红脸，娟姐平时说话做事都是大大咧咧，男人似的，这会儿学着小姐样了呀，扭扭捏捏，知道害羞了。”

“人家本来就是小姐嘛，怎么还学着小姐样?”刘昊说。

“我是说以前在学校里有点天不怕地不怕，性格直爽，敢想敢说敢干，现在学着扭捏了，学着脸红了。这社会呀，就是能改变人，天不怕地不怕的人学会了扭捏，扭捏的人学会了泼辣。”

“以前是年轻，什么也不懂，现在稍稍懂一点了，脾气也慢慢地变得柔和些了。”吴晓娟笑笑，给自己解嘲。

这时服务员进来了，问：“上不上菜?”

吴晓娟看看大家说：“先上凉菜吧。”

服务员开始上凉菜，上酒水。

沉默了一大会儿的刘昊说：“刚才说的婚前酒，这婚前酒意义超前。”

“是呀，意义超前，这是融合两个人感情的酒。”黄莹莹说。

刘昊吸吸溜溜地看着燕子，道：“过了年我们结婚之前，也要办一场体体面面的婚前酒，我希望我的感情能和‘飞亚菲亚’小姐的感情好好融合融合，不要总是在人前训我，人后指指点点说我坏话。怎么样燕子小姐?”刘昊伸着头问方燕燕。

“去你的，谁和你融合，谁说你坏话了?”

“不和我融合和谁融合?”

“和……和……我不告诉你!”

燕子看看李强，显出不好意思的样子。

“哎，这‘飞亚菲亚’是什么意思?”李强问。

刘昊说：“这‘飞亚菲亚’是你妹妹方燕燕的别号，去年我们在南屏湖船上有过一次聚会，起了诗社，每个人都起了个别号，像我，叫‘米斯特拉尔’，范雯莉叫‘深谷幽兰’。”吴晓娟接过来说：“我叫‘娟好静秀’，范思奕老板叫‘淡然若水’，只可惜缺了你和黄莹莹，那时候我们就约定，等全都齐了，正式办一个诗会，把我们的作品整理整理印一本书，做一个青春纪念。”

“这主意好，那时候你们一定很热闹的吧。”黄莹莹说。

“是呀，大家各显其能，平时看不出来，到了显本事的时候，每个人都能弄几首，很是热闹。”吴晓娟说。

“我呀，那天晚上回到家，该睡觉了，这脑袋里还都是诗，躺在床上我还在床上诌哪，诌了一首，感觉很好，当时怎么就没想起这么好的句子呢？”方燕燕笑嘻嘻地说。

“诌的什么，亮一亮，让我们崇拜崇拜。”刘昊说。

“诌的什么？好长时间了，我第二天起来的时候还能想起来，过一会儿忘了。”

“哈哈，你忘得也快了点，这诗的事，都是辙押辙韵押韵的事，再怎么也不会忘。你是不是也学着牛×了？现在就喊你……”刘昊没说完，方燕燕抢过来说：“我现在口占一绝，供你诗牛×好好崇拜崇拜我。”

“好好，夫人你请……”刘昊做出一个请的手势，随后鼓掌嗷嗷叫了两声，大家也跟着嗷嗷叫着，鼓掌。

“哼！什么夫人不夫人的，严肃点。”方燕燕憋住笑，庄重地剜了一眼刘昊，又瞟一眼大家，脸红红地说。

刘昊伸一下舌头：“好好，我严肃，严肃，我现在就开始严肃，怎么样，你看我这样的脸属不属于严肃，夫人？”刘昊把脸扳着，忍住笑。

“怎么啦，还喊夫人？死不悔改吗？不悔改我就……”燕子说着站起来举起拳头要动武。

刘昊赶紧抱拳求饶：“改了改了，在下不敢了。你快念念你的大作吧夫人，一会儿又忘了，我洗耳恭听，好好崇拜崇拜。”刘昊嬉皮笑脸地笑着，搓搓耳朵。

“你怎么又喊夫人了，真要挨骂。”

“哎哎，这嘴喊滑塌了，不知道就出来了。”

大家听了，哈哈哈地笑起来。

我说：“燕子，赶快读读吧，别一会儿忘了。”

“好，诗牛×，你听好了。”

我姐婚前办酒席，特邀好友聚湖西。

举杯祝愿心心结，夫唱妻随紧不离。

“大家评评，看小女子这首即兴诗如何。”大家听了有说好的，有说一般的，不过都噼里啪啦拍了一阵巴掌。

“才女一个呀。”黄莹莹说。

“大家不要都说好，也说说不好的，小女子以后还要多努力，向高手学习，要都说好，我就心满意足不思进取了。”

“燕子好谦虚。”

刘昊嘻嘻嘻地慢悠悠地笑着说：“你，向我学习就行，我是你贴心的老师。”

“去你的，你看你美的还是你不。”

李强伸出拇指赞了一下，道：“这首诗虽说俗了点，却也道出了范老板和吴法官的喜庆，真没想到，平时看不出来，要紧的时候小妹露一手，还真让我佩服得五体投地，有才气的小妹呀，哥支持你，来咱兄妹两个干一杯。”

“嘿嘿，不知道吧，哥，我的才气大得很呢！尤其跟那个诗牛×比。好，跟我哥干一个。”

李强说：“我要好好欣赏欣赏，嗯，大家也来一首怎么样，都来一首祝贺娟姐新婚的诗。”

方燕燕营养丰富的脸上，喜色溢出脸外，丰润的嘴唇咧着，嘻嘻嘻地笑着，放着光。

刘昊看着燕子，说：“你也不谦虚谦虚，也不要太得意。”

“对你就不能谦虚，对你谦虚，你能蹬着鼻子上脸，尾巴撅上天。”燕子扫了一眼大家说。

“不过，也没什么可谦虚的，都什么年代了，有什么就亮出什么，现在是竞争社会，‘谦虚’这个词是老皇历了，新修订的词典里不用了。”黄莹莹说。

刘昊嗯了一声，最后还是说了一句：“‘飞亚菲亚’思路敏捷，只能说玩得还算可以，要玩真的你恐怕不行吧，这首诗我给你续几句，变作一首鹧鸪天怎么样，看看我玩得够不够水平。”刘昊逞能地看着燕子。

“哼，诗牛×就是诗牛×，不甘我后是吧，好，你来吧，我洗耳恭听，我看你怎么续的，不过，这平仄可不能马虎哦。”

“当然，马虎了不算本事，这格式在我手机里都记着呢！”刘昊把手机拿出来，低垂着眼，思考一下在纸上写了，说，“好了，你们听好了。”

红脸蛋，淡胭脂，今朝今喜伴鸾姿。
白妆雎鸟沙洲上，暖玉生香恰恰时。

“不错，刘大诗人玩得不错呀。”范老板说。

“好，范老板说好，我把它连在一起大家仔细欣赏欣赏，这样效果会更好。”刘昊高兴地说完，又重重地嗯了一声，清清嗓子，道：“《鹧鸪天，为晓娟婚前酒而作》，作者刘昊，方燕燕。”

我姐婚前办酒席，特邀好友聚湖西。
举杯祝愿心心结，夫唱妻随紧不离。
红脸蛋，淡胭脂，今朝今喜伴鸾姿。
白妆雎鸟沙洲上，暖玉生香恰恰时。

大家听了有的鼓掌，有的细审。黄莹莹则说：“两人合作得还算可以，燕子的四句，期盼人生心心结，夫唱妻随紧不离，还是不错的。刘昊续的就表面化了，深度不够。‘红脸蛋，淡胭脂’是实写，‘暖玉生香恰恰时’才是目的。这首词的词意重复，鸾是鸟，雎鸟也是鸟，今朝今喜伴鸾姿，白妆雎鸟沙洲上。你是故意这样的吗？故意不故意都不好，是不是换一下？”

刘昊沉思一会儿，说：“我是歪打正着了……来，喝酒吃菜，滋润滋润大脑。”

大家端起杯子正要喝，刘昊把杯子又放下子，道：“我换一句

‘今朝今喜两欣怡’，上句三个字也换下来。怎么样？既避开了重复，又达到我的目的，表面上看，吴法官和范老板两人单身多年，尤其是晓娟大法官，今天终于有结果了，怎么样莹莹老师，我把它连起来看一遍，请你评评分。”

我姐婚前办酒席，特邀好友聚湖西。

举杯祝愿心心结，夫唱妻随紧不离。

红脸蛋，美身姿，今朝今喜两欣怡。

白妆雎鸟沙洲上，暖玉生香恰恰时。

“从你诗的意思看，是在荒无人烟的沙洲上暖玉生香。你诗牛×好浪漫哦。”

刘昊笑了：“不能细究，只可意会，意到心明就行。”

“表面上看，整首词还算可以，我给你九十分吧。”

“嗯，嗯，谢谢莹莹老师，九十分也行，知足。”

李强说：“这白妆意指？泛泛地看，雎鸟是白色的鸟，这种鸟相亲相伴，常常两两相栖在沙洲上，是有所指代，这是你和燕子两人结合完成的一首诗，还算不错，我给你九十五分。”

“大家呱唧呱唧。”吴晓娟带头鼓起掌来，“虽然是给我们的诗，但是现在说的是才艺展示，我给你一百零一分，那一分，奖励你改的，来，为他们的才艺干杯。”

大家听了端起杯子，都喝了。“再来一圈吧，大家喝了好作诗。”

“好，对。”李强首先赞成。

大家喝了酒，刘昊说：“这是《诗经·关鸠·周南》里的一首。”接着刘昊摇头晃脑地转（音 zhuǎi）起来：

关关雎鸠——，在河之洲。窈窕淑女——，君子好逑。参差荇菜——，左右流之。窈窕淑女——，寤寐求之。求之不得——，寤寐思服。悠哉悠哉——，辗转反侧。参差荇菜——，左右采之。窈窕淑女——，琴瑟友之。参差荇菜——，左右芼之。窈窕淑女——，钟鼓乐之。

“你行了行了，你在这里转什么的，还拉着长腔，觉着人家不会吟诵似的，谝你的本事是吗，大家都知道的，不要在这里转了。”燕子说。

刘昊赶快接口道：“你不懂吧，我转，转得有道理，鸭子一步三踱，何况人乎。”

哈哈哈，大家都笑了，我也笑了，吴晓娟说：“好，好，你转你转，听起来像唱歌似的，只是你那嗓子……”她说到这里不说了。

燕子赶快说：“他那破锣嗓子听起来嘎嘎嘎的，真的像鸭子唱流行歌曲似的，污染耳朵。”

“破锣嗓子转起来，别有韵味呀。”我笑笑插了一句。

燕子说：“不说他的破锣嗓子了。”她学着他，“关关雎鸠——，在河之洲，哼哼，什么时候又把你的嗓子打磨打磨，变得好听一点，再来转。”

大家为燕子的幽默大笑起来。燕子看大家笑了，她问范思奕：“大老板先生，我知道你肯定对我天仙样的娟娟姐想得翻来覆去睡不着觉是吧，你对我的娟娟姐弹琴鼓瑟了吗，你是怎么求的？介绍介绍。”

范思奕不好意思，低了头，脸有点红，说：“求了，俺求了。”

“能否再求一次让俺看看，学习学习。”燕子学着他的武汉腔调说道。

刘昊等不及了，又开始转：

有美人兮——，见之不忘。一日不见兮——，思之如狂。凤飞翱翔兮——，四海求凰。无奈佳人兮——，不在东墙。将琴代语兮——，聊写衷肠——。何日见许兮——，慰我彷徨。愿言配德兮——

“你怎么了你，土地老爷的腚，越拨拉越胜是不是？”

“‘携手相将，不得于飞兮，使我沦亡。’怎么样？范老板是这样求的吗？”刘昊说。

范思奕，这会儿脸红得像喝了一斤红酒，不知怎么说好，连连点头，道：“是的是的，是这样求的。”

吴晓娟这会儿看到范思奕窘得不好意思，忙解围，道：“燕子想实习呀。”

“是呀，诗牛×都说好几回了要娶我，要跪下求我，我还没同意呢。我想，也不举行个仪式，就这样说说我就嫁了？这也太掉本姑娘的价了吧。我就是答应他，这老天也不答应呀。”

“又训我了是吧，燕子？”

“不是训你，你也学着人家范老板，求婚得有个仪式，得有个求婚的样子，不能说燕子你跟我结婚吧，我就跟你走啦？整天牛×哄哄，该让你牛×的时候，你倒牛不出来了。”

大家看着她的小嘴，吧啦吧啦的很快。燕子接着又说：“只要你别整天牛×哄哄，拿出点真本事，我看看够格了，我就嫁给你，不够呢，请你另攀高门，你找皇帝的闺女我也不妒忌。要不，你就面壁三年思过。”

“哟，面壁三年呀，好，从现在起，我就拿出点真本事，让你看看我诗牛×怎么样，是不是能‘暖玉生香恰恰时’？”

“哼！这要经历一番苦求才能达到的，不是嘴说的，看你今天吊儿郎当的样子，就不合格。”

“如此说来，昊昊真的急啦。”黄莹莹开他一句玩笑，“你早干什么了，平时对燕子好点还会让燕子说你吊儿郎当的吗？”

“早干什么了？她总是对我三心二意，这山看着那山高，还想找比我更好的。我的好，是报社公认的好，对她的标准来说，我早已超过这么长了。”他用手比画着，“可以说，在周围的朋友圈子里，没有比我更好的了。”

哈哈哈。大家笑开了，吴晓娟说：“刘大记者是不错，有才气，什么事又能担当，难得一个好男人。”

“怎么样，吴大法官都说话了，把她判给我吧，明天就执行。”

“想得美，嫁给你，我有两个条件。”

“什么条件，只要嫁给我，就是有两百个条件我都答应。”

“好，第一条，以后凡事要听我的，不然，我让你打一辈子光棍。”

“你什么时候说话我不都是奉天承运，皇帝诏曰了，你是我的皇上，敬还敬不过来哪，还敢不听？他奶奶的，现在真是到了阴盛阳衰的年代了，看着老婆的脸说话，这活该让俺摊上了。”

“注意一下语言美哦，别说得让我反胃，我现在还不是你老婆吧。”说得大家嗯嗯着，直点头。

“这阴盛阳衰，整个社会都这样，又不是哪一个人的事，你不满意是吗？不满意我让你永远阴下去，阳不起来。”

“满意满意，俺百分之二百的满意，百分之二百的知足。”刘昊油腔滑调地一说。

燕子接腔道：“别油腔滑调，我找的男人要求什么事都能担当，对老婆要好，知道吗？第二条，要学会做人，做老实人，说老实话，做有本事的人，像，像人家范思奕大老板这样的老实人，像我哥这样的好男人就行。”

“这个能做到，范老板，李强是老实的好男人，俺也是的，一直都排着队呢，只要没人加塞子，俺排第三就心满意足，俺就是没有范老板的本事大，没有李强帅，你看我今天表现怎么样？”

“什么怎么样，不及格。”

“还不及格？那要多少分能及格？”

“不论多少分，拿出真本事就算及格。”

“我拿出真本事也没用，主动权握在你手里，你说不及格，我急死有什么用？”

“主动权握在我手里？好呀！”

我一直没说话，这会儿看他们两人你一句我一句互不相让，我插了一句：“学学人家范思奕、吴晓娟，看人家两人多好，不吵不闹，相敬如宾，这才是应该学的。”范思奕听见姐姐这样夸他，腼腆地坐在那里低着头不说话。

“俺正在学着呢。”刘昊这会儿严肃着脸，学着范思奕正襟危坐，坐在那里微低着头不说话，“看我学得怎么样？像不像。”

“你只会牛 ×，凡是会吹牛 × 的人，一多半都是虚的多，假的多。”

“牛 × 是从小养成的，不牛 × 小伙伴看不起，俺就是想改，也不是一会儿半会能改掉的。”

李强听他两人吵吵嚷嚷，说得毫无意义，问道：“你们诗社多长时间办一次？”

“不定期，大家高兴了，就聚一起玩玩，现在已经好长时间没办了。”

黄莹莹接过来说：“我们今天也玩玩好不好？”

“好，借着晓娟的喜庆我们来办一次诗会，现在人都到齐了，办起来会更好。”

“起社要有名字，你这诗社叫什么？”黄莹莹问。

“叫心仪诗社，彭州心仪诗社，上一次起好的名字。”

“心仪好，大家心之向往对吧？”

“是的，就是心之所向，无论做什么大家都要心之所向。”

“对。”

大家说着笑着一边等着李强的爸爸李亦卲、妈妈林婉秋，一边喝酒吃菜，议论诗词的事。李强有点存不住气了，拨了爸爸的电话：“爸爸，您和妈妈什么时候过来？”

李亦卲听了，想一会儿说：“我下午要开个会，不过去了，让你妈妈过去吧。”说完挂了。

李强听了正想再问他一句，那边没了声音，说：“我爸爸下午开会不能来。”

吴晓娟说：“我上午给爸爸妈妈打过电话了，他说不过来了，有很多事要做，我再跟他打。”说着吴晓娟拿出手机拨了李亦卲的电话：“爸爸，是我，听说您下午开会，中秋节没放假吗？您不能来吗？还是过来吧。”

李亦卲说：“不去了不去了，我的事很多，我现在在外边不能过去，你们好好吃吧，谢谢。”

李亦邙客客气气说了一声谢谢，就挂了。

下午李亦邙其实没有事，听到吴晓娟亲亲热热地喊他爸爸，他心里不由一颤，借个幌子说在外边了。平时他最怕和吴晓娟见面，能不见就不见，心里时时怀着的愧疚，让他时时都不舒服。有愧疚又没办法补偿，就利用到外地开会或者旅游时买一些小东小西送给吴晓娟和我，吴晓娟很高兴地收下了。东西不在贵贱，在于心意，李亦邙毕竟是想着了，因此吴晓娟时时感觉很幸福。后来我知道李亦邙和我妈妈的事，心里很窝囊，对李亦邙也很反感，别别扭扭的不知怎么做才好。我就把送的东西原封不动地交还给林婉秋，只说不喜欢，而吴晓娟却是喜欢得不得了。这个半路认的爸爸妈妈，是她失去父母之后最亲的长辈，她没有理由不爱他们。而作为李亦邙来说，一是尽量避免和她见面，一见面就想起她爸爸的死，二是能补偿的尽量补偿，以求自己内疚的心理得到一点安慰。所以每当林婉秋时不时提出要吴晓娟、范雯莉来家吃饭，让他亮一手自己的手艺，弄几个好吃的菜的时候，他不说不做，总是嗯着，不是推说自己有事，故意躲出去，就是早早地把菜做好，或者临时说有件急事要出去，躲开。他认为只有这样才能减轻自己心理上的内疚，从另一方面来说，让吴晓娟加深对自己的感恩，这是他特别希望的，哪怕以后她知道她爸爸的死是他李亦邙亲手造成的，也不会对他怎么恼恨。

在工作上呢，李亦邙克勤克俭，任劳任怨，唯恐工作做得哪些地方不周，让上级查出来，不但自己难看，他更怕的是翻他的老底。该做的事情他做得完好无损，自己可以心安理得在这个位子上当他的副局长。

今天听着吴晓娟“爸爸爸爸”一声声亲切的叫喊，叫得他心里发毛，发疼，像吃饭噎着了一样，喉咙里一会儿咯喽一声，一会儿咯喽一声，闹得他往下撸撸喉咙，揉揉肚子。有时想想他这个副局长当得太让他胆战心惊。这是天上掉下的馅饼砸到他的头上的事，是他不要也得要的事，这是党委决定下来的。自从当上副局长，他脑子里就有两怕：一怕唐梅一不高兴，到局里揭了他的老底，把他从这个位子上拽下来；二是怕吴晓娟知道她爸爸的死因与他有关。所以弥补对晓娟的亏欠，平衡内疚的心理是他时时都想要做的。只有把亏欠晓娟的弥补了，估计晓娟尽管知道也不会怎么着，他这样想着，心理上就安定了许多。不过，这两怕，每一怕都与唐梅有直接的关联，因此，对他来说唐梅是一颗最大的灾星，这颗灾星就悬在他头上，不知哪一天会掉下来把他砸倒。想到唐梅，就常常用酒精麻醉自己，麻醉是最好的解脱，是最有效的逃避方法。

“不能来就下次吧，爸爸对工作那么敬业，千万注意身体呀爸爸。”吴晓娟很理解地说。

接着吴晓娟又给妈妈林婉秋打电话，电话刚放下，林婉秋就进来了：“嗬，都到齐了哦。”

“妈妈，您来了。”吴晓娟站起来，大家都站起来。

“大家都坐吧，我只能坐一会儿就得走，一个中学同学的女儿出嫁，我要去。”

“好的妈妈，您先吃点，喝酒别喝多了，对身体不好。”吴晓娟关切地说。

“好的。”

菜已经上了，酒也倒了。林婉秋端起酒杯，说：“祝贺我的女儿吴晓娟快乐，祝贺我的姑爷范思奕总经理快乐，祝你们幸福，白头到老。”大家鼓起掌。

林婉秋说完，她给大家碰碰杯子，喝了，吃了一口菜就要走。

“妈妈，你吃一点东西再过去吧。”吴晓娟看着林婉秋笑着说。

“不了不了，我过去吧，同学都等着我呢，我不去他们不开始。”

“好的，妈妈，你慢走。”我、李强和大家都站起来，吴晓娟和我挽着林婉秋的胳膊，把她送出酒店。

“妈妈，你别喝多了。”李强在后边追了一句。林婉秋转回头说：“嗯，不会的，你们好好玩玩吧，也不要喝多了。”

林婉秋走后，大家坐下开始倒酒，碰杯。“今天要好好喝。”李强首先说话，喝了酒他又说，“今天是我娟姐、思奕弟演习结婚的日子，首先祝娟姐、思奕弟婚前快乐，婚后幸福。”

范思奕双手抱拳，说：“谢谢强弟。谢谢大家，谢谢大家。”

喝了酒，刘昊说：“喝酒是喝酒，晓娟今天请我们来，我们用诗的形式祝贺他们怎么样?”

“好呀。”大家鼓起掌，十分赞成，“谁做主持呢?”

“上一次是范雯莉，这一次还是范雯莉，怎么样?”

“我不要做了，让刘昊吧。”我说。

“好。新主持有新主持的想法，你把你的规矩说一说。”燕子说。

“好，我去问服务台要点纸，在纸上写会快些，用手机太慢了。”刘昊说着，看到一个服务员端着菜走过来，他接过菜，说：“小姐，请拿两本便签纸，我们要写点东西。”

服务小姐说：“好的。”

“再拿几支笔。”

“要几支?”服务员转过脸问。

“七支，我们七个人，一人一支，纸最好多拿两本。”

小姐去了，不一会儿拿了两本便签纸、七支铅笔。

刘昊接过来，每人三页五页地发下去。

“来，先喝酒吧，跟上次一样先滋润滋润大脑，把大脑滋润得滑溜了，思路敏捷了，写得快。”

服务小姐给他们每人倒了一杯酒。

“来，哥们姐们一起来，今天是范先生，吴女士的婚前酒，我们共同举杯，为他们祝福。还有一个，黄莹莹从加拿大回国，上一次据说没正式给她接风，这一次就补上吧。”刘昊说。

“是的，上一次没好好接风。”大家端起酒说着干杯，大家都干了。“这一次要补上。”

“怎么写，诗牛×，有限制吗?”燕子问。

“这个好写，写祝福的诗没什么讲究，表达明白，能热闹就行，用五言绝句的格式，这一项进行完，再进行下一项，时间允许的话还有第三项。”

“好嘞，喝酒，喝酒。”大家端起酒杯，互相碰碰，又是一饮而尽。

服务小姐给每人又倒了一杯酒。

“谁大脑不够滑溜可继续喝。”刘昊这样说，没人理他，大家只管闷着头，思索着，往纸上写。

过了六七分钟，几个人差不多都齐了，刘昊说：“谁先来？”

黄莹莹说：“我来吧。”她拿起写的诗，念道：

清秋天气好，劝友莫辞频。
娟姐婚前酒，杯杯不醉人。

“好好好，好个‘杯杯不醉人’。”大家鼓起掌，“这首诗写出了大家祝贺两位准新人的热闹情景，说出了大家的心愿。写得有声有色，是一首好诗。”刘昊赞道。

“下边谁再来，先喝酒吧，杯杯不醉人嘛，来，谁来？”

“大家端起来，先吃菜，再喝酒。”范思奕说。

吴晓娟也说：“想想这首诗是不错的，来，再来，喝我的酒，杯杯不醉人。”吴晓娟的脸蛋红红的，溢着光彩。

“对对，喝大法官的酒有味道，喝醉也别说醉。”刘昊说。

燕子抬起头说：“听听本姑娘飞亚菲亚的。”于是吟道：

中秋望月节，娟姐好怡然。
国庆圆房后，一加一为三？

“哈哈哈，燕子你这是……”

“给娟姐出道算术题呀，要范老板答，范老板你来答。”

范思奕正低着头修改刚才写的诗，听到燕子喊他，他“哦”了一声抬起头，问：“解答什么？”

“写的一首诗，祝贺两位新人，这是一道算术题，答对我喝，答不对你喝，姐姐可以陪着你喝。”

“什么意思？”

吴晓娟的脸泛着红，说："燕子问你一加一是不是等于三？答对了她喝酒，答不对你喝酒，我陪着。"

李强说："一年级的算术题，谁都知道，还要考吗？"

"一加一等于二，一加二才等于三。"范思奕不假思索地说，"出错题了吧？"

"范老板果真是实在人，无怪乎他生意做得有根有据，规规矩矩，不会玩虚的。"

吴晓娟这会儿也绕迷糊了，说："是呀，一加二才能等于三。这个题出得有问题。"

"是呀是呀，一加一只等于二，哪里等于三？"范思奕又强调一句，"这回燕子喝定了。"

黄莹莹在旁边只抿着嘴偷笑，过一会儿看大家还在争执，她说："这个酒合该大法官和范老板喝了。"

"为什么，说出道理来。"范思奕还是不明白地说，看看黄莹莹，吴晓娟突然悟出了什么，脸红红的："喝吧喝吧，咱输了，咱们喝吧。"

范思奕白棱白棱眼，看着吴晓娟喝了，他端起来放到嘴边停下来，说道："不过这个酒我们喝得有点冤枉。"

"哈，"刘昊其实早就明白，他不说，听到范老板说冤枉，他才说，"一点不冤枉，老板，这要看前边一句，'他日圆房后'，一加一为三，你和吴晓娟生了孩子，不就一加一等于三了吗？"

"哦……哦哦。"范思奕恍然大悟，"嗯嗯，该喝，该喝，我该喝。"他拍拍脑袋，一扬脖子把酒喝干了。

李强说："小妹学得鬼机灵了？"

方燕燕说："是吗？哥，什么时候喝你和我雯姐的婚前酒？喝你的婚前酒我比现在更鬼机灵，我妈妈都急了，那天我妈妈问我你们什么时候结婚，我说不知道，我妈妈说，过几天要问我大姨去，还说这些孩子光知道玩，都多大了。"

李强没吭声，他翻眼看看我，我马上打着岔，说："下边该我读了吧。"说着我展开便签读道：

万里平原阔，寂寥孤月轮。

寒宫秋露冷，失韵是何人？

我读完，大家默不作声，吴晓娟看看李强，又看看我，她不知道我们之间到底发生了什么，过一会儿才说："好美，有一种凄美的感觉，有所指吧，雯莉？"

燕子这会儿擦擦眼睛，说："雯姐你怎么啦，这么伤感？寒宫秋露冷，失韵是何人？雯姐好像千言万语无处诉说，是不是……"

没等她说完，刘昊则说："范副总好气魄，不过是有点儿伤感，是因为怀才不遇，还是别的什么？"

黄莹莹没等他说完，已经看出端倪，她猜到我一定跟李强闹什么事了，到底闹什么她不知道，她希望能在李强脸上看出一点，她注视着李强的脸，李强脸上毫无表情，只低着眼皮，看着桌子不说话。燕子说："雯姐好才情，比我的更胜一筹。伤感有伤感的美，伤感的诗文能引起人的共鸣。"

李强呆坐一会儿，不出声地暗自叹一声，说："我写得不好，撕了吧。"说着就真撕了，团团扔在地上。"哎哎，我看看，看看。"黄莹莹弯腰拾起来，展开，把撕烂的一半拼一起，读道：

合卺逢三五，秋高动丽华。

香围交颈鸟，莲结并头花。

"不错呀，怎么说不好呢？很好很好的祝福语，我留着。"说完她仔仔细细叠起来，放到自己的包包里。

刘昊听了，也要过李强的诗，读一遍说："还可以，就是有点俗了，没有深度。不过这首诗还是有特色的，写喜事的诗，就该这样，写不出深度。"说完把诗稿递给黄莹莹，展开自己的，"我也来首俗点的吧。"说着他读自己的诗：

喜宴邀朋聚，狂饮易上头。

新娘中意否？抚枕半含羞。

黄莹莹听了，哟了一声："你诗牛×何止是俗，简直是大俗呀，不过俗得有味道。"不等黄莹莹说完，大家要过重读一遍，鼓了掌。燕子说："嗯，不过诗牛×的诗，好是好，深入到人家洞房里了，不能上台面，你这叫意淫。"

"什么意淫，燕子还封建着哪，都二十一世纪了，还不能上台面？"

黄莹莹说："不过这首写洞房的诗还是不错的，古诗词有很多写洞房的诗，其中有一首是这样的：'星眸合处差即盼，枕上桃花歌两瓣。多方欲闭口脂香，却被舌功唇已绽。娇啼歇处情何限，酥胸已透风流汗。睁开四目互相看，两心热似红炉炭。'"

"嗯嗯，好淫，好淫。"燕子连连说着，脸一下子红了，其他人品着这首诗，脸也红了。

"是很淫，都淫到被窝里了。"刘昊说。

大家一阵哄笑。

黄莹莹说："这些都是描写洞房男欢女爱的艳诗。古人这首诗写得就太直露，那才叫淫诗，刘大诗人的诗叫艳诗，古人这首诗没有刘大诗人的诗写得隐晦，有意境，这首诗道出了新娘新婚时的喜悦和担忧，喜的是多年的情意今天终于有了结果，担忧的是怕酒喝多了，人晕了，入了洞房摸不着北了，抚枕半含羞。这一句神来之笔，道出了新娘半含忐忑，半含娇羞，把枕头摆好，床铺好的情景。从某种意义上说，这首诗比古诗写得要好，让读者很能想象得出新娘的那种扭捏羞涩的娇态。诗讲究意境，不可以太直，太直是标语口号，失去了嘴嚼的滋味。俗话说，文要直，诗要曲，我读过好多现代人写的所谓诗词。写桌子就是桌子，写板凳就是板凳，一览无余，一点意义都没有，更谈不上意境，那不叫诗，叫凑字数的句子。可以说刘大诗人这首诗写得满不错的，不会是抄别人的吧？"

"怎么会是抄别人的，这是我诗牛×刚写的。"

"嘿嘿，承认自己是诗牛×了呀。"燕子笑着拍手，说完，又有点不服气，嗯了一声，说："诗牛×就是爱写这类淫诗。"

"这不算淫诗，叫艳情诗，写两情之爱的诗自古有之。"刘昊反驳道。

"古人的东西也不是每一首都好，也有糟粕。"范思奕道。

"是呀，也有应当批判的。"

"我的诗不是糟粕，这说明我写得真实，你想想，一个不谙世事的少女，初入洞房是什么样子，再说我用字也是力求华美一些，陆机在《文赋》中提出'诗缘情而绮靡'，意思是说诗歌由情感而发，要绮丽华美。"

听到这里，吴晓娟脸涨得更红了，范思奕也觉着不好意思，刚要说话，燕子抢过来说："你这文字算不上华美？别自吹自擂了你，我不喜欢听你诗牛×的，不听不听。"燕子双手捂住耳朵，摇着头，"不听不听。"别人看着燕子滑稽相，都笑开了。

"好好，不听我就不说了，大家还是喝酒吧，来，都端起来。"

大家端起酒杯喝了两圈，吴晓娟说："莹莹也上班了，在中院的鉴定技术处工作，工作还不错，来，祝福莹莹，大家都端起来吧，祝海归的莹莹工作愉快。"

"谢谢谢谢，现在还是实习阶段。"

吴晓娟说："上次莹莹来，没正式给你接风，这回给你补上，我这首诗，是送给可爱的黄莹莹小妹妹的。"说完她念道：

> 欢庆莹莹到，迎行月半迟。
> 彭州相望久，思念自心知。

"好个彭州相望久，思念自心知。你们姐妹的情谊可谓到家了，连月亮看见莹莹都迟疑是走是不走，哈哈，好传神。"

刘昊说："写得不错，范老板的呢？"

范思奕嗯了一声，说："我读读我的，这首诗也是送给黄莹莹的，我写得很一般。"说着他展开读起来：

海外离家久，亲朋备酒茶。
举杯相问好，夹道绽鲜花。

“别外有姿呀，范老板，既说了海外学习之久，又说了朋友相聚之亲，举杯欢迎莹莹的归来，连家门里外都盛开了鲜花，可见莹莹身份之高贵呀。”

“对对对。”大家鼓起掌来。

这时候窗外已经暮色四合，一轮明月从南屏山后冉冉升起，范思奕说：“大家先喝一会儿酒吧。”说着，他等各位斟满了酒，碰一下，都喝了。

黄莹莹道：“中庭地白树栖鸦，冷露无声湿桂花。今夜月明人尽望，不知秋思落谁家！这是唐诗人王建的诗。”

“莹莹你思念谁了呀?”

“就是看了此时此景背一首古人的诗。”

“别背古人的，来咱们自己的吧。”刘昊说。

吴晓娟看着刘昊问：“下边怎么进行？诗当家的说说。”

“下边咱们这样好不好，我们来次韵老杜的《秋兴八首》中的第三首，第三首是这样的：‘千家山郭静朝晖，日日江楼坐翠微。信宿渔人还泛泛，清秋燕子故飞飞。匡衡抗疏功名薄，刘向传经心事违。同学少年多不贱，五陵衣马自轻肥。’我把平水韵‘五微’韵脚传给大家，韵脚为：晖，微，飞，违，肥。不过要结合自己的工作经历，尽量写出自己的抱负，大家看看，不强求。”说着，他看到李强面露难色，说道：“次韵，就是旧时古体诗词写作的一种方式，按照原诗的韵和用韵的次序来和诗，次韵也叫步韵。次：依次和诗，大致有以下几种方式：一、和诗，只作诗酬和，不用被和诗原韵；二、依韵，亦称同韵……”

“你行了行了，别卖了，你就筐底子那点烂桃，大家都知道，你还在这里卖什么的?”燕子挺讨厌地说。

“你等我说完嘛。”刘昊见如此说，也不生气，笑着看她。

“好好好，你说你说。”燕子倒生了气。

“它要求作者用所和的诗的原韵原字，其先后次序也与被和的诗相同，是和诗中限制最严格的一种，就是依次用原韵、原字按原次序相和，怎么样……”

“哟，进考场了呀，科举年代也没有这么严格地限韵吧，好，今天就来试试，有能力大显身手，请大家都露一手，跟诗牛×比试比试。”黄莹莹笑着说。

黄莹莹说完，刘昊把韵脚传到他们手机上。刘昊站起来，慢慢踱到窗前，望着远处一湖水波，回来了，他说：“我有了。”说完，他坐到桌前，拿起笔和纸快速地写下来。

“有写好的么？”他看看大家问。

大家不吭声，只低着头在纸上写。刘昊看大家不吭声，又低头看了一遍，改了一个字，抬起头又问：“怎么样？我先来好吗？”大家说：“你先来吧，你读读你的。”刘昊说：“好。”他拿腔拿调地读道：

求知数载几寒晖，今去开元享翠微，
相告老爹无负志。新闻新事借风飞。
如椽健笔书天地，采访真言心不违，
举首一轮三五月，满湖波动鲫鱼肥。

“刘大记者，你能坚持职业道德，支持你。”说完黄莹莹伸出拇指对刘昊晃。燕子说：“诗牛×这回还行，算你及格。”

刘昊笑了：“能给多少分？”

“七十吧。”

“才给七十呀?!”大家看到刘昊可可怜怜的样子，都忍住了笑不出声。

燕子说：“不能给你高分，给你分你不知哪儿痒痒了，又会牛×吹满天飞。”大家看着刘昊可怜的样子，忍不住大笑起来。

黄莹莹笑了一会儿，说：“我读读我的——”

空山燕语沐晨晖，草败萤虫绕树微。
归鸟入林秋绰约，游鱼潜底暮云飞。
远鸿声断情缘结，叶落归根秋不违。
逸致不移千百种，尤怜蕉叶紫茎肥。

黄莹莹读完，刘昊说：“我来分析分析这首诗，你这里肯定有故事，萤虫是很小的虫子，屁股后边放着荧光，绕树，这里用了一个典故。曹操有《短歌行》，‘月明星稀，乌鹊南飞。绕树三匝，无枝可依’句意，写自己颠沛流离，无处栖托，表示的那种惆怅，以期引起注意。归鸟入林，古人有‘肌肤若冰雪，绰约若处子’，女子的柔美引得鸟入林，游鱼潜底，远飞的大雁结下的情缘在戾声中中断，给谁结的缘？莹莹，你这个最终的‘我’还是叶落归根寻找自己的‘缘’了是吧？尽管有许多引诱，为了心中的那个他，‘我’还是逸致不移……我这种分析对不对？大家看看。”大家听了，佩服刘昊分析得有道理。刘昊说：“蕉叶这里指的什么？美人蕉吗？”问黄莹莹，黄莹莹不语，脸色绯红的。燕子接过来，说：“肯定有故事，一个情爱的故事，归鸟入林，游鱼潜底，是写两情之欢，逸致不移，是说爱得很深，尤怜蕉叶，更是借物抒情，莹莹你指的什么？”经她这一分析，大家不往好处想了。一时间争论不休。吴晓娟说，这是实写，大家听了都不好意思了，只有李强知道诗句里鸟入林、鱼潜底指的是什么。他脸上冒汗，此时我和吴晓娟、燕子只感觉这诗意藏得太深，只有当事人才会解开。李强见说到这里，忙岔开话题，说：“行了行了，下边该谁的？”

“我来读读我的。”吴晓娟兴致不减，展开手中的纸，念道：

寒山薄雾又晨晖，天阔湖平映翠微。
矫女法堂持正义，惩凶罚恶乐飞飞。
严明国纪本吾意，纵有私情不犯违。
心系人民融日月，木兰椒桂蕙葭肥。

“好，准新娘冷面法官呀，好，好好，给你点赞，希望你升堂时坚持原则，伸张正义，成为贤明的执法官。”黄莹莹说完，大家鼓起掌。

吴晓娟说：“争取，我争取。”

“该我了吧。”李强恢复了正常，像是不解愁似的，展开他写的诗：

莽莽南屏山不晖，纷纷细雨洒湖微。
青春杳去难寻觅，岁月留痕又似飞。
初试征程苦多少，始知心愿总多违。
同窗好友创新业，励志炎凉不自肥。

“还是我哥的好，想着创业的艰难，想着成功的喜悦，初初走上征程就吃了很多苦，知道了创业是那么不容易，不要灰心，只要坚持，面包会有的，祝我哥创业有成，人民币多得数得手指抽筋。”说完，她笑着把纸展开，又放下了，说：“先喝酒。”

“好。”大家端起来喝了酒吃了菜。

燕子展开她的诗：“下边读读我的。”说着好像怕别人插话似的，读起来：

湖水激情心底晖，几番眷恋眼中微。
常将旧爱抛风雨，纵有新伤也放飞。
百味人生均体验，一张报纸不分违。
岸清天阔情多梦，心在悠然暗自肥。

“哈哈哈，燕子的诗满纸都是情啦，爱啦，思啦，想了的。燕子感情充沛，爱意非凡呀，在人生中能体验出百味，所以一张报纸能编得和别人不一样哈。”黄莹莹说。

“是呀是呀，燕子不光快乐，还是一个事业心很强的人，是一个非常快乐的美女，感情丰富没有愁烦，整日坐在编辑部，还自鸣得意地说：‘心在悠然暗自肥。’哈哈哈，我分析得对不对燕子。”晓娟看着她的脸，伸出拇指赞道，“高，很高的水平。”

“既说了心境，又说了事业，最后还暗自肥，你是在偷笑了吧。”刘昊嘻嘻嘻地笑着说完，又加了一句，“我知道，她感情充沛为的是我，我写的稿子都是她编，所以她的版面做得好，上一次版面评比还拿了个末奖呢。”刘昊讽刺她，弄得燕子脸红红的，说：“去你的，稿子和版面有什么关系？硬往一块拉。哼！你也不照照镜子，考虑考虑再说话，我拿末奖也比你没拿奖要好得多吧。猴不知脸瘦。”

“照镜子咋啦。不挺好的一张千人追、万人慕的面首吗?”刘昊扬起脸说。

“哈哈哈，还面首呢，哪里有卖‘丢人’的知道吗?”

大家又都笑了，“别开玩笑了，暂停暂停，说恼了不好。”范思奕怕说恼了，忙打着手势来打圆场。

“诗牛×久经沙场，脸皮比城墙拐角都厚，没事。”方燕燕说。

看他们总是打嘴仗，我展开我写的，说：“我读读我的吧。”

“好，听听范副总的。”

丹心桂子衬余晖，鱼动红莲颤巍巍。
斜路叶残秋瑟瑟，萤虫草败鸟飞飞。
云霞片片随他去，情愫凄凄总僻违。
诗赋焉知谁与共，开元楼下紫茎肥。

“‘桂子’这里也是用一个典故吧，‘八月十五日夜桂子’，这是皮日休一首绝句的诗题，诗中说：‘玉颗珊珊下月轮，殿前拾得露华新。至今不会天中事，应是嫦娥掷与人。’这首诗意是说:桂花从天而降，好像是月上掉下来似的。拾起殿前的桂花，只见其颜色洁白、新鲜。我到现在也不明白吴刚为什么要跟桂花树过不去。这桂花大概是嫦娥撒下来给予众人的吧。”黄莹莹说。

“范副总的诗，总是写得很美，又很深沉，好像有解不开的愁怨似的，你别，‘只恐双溪舴艋舟载不动许多愁’了，雯莉，你有多少愁呀，说出来大家听听，给你释放一点。”吴晓娟亲切地看着她问。

刘昊歪着头“呀”了一声说：“范副总的诗，也是意指的吧，要细琢磨才能看出端倪，真要写的话，就她这首诗提供的信息，足可以写一本小说，尤其是：‘诗赋焉知谁与共，开元楼下紫茎肥。’”

“是呀，从斜路叶残，到萤虫草败，尤其是云霞片片随他去，情愫凄凄总僻违，这一联把愁怨的心情都说尽了，写得最能扇起读者心情。最后还来一句，‘诗赋焉知谁与共？’只能是‘开元楼下紫茎肥’了。”

黄莹莹在那边似有所思。刘昊说：“莹莹，你来评一下。”

“嗯，我来说说。看了大家的诗，感觉这首诗最好，意境好，说是写事业上不得志也行，说是写情爱不如意也行。云霞片片随他去，情愫凄凄总僻违。前一句是无可奈何，后边的就是易安的‘凄凄惨惨寂寂’，用的也是典。紧接着：‘诗赋焉知谁与共，开元楼下紫茎肥。’这尾联刘大诗人的意思已经到了，我就不重复了。”

“分析得有道理。”

刘昊看看范思奕，说：“范总，你读读你的，该你的了。”

“好，我读读我的。”范思奕展开纸。

老翁日暮钓余晖，水岸风凉草木微。
归雁长鸣叹息里，渔舟唱晚荡歌飞。
无声知了喜天噪，多事蛤蟆总犯违。
满地月光迷醉眼，一湖碧浪养鱼肥。

“到底是企业家，时时忘不掉他的事业，写得很有情趣，也很悠闲，尤其是‘满地月光迷醉眼，一湖碧浪养鱼肥’。是在说好的政策下来了，你的事业蒸蒸日上了，这‘养鱼肥’三个字概括全诗，意境出来了，成绩出来了，范老板玩得不错呀。”刘昊说。

黄莹莹细细审了几遍，说：“这首诗较有深度的，这要从范老板的事业上来说，无论是从‘归雁长鸣喜天噪，渔舟唱晚荡歌飞’，还是从‘无声知了喜天噪，多事蛤蟆总犯违’，这两联都是意指他的企业。”

正说着，服务员送来一盘雪藕，盘底下铺着一片荷叶，翠绿的荷叶，代表清清的湖水，雪白的莲藕配着几朵粉红的“荷花”的造型，一个黄色的蛋黄，代表月亮，寓意已经到了中秋月圆时节，荷花盛开，田田的荷叶。

黄莹莹看后一时作诗兴起，道：“这个好，我们来联诗怎么样？我说一句，大家跟着联第二句第三句，依次排。”大家说“好呀”，都鼓了掌。黄莹莹说完，迫不及待地吟出一句：

清辉有韵凝芳影，
方燕燕道：桂染诗魂百媚贫。
一水隔开天上月，
吴晓娟道：九山联袂柏松匀。
斜晖隐处炊烟起，
刘昊道：薄暮轻寒近草榛。
不似秋红竞春色，
范雯莉道：宛如秋景觅芳春。
但怜雨后芙蓉水，
李强道：最爱晨时簪菊人。
芍药园中识红艳，
范雯莉道：芭蕉地里辩青珍。
心随绿水逸风远，
范思弈道：霞染青岚掩旧邻。
我欲因之撷香去，
黄莹莹道：不料心醉卧花荫。
前时得梦同窗聚，
方燕燕道：今晚攀谈热浸身。
尽抒胸襟不藏语，
吴晓娟道：与君别后少交亲。
推杯递盏言欢事，

李强道：　　一咏一觞情意真。

　　　　　　苦辣酸甜凝百味，

刘昊道：　　炎凉世态立清身。

　　　　　　枝繁叶茂年年老，

范思奕道：　月季花开月月新。

　　　　　　共赏擎杯三五夜，

吴晓娟道：　南坪湖畔步新津。

　　　　　　芳晴汀芷俱增色，

李强道：　　我辈不沾泥污尘。

　　　　　　天碧风清云散淡，

范雯莉道：　气舒神爽往来频。

　　　　　　劝君莫把青春误，

黄莹莹道：　荏苒光阴不待人。

　　　　　　满座衷言织心梦，

方燕燕道：　酒酣窃语诉旁邻。

　　　　　　随吟一首逐波去，

　　　　　　天阔唯留月一轮。

“怎么的燕子，抢先了？多联一句？结尾了？”刘昊说。

燕子说：“不联了，累了。”

“好，不联就不联，很完整了。”黄莹莹说。

“八仙过海啊，各显其能哟，要说好，上边的律诗就不说了，都很棒，联诗更棒，联诗的难点是接不太好接，这样最能看出各自的水平，从起句结句上看，每一个句子都很好，很有内涵，燕子的结句好，莹莹的起句好。”刘昊说。

“如果评比的话，算二等三等吧。”黄莹莹自谦地说。

刘昊说：“范老板起句‘我欲因之撷香去’，黄莹莹接得特好：‘不料酒醉卧花荫。’你们俩并列第一。”

“哈哈哈，你诗牛×总结得更好。”李强说。

等了好一会儿，燕子见没人评她的，心里不太自在，说道：“还玩不玩？不玩我们喝酒吃饭，回家。”

“燕子想回家了，你的结句特特特的好，你看你的：‘随吟一首逐波去，天阔唯留月一轮。’酒酣了，夜半了，湖上只见一轮明月，多美的意境，这不是一般人能写出来的。”吴晓娟吹捧了她一句，燕子得意地笑了：“得到法官大人的赞誉我高兴。”

“喝酒吃饭吧，天不早了，人家燕子都饿了。”黄莹莹说。

“好，端起来，共同干一杯，希望以后再这样玩。”大家站起来，杯子碰得叮当响，都喝了。

“东邻西舍悄无语，唯见湖心秋月白。”刘昊吟出一联。

燕子马上叽他一句：“诗牛×你这联句都出律了，你还在这儿卖什么？你真是，牛×卖乖自得意，不知破诗值几钱。”

第十四章　烈火中的美女

李亦邙没去喝吴晓娟的婚前酒，他去了单位。中午，李亦邙一般不回家的，有人请吃就吃，没有人请的时候，他就在附近饭店要上两个炒菜，二两白酒，找个靠窗清静的角落坐下来，细品慢酌，这样的环境适合一个人想心事，想工作上的事、家庭的事，抑或还要想点自己感情上的事。有时候他会看着窗外那些忙碌着的路人，自感自己的生活很幸福。

他这个人中午在外边吃饭一般是要喝二两的，不多喝，喝多了影响下午的工作。吃了饭，他还要在办公室美美睡他一觉，什么事都不往心里拾掇，把该忘的不该忘的统统丢在脑后，轻轻松松地享受一个小时的午睡之后，起来洗把脸，然后精神饱满地处理下午的日常事务。今天听到吴晓娟请他去吃婚前酒，他不去，也不可能去，躲都躲不开，怎么去喝她的婚前酒呢。所以他多要了一两二锅头，三两足够了，不过今天却是喝得无滋无味，因为吴晓娟的影子一直在他眼前来来回回地转悠。

自从自己升任副局长，工作上任劳任怨，兢兢业业。心理上除了吴晓娟这一个顾虑，还有一个顾虑就是唐梅了。一想到唐梅，他像受到惊吓，伤了他的心、他的肺，连呼吸都感觉困难。唐梅是他心里积聚的最大隐患，是他最最难受、最最害怕的人。唐梅不光是颗灾星，更是一颗炸弹，炸弹就挂在他的裤带上，遥控装置握在这个女人的手里，食指和其他指头在遥控装置上抚来摸去，一不高兴，这姑奶奶的手指头那么轻轻一碰，他妈的，就会要了他的老命。

说起唐梅，唐梅最终没能和那个当老师的后继男人继续生活下去，结婚不到半年就离了。主要原因是她无法容忍那个数学老师的精打细算，老师的工资并不是多高，就某件事情上说，老师的儿子上学的费用，老爹老妈看病吃营养的费用，整个都是她唐梅贴补着他用。在现在这个社会，要么两口子都靠死工资，心无所求地过着平平淡淡撑不着饿不死的日子；要么男的是公务员，工资高也高不到哪去，低也低不到哪去，落个好名声，比一般老百姓好点，过一种既潇洒又太平的日子；要么就是男的是大老板，能开公司挣大钱，能买起大房子、高档轿车。男的没能耐挣大钱，千万不要靠老婆过日子。自古以来都是男主外，女主内，没听说哪个女人在外拼死拼活养活男人的。靠着女人生活，不要说被男人看不起，连女人也耻笑。唐梅开的这家肯德基店，店面虽说不是很大，日进八千五千也是常有的事。范雯莉后来听吴晓娟聊起唐梅这个当老师的男人，感觉又是一个靠老婆吃软饭的"无骨"男。这样的男人社会上有不少，不过结局都不太好。

对于唐梅，李亦卭曾经偷偷打听过几次，唐梅再婚之后的日子他估计过得还算可以。他诚心诚意地衷心祝愿她可以，永远可以。她的可以牵扯到他的幸福，牵扯到他的生活的稳定，幸福生活的稳定都是人人追求的，稳定的幸福，无论是谁都不愿意人为地制造不稳定，这是一般有小三的男人的想法。所以幸福的人不会惹是生非，谁会拿自己稳定的幸福生活开玩笑呢？这是他的推论。自从上次在吴晓娟第一次结婚典礼见过唐梅，那时候他的想法是离她越远自己越安全。他是这样想的，有了这样的想法，在以后自己过的那些忐忑不安的日子里，唐梅好像人间蒸发了一样，果然都是按照他事先的预想发展的。

多好的世界呀，多么幸福的生活，他时时自我陶醉在这样幸福的氛围当中。

说来也怪，虽然一个城市住着，却从来没有见过她，这在他心里当然是高兴的，心情随之也会放松许多，工作也更加勤奋、卖力。一年多不见了，自己相安无事地过了三四百个日日夜夜，他都有点把她长得什么样子忘掉了。有时候努力去想，也只能想个大概轮廓，脸的细致之处是模糊一片，想也想不清楚的：那张少肉的长脸，那个瘦尖的下巴，那个不算太难看的小鼻子，以及鼻翼左边的那颗绿豆大的美人痣，还有那个吧啦吧啦说话不饶人的小嘴，整个一生气就会圆睁着俩眼像要吃人的样子……想不起具体的样子，干脆不想，不过他还是挺高兴，这是他需要的，谁能老是把不好的事情往自己心里装呢？他不会装的，他是个聪明人，他要培养一种好习惯：善于忘记。善于把这些不好的事情忘记。他很会培养一种机械式的思维方式，一呼啦想起，又一呼啦忘掉。他自斟自酌地抿一口酒，把剩余的三两装的小酒瓶里的酒倒干净。这酒中有日月，醉里看乾坤啊。不多会，就把刚才没有受邀喝吴晓娟的婚前酒的事忘记了。

谁知道今天这么巧，想曹操曹操就到，这真真应了那句：不是冤家不聚头的话了。在他吃罢饭，小姐拿着账单结了账，他抽出一张餐巾纸，抹了抹嘴唇准备离开的时候，他就看到了她，她挽着一个男人的胳膊，往十号包间里走。

这家饭店的包间他以前和唐梅常来，这里供应的吃食他十分清楚，全是西式餐饮，现在老长老长时间没去那个包间了，饭店还是那样的供应，菜点还是老样子没有变。有相好的女人陪着是一种幸福，花再多钱感觉都不多，何况花钱是为讨得相好的女人欢心呢。现在他没有相好的女人了，几个包间也不去了，有时路过，他甚至看都懒得看一眼。

说起李亦邙，也还算个老实人，没有女人的诱惑，他一般不会主动勾搭人家的，除非这女人主动投怀送抱，他都是来者不拒，这算不上他主动勾搭人家，算不上道德败坏，只能算这女人犯贱，女人犯贱就不是自己的错了。女人分犯贱和不犯贱两种，犯贱是主动勾搭你，不犯贱是对待异性一脸的严肃，轻易不显示她的观点，他把这两种认识分得泾渭分明，唐梅是犯贱的女人，所以他无论怎么对待她，她还是贴着你，打都打不走。所以在他心里常常感觉自己是个有道德修养的人，有了这种心理上的自我认知，使得他看到什么都是阳光灿烂，一片美好，幸福指数在他心里总是满满当当的，心里有一种说不出的快乐。一路走来，他常常在心里咿咿呀呀地哼着自己喜欢的歌。哼歌时，他不喜欢哼出声，哼出声不符合他这个副局长的身份，只在心里唱，能达到自己快活就行。

可就在这时候，他就看到了她，他的眼睛瞬间被拉直了，一丝恐惧掠过他的心头，心情立刻慌乱起来，脑袋像被谁击了一拳，嗡的一声，有点不知东南西北了。他定定神，摇一下头，木着脸色再看，是她，没错，一定是这个丧门星，他要赶快离开这里。他把餐巾纸往纸篓里一扔，低着脑袋，弓着腰，装出让她认不出自己的样子，神情紧张地迅速扫一眼十号包间。他看到她回头看一眼，他心里突地一跳，又紧张起来。不过……还好，不要紧，他看到她是进了包间，转过身要关门的时候回头的，他赶快又把腰弓起，快步走出门，快步离开饭店。到了马路，他向马路的西边走，他不敢再回头看。平时都是雄赳赳、气昂昂地昂着头走路，把包拿在手上，像个级别很高的大干部，眼睛直视前方的，这会儿他的身子只能这么弓着，低着脑袋，把包夹在胳肢窝里，他真的害怕她从后影里认出他来。

离开饭店很远，他才松口气，一身轻松地拐进一条小巷，又拐上一条小街，去了他的单位。

妈妈的，差点被她发现了。想起在吴晓娟第一次结婚时的婚庆典礼上，唐梅对他冷笑的样子，他怕得要命。他的怕是发自内心的怕，所以他什么时候想起，什么时候就哆嗦，而且这种哆嗦让他的腿都有点不当家，几乎不听使唤似的，软。这好像形成一种病态。碰见敏感的事情就哆嗦，而且哆嗦得特别厉害，由不得自己，有时还会像筛糠样的。有一次在家看电视，本地新闻报道天缘肯德基店，看到唐梅喜笑颜开站在那里接受记者采访，他不由自主地又哆嗦开了。林婉秋坐在他旁边，看着他说："你怎么了，哆嗦什么的?"

"我，没、没哆嗦，我不会哆嗦，我为什么要、要哆嗦!"林婉秋随便地问了一句，就惹得他大着嗓子发雷霆，"我为什么要哆嗦?你说，我为什么要哆嗦?!"大着嗓门嚷嚷其实是在给自己壮胆，是生理上的一种条件反应，是没办法控制的。林婉秋剜他一眼，心里说他一句"毛病!"就站起来，电视也不看了，去了卧室。

唐梅的笑，最是令他害怕的，他总感觉这种笑的背后藏着一股阴冷，嘿嘿的声音，是一股暗流直接冲击心的最柔软的部位，他感觉像洪水猛兽，刹那间淹没了他，那种恐怖的笑，那种吓人的嘿嘿声，灌满了他的耳鼓。这种笑，不是一般的笑，是那种笑里暗藏着杀机，藏着剑，这种剑会嗤的一声飞上高空，又从高空直直掉下来，掉到他的脑袋上，一瞬间就让他身败名裂。更要命的是，哆嗦时候动静很大，还会影响到别人。是一种毫无来由的东西在他心上不安稳地运动，到了夜里，尤其更甚，还会延伸到梦里，吓得他“嗷”的一声，猛然坐起，惊出一身冷汗。妻子林婉秋睡在他旁边，被他猛然一叫吓得头皮一麻，也大叫一声坐起来，呵斥道：“你怎么了你！深更半夜的，你叫什么叫，叫得吓人！”

“做了个噩梦，梦见有人要杀我。”他擦擦脑门上的汗说。

“你可能做了见不得人的事了吧。”林婉秋缓过一口气，半真半假地开着他的玩笑，重新躺下来，转过身背着他又睡了。

“我做什么见不得人的事了！你说，我做什么见不得人的事了！”李亦邙最怕听到这样的话，他恼怒地大声叫唤，有点歇斯底里，坐在那里，攥着拳头恨不得要捶她一顿。

林婉秋也坐起来：“跟你开了个玩笑，你怎么啦你？你厉害个啥？不能开玩笑是吧？”

“林婉秋，我告诉你，这样的玩笑话你以后不要开，我做什么见不得人的事了，我有什么见不得人的事？你说，你不说清楚我今天不能跟你了。”他训斥着妻子，发狠地侧过身一把抓着林婉秋的头发，“我顶顶讨厌你这种没根没据瞎胡说，知道不，你知道不?！我特讨厌你这样！”他恶狠狠地把妻子的头发死死地抓在手里摇晃着说。

妻子被他抓得咬牙，他不顾妻子的疼痛，猛一推，又猛一拽，妻子的头在枕头上一会儿往那边一会儿往这边。林婉秋恼了，不顾疼痛坐起来，一反手把他的胳膊一推，抡起拳头，打他一下子：“你怎么了你，得便宜要乖是不是？开句玩笑不行吗？深更半夜的，你看你找什么事的你！”林婉秋气咻咻地抚摸着被抓疼的头皮。

“好好，我找事我找事。”说完他卷起被子到客厅的沙发上去睡了。

儿子在家的时候，他们不敢这样吵，只是小着声音，你一句我一句互不服气地叨叨一阵，叨叨得急了，林婉秋照他的肩膀就是一巴掌，打得他疼得咬牙切齿也不敢出声。儿子在那间房子里睡着，李亦卬只是使劲裹着被子装疼，小着声音像个孩子似的哎哟哎哟地叫唤。

这样的事常常发生，使林婉秋不怀疑也怀疑李亦卬真的做了什么亏心事了，但是她从没想过会牵扯到吴晓娟爸爸的死，没想到和那个唐梅有关。

“累了的话，就申请公休假出去玩玩散散心。”林婉秋起了床，看他蜷曲着身子在沙发睡着，她有点可怜他，息事宁人地说。

“想赶我走是吧？赶我走我就是不走，我看你能把我怎么着。”他坐起来，哆嗦一阵，开始穿衣服。林婉秋又好气又好笑：“我只说一句，你看你这个人怎么了你，好话孬话听不出来吗？”

“我好话孬话听不出来？你看你那话说的，跟真的似的！”李亦卬发着无名火，不过说的话跟着也就软了许多。

林婉秋不再理他，自顾自地梳洗一下，连早饭也没吃，拿起包上班走了。

李亦卬看到妻子走了，他坐下来喘着气，静下心来想想，也感觉自己有点过分。我是怎么回事？我怎么遇上这样的事就哆嗦？他自己问自己，我是心虚吗？让外人看起来，我肯定是心虚。为这种哆嗦，他偷偷到医院检查过，医生说：“没病。”

“没病我怎么哆嗦的？”

医生问：“你受过什么刺激吗？”

“没，没有，没受过刺激。”

医生给他做心电图检查。“心电图检查只是短时间的检查，如果做二十四小时动态心电图有可能会捕捉到什么，如果工作条件许可，还可以戴 BB 机，那时间就长了。临床诊断，必须结合症状、体征以及辅助检查，还有年龄、性别、家族史等等，情况很复杂。到专科医院，找专科医生就诊，这样的检查会牵扯到很多方面。”李亦卬打消了去专科医院的想法。

过了几天他不放心，结果还是去了专科医院，检查结果显示：“没什么问题，检验单一切都很正常，你到心理医生那里看看吧。”到心理医生那里看看，心理医生说：“没什么问题，可能是心理上出现问题和意识上不同步，反映到人体上，这是一种本能现象，建议工作放缓慢一些，要多休息，要多到风景秀丽的地方转转，看看。”

“能不能开点药调理一下？”

“这是你自己精神脆弱导致的，是一种精神上心理上的问题，不过，你可以学会通过自己疏导，慢慢地克服它。”

“怎么疏导？”

“一般来说，这是心律失常的一种情况，可能是早搏，也可能是其他原因。你可以吃点中药调理，给你开点孢龙丸吧。”

“这是调理什么的？”

“心慌，害怕，你之前是不是遇到什么事受到过惊吓？”

“没有，没有，只是前段时间有人误会我了，一生气就浑身哆嗦，而且特厉害，以前从没有过。”

“你那是生气时大脑缺氧、心跳加快的事儿，没事儿的，还是自己调整一下，出去散散心，放松放松情绪比较好，没关系的！”

“哦，我试试吧。”

“你可以每天喝一点玫瑰加红枣或是红糖泡制的水，这是调理心脏，补气血，坚持喝下去，会看到效果的。”

现在李亦邙不想看见的人他看见了，心里不由涌出一阵恐慌，又开始哆嗦了。他在街上站了一会儿，等心情平静下来，他转了一圈，看看手表，上班的时间尚早，决定到附近的商场去。前段时间林婉秋说想买一件好点的内衣，一直没时间去买。今天他有点时间，他想看好之后告诉她，或者帮她买。他不希望跟妻子闹这种毫无意义的别扭，闹了别扭最起码他要在办公室里住几天，直到妻子打电话叫他回家，他才硬硬气气地使劲“哼”一声，板着面孔回家。

今天决定给她买一件内衣送她，讨她个好，这是化解矛盾最有效的办法之一。到了三楼，他并没看到有什么好看的内衣。他不大懂得妻子喜欢什么颜色的小东东，到了女人专柜。这个专柜是开放式的，像一个长廊，两边挂满了五颜六色的女人的胸衣、三角裤什么的，顾客可以走进去随意挑选。他看着这些小东西，感觉走错了地方，不该到这里来。一个大老爷们来这里东看看西看看，看女人的小东东，流氓呀。女人见了第一反应肯定是：这个男人老不正经，跑来给小三买胸衣三角裤来了。他受不了女人这种不怀好意的睥睨目光，他快步走出女人的专柜。

他从卖胸衣的专柜出来往左拐，这里是女人的成衣柜台，衣服挂得琳琅满目，这里肯定有卖她喜欢的那种衣服和样式。他走过去，看准了一件，正想偎着柜台把脖子伸长点看个仔细，迎头撞见一个女人，还差点被这个女人撞到身上。这个女人也是在看衣服，这女人面色红润，身材姣好。好熟悉的面孔呀，他定睛一看，这回麻烦了，原来这个女人不是别人，正是他害怕见到的丧门星——唐梅。刚才在饭店里看到的那个不是。唐梅看见他，也猛然一愣，正想说话，那边一个男人喊："唐梅，你来这里看看，这件挺适合你的。"

唐梅哦了一声，嘴里答应着："就来就来。"一双眼睛却死死盯着李亦邙，带了气地瞅他一眼说："咦，是你！李大局长，以为你死了咪，打几次电话都不接，过得不错呀。肯定不错，看你的气色多好，白发少了，皱纹少了，五十多岁的老头儿，嘴角挂满了笑容，笑得那么那么灿烂，那么满足，过得肯定不错，局长一直都当着吧？没撸下来吧？"接着站那里啰啰唆唆说了这么多话，拦着不让他走。李亦邙脸上顿时布满一层寒霜。他不能惹恼她，忙笑着说一句："凑合过凑合过，怎么，来买东西的？"李亦邙转了话头看着她问。

唐梅带搭不理地哼了一声，看她的男人朝这边走过来。唐梅介绍说："这就是那个彭州市国税局的李大局长，李亦邙。"

男的慌忙哟了一声，谦恭地说："久仰久仰，李大局长，久仰久仰。"说着笑着两只手抱着拳对他拱两下，然后要跟李亦邙握手。

李亦邙也伸出手跟他握了握，他感觉这男人的手冰凉冰凉的，为什么会这么凉？这是一对什么样的夫妻，或者说是什么样的情人？

他不知道眼前这个男人是唐梅的第三任丈夫还是第四任丈夫或者是第几个情人。这些都是他想知道甚至十分想知道的，因为这关系到他李亦邙的未来和他的稳定的生活。

如果是第三任丈夫，说明她的情感生活稳定得还算可以，如果是第四任丈夫，就不好猜测了，再如果是她丈夫之外的情人呢？这就更难说了。李亦邙做了几个假设，都无法确定。他不希望她频繁地更换男人，他希望她的情感生活稳定，因为她的情感生活稳定了，也预兆出她的生活稳定。从某种意义上说，她就不会对他进行骚扰，不会到单位揭发他这个副局长是什么原因提拔上来的。可是实际上，自他和唐梅断了之后，唐梅的感情生活一直不好，时时都处在危机阶段。一个男人一个男人地更换，这对她来说不是一件好事，对他确实不是一件好事，这是他时常担心的。在相当长的一段时间里，他都在揣度这女人跟他李亦邙的生活圈子到底有多大的距离。

他跟这个男人握了手，彼此都没有话说，沉默三四秒钟，李亦邙干站着走也不是不走也不是。唐梅对那男的介绍说："我曾经是这位李大局长的纳税人。"男的忙又拉着李亦邙的手握着，点头哈腰地笑着说："多蒙关照多蒙关照啊，李大局长。"

"什么多蒙关照，说的啥呀，他以前是管我的人，我是他的纳税人，他是我上头的。"唐梅训着那个男的，指指天花板。

男的听了又忙点头哈腰地说："是，是，是，一样一样的，局长都是我们上头的，我们都是他下头的，都是属于他管理。"

李亦邙尴尬地搓着手"嘿嘿"地干笑两声。本想说那是以前的事了，但是话到嘴头他不能说，只在脸上留住了一个似笑非笑，既困难又干瘪的笑意，他不能把话头引到当年税务所上去。接着，李亦邙不给他们留下话头地赶紧缀一句："你们买东西的是吧，哈哈，你们转转吧，我到点了，该走了。"

唐梅看他要走，愣一愣神，马上跟了一句："李大局长，走好，一路顺风哦。"

"一路顺风？"这四个字能是这个时候说吗？我又不是出差，这两步地就到单位了，祝我一路顺风，啥意思？祝我仕途一路顺风？

他不敢往这上边想，为这四个字，李亦卭纠结了一下午。

“没有你我肯定一路顺风。”李亦卭坐在办公室的桌前，两只手伏在桌子上，猜着，想着，拿过一支笔，在大拇指上转了几下，然后扯过一张洁白的打印纸划拉着，划拉的全是一路顺风一路顺风这几个字，仔细想想这四个字，她是在讽刺我呀，这讽刺的背后，是向我发出攻击的信号弹呀，他又开始哆嗦了。

下午快四点的时候，局办公室的小陈路过他的办公室，看他的门虚掩着，推开伸头往里看看，说：“李副局，还没走呀，大家下午都没来，回家过十五去了，你还在这里坚持上班呀。”他吓得差点没跳起来。

“哦，就走，就走，我这就走。”李亦卭坐在那里一边说着，一边想，怪不得一下午没见人来，都回家过十五去了。

小陈嘻嘻地笑着走进来了，说：“李副局，大家都关注着您呢。”李亦卭听了又吓一跳：“关注我什么？”

“说你人好，平易近人，工作又那么认真，那么谦虚，我们要好好向您学习呢。”

李亦卭放心了，忙说：“哎哎，没什么可学的，工作嘛，就是要这样，认真一些就行了。”

说完他看看手表，拿起包，接了一杯水，咕嘟咕嘟喝下去，也准备离开，“时间过得真快，不知不觉就四点了，走吧，小陈。”

“走，李副局。”

世界上每时每刻都会发生许多对对错错的事情。对的，有可能得到不好的结果，错的，有可能得到好的结果，全是一种机缘巧合。

放完假，开始上班，李亦卭中秋节坚持到点上班、下班，得到领导的表扬，这已经不是第一次得到领导的赞赏了。

唐梅自从见到李亦卭，对她来说是一个不小的意外，想找他都没找到，这一次倒是上天安排让她撞见了，撞见了就不能放过，本想着着实实责问他几句，能闹出点事儿来更好，让商场的人都知道国税局有个当副局长的李亦卭，作风败坏，是靠投机取巧当上的，没想到让他借故走开了。唐梅在那里愣了愣，看着李亦卬离开，本想跟上去好好地责问责问他，或者和他约个时间再跟他拉近乎，最好发生一次关系，把艾滋病毒传给他。碍着身边这个男人，她没去，这个男人吃吃吃地笑着说：“还看呀，都走得看不见了，还看呀。”男人调侃着说她一句，本是闹着玩的，却惹恼了她，“就看就看，我想看，怎么啦，吃醋了？以后有你吃醋的时候。”

男人慌忙自己跟自己打着圆场说：“是是是，跟你开个玩笑的嘛，你不是常跟我开玩笑的吗？你要想看你就正式看，我把他喊回来你看。”

“这样的玩笑你也敢开呀，今后你少跟我开这样的玩笑，姑奶奶不感兴趣。”想要跟他离婚，唐梅不想和他扯什么，她嘴巴往天花板上噘着，很蔑视他的样子。

“是是是，今后不开了，永远不开了。”看着唐梅不再说话，他讨好地说，“梅，去那边看看吗？就是价格有点高，不过你要的话，不管价多高，我都会给你买的。”

“你别在这里献殷勤了，我不吃你那一套。”

“是是是，不吃不吃，以后不吃，我就不献了，坚决不献了。”男人被唐梅抢白得没有话说，拉一下她的衣服，“走吧，到那边去看看吧，那件衣服还是不错。”唐梅胳膊一甩，拉下着脸：“你干什么你，拉拉扯扯的。”说着独自走开了。她心情很不好，她不想和这个男人说话。

“他倒过得挺滋润，一年多没见，精神了。”唐梅一路走一路想。半年多之前，唐梅给他打了两次电话，不计前嫌地想约他出来谈谈，他不接电话，后来只能发短信，发短信也不回，这激起了唐梅的无名火，当时就想到税务局揭发他，揭发他只能让他名声扫地，不能置他于死地。转回头一想，还不到时候，还是先以对话为主，先礼后兵看情况再做下一步打算。对话不能解决，再撕开脸面正式地玩他。想起发的短信，其中有一条内容大致是这样的：

“你好，李大局长，还记不记得你的旧相好，你的这个叫梅儿的姑奶奶？不错，我又离婚了，我离婚你是高兴还是难过？我想你肯定都有，是的，你是又高兴又难过，高兴的是我又有了人生的一悲，难过的是，正像你当初骂我的那样：我是个婊子。我是婊子，永远找不到爱我的人的婊子。我确实没有找到爱我的人，那么我还是找你吧，怎么样，我没人要，你还会要吗，削价卖给你怎么样？想当初我的身体被你揉搓了无数遍，你肯定非常熟悉。什么？哈哈哈，不愿意重修旧好？那好吧，那咱们就走着瞧吧，如今你的椅子腿要断了吧，你觉着你坐得还很牢吗，我猜想你现在一定感觉很牢，一定非常高兴。那么，就让你好好高兴高兴几天吧。”她说了这么一番话，好像释放了窝在心头的怒气，想想这样说似乎还没有释放完，又补充几句：“当初我把我全部的爱都给了你，你却把我当一只鞋，穿过就扔。年底你们局要开展‘三严三实’自查活动对吧？其中有一条是严以修身。我就那个时候去，怎么样？给你们党委的严书记把你怎么升任副局长、怎样作风败坏、怎样玩弄女人的事都谈谈，着重谈谈那个叫吴晓娟的爸爸是怎么死的就行了，这种事件要不要负法律责任？要负法律责任由法院决定好了。好了，我不说了，年底，年底，你记着年底，现在还是让你先高兴几天。”

实际上唐梅打的两次电话他都接到了，短信也都看到了，尤其是最后这条短信，让他看得心惊肉跳，死的味都有。他忍着内心的恐慌回她一条，祈求她原谅，因为太忙，没来得及回，过段时间，一定亲自负荆请罪。唐梅接着回了他一句：“害怕了？李大局长，你还有怕的呀？那好吧，你一步一个头地从你的办公室磕到我脚下，我就原谅你。”

李亦邙彻底垮了，以后她又给他发了几条，他都没回，这让她更加愤怒。

“怎么？让我好好高兴几天，你是要害我？你害我你要负法律责任的。”想到这里，李亦邙的心脏“别别”地蹦跶一阵，马上想了自己的结局……这女人做事顾前不顾后，不知哪天她真会闹出事来。从那天之后，他口袋里时刻装了一把水果刀，真要到了这一步，只能鱼死网破。

唐梅的所作所为极像她的母亲，当初母亲把她的父亲唐焕章逼到那份上，就是这样的，但是她没有母亲的能耐，母亲是省里扶贫的官员，有那种制服丈夫的能力。唐梅没有，当时唐梅只能为父亲打抱不平，现在这样的事轮到她自己了，竟没感觉一点过分，还理所当然地认为自己是受害者。

那是半年多之前发生的事，她正忙着跟第三任丈夫谈恋爱，发过去的短信看到回了这么一条，也没顾得上再纠缠，在以后的几天里，在第三任丈夫的百般疼爱下，她把自己的一生都托付在这个男人身上。她也想好好过日子，因此报复李亦邙的事就搁下了。现在和第三任丈夫结婚已经六七个月了，却发觉这第三任丈夫对自己逐渐失去兴趣，不像初婚时那么对她忠心耿耿，这时她又想起李亦邙，想起李亦邙对自己的忠诚，想起李亦邙对自己的千般好处。李亦邙虽说年龄大一些，可也是个实在人，当初要不是自己三番五次逼他离婚，要去他家找他老婆，他可能不会恶狠狠地骂她是没人要的婊子，也不会动手打她骂她。

打她、骂她这是她受不了的，也绝不能容忍的。她憋了这口气成年的，总想找机会泄愤，总是没有恰当的时机。联系不到他，去他局里也没能想出好办法，就这样一拖再拖，反正这仇我得报，这仇不报心里难平。我要叫你老驴蒯痒痒，一来有一往，我要让你付出同样的代价。

今天见到李亦邙，旧仇新怨一起涌上来，她有了继续实施报复李亦邙的计划，最迟到年底我要出这口气，她要好好计划一下，要搞就正式搞搞他，让他彻底完蛋。

第三任丈夫是她朋友胡云介绍的，认识他那天，唐梅在办公室正打电话，电话的那头是一个学校要她送五十份肯德基大腿和薯条，学校要奖励一些优秀的学生，她给营业厅的代班打电话，要他们办理这件事。这时候胡云带着给她介绍的男朋友进来了。女同学胡云是风流场上的女人，唐梅始终都没看起她，也根本不想和她有什么交往，可是胡云有事没事总爱来她这里玩，还给她介绍过一次男朋友，介绍的男朋友虽说没成功，两人的友谊却发展起来了。这一次又给她介绍一个，这个男朋友她说是她远房的表弟，胡云把这个表弟领到唐梅的肯德基店办公室，让唐梅见见。唐梅在办公室刚好给领班的小姐交代完任务，看到他们进来，唐梅对领班的小姐说："好了，你过去吧。"

小姐走了，胡云笑嘻嘻地对唐梅说："我的表弟，比你小一岁，在房地产开发公司干销售。"

"哦，请坐，请坐。"唐梅忙着打招呼，给他们倒茶。

两人坐下之后，唐梅翻眼看这男人，长得还行，慌得她又是拿烟，又是拿火，那男人很有礼貌地说："谢谢唐总经理，我不抽烟。"

"不抽烟的先生很少的呀。"唐梅挺高兴地说。

"是的，他不抽烟。"胡云说。

男的笑笑，坐在那里，东看看，西看看，把唐梅的办公室称赞几句，又站起来到办公室门外，看看营业大厅那么多人在享受肯德基的美味，心里有要和这个老板正式成为朋友的想法。

说得也是，这男人唐梅第一眼就看中了。她并不关心他在哪工作，她只关心这个人的长相，关心他的脾气性格，唯一的条件是，只要爱她就行。他被她列入别人给他介绍的两个男朋友之首。以前谈的朋友，长相都还可以，可是不是被欺骗，就是花心，再不就是不关心她，做起事来不负责任，现在她又增加一个条件，人品要好，人品不好其他方面再好都不要。

唐梅坐在胡云旁边的沙发上，听着唐梅的条件，胡云说人品绝对没问题，接着跟她介绍她表弟的情况，胡云说："这可是一个典型的暖男哟。怎么样，长相还可以吧，千万不要错失良机。"

"长相还可以。"

胡云说："那就处处吧。"

唐梅说："眉眼还算周正，不知脾气性格怎么样。"

"脾气没说的，好脾气，我们是亲戚我对他很了解。"

"长得好的男人都花心。"

"这点你就放宽心好了，他不会花心的。"

"他以前没结过婚吗？"

“结过，女的不过日子，太会花钱，就离了。”

唐梅默默听着同学介绍完，心里挺高兴，好像这是老天对她的一次惠顾。太会花钱不算缺点，不会花钱的男人，不能办大事，不算男人。心里这样想着，已有几分愿意了，她低着头没说什么。过了一会儿，男的回来了，听到她们聊一些女人的穿戴首饰之类的东西，他似乎也感兴趣，就说，女人穿什么样子的衣服好看，什么样子的料子能显示女人的风度，这要看女人的长相、皮肤、气质，有了好的气质就要配上上档次的衣着，这里边有很大的学问。说得唐梅很感兴趣，她想问问她什么样的气质，配什么样的衣服，他说，唐总的气质很高雅，穿什么样的衣服都能衬托出你的气质，一句话说得唐梅心里异常兴奋，好像找到了知音，就说：“你对女人的穿戴很有研究啊。”

“嘿嘿，也不是很有研究，只知道一点点，不自觉地就卖给你听了，也不怕唐总经理见笑说我无知，哈哈哈。”他表现得很谦虚。

“说得很好，我很喜欢听。”

胡云说：“我这个弟弟人可好了，对什么都感兴趣。”

唐梅低着头微微地笑着，过一会儿胡云说：“我走了。”唐梅说：“哪能走。”她表弟也说：“耽误唐总经理的生意了，我们走了。”

“不耽误不耽误，今天不要走，我请客。”

“哪能要你请，我来请，我来。”男的嘿嘿地笑着，“你们关系这么好，以后谁请都无所谓，今天我来请。”

唐梅一听，感觉这男人挺会做事的，说的话让她听了很暖心。就说：“今天你们都不要请了，我来，不嫌弃的话，就在店里，喝点啤酒，啃啃鸡大腿，怎么样。”

胡云说：“我们原先要去饭店订饭的，唐老板既然这样说，只好遵命不如从命了。”

男的忙说：“唐总经理，这让您破费了。”

“自己开的店有什么破费的，只要不嫌弃，就委屈一下了。”

晚上他们三个人在唐梅办公室，唐梅让服务员送来一捆啤酒，胡云把吃食点了几样，唐梅说：“多点呀，多点。”说着只把自己店里好吃的都点了来。三个人吃着喝着聊着，不知不觉已经九点多了。胡云和她表弟吃了饭，胡云走了。这男人喝得有点多，竟然迷迷糊糊地睡了，睡了大约一小时，睁开眼，看着唐梅坐在旁边的沙发上，激灵一下坐起来："哟，对不起，唐总经理，我怎么睡着了，实在很抱歉。"

"没事，看到你睡得那么香，也不好打扰您，您再睡吧。"

"哦，不不，我不困了，昨天出差才回来，有些乏，很对不起唐总经理，我走了，再见。"握了手和唐梅说了再见，就走了。唐梅没回家，就在店里将就住了一晚。她前前后后把这个男人想了一遍，感觉还不错，自己年龄这么大了，到哪里去找那么合适的？

第二天，胡云打来电话问："怎么样唐梅？"

唐梅反问道："他什么意见？"

"他没意见。"

"没意见，那就处处看吧。"

"处什么处，都同意赶快结婚算了，都这么大了。"

"嗯，那，那你问问他有什么想法。"唐梅说。

"好的，明天我给你回话。"

第二天胡云问她表弟，她表弟说："非要结婚吗？"

"介绍朋友不就是为了结婚吗？"他表弟没吭声。

这男人原本是不愿意结婚的，只想作为朋友相处，高兴了就在一起住几天，不高兴就离开。他认为结婚把男女绑在一起，是最不明智的，不但不自由，还要承担家庭的责任，他受不了。听到胡云问他，他说："结什么结，在一起过就是的。"

"不结婚在一起过你愿意，人家可不愿意，人家想要一个家，想要孩子。"那男人不吭声了，最后来一句："结就结呗。"

唐梅是个想要家的人，是个想正式过日子的人，在她和他相处的那几天，这男人和她发生了关系。他在她那里住了半个月，最后在唐梅的强烈要求下，两人闪电式登记，闪电式结婚。结婚后，男人开始还真不错，家里拾掇得干干净净，还处处关心着她，依顺着她，这让她有一种亲近感。一个温馨的小窝对一个漂泊的孤身女人来说，有一种强力诱惑。那些日子唐梅过得很幸福。可是幸福了两个月，她发觉这男人总是往外跑，有时晚上也不回家，新婚正是蜜月期，怎么会这样？唐梅问他："什么事忙得晚上也不回家？"

"公司忙，销售任务重。"

唐梅不便细问什么，就说："房地产有什么要跑出去销售的，不就是盖好房子，宣传宣传让人家来买吗？"

"也不全是，我们这家房地产延伸到周边几个城市，而且和彭州当地政府达成协议，只要在我们公司买房，户口可以迁进来。"

"哟，这样的政策很不错，促销得还行吧？"

"还行。"

说到这里，不得不交代一句，这男人不是别人，就是强行和蓝妮子发生关系的高宝庆。高宝庆新婚的那段日子，心里还总是惦记着蓝妮子，他已经半年多没和蓝妮子零距离了，蓝妮子也不像过去那么他怎么说就怎么应了，她甚至不允许他到她办公室来，更不允许他碰她。

这一天下了班，天已经很晚，他又跟踪上蓝妮子，半路上他给唐梅打了电话，说自己到新阳市出差，晚上回不来，不要等他。

唐梅答应了一声，心想他这回怎么这么有家庭观念了，知道家里有老婆了。唐梅心里高兴，心里踏实很多。不过经过半年多的时间，唐梅越看他越不像当初认识他的模样，她暗暗去查访，得知他和一个叫蓝妮子的走得很近，像是谈恋爱，后来传出跟蓝妮子发生了关系，她那个气，更要命的是，蓝妮子有艾滋病。她决定跟他离婚。

这时，高宝庆跟着蓝妮子到了楼上，蓝妮子正要开门，转脸看见高宝庆跟着来了，她吓了一跳，站在那里说："高经理，你怎么来了，你快走吧，影响不好。"高宝庆笑哧笑哧涎着脸皮，说："想你了，半年多了。"

"不行，不行，你快走，影响不好。"

越说影响不好，高宝庆声音越大。弄得蓝妮子只好打开门。

进了门，高宝庆就去抱蓝妮子，蓝妮子激烈地反抗、挣扎，还扇他一巴掌，扇了他，他并不在乎，反而更猛烈地去抓她，往她身上扑。蓝妮子求饶地说："高经理，我真的有病，我一点都不骗你，你不是结婚了吗，我传染了你，你再传染你爱人，我的罪孽就大得很了。求求你，高经理，放开我吧。"

高宝庆迟疑一下，不相信地说："不可能吧，蓝主任，不可能的，半年多之前，你说你有病，你看看，我有什么病？这不是好好的吗？没有病嘛，来，我们再做一次，以后永远不做了。"

做过之后，他走了。蓝妮子坐在沙发上心里说不出什么味道，她知道自己是一个不可饶恕的罪人，尽管是高宝庆强奸的她，她还是感觉自己罪不可赦。

"这样看我真的不能留在这个世界上了，我是个害人精，老天不让我活，怎么死也不让我死的呢？"这种想死的念头不是一时的，之前也有过，她曾上过吊，可是上吊的裤带断了，她吃过安眠药，可是又醒过来了。现在她开始用头撞墙，用绳子勒自己的脖子，都没有死成，最后她躺在浴缸里，放满了水，试图淹死自己，都不起作用。"这死咋这么难的呢？想死死不了，想活活不成，老天爷怎么这样折磨我呢？"她自言自语地说着。拿过杯子接了水喝一口，把平时吃的感冒药、消炎药统统倒进嘴里，坐在那里等死，一直坐到夜里两点，也没死成。她唉了一声，最后决定从楼上跳下去。

他们结过婚以后的一个星期六，胡云要去医院检查身体，路过唐梅的肯德基餐厅，好几个月没来了，她来看看，看到唐梅双脚放在桌上，戴着耳机闭着眼睛听音乐，胡云进来她都没发觉，直到胡云到她跟前拍拍她，"哎"了一声。"新娘子这么自在，听歌了？"唐梅这才睁开眼，看到胡云来了。

"哟，是你？"

"挺自在的哈？"

"嗯嗯，干什么来了？"

"去医院刚检查了身体，路过你这里进来看看。"

"身体怎么样？"

"不太好，我的乳房有个黄豆大的小硬块。"

“别是其他什么病吧？”

“不知道，现在还不能确诊，过些天还要再来查查。你身体怎么样？”

“千万要注意了，不能耽误，我都一年多没检查身体了，你在哪个医院检查的，我也去检查一下。”

“好，我带你去。”

唐梅把带班的小姐叫来，安排一些工作，就跟胡云去了医院全身检查。检查之后，拿了化验单，她问医生怎么样，医生把她一个人叫到医生办公室的另一间，问她：“你丈夫身体怎么样？有什么毛病没有？”

“指哪方面？”

“持续发烧、虚弱、盗汗，严重些，譬如食欲下降、厌食、恶心、呕吐等等。”

“嘻嘻，医生，我结婚半年多了，是不是怀孕了，是不是有孩子了？”

“不是，你平时和什么人接触，有没有输血、打针之类的治疗？”

“没有，我身体一直很好。”

“结婚半年？你们婚前检查身体没有？”

“没有。”唐梅听了有些警觉，“是不是我丈夫有什么病传染给我？”

“这个不好确定，你丈夫……”医生不好往下问。

唐梅说：“一般这会是什么病的前兆？”

“多了，最重要的是性病。”

唐梅不说话了，他听人家风言风语说过她丈夫生活不检点。

“你过三个月再来检查一下吧，现在不好说。”

唐梅回来了，回来以后，她问高宝庆，你和什么样的女人接触过没有。起先高宝庆不承认和别的女人接触，在唐梅的威逼利诱下，他最终承认跟公司里的蓝妮子有过接触。唐梅气死了，她听说蓝妮子有艾滋病呀。

昨天下班时，蓝妮子看到高宝庆追上她，迫不及待地问她艾滋病的事，蓝妮子心里一沉，惶恐地睁大了眼，赶快避开他走了。回到家之后，蓝妮子从抽屉里拿出纸和笔开始写遗书，她想等到明天都给寄过去。第一封信是写给孙健的，她这样写道：

孙总：

也许你看到这封信的时候，我已经走在黄泉路上了，这么几年来，我非常非常感谢您对我的照顾和无私的帮助，我只能下辈子做牛做马还您了。

再，我死后，告诉火葬场的师傅，不要把我身体皮肤弄破流血，就地火化，我的血液会传染到别人。

叩头

再叩头

三叩头

罪人蓝妮子，即日

写了这么几句，撕了再写，然后再撕，一直写到地上扔了一大片纸团，她趴在那里伤心地哭，然后把它装进准备好的信封里，封了口。她不能用手机发信息，只用原始的方法把这份遗书寄过去。做完这些，她又开始给高宝庆写。

高宝庆经理：

你做得不对，我跟你说过我有病，你还是不听劝阻，一意孤行，如果我没有这种病，你人这么好，我会考虑嫁给你的。今世是不行了，你肯定也染上了我这种要命的病了。我没办法救你，我这里有药，我给你写了一封信，连同药一块寄给你，你按照说明书上的要求吃吧，另外，你新婚的爱人有可能也染上这种病，这药你和她一块吃。本想也给你爱人写一封信的，想想不太好，就不打算写了。

请原谅

罪人蓝妮子，即日

接着她又给娘、给弟弟写信，写好信装进信封。她想等下午下了班，把信投进信箱。

写完最后一封信，天已经亮了，蓝妮子洗洗脸，仔仔细细化了妆，把自己没穿过的衣服叠好，放在一个小柜子里，上边留一张纸条：这几件衣服我平时没舍得穿，拜托孙总送人吧，别人如果嫌弃，就请烧掉它。

做完这些她出了门，去了公司。看门的周大爷说："小蓝，怎么来这么早？才五点多钟。"

蓝妮子勉强笑笑，说："我有点事，周大爷。"

蓝妮子到了办公室，马上开始打扫卫生。她要把最后一次工作做得漂漂亮亮。

八点钟的时候，公司的员工陆陆续续都来上班了。孙健来之后，打电话告诉蓝妮子说："蓝主任，一会儿省房地产协会会同市房地产协会的领导来我公司视察工作，你准备一下把以前介绍我公司的材料，连同近年我公司所创造的业绩，复印三份。"

"好的。"蓝妮子答应着，把原有的资料和开发的楼房建筑方案、设计说明以及公司所创造的业绩，一式三份复印装袋。九点半钟，领导们坐了一辆面包车来了。

在会议室听完孙健的工作汇报，临时决定到江浦公司新建的厂房工地看一看。

散了会，孙健对蓝妮子说："蓝经理，你也跟过去，到那里的饭店安排一下，中午在那里就餐。"

"我也去吗，我一会儿给饭店打电话，安排好一桌饭，我还要去吗？"

"你去，你要跟过去。"

蓝妮子答应着，就给那里的饭店通了电话。

大家都上了面包车。

蓝妮子坐在车门旁边的座位上，准备时时为领导们开门服务。出了城，车开得很快，在一条通往沙洲岛的公路上奔驰，蓝妮子打开一捆纯净水，给领导们每人一瓶。快到沙洲岛江浦公司工地不远的一个十字路口，从江浦公司搬迁设备出来的一辆卡车和面包车迎头撞上了，当即从车里甩出一个人。车上的人还没反应过来，侧车门被撞开，张开的角度较大，车上的人被撞都离了座位，跌在座位下。蓝妮子被撞得脑袋碰了车门，脸色顿时发青、发紫，她哎哟一声，看到车内的惨样，一个人撞在她腿上，这时也不知哪来的力气，她扶着椅背站起来，把撞她腿上的那人往外拉，把车里的人往外拉，最先拉出的是孙健，随后是那个省建协的领导，其后是一个年龄大些的市建协领导。三个人刚被蓝妮子拽出来，地上洒了一地汽油，面包车轰的一声起火了。“还有两个，还有两个。”孙健顾不上疼痛，想站起来没站起来，他大声喊道：“王会长，王会长还没出来，王会长！”

蓝妮子看到火光冲天，愣一愣，冲进火里，死拉活拽拽出一个人，又返回去，那位年龄大些的领导喊：“蓝主任，不能去，不能去。”蓝妮子像没听见，此时她已经站在火里，头发衣服全着火了，她忍着火烧的痛苦，回头看一眼地上的人，大家看见了，她似乎还带了点微笑，她的笑被高空的太阳火辣辣地照着，越发显得灿烂。她被大火吞没了，她还要去拽另一个人，拉那人的胳膊，只拽出一半，她倒下了。

孙健和另外两个看得清清楚楚。

消防车来了，迅速把火扑灭，一个没能逃出来的人，是窒息而死，蓝妮子是活活被烧死。

三个被救出的人连同被甩出去的那一个，被救护车拉走了。

这次事故司机重伤，一名被拽出一半的人和蓝妮子两人活活烧死。

蓝妮子被烧死了，死得很壮烈，从燃烧的汽车里救出的三个人，想想过去的那一刻，总是心悸、后怕。蓝妮子火葬的时候，他们不约而同地也到火葬场吊唁。据说蓝妮子的弟弟和妹妹得到消息也赶过来了。孙健把蓝妮子的遗物交给他们，告诉他们，你姐是为我们牺牲的，死得很壮烈。他们站在蓝妮子玻璃棺前，没有哭，他们也许想到蓝妮子很多不光彩的过去。我后来了解到，蓝妮子十六岁结婚，后来那个男人逼着她卖淫，染了病，许多年过去了，娘不要她，弟弟妹妹不要她。

追悼会由孙健主持，听到孙健把蓝妮子在这个公司的表现总结一遍，有些员工当场哭了，孙健对她的评价很高：工作认真，任劳任怨，不计个人得失，为人善良又乐于助人的好品德，尤其是听到最后一段话“……蓝妮子的死，是我公司的损失，她死得很高尚，很值得我们大家学习”时，这是兄妹二人第一次听到姐姐被别人这么评价，兄妹顿时瘫了，随后二人扑通一声坐在地上，号啕大哭，竟然哭得站不起来。

时间又过去一天，刘昊过来采访，采访稿刊发在第二天的报纸上。蓝妮子舍身救人的壮举，一时传遍彭州市。

事情过后，好多购房者甚至来找孙健买房，孙健虽然还在医院住着，每天电话不断。

又过了半个多月，孙健伤好出院，胳膊上缠着绷带，带着伤痛，要去蓝妮子租住的楼房看看，随行的人清理她的遗物时，发现有三封没来得及寄出的信，和一包留给高宝庆治疗艾滋病的药物。

回到公司，孙健问高宝庆，这包艾滋病药怎么回事，高宝庆没吭声。“这封留给你的信上明明写着是留给你的，你如实回答到底怎么回事？”

“哎呀，老板，她真的有艾滋病呀？她怎么没说？我可让她害死了。”高宝庆愣愣地看着孙健，不知如何是好。

“她有艾滋病，你欺负她了，你说是不是？”

“我让她坑死了，让她坑死了，她有这种病呀，她自己知道有这种病，为什么还要找我？”

“她根本不是那种人，是不是你主动找的她？”

高宝庆没回答他的问话，他突然站起来，一蹦，“啊哟哟，我得了看不好的病啦，我要死了，要死啦！”

孙健一愣看着他，他发疯一样地冲出门跑出去。

第十五章　亚当·斯密的书统治我

我从桌上拿过报纸，大概看了看报道蓝妮子的舍身救人的事迹，接着又仔细看了内容。我也非常感动。蓝妮子蓝妮子？我想了一会儿才有印象。在秦副部长的病房里，我是听孙献茹告诉我的，说蓝妮子有艾滋病。但是她的义举，让我产生敬仰，让我钦佩，刘昊采访她的老板孙健，孙健说："这样的人现在的社会上太少了，好好宣传宣传她吧。"说完他有些遗憾地缀一句："愿她一路走好吧。"

蓝妮子的死在我心里反响很大，无论出于什么原因，她的死都是很高尚的，值得赞颂的，我很欣赏她，也很佩服她的勇气。

我把这事讲给妈妈听。妈妈沉默着，坐在沙发上，一言不发。她坐的样子很特别，不是在那里休息，而是上半身向前倾着，目不转睛地看着前边的墙壁，她从没有过这样的动作，这让我不解想问她为什么这样。她在注视着墙上那幅挂着的卷轴，墙上的那幅字看不见吗？

妈妈累了的时候，坐在沙发上休息一下，喜欢把腿伸出来，放在垫脚的小凳子上，这是她的习惯。现在她身子向前倾着，好一会儿了，我想你不累吗？过一会儿她把腿收回来，靠在沙发背上还在看，那是一个"德"字。这幅字挂在墙上很显眼的地方，妈妈出来进去都能看到，有时还会动手扶正它。这个德字写得苍劲有力，古朴而又厚重，给人以挺拔有力之感。想不起那是哪一天的事情了，只觉着天气很热，那是我大三的时候，暑假，我回家一次，因为爸爸、爷爷、奶奶的去世，我惦记着妈妈，回来看她。她把那幅字装裱好，我帮着挂上去的。

这是因为我跟她讲了蓝妮子的事，引起她的思考吗？我不知道。

这幅字是爸爸妈妈的同事张教授写的，张教授是一位讲哲学的教授。张教授潇洒、倜傥，四十多岁的年龄，出来进去都是西装革履，学者风度十足，爸爸很爱和他交往。他的书法作品在全国书法竞赛中获得过二等奖。我不懂书法，我看到这幅字也感觉写得很好。张教授和爸爸有共同的爱好，使他们两个成了无话不谈的好朋友，也给他们带来了极大的快乐。爸爸的字写得也很好。自从爸爸去世，张教授一个人就不像爸爸在的时候来得勤了，倒是他爱人常来，张教授的爱人和我妈妈也是很好的朋友，他们就住在我们家楼上。他爱人是个不苟言笑的人，跟我妈妈倒很能聊得来，妈妈比他们两口子都大四五岁，她很尊敬我妈妈，她来了也就是问问家里有什么困难没有，他们可以帮着解决之类的事情。像这种知识分子亲亲热热的交往当中，还真的不多，知识分子的人事关系交往，用清淡来说明，再恰当不过了。

妈妈把字带回家，没有装裱，放在写字台上左看右看，给它“相面”，她是研究这个字的笔法？还是琢磨这个字的含义？妈妈喜欢沉思，很小的时候我就知道她是这个样子，常常坐在沙发上一言不发，有时爸爸不喊她，她一个人能一坐老半天，她养成的这个习惯一时很难改掉，不像那些教计算机、生物、数学、物理、化学的老师，不需要对每一个字的含义去挖掘，去释义。我从我的房间半开着的房门看她，她好像心思很沉重，这让我的心也有些沉重。

自从我的病好之后，妈妈从彭州回到武汉，中间只打过一次电话给我，随后好多天我都不知道她的情况，她肯定对李强一家怀有无法解除的敌视。就在前天，她突然打电话让我回武汉一趟，我回武汉干什么？她当时没说，只说有点事情，就把电话挂了。我回了武汉，她又是这样沉默地坐着，不说话。不说让我回来有什么事。这让我不解，看到妈妈这样呆呆地坐在那里，我不好问她，直到中午吃过饭，她才说：“不要再和那个李强有来往了。”

这回我沉默不语了。

“是不是又有接触？”

“散掉了。”我冷冷地回答她。

“哦，这样好，散掉好，咱们再找一个。”

我忍受不了妈妈对我这种轻描淡写不当回事的态度，再找一个能找，但是我心里受得了吗？我生气地回到我的卧室。

她还是在沙发上坐着，目不转睛地看着那幅字，那幅字有什么好看的。

每一个字你都要这样去看去想，你掌握的几千几万个汉字，这样分析，怎么琢磨得了。

妈妈你也太教条了吧，你是不是一直走不出这种教规带给你的古板，以前同学们说我古董，妈妈你才是古董。

妈妈的样子让我很不舒服，书橱里放着一本书，是一本妈妈久翻不厌的《道德情操论》。这本书是英国思想家亚当·斯密所著的英文原版，比老子的《道德经》晚了两千三百多年。作者在书中阐释正义、仁慈、克己等一切道德情操产生的根源，说明了道德的性质、原则以及各种美德的特征，并对各种道德以哲学的论点加以评价，进而揭示出人类社会赖以维系、和谐发展的基础，人的行为应该遵循的一般道德准则。妈妈有时候也对她的学生讲这本书，妈妈把这本书紧缩在一个“德”字上，是有其用心的。她请张教授写下来，找人裱好挂墙上，一抬头就能看到。这书我以前翻看过不下三遍，就是因为这本书，我的磕磕巴巴的英文水平，有了长进。

李强一直都是很欣赏他的父亲的，甚至到了崇拜的地步。他知道他父亲年年被评为优秀共产党员、先进工作者，还出席过市劳模表彰大会。李强在学校的时候，他就对我说过。那时候我们正在做毕业论文，他这样对我说，我也没在意，况且旁边还有吴晓娟和黄莹莹，我感觉他为有这样的父亲感到骄傲，后来我们相恋了，他又这样对我说，这让我心里很高兴，同时也感到骄傲，这毕竟是我未来的公公呀。因此心里的温暖，绝不是说说就能了的。当时怎么会知道这骄傲的背后藏着这么多肮脏的东西呢？现在事情变得无法收拾了。我在想着我怎么才能和李强散掉，散掉的同时又不能刺激到他。其实这个“散”字说出来很容易，真正做起来却很难。

吴晓娟的婚前酒结束的时候，我和李强有过一段短暂的交谈，当时是想把这个散字说出来的，但是想来想去说不出口，不是因为我又改变主意，实在是因为一种剜心割肉的疼痛强烈地刺激着我，我的心告诉我，不能说，说出了我的心受不了。

我坐在宿舍的沙发上，胳膊肘拄在扶手上，托着腮，我感觉着周围的宁静，一切还是我离开时的样子。我又想起武汉家里妈妈的那幅卷轴。我知道卷轴上的“德”字是老子哲学核心思想，“德”的意思，大概就是人们共同生活及其行为遵循的准则吧。妈妈把老子哲学核心思想浓缩在一幅卷轴上，时时告诫自己，警醒自己。妈妈给学生也讲德，德字从她的嘴里讲出来，就有了很深的含义。这是我的想法，妈妈经过的那件事，常常都在自责。她有着很深的体会，她的这种体会落实在我身上，我付出的代价却要比妈妈付出的多得多。她每天都在反省自己，都要以一种近乎折磨的惩罚来惩罚自己。有一次她到我房间里，看我闭上眼，她以为我睡着了，她坐在床边看着我好一会儿，轻轻地说：“小莉，妈妈对不起你。”那是我跟她谈到我要跟李强散掉的时候，她来我房间的。

妈妈的内疚从脸上可以看出来，那是一种悲苦。悲，悲在心里，是从后悔这两个字上表现出来的；苦，苦在心里，是从脸上可以看出来的。因为一个失德的人，不但一生受到道德的谴责，同时也给下一代在心灵上留一道很深的伤痕，这是她痛苦的所在。

妈妈从学校回到家，常常一个人就这样坐在沙发里沉思，时不时还抹一下眼泪，一种悲凉的心情，我看出来是从心底的沉渣中泛起的。那是一种对生命的经历无法挽回的无奈。她不让我看出来，她强作笑脸，但是我心里已经看出来了，我知道她的内心的想法应该是这样的：女儿已经到了该出嫁的年龄，却由于她自己的原因，失去了恋人。

她的学生都很争气，她常对我这样说，脸上总显出少有的喜悦，这是对她心灵上的安慰，我想。有几个学生，在国家大刊物上发表论文，如《浅论李白的诗与中国道家思想》和《浅论王维的诗中有画》等等，使得她引以为豪。妈妈这样跟我说的时候脸上就会带着一种满足感。她很欣赏她的学生，同时看到我写的诗词，也特别喜欢，因此同样的满足感也挂在妈妈得意的笑容上，她脸上总会溢出光彩。

“找一个各方面都优秀的男孩子……”妈妈对我这样说，看到我并不感兴趣，她说了半截就不说了，她希望我什么，我是知道的。

我没有理由再去埋怨妈妈，她有她年轻时的青春冲动，她有她年轻时的不成熟，年轻是青春勃发的年龄，谁没有错的时候？所有的莽撞和欲望都会在这个年龄段发生。懊悔，自责，对过去所做的事，在心灵上留下的歉疚，等到事情发生了，才会感觉不该这样做。有这样的回顾，很多时候都是追悔莫及。有人说年轻犯了错，连上帝都会原谅的。

我不愿意刺激任何人，尤其是我的妈妈。妈妈在电脑旁快速地打字，这两天一直在忙，她有一个课题正在进行中，还没有结题。

“你不要没有任何选择地跟同学交往。”妈妈的话让我震惊，我怎么没有选择地跟同学交往？我想着她的话，她为什么这样说，是悔于自己过去行为的不检点，对我的忠告？还是因为什么？

窗外的风拂动着树枝，树枝轻柔地敲打着窗户玻璃，我看出来了，那是一个午后，午后的阳光斜照在长江的江面上，又反射到墙上那幅《德》字上，很亮很耀眼的一个字，把房间映射得闪闪发亮……

我坐在妈妈坐的沙发上，听着窗外马路汽车驰过的声音，我希望我能静静地思考，不受任何干扰。妈妈思考的方式也是这样的，这一点我们母女很像，我们就是这样的人，两个“木制”的女人，呆呆地坐在那里，甚至不说也不笑，让别人看起来我们母女有些古怪，甚至古董。妈妈还好说，我就不同了，不像我这个年龄的女人，随他们怎么说去，我喜欢这样，这是遗传基因在作怪。

二婶娘到我家来了，那是前两年，谈起她儿子的事，那时思奕还没到彭州接替二叔的工作。我在那里坐着，想着，很为思奕和他妈妈的事情感到不平。二婶娘希望儿子能找一个孝顺些的女孩子，她这一辈子也就满足了。二婶娘的要求很低，这是她等了二叔大半辈子没有结果，才做出的一个很低很低的要求。人的希望总是美好的，对于二婶娘尤其这样，建设一个安稳的家、美好的家，对她、对儿子都很重要。

妈妈说："思奕不小了。现在的孩子很小就开始接触这些事情。"她说她们学校一个老师的女儿很不错的，就是年龄偏大一些。

"大一些不太好。"二婶娘说话总是很干脆。后来思奕去了彭州，接替二叔的职务，况且又找到吴晓娟这样的儿媳，二婶娘彻底放心了。

妈妈依然在桌前做着她的没能结题的论文。妈妈的话使我很不舒服，她为什么这样说话？她不考虑她女儿的感受吗？

妈妈的手快速地在电脑的键盘上移动着，我感觉那是一个个黑色的甲壳虫，在妈妈的手指尖的点拨下，排着队爬出来。妈妈的文章写得干净利索。爸爸的死，爷爷奶奶的死，妈妈伤心好长一段时间，现在基本上恢复过来了，从她指尖上爬出来的甲壳虫，就可以看出来。

"妈妈，你还去不去？"妈妈没听懂我的问话，转过脸看我，张着嘴想说什么，她的思维一定还停留在甲壳虫那里。

"思奕结婚，你和二婶娘去不去彭州？"我又问她。

"哦，这事啊。"

她站起来，走到窗前，望着长江大桥，大桥上来来往往的车辆，大桥的一端是那个著名的黄鹤楼，黄鹤楼以东，白云阁西南是李白的搁笔亭，我以前常到那里去玩，大了的时候也去，而且在一块石头上一坐老半天，传说这块石头就是李白坐过的，现在已经被追古的崇拜者坐得有些凹了。据说李白到了黄鹤楼读到崔颢的诗，没办法再写了，就在这块石头上坐了好长时间，后来把毛笔一摔，走了。我想着一代宗师写不过人家摔笔时的样子，我心里生出一种敬仰的感觉。后人把他坐的地方建了一个"搁笔亭"。说"搁笔"，是说李白的修养。后人总是善良的，喜欢对才华横溢的文人由衷地尊崇和赞赏，不会做出有损他形象的事情。说搁笔，是对他人品的敬仰，对他才气的敬仰。查阅有关资料，根据他的为人和豪放的性格，应该说李白是把笔一摔，然后捋着胡须，拂袖而去的。叫“搁笔”，不叫“摔笔”，这有点不符合他的性格豪爽的性格。“搁笔”有轻放之意，“摔笔”就完全不同了，那纯粹是怪自己超不过人家才摔笔的。文人都有这种秉性，自己写不出来，或者写出来不如人家，就应该把笔一“摔”，走人，而不是一“搁”走人。

人是要争一个气，尤其是写文章的人，谁比谁写得好，另一个就要争口气，要超过他。唉，多么悲哀的竞争。李白的脾气性格从查阅的资料我略知一二，潇洒，豪爽，风流倜傥，有一种高贵的傲气，傲气傲在骨子里，如宠宦高力士为他脱靴，杨国舅为他研墨，充分显示出李白的骨傲，蔑视权贵。所以说搁笔似有不妥，改为摔笔最贴切。

“要去哪儿?”妈妈从窗口回到桌前。

“彭州。”

“你是说去你们公司？我不是才回来吗？这个假期学校组织去美国旅游，我不去彭州。美国你能去吗?”妈妈反过来问我。

妈妈自从上次回武汉，心里一直放心不下我，她打电话问思奕我的情况，又问林婉秋，得知我正在恢复阶段，而且恢复得挺好，她放心了。

她希望我健健康康地活着，不要把以前的事放在心上，重新走出一条路，完完全全改变自己。

什么完完全全改变自己？这种说法我不能赞同。

我回到沙发上坐下，妈妈看我带搭不理，她有点生气。

“你还是回武汉来吧，我的一个学生现在是一个机械公司的老总，前段时间我把你的情况跟他说了，那个学生说：‘好，嵇老师，您让妹妹过来吧，她在那里担任什么职务，来我这里还让她担任什么职务。’”

“妈妈，这些事我现在不想谈，以后再说吧。”

“我的意思是不想让你在彭州。”

“我现在还不想离开彭州，还是等以后再说吧。”

我不想听，我站起来回到了我的卧室，躺在床上，蒙了头，我心里很难过。

过一会儿妈妈又喊我，说：“小莉你过来，有件事想跟你说。”

“什么事？”我起来，到了客厅。

等了一会儿妈妈才说：“小莉，你过来，我有一件事想给你说。”

妈妈坚持着。

“什么事妈妈？”

“你也不小了，你是不是……”

“说我什么呀，妈妈？”

看我不太高兴，妈妈意三意四，最后还是说了。

“我有一个同事的儿子，挺好的，以前我说过，不知你还记不记得。”

“说的什么呀，我不记得，我也不想听这方面的事。”

“是这样……”妈妈不厌其烦地重复着。

妈妈怎么变得像街道老太婆那样了呢，絮絮叨叨的。你同事的儿子和我有什么关系？我心里想。

妈妈开始板着脸跟我说话了：“是这样，你坐下，我说给你听听。”

我硬着头皮坐在她旁边的沙发上，无聊地翻着一本英文版的安妮·勃朗特的小说《怀尔德菲尔府的房客》，书中的主人公都有着纯洁的品德，勇敢地追求独立和幸福，虽然几经磨难，但是女主人公坚持，最后还是和心爱的人走到了一起。那么我呢？我是和书中的人物正相反的呀，我把书放下。唉，这种书在这个时候看到，多么无聊。这本书我以前读过，当时还为主人公海伦坚贞不懈的爱情所感动。

过后我产生了一个疑问：人为什么要结婚？其意义何在？最庸俗的解释是传宗接代。传宗接代纯种基因当然好，不纯的基因呢？譬如“双父”，我又想到这个词，我一阵痉挛，大脑皮层被冲击得几乎昏眩。

“妈妈，我上次来，你做的那个《让汉代汉语像清泉般流入学生心田》的论文反应还不错吧？”我岔开她的问话闲扯起来。

“还可以……”

“可以就是还不错是吧？”我故意想把这个话题扯得长一些。

“工作上的事，好也好不到哪儿去，不好也不好不到哪儿去，我和你说的事你答不答应，答应的话你就……”妈妈的话又回到原点。

“你还是说点别的什么吧。”我不满意地说。

“说什么？”

“说什么随你，就是不要说这方面的事。”

妈妈沉默了好一会儿。

我说：“我明天就回去。”

“刚回来两天就要回去？趁我放假不陪我多过几天吗？”

“你不是要去美国吗？我不想在这里。”

“为什么？”

“不为什么，我不能去美国，我要回公司。”

“才来两天就走？”

“一是我已经买了回程票，本来不想来的，要不是你打电话让我来，二是二叔让我帮他办点事，现在事情办完了，我该回去了，回去我还有许多事情要做。”

“思奕在彭州办几桌？”

“办几桌我回去才能知道，到时候我来不来这里还不一定。”

“你二叔会去彭州吗？”

“会的，他说要到彭州的，他儿子结婚他能不来吗？但是他不一定到武汉来，他要在彭州办些事，要在彭州参加完思奕的婚礼，就回去。”

“这些男人可恶，太可恶了。”我心里想。

看到妈妈意味深长地哦了一声，我正想说话，妈妈又说：“苦了你二婶娘了。”

妈妈穿着拖鞋在客厅里踢踏着走来走去。

“你要走就走吧。”妈妈剥了一个香蕉给我。

“那个李强怎么样了？你们不能在一起知道吗，在一起传出去这里边的事，会被人笑话，我们下半辈子可就抬不起头来了，反正我快死的人了，你还有好长的路要走……”

我听了反感地齉着鼻子，生气地说：“我们不可能在一起，不可能。”

“这都是妈妈的不是，唉，小莉，我，真有点对不起你。”

“别说了妈妈，你别说了，这是命。”妈妈这样说，我的心软了。

我心里有些烦，不想说这件事，推说自己胃有点疼，我把香蕉放下。看到妈妈自责地唉了一声，我心里很不是滋味，无论怎么说，她还是生我养我的亲生母亲。我笑笑转了话题：“妈妈总是做这么多好吃的，让我的胃难受，我要吃胖了。”

“胖点好，身体健康。”妈妈拿过茶杯泡了一杯茶给我。

“胖点有什么好？我现在都快五十一公斤了，再胖这些衣服都不能穿了。”

妈妈把笔记本合上，插头拔下来。

“我出去一会儿，一会儿你王阿姨来，你让她坐一会儿等我。”

“你要出去？为什么要出去？王阿姨不是要来吗？”

妈妈走了。

我坐在那里想着妈妈的话，我不知道这个王阿姨来做什么的，妈妈为什么不在家等着，还要出去。我感觉妈妈好像有了一个阴谋，这个阴谋像针对我的。

阴谋总是在别人不知道的情况下让你上套。不知怎么搞的，自从妈妈告诉我那件事，我心里就留下一个抹不去的阴影，好像一不小心就会掉进陷阱，时时都在提防着，结果这个阴影越放越大，遮盖了妈妈面孔，露出一副善意的表情。在遮盖的面孔后边，设了一个阴谋伏在那里悄悄等着我。阴谋一般总是坏的成分多一点，这是最让人害怕的。妈妈为什么找人写这个字？是在警醒自己吗？这个字没装裱之前，我曾经抚摸过它。有人说字写得好，能力透纸背，我反过来看看，背后并没有什么字，只有湿笔晕墨的痕迹。

“妈妈你说张叔叔的字力透纸背，我看背后什么都没有，只是一片湿润。”

妈妈笑了，说：“这意思是形容字体雄浑刚健，刚劲有力，笔锋简直要透过纸张背面，这是说书法家的字很有功力。”

“嗯。”我红了脸，我不知道今天为什么这么幼稚，这么浅显易懂的道理我还要问明白。

小的时候，同学们说我妈妈是了不起的大学教授，大学教授有很多知识，很博学。有一次我问妈妈。

“妈妈，你很博学是吗?”

“博学要靠自己努力，要博览群书，而且每一项都要达到一定的高度，而且要有独到的见解，而且要有让别人信服的理论。”

“这么多而且，妈妈，妈妈好谦虚好谦虚。”

“不是谦虚，你还小，长大了你就知道了……”妈妈就是一个谦虚的妈妈，她从不愿意张扬自己，总是很低调地生活着。

想到这里，听到有人敲门，有人来了。我站起来，我想大概是王阿姨，我开了门，果然是王阿姨。

“王阿姨，您好。”

“哟，是雯莉呀。”

“是我，王阿姨。”

“哟，长这么高了。”

我嘿嘿地笑了，“您坐王阿姨。”

“真是女大十八变，越长越漂亮，我们好几年没见了吧，那时候你到学校去的时候才这么高，才上三四年级吧，”王阿姨拉着我的手说，“现在走在街上真的不敢认，从你去外地上学就没见过你。”

“嗯，是的。”我笑笑，看到她后边还跟着一个小伙子。王阿姨说：“哦，我介绍一下，这是我儿子张帅，你该叫哥哥吧，比你大两岁，你们小时候还在一起玩过的。”

“哦……”我红红脸，尴尬地站在那里没，“你，你们坐。”

小伙子很帅气，高高的个子，英俊的面孔。我妈妈让他们来做什么的？我有点生妈妈的气。

“你坐，王阿姨。”

“嗯，好，好。”

王阿姨依然目不转睛地看我，坐下了。我低着眼皮招呼他们，给他们泡茶。

“你妈妈呢?”

“她刚出去，说有点事，马上就过来。”我把茶端给他们。

这时，我的手机响了，我看着这个不熟悉的号码，我转过身，到了我的卧室，问了一声：“哪位?”

“是我，晓娟，雯莉你到武汉了吗?”

“是的，到了。你的手机换号了?”

“手机被偷了，新买了一台，你什么时候回来?”

“明天晚上。”

“好的。明天来再说吧。”

“好的，我回去再说。”

这时候妈妈回来了，“哟，王老师来了，来多大会儿了?”

“刚刚来到。”

“嵇阿姨好。”小伙子站起来很有礼貌地给妈妈鞠了一躬。

“好好，你们认识了吧?”

王阿姨坐下，说：“我们也刚到，他们认识了。”

“坐，都坐。”

我明白了妈妈的企图，我又去了我的卧室，我换了件衣服，拿上我的包，我不能在这里跟他们闲扯。我出来说：“王阿姨，我有点事要出去，今天很不凑巧，同学上午跟我约好的，很对不起。”

妈妈好像愣了一下，我看到妈妈和王阿姨的表情，我明白了妈妈的意思。她是把我介绍给王阿姨的儿子，哦，好大的一个阴谋，我受不了，转过头又一想，妈妈这是“赎罪”吗?是对我赎罪?想到这两个字，我心头一紧，像有一把刀割伤了我。妈妈，我可怜的妈妈。

王阿姨倒是个明白人，说：“好的，雯莉，你去吧。”我对她点点头。我下了楼，舒了一口气。

妈妈怎能这样呢?打电话让我来，就是为这事呀，妈妈，你好糊涂，你真是一个大阴谋家。

晓娟的婚礼在开元大酒店举行，在彭州办完，10 月 1 日还要赶到武汉，要在那里办。二婶娘说，一共要办十三四桌酒席，要办得风光风光。二婶娘说这话的时候，脸上溢出光彩。我懂得她的心事，一辈子孤孤单单拉扯个孩子过日子，现在终于可以吐口气了。

这些日子，她一直都关注着范正辉能不能来，听我说，二叔可能不一定来，他要在彭州办合同的事，要给英国公司把江浦公司交接完，还要赶回澳洲去的时候，二婶娘有些伤心，坐在那里好一会儿才说："这孩子结婚这么大的事都不来……"她叹了口气，又自我安慰地说，"唉，不来就不来吧，也不指望他来，多少年了，我们不是生活得很好吗?"

"二叔不来，二婶娘你不会去吗?"

"我没办法去，这里事情这么多，我离不开，只是他不来让我不好向大伙交代。"

我妈妈说："倩如，想开点，多少年都过来了，何必坚持一定要他来呢?"

"唉……他来不来对我都无所谓，只是感觉孩子的面子不好看。"

"大家多多少少也都了解你们的关系，好交代怎么样，不好交代又怎么样？思奕也不是不知道他爸爸和他妈妈的事。"

那天晚上二婶娘待在我家好长时间，我都睡觉了，也不知道她什么时候走的。

"这些男人可恶，太可恶。"我又想起了阿强，他现在做什么了，自从那天喝了晓娟的婚前酒，过后我跟他谈了话，说了以后我们不再见面的事。李强愣一愣只说了一句："那天我们不是和好了么？现在怎么又说这样的话了呢？到底为什么？不能告诉我么?"

我沉默不语，他也沉默不语地看着我，我坐了一会儿，就走了。

我回到彭州，晓娟又给我打电话，说："我爸爸的工作你去做吧，典礼那天他不愿意过来，他说他要出差，国庆节他们不放假吗，怎么还要出差？问问他能不能晚一天出差。"

我心里打一个梗，所有的准备工作已经就绪，亲友和同事的请柬也发出去了。不知什么原因他不来，无论什么原因，这女儿出嫁这么大的事，再忙也要等女儿的事过了这一天吧。看着晓娟为难的样子，我说："阿姨怎么说？"

"妈妈倒是很爽快，答应过来，还要去武汉呢。我是给妈妈打过电话之后又给爸爸打的，他就说他不能来。"

我心里立刻有了反应，这怎么行，婚礼上还要跟爸爸妈妈敬酒，爸爸还要讲几句呢，这人怎么不懂道理呢？他和晓娟过去有过郁结吗？有没有郁结我不清楚，我直接问晓娟："你和李强爸爸过去有什么意见吗？"

"没有，一直都是很好的，我一直都很尊敬他的。"

"你问过李强吗？"

"问过，李强也不知道什么原因。"

"让李强跟他爸爸说去吧，如果真是不愿意来，只能这样了。"

"是的，我也是这么想的。"

"不要想这么多了晓娟，上次喝你的婚前酒他不就没来吗，不来就不来吧，我们进行我们的，他这个人呀，太难琢磨了，有时候让人气愤，他不来也许我们做得会更好，省得看到他让人心里烦。"我生气地说。

晓娟看着我的脸好一会儿，她不太明白我为什么对李亦邙也有这么大的成见。

"雯莉，你对他……"

"没事，我没事，其他的都准备齐了是吧？"听她这样问，我赶快转换了话题。

"都齐了。"

有了日子，时间就感觉很紧，很快就到了结婚的日子。

李强回到家问爸爸怎么回事，为什么不愿意参加姐姐的婚礼，李亦邙说不出来，只说不得闲。李强跟我跟吴晓娟说："我当时很生气，甚至发了点脾气，最后爸爸只好硬着头皮说：'好好，我去我去，行了吧？'我爸爸还是怕我的是吧，娟姐？"李强小孩子一样地笑了。

吴晓娟也笑了。

九月二十九日这一天，江浦公司几乎所有的中层干部都来参加思奕和晓娟的婚礼，加上林婉秋科室里的同事，以及其他科室的同事和林婉秋的好姐妹，光江浦公司的人就来五六桌。晓娟的学友，其他公司的老板、经理、朋友都接到请柬来了，税务、法院的也来了不少。

典礼前，还办了一场双狮闹婚，很热闹。婚礼进行的时候，林婉秋一直都是笑吟吟地招呼着大家，因为在这种场合下，她和李亦邙都是主婚人。思奕和晓娟夫妻二人对拜过后，范思奕和吴晓娟给范正辉跪拜献茶，范正辉把准备好的两个红包，一个是他给的，一个是潘倩如给的，尽管潘倩如没来，范正辉还是准备了两份，给他们一人一个。接着，思奕晓娟又给李亦邙和林婉秋跪拜献茶，林婉秋和李亦邙也把准备好的两个红包分别给了他们。

新郎新娘在现场讲了恋爱过程，博得大家一阵一阵掌声。

接着主持人要新郎的父亲范正辉讲话，范正辉高兴地拿着话筒道：

尊敬的各位领导、各位长辈、各位亲朋好友，大家好！今天是我儿子范思奕和吴晓娟新婚大喜的日子，我感到非常高兴和幸福。高兴的是这对青年，经过两年的相恋相爱，今天终于携手走进新婚的殿堂，开始了他们新的人生，新的生活。幸福的是，看到思奕从一个牙牙学语、不谙世事的顽童，长成这么一个英俊、潇洒，有知识、懂礼貌的新时代青年。我由衷地感到自豪。

两个孩子都生活在富裕的年代，成长于社会变型时期，在这个物欲横流的社会，人的感情变得越来越浮躁。但是他们没有染上浮华的习气，他们依然清明、纯真、阳光、向上，他们的结合，在以后的日子里会更快乐，更幸福！

结婚，是人生的一个里程碑，标志着新生活的开始，也意味着两个年轻人从此将承担起更多的社会和家庭责任。

在这个美好的时刻，我和在座的所有的父母亲一样，对自己的孩子寄予着希望，祝福他们，作为主婚人，今天我向两个孩子说三句话：

第一句：热爱生活，积极进取。在你们从事的工作中认真做好你们担当的责任，做一个对国家有用的人，对社会对家庭有责任的人。读好书能受用一生。认真工作就一辈子有饭吃。做普通人，干正经事，可以爱小钱零钱，但必须有大胸怀。无情岁月催人短，有味诗书读后甜。要学会学习，与时俱进，学无止境，自强不息！

第二句：要孝敬父母。时代在进步，社会在发展，但到任何时候，中华民族的传统美德不能丢。你们要像孝敬自己的父母一样孝敬对方的父母，不仅要把孝敬当作一种责任，更要把孝敬当作自己完善人格的一种修炼。

第三句话，要彼此珍惜，心系一处。前年的汶川大地震和今年的玉树大地震，让我们更加懂得了生命的珍贵。也使我们清醒地认识到生命的脆弱。人生是短暂的，你们要学会珍惜生命，学会彼此相爱，学会好好地活着。你们在今后的生活中一定要多一些忍让，多一些宽容，多一些仁爱，少一些争吵，少一些烦恼，少一些痛苦。赠人玫瑰，手有余香。要创造、培养、磨合、建设、维护、完善你们的婚姻，共同创造美好的未来。

今天，我万分感激从各行各业赶来参加婚礼的亲朋好友，也万分感激爱神的来临，她在天空星界，在江河大地，也在这大厅里，一定注视着这对年轻人，我祈求她永远地关照着我的两个孩子！

感激之余，我衷心祝愿大家吃好、喝好！

谢谢大家，给各位鞠躬了。

范正辉讲完，主持人说："请新娘吴晓娟女士的父亲讲话。"李亦邙一愣，问主持人："我还要讲吗？"

“讲几句吧，这是规矩。”下边的宾客不等李亦邙说话，就哗哗哗鼓起掌来，李亦邙没办法，只好拿过话筒，说：“我没准备，就随便说几句吧。”

他吭吭了几声说道：

各位领导，各位来宾：

大家好！

今天，是我女儿吴晓娟和女婿范思奕举行结婚典礼的喜庆日子，首先，我对各位嘉宾的光临，表示热烈的欢迎和真诚的感谢！同时，对两位晚辈的爱情走向成熟迈入婚姻的殿堂表示良好的祝愿！

婚姻是爱情的升华，是彼此双方对生活、生命的一种确认。也是一种契约关系，或者也可以称为合同关系。在订立婚姻这个契约的时候，双方就婚姻的组成约定了权利和义务。所以一个婚姻中，要想维持稳定、和谐，双方都必须遵守这种契约关系，这个合同不见得有纸面的合同文本，但是应该有一些双方都认可的条款，比如保证对婚姻的忠诚、承担家务、尊重对方、赡养老人、教育孩子等等，既然是合同，除了有权利义务，还应该有违约的责任。在日常的交往中，我们会在订立合同之后严格的遵守，那么在婚姻中也应该是这样，保持自己的诚信，这种约束力对双方都是适用的。人生的一种契约，它不仅仅需要温馨、浪漫，而且更需谦让、理解和经营。爱情一旦成熟，就是走进婚姻的殿堂，建立幸福的家庭。此时此刻，作为父母，看到你们今天的成长、成熟和成功，我们感到由衷的高兴，并真诚地希望，你们今后能够互敬、互爱、互谅、互助，无论贫困还是富有，无论是健康还是疾病，都要一生一世、一心一意，忠贞不渝地爱护对方，在人生的路途中永远心心相印，比翼双飞。

最后，我感谢在座的每一位亲朋好友，祝愿你们家庭幸福、财源广进、事业发达！

最后祝愿大家吃好，喝好，谢谢各位。

说得多好呀，大家再一次热烈鼓掌，有人大声啊啊啊啊地号叫。有人说，到底是当局长的，讲起话来简洁明快，滔滔不绝，一套一套的，让人很受听。

是呀，讲的是好，但是他的每一句话好像都是在扇自己的耳光，有些人就是人前一套，人后一套。我想。

看到大家热烈的祝福，我感动得使劲抿着嘴唇，忍住即将掉下来的泪水，这样好的场合不适合我，我不会有这样的机会。我快步走出大厅，我去了南屏湖，坐在岸边的石头上，难过了好长时间。

结婚仪式进行得很热闹，很顺利，第二天下午，思奕和晓娟去了武汉。

第十六章　天　谴

唐梅自从那天见到李亦邙，这么多天心里一直都窝着火，想发泄没地方发泄，回到家想来想去不是滋味，无形当中，在她仇恨的心理上又添加几分本来就高涨的愤怒，过了国庆节，天气凉爽，她知道高宝庆的艾滋病已经传染了她，这些天她始终都在心里计划一个阴谋，她要害她记恨的那个人。她问高宝庆："高宝庆，你到底爱不爱我？"

高宝庆嘻嘻地笑着："爱呀，谁的媳妇谁不爱？我都爱死你了。"

"别说上不了菜盘的无聊话，我问你，怎么爱我？"

"言听计从还不行吗？"

"爱我爱多深？"

"南屏湖多深我就爱你多深。"

"那好，我让你替我办件事能不能办？"

"别说一件，十件也能办。"

"那好。我让你杀个人，你敢不敢？"

"杀人？杀谁？"

"别问杀谁，先说敢不敢。"

"敢怎么样，不敢怎么样？"

"敢去把他杀了，我给你五百万，你找个地方躲起来，等过了风头，我把公司卖了，我去找你。"

"哦，这杀人的事，我敢干，只是，只是这天下到处都是监控，像人家说的，天网恢恢，疏而不漏，这监控都在头上罩着，你钻老鼠窟里也能把你掏出来。"

"别说废话，还说爱我，这点小事就把你吓糖心了，没出息的东西，滚，以后不要到我这里来了。”

“哎，别生气嘛，你得给我说杀谁，我好去杀呀。”

“到时候我会给你说。”

“嗯，我还要问问，他跟你有多大的仇？你这么恨他，为什么要杀他？”

“不要问为什么要杀他，先说敢不敢去？”

“敢，我，我当然敢。”

“敢就行了，别的都不要问了。”

“我，还想问清楚一下，不问清楚就去杀呀？电影电视里不都是说，我让你死个明白，要杀的人，到时候我就会告诉他，我让你死个明白，我为什么杀的你，这也是杀人程序吧，这要让被杀的人知道，为什么会被杀，弄不好他一听这话，就吓得自杀了，哈哈，他自杀就是他的事了，不干我了吧。”

“你真是孬种，给我滚，我前段时间就想告诉你，你有艾滋病，我要跟你离婚，从今天开始别想从我手里要走一分钱，你真是个孬种。”唐梅两只眼睛瞪得很圆。

“哎哎，别生气嘛，离婚也好商量，不给钱也好商量，艾滋病也好，都不算啥，你这么一句话倒提醒了我，到时候他要问我，我为什么杀他，我就说:你他妈的是孬种我才杀你，怎么样，这个理由充分吗？”

唐梅被他气得指着他的鼻子骂他：“你滚你滚，你真是孬种。”

“好好好，我滚我滚行了吧，只要你不生气。”说完他扯过床上的被单铺在地上，然后扑通坐地上，上身一仰躺下，“哎，你看我这样滚行不行？”说着他打了个滚。

唐梅被他弄得忍不住“扑哧”一声笑出来。

“唉，我真拿你没办法。”

高宝庆坐在地上抱着腿，说：“我去把人家杀了，我跟他又没什么深仇大恨，总感觉不是那么回事。”

唐梅想想也觉着他说得有点理。

高宝庆又说：“我都不认识这个人，你让我怎么杀？我连张照片都没有，是男是女是胖是瘦我都不知道。”

“这人你见过？”

“见过，在哪儿见过？”

“八月十五那天，在惠丰大商场。”

“惠丰大商场？”高宝庆挠挠头皮，“惠丰大商场见过的谁？我怎么没一点印象。”

“就是那个税务局的李大局长。”

“哦，你是说他呀，他不是你上头的人吗？”

“是我上头的，要杀的就是这个人。”

“好，再问一下，他那么文文弱弱的一个书生，你为什么要杀他？”

“他文文弱弱？他心里鬼点子可多了。”

“就为这要杀他？杀他的鬼点子？”

“不是杀他的鬼点子，他是我多年的仇人，我找他多少年了，不杀他出不了心口这股恶气。”她拍拍心口说。

“怎么结的仇，坑你了，骗你了，还是怎么着你了？”

问到这里，唐梅沉默了，她不能把这里边的事情告诉他，你怕死你胆小，我去杀他。

怎么杀他，唐梅心里没数，她从来没计划过这样的事情，只是出于心中的那股忍受不了的烦怒，要平息。至于杀了人以后会出现什么结果，没考虑。

高宝庆又笑着说：“你不是知道他单位吗，知道他的单位还要找他多少年？你真笨。”

“知不知道这不关你的事，我问你，你到底是干还是不干？”

“干，坚决地干。”他站起来，挺挺胸，笔直地站在唐梅跟前，双脚一并，像个要改正错误的小学生。

唐梅看他那个熊样，对他彻底失望了：“你走吧，这事你干不了，我自己干。”

“我走我上哪儿去？一个屋檐下的两夫妻，我能走到哪儿去？再说了，这不是个小事，得从长远计议，再怎么着，你也得让我计划计划好好想想吧。”

“你想你想，你好好想。”她换了衣服，准备出去。

高宝庆在那里假装想一会儿，说：“你说吧，什么时候杀？怎么杀？”

“怎么杀是你的事，还要问我吗，你真没出息。”

“唉，老婆，说实话，我这个人长这么大，别看我整天吊儿郎当的，我连只鸡都没杀过，看饭店里的厨子杀鸡，我都吓得直哆嗦，好好一条命，就这么咔嚓一下，没了。”高宝庆张着嘴，做一个剁脖子的姿势，“我把他杀了，我就得跑，我跑我的腿都没劲跑，软啦，我这熊腿软她娘的了，即使腿不软，这天网恢恢的我往哪里跑，于是我就被公安抓住，于是我就会把你也咬出来，于是咱俩都蹲一个牢房，于是咱俩一块判刑，于是都一块被枪毙，反正都有艾滋病，早死晚死都是死，活着咱俩是两口子，死了还要做两口子，你说我说得对不对？我好不容易活了几十岁，你好不容易开了这么个肯德基店，一眨巴眼都属于人家的了，多可惜呀。”高宝庆装着很悲伤的样子。他这样说着，偷眼看她，他看到她也叹了口气，换衣服的动作慢下来，她站在那里想想，她不能说他说得没道理。

“咱们还是从长远考虑吧，要不，这样行不行，咱能不能先不杀他，打他一顿怎么样？我三年级的时候，虽然打架不行，可是我会报复，坐我前边的女同学扎个长辫，我插了支钢笔在她辫子上，下了课，一走一晃荡，惹得同学看着她，哈哈大笑。她气得哭，报告老师，老师狠狠批评了我，让我喊家长，我很生气，我爸爸来了扭着耳朵把我扭回家，脱了光腚把我打一顿，不就是在她小辫子上挂个钢笔吗，还报告老师，还让我喊家长。过几天我把一枚图钉放她座位上，哈哈哈，你想想吧，那是个什么惨相。”

“后来怎样了，带她去医院了吗？”唐梅听着怪有趣，问他。

“去医院了，过没几天她转学了。”

“你这个人太坏，没想到你是这样的人，你真是个万恶滔天的东西，我真后悔找了你。”唐梅指着他的鼻子气愤地骂他，脸也气红了，过后想想杀人这件事，觉着是有点过分，万一杀不死呢，万一杀了被抓住呢？她感觉高宝庆说得也有道理。但是想想李亦卬对自己的那份绝情，那份劈头盖脸的臭骂，那打了自己的一拳，又觉着杀他不过分。

“哈哈哈，我这个人其实不坏，后来你说怎么着，我又见她了，这叫不打不相亲，再后来，我得感谢老天爷，这老天爷让我们成了天造地设的一对，她嫁给我了。”高宝庆得意扬扬地说，向她谝自己的本事。

“你不是说你没有老婆吗，你在骗我，你还有老婆？你是重婚犯。”唐梅瞪着两只眼睛质问他。

高宝庆赶快说：“没有没有，我没有老婆，我和她离婚了，离过婚才和你结的婚，这点法律常识我还是懂得的。”

唐梅没吭声，她把换好的衣服脱下来，唉了一声，趴在床上，难过地哭了，她心里是有些难过，李亦卬的仇不能报，又摊上这么一个臭男人。

高宝庆看她哭了，不提杀人的事了，他坐在床边，给她轻轻地捶背、挠痒，她喜欢让他这样，他一给她捶背、挠痒，她就喊舒服，本来生气的脸，也不生气了，这回也是的，挠着挠着，她笑了，说了一句，好舒服，又一翻身坐起来：“不要你挠了，你滚。”

“成了他老婆了，成了他老婆了。”这句话在她心里老是转悠着。过一会儿，她讽刺他，道：“你们挺有缘的呀。”

“是呀，挺有缘的，等我以后有时间好好跟你说说我们的恋爱经过，那个小妮子很可爱的。”

李亦卬心里这几天也不舒服，因为他接到唐梅的骚扰短信了，短信上的每一个字，都像浸泡在血污里的黑豆，闪着紫红色的暗光。

他的眼迅速地把短信扫一遍，最先扫进眼帘的是“李大局长”四个字，接着是，“我们找个时间好好谈谈吧，谈谈今后你的问题，和你最关心的问题。”

我今后的什么问题要你来关心?！李亦卬轻蔑地看着手机，心里说着，骂一句：简直是无聊透顶。

他没回她。过了一会儿短信又来了："怎么，李大局长，你哪天有时间？你说个地点。"

这回他看也没看。接着手机响了，他拿起来"喂！"

"哈哈，李大局长啊，我一会儿到你单位找你的局长谈谈你的问题怎么样？还是到你府上跟你那位贵妇人交交心？谈谈你和我的那一段感情，你说吧，我现在在你单位楼下了。"

李亦邙听了这话他真的气坏了，欺负人呀，他不等她把话说完，啪的一声关了手机。可没过多久，短信来了。

"怎么？不等我说完就关手机？你太不义气了吧。"接着是"哈哈哈"三个字，后边一串省略点。

"简直是变态。"李亦邙骂一句。站起来，走到窗前，看着大街上车水马龙。

这时手机震动一下，他打开一看，又一条短信："怎么，想点子了？真的不回我话了是吧？不欢迎我就先到你府上去吧，那我先不惊动你的领导……怎么样？不欢迎我看看你那位挺体面的林大工程师吗，我很想去会会她，看看她用什么样的魔力把你这个老头子吸引得不想别的女人，看看她用什么样的手段把你调教得对她忠心耿耿？我下个星期天去，这个星期我很忙，你可不要对我说你出差了哟，你不在家了呀，我顶顶讨厌这样的人，这样我会更气愤的，不过，你不在家也好，我会跟你的那位贵妇人谈得更自由。"

看到这里，李亦邙气得站起来，在办公室里走来走去，又发狠地往椅子上一坐，上气不接下气地在那里喘了一会儿，骂道："妈的，婊子，欺人太甚。"

一下午他都在自己的办公室坐着，无滋无味地处理着手头的一些事情，接到这几条短信，就把他搞得晕头转向，心情复杂起来，他没心情办公，他不能不考虑祸事真的临头了，自己将怎么办。

他把这一条短信又仔细看了一遍，他不能不回了，他现在还不能激怒她，这只母老虎发起怒来，什么都不考虑的，什么卑劣手段都会拿出来的，思虑再三，感觉还是跟她好好谈谈，看她怎么说，无论什么条件，只要她开出来，先答应着再说……妈的，堂堂的一个国家税局务副局长，国家干部，被这个淫妇搞得人不是人鬼不是鬼，真他妈的太过分。想到这里，他愤怒地"哼"了一声，他的拳头使劲向桌子上一击，桌子上的茶杯倒了，水把文件润湿一片，他赶快把文件拿起来，甩了甩，放在文件筐里。

他走到窗户跟前，紧抿着嘴唇，心里骂道："我怎么被这个婊子、淫妇、不要脸的臭娘们弄得人不是人鬼不是鬼了呢？你来局里，你难道一点自尊都没有吗？一点脸皮都不要吗？"过了一会儿他愤怒情绪逐渐淡了些的时候，他想，还不能这样感情用事，要想个点子让她服服帖帖听我的。他回到沙发上坐着，头仰在靠背上，挖空心思地想。他做了几个假设，又一个一个推翻，这些假设都他妈的不能用。

想着她发来的信息，他又翻出来看一遍，心里确实有点怕，感觉就像要踏上地雷似的，他神经紧张起来。这件事我能怎么处理？处理得好与不好都直接威胁到他的现在和将来，直接威胁着他的家庭……

让她听我的？谈何容易。给她钱？人家不缺钱。跟她叙旧，把关系尽量拉得亲密些？时已过境已迁，这么长时间了，她更不理会这一套，现在的她已经不是过去的唐梅了，她一头的怒火都在脑门上，等着向他发泄，她不可能再相信他了。他沮丧地攥着拳头砸砸额角，又蒯蒯头皮。她究竟想干什么？她的险恶用心难道只是想把我搞得一败涂地而后快？不会这么简单吧。我的副局长职位是怎么升上去的，她最清楚，还有吴晓娟爸爸的死……想到吴晓娟爸爸的死，他有一种被戴上手铐，投入监狱的恐惧。

思来想去，这个女人真的是个大灾星，现在无论如何还是先稳住她为好，不能让这条疯狗到处乱叫乱咬。

想想过去，那时候他们的关系好得就像一个人似的，她说："愿我们和天地共存亡，你就是我的全部，我就是你生命的一部分，你让我干什么我都会无条件地答应，你让我现在去死，我毫不犹豫现在就去死……"

"哪能让你死，不能不能，梅儿，以后别瞎说了。"他过去捂住了嘴。

那时候他是那么爱她，他曾经瞒着林婉秋和她过了多少个通宵达旦，他都想不起来了。他带她去过桂林、九寨沟，带她看过哈尔滨的冰雕，还想带她出国玩玩的时候，因为她逼着他让他离婚，不离婚就去他单位告他强奸，去他家里告诉那个黄脸婆说他引诱她。李亦邙狠狠骂了她，狠狠打了她。他那一拳砸在她鼻子上，差点没把鼻子砸塌，他那一拳打得切实重了些，她鼻子当时就流血了，她疼得蹲在地上，半天没起来。后来留下了后遗症。平时洗脸稍微用手重一点，就流血。

“我爸爸妈妈都不敢打我骂我，你敢打我骂我。”

她站起来双手握拳劈头盖脸向李亦邙打去，李亦邙只能抱着头任他打，不还手。

打累了，她指着她鼻子破口大骂：“好，李亦邙，你个不是人养的东西，你就等着吧。”这口恶气唐梅一直憋了一年多，她时时都想杀掉他。

现在，他想着现在，现在如何是好？想想过去，所有的好，都在那一骂、一拳当中完蛋了。

两人好的时候，她曾经跟他谈过她母亲，那个在南京扶贫办工作的女人，她说：“我妈妈很狠毒，我的爸爸唐焕章，你知道吧，就是那个在江浦公司做党委书记的唐焕章，因为我爸爸的母亲住院，医院一个叫陆静怡的医生，对他母亲照顾得非常好，我爸爸很感激，我妈妈后来知道了，认为我爸爸跟那个医生不清不白，硬是把我爸爸弄到新疆扶贫五年，我爸爸回南京后，就跟我妈妈离婚了，离了婚，我爸爸要求调到彭州的老家。那时我实在看不惯我妈妈的作为。我爸爸那么老实的一个人，死受我妈妈的气。后来我就跟着爸爸也来到彭州。”她说，“我妈妈简直就是魔鬼，哎，你看我是不是有点随她？”唐梅开玩笑地问他。

李亦邙听她问他像不像她妈妈，他哟了一声，说：“你不随她，也不要随她，你要随她，我就不跟你好了。”

“我就是要问你，假如我是这样的性格，你能不能接受？”李亦邙马上说："不能接受，也不愿意接受。"

"那，你看我现在像谁？"

"你像你爸爸，也像你妈妈，不过，你像你妈妈多点。"

唐梅打他一下，笑着说："我谁都不像，我像我自己。"

"哦，对对对，你像你自己，谁都不像。"

"就是嘛，我不愿意像他们，一个太强势，一个太软弱，不过我还是有点像我父亲，做生意的时候认真，也很精明是吧？我很能忍让，遇到我喜欢的，我就让着点，要什么我都给。"

现在看起来唐梅的脾气性格，完全像她妈妈，又狠又毒，又记仇，又不计后果，这是遗传基因的结果。

你狠毒能把我怎样？

李亦邙这样想着，感觉还是先回她一条信息比较好。他的手指尖在手机上快速地移动着："梅儿，我一下午都在开会，手机充电没带身上，没能回复你，请你谅解。"写了这些，感觉还不够，接着又写道："我同意你的意见，我们约个时间找个地方见见、聊聊。现在我最大的愿望就是请你不要生气，你生气气坏了身子，我也不安。"短信说得很有人情味，不能不让唐梅感动，连他都有点感动了，还能不感动那个娘们吗？

但是到底没能感动那个娘们。信息发过去了，不一会儿他收到她的回复："怎么，李大局长，怕了是吧，我不会相信你的猫上树了，多少次都是这样，你去死吧，我要你去死，你去死去死吧你，你这个杀人犯。"

杀人犯？我成了杀人犯？这个娘们怎么了，疯了吗？这回这么坚决了，想到吴晓娟的爸爸的死，是自己亲手造成的，他心里一阵悸动，他这回真的害怕了，唯一知道这个秘密的只有这个娘们。他坐在椅子上正式地哆嗦了，这像是形成一种规律，只要有这类的事出现，他必定要哆嗦。在这一瞬间又让他恍惚看见公安真的来了，拿着手铐，对他出示一张逮捕证，对他严肃地说："你被捕了。"他乖乖地伸出手……他进了监狱……

这时候桌上的电话铃突然响了，他又哆嗦一下，伸出手想拿话筒，想一想不能拿，他神经紧张地往前探探身子，看到电话显示的是局党委办公室的号码，不是她打来的，他拿起来："是严书记吗，我是李亦卭。"

"老李，你过来一下。"

"好好，我马上过去。"

李亦卭放下话筒，去了局党委办公室，推开门，看到严付明正在那里看一份材料。

他和严付明书记是上下级关系，十几年了，两人关系一直非常好，亲兄弟一般，那一年李亦卭被提升为副局长，就是他在党委班子开会研究副局长人选问题上，极力推荐的。

"严书记，您找我?"

"你坐，老李。"严书记放下手中的材料，指指旁边的沙发。

李亦卭坐下了，严书记站起来走过去，给他倒杯水，李亦卭慌忙接过来，严书记在他旁边的沙发上坐下了。

"老李，有件事想问问你。"

李亦卭迷惑地看着他。等一会儿子，他才说："是这样，前几天有人写匿名信，揭发你前两年在税务所工作期间搞腐化，还推倒一个纳税户，造成这个纳税户脑溢血，有没有这回事?"李亦卭听了心里咯噔一声。事情到底还是出来了。

李亦卭脸色发黄，他哦了一声，问："后边还说什么吗?"

严书记端起杯子喝口水，没正面回答他："这是前几天接到的检举揭发信。"

李亦卭有点紧张，头上有点点滴滴的汗珠。

"这封信幸亏是我收到的，如果是纪检收到，还不知会出什么样的事。"

"这事是这么回事。"李亦卭说，"一个纳税户去交税，推门到我办公室，找我们所的一个同志，态度不够好，瞎嚷嚷，而且骂人，我撵他走，他骂骂咧咧的很大声，后来他退出去，出了门就滑、滑倒了，我和另一个交税的同志赶快扶起他，把他送到医院，结果……"

“细节就不要说了，大体的事情经过我也了解了一些，你做的是好人好事，这封匿名信说，你做的不是好人好事，说好人好事完全是胡说，都是假的，是欺骗，实际上，人是你推倒的。是不是这样呀老李?”

“这、这是谁这么会造谣，这么诬陷?”李亦邙义愤填膺。

“没有就算了，我知道你的为人，你平时工作一直都很好，大家反映也不错，你思想上不要有负担，该怎么工作还是怎么工作。”

“嗯。”

中午下了班回到家，看到儿子正在跟谁通话，看到他来了，儿子只说了一句：“我爸爸来了，先这样吧，我马上过去找你。”

通话的一方是杨乐全，上一次杨乐全去他家找他，以后又经过几次接触，办公司的事情基本就敲定了，门面租的是电子市场北楼4-40室，十五个平方米。货架、桌椅都是商场配备的。李强和杨乐全每人各出五万块钱，一家“全强电脑材料有限公司”，就这样落成了。营业执照、税务登记证等一些杂七杂八的东西，由李强去办，选定了日子，正式开张。

“公司的各项手续还没办齐吗?”李亦邙问儿子。

“齐了，近期准备开张。”

李强跟杨乐全通了话，挂了手机对李亦邙说：“爸爸，我出去。”

“中午回来吃饭。”

“不回来了。”说着李强已经下楼。

李亦邙心里很高兴，他开始烧饭，炒了一个茭白肉丝，一个炝炒圆白菜，又烧了一盆红焖羊肉，一个蛋汤，中午就他两口子吃饭，做得太多，吃不完，直到林婉秋中午下班回来，还没做好饭。

林婉秋看了他正在做饭哟了一声：“太阳打西边出来了。”

李亦邙嘻嘻嘻地笑着，说：“是呀，你看你看，那一蹦一蹦的太阳没打招呼，就从西山下出来了。”

林婉秋嘿嘿一笑：“怎么，老李，有高兴的事了?”

“没有高兴的事，现在是从心里想做饭。”

“你去歇着吧，我来做。”

把李亦邙支过去，林婉秋系上围裙，接着做。不一会儿饭做好，菜端上桌，林婉秋又拿了一瓶酒："喝一点吧。"

"好，喝就喝一点，多了不喝。"

"小强哪里去了?"

"我来的时候，他正要出去，找同学去了。"

"该吃饭了还向外跑，吃了饭再去也行啊，你也不拦着他。"

"他说中午不回来吃饭了。"

"什么事中午不回来吃饭？不要跟那些孩子瞎闹。"

"好像公司要开业的事，他忙就让他忙去吧，想创业是好事嘛，不要说他，年轻人不去找事干，在家里待着怎么办?"

李亦邙也会做饭，而且做得很不错，但是他不愿做，这一次主动把饭做了，说明他的心情是愉快的。什么事让他心情如此愉快?当然是有人写了匿名信，而书记对这件事根本不相信，这对他就是了不起的喜事。在领导的眼中，在这个职位上，得罪人是正常的，反过来说，这更加证实你是一个可以信赖的好同志。李亦邙得意地拿起筷子吃菜，喝酒，给林婉秋也倒了半杯。

李强到了电子市场，看见杨乐全一边整理他哥哥从美国发来的电子材料，一边登记。李强说："我来吧。"他帮着把材料一一登记造册，又把材料往货架上摆，忙到下午一点钟了还没弄好。杨乐全说："走，先到外边吃饭去，边吃边聊，我们现在就先去庆祝庆祝，祝贺我们自己。"

"好的。"李强高兴地锁了玻璃门，胳膊搭在杨乐全的肩上走出来，到了楼下饭店，找个靠窗的位子坐下来，点了四个菜，要了几瓶啤酒。杨乐全开了瓶塞，嘴对着瓶子喝起来。

"别慌，别慌喝。"李强说。

说着把酒瓶往杨乐全面前一举，"祝贺你杨总。"

"好，祝贺你李总。"两人哈哈一笑，酒瓶碰得咣当一声，拿起酒瓶直往自己嘴里灌。

"两个人庆祝自己的公司开业，还是很有意义的。"

“是呀，这是我们创业的开始，虽然很简单，但是都很认真。”

“来，李强，为我们的今后再干了这瓶酒。”

“好。”两人拿着酒瓶，又碰了碰，杨乐全咕嘟咕嘟一气喝干了。杨乐全抹了抹嘴唇，拿起筷子吃菜。李强这边也咕嘟咕嘟喝干了。

“想起在梅姐的肯德基打工，真不好意思说，那时候我真穷，一双鞋都舍不得买，干了一学期，挣了一百八十块钱，后来梅姐还不错，多给我二十块钱。交了学杂费啥都没有了。”

“梅姐这人不错，会做生意，又会做人。”

“咱们开业能把梅姐邀请过来吗？”

“给咱祝贺吗？”

“是呀，邀请她来吧，给咱祝贺。”

“好，我跟她发个短信。”李强拿起手机给梅姐发短信。

“咱们这个星期能开业吗？”杨乐全问李强。

“差不多吧，什么不都齐了吗？”

“电脑再买一台吧，没有电脑不好演示。”

“我把我用的那台搬过来用。”

“那你怎么用？”

“我用我爸爸的，我爸爸的电脑天天闲着不用。”

“也行，电脑的价格现在还很贵，新生事物面市，价格都很贵，这两年还是高居不下，要配一台好些的，要上万块钱，美国、日本倒很便宜，美国的苹果也就是几十美元吧，折成人民币三四千块钱，在咱们这里要三四万。你的电脑搬过来给你算投资。”

“不要不要，现在刚起步，还很困难，我的那台先搬来用，等以后赚了钱，电脑价格也下来了，我们再配新的。”

“赚了钱，肯定要配新的，全副武装，开阔市场。”

“对，都换新式装备。”李强高兴地说。

“刚开业，什么都需要钱，咱们节省点用。听说又出了一种新型的电脑，笔记本式样的，一台要老鼻子钱了，六七万哦。”

李强说：“是很贵，我也看到报纸上登了，没看到实物。”

“我在我哥传过来的图片上看到过。很小，很方便，比一本杂志大一点，用手拿着走到哪里都可以用。”

“新生事物就这样，以后普及了肯定不会这么贵，笔记本电脑我也没见过。”

“赚了钱，我们也要买。”

两人吃了饭，回到他们的“全强电脑有限公司”。

开业定在三天之后的星期一，这两天他们忙着扎彩色气球做拱门，并用红纸写下了许多幅开业大吉之类标语，贴在隔壁同行的门上，一对“恭喜发财”的童男童女对拜画片，贴在玻璃门上，连台阶上每一个台阶也用一长条贴在那里，让人一上楼梯就能看到“中美全强电脑有限公司 4－40 室”。

上午九点钟，在楼下大门入口处，摆了两行花篮，放了一阵鞭炮，被邀请的朋友同学陆陆续续都到了，隔壁同行业邻居也邀请到了，李强和杨乐全分别讲了话，主要就是谢谢各位捧场，谢谢光临本公司。十一点钟的时候，梅姐派两个人送来了一个梅瓶，喜鹊踏枝的红瓷梅瓶，寓意喜上眉梢，很显眼。

“什么喜上眉梢。”李强不喜欢，不过人家既然送你了，还是很客气地收下了，问道：“梅姐怎么没来？”

“梅姐忙，不能来。”

范思奕送来了“一帆风顺”，吴晓娟虽然结了婚，她和范思奕送的各不一样，晓娟属兔，她送了一个电子匾额，匾额上是蓝蓝的夜空，一只白兔，对月躬拜，一行小字时隐时现，写着兔子拜堂，恭喜发财，一闪一闪的很有趣。李强看半天没弄懂什么意思，杨乐全也没弄懂。

吃饭的时候两桌酒席，同学朋友一桌，其他公司的人一桌。

下午两点钟，大家吃了饭，李强和杨乐全回到公司正式开始营业。有想买电脑的顾客看到这家新开的店，进来看看，忙得李强和杨乐全又是弓腰又是端茶，满脸堆笑相迎，这倒吓住了顾客，两个女顾客实在受不了他们的热情，连问价格也没问，骂一句神经病，转身走开。

李强和杨乐全尴尬地呆了半天，燕子和黄莹莹站在那里看他们营业，笑着说：“你们的热情过火了，把人家吓跑了。”

李强和杨乐全哈哈哈地笑着说：“这么简单的营业方式，里边还有这么大的学问呀。”李强不好意思地摇摇头说：“练，趁现在没人我们练。”

李强对着黄莹莹说：“这位女士，你想买什么，我们这里是新开张的中美合资电脑软件销售公司，你看中了哪一种？”

黄莹莹忍着笑，说：“我看中了索尼，索尼有几种？是哪里的？”

“索尼是日本的。有几种？乐全，索尼有几种？”

“哈哈哈，业务不熟练，我故意问问索尼有几种，就把你问住了吧。”黄莹莹说。

“对不起，小姐，实在对不起。”

燕子在旁边笑着说：“礼貌可以，热情有余，以后还需要操练，继续操练，才能成为正式商人。”

“对对对，我们要好好操练，小姐，你可不要走呀，你有电话吗，方便留下我弄清楚给您打电话。”

“嗳，哪有这样留人的，你这么一说，顾客肯定要走，还以为你有什么企图呢。”黄莹莹嘿地一笑说。

“唉。”李强一屁股坐到椅子上，“这样看，做什么都不是容易的。”

燕子说：“哥，不要泄气，实习阶段，你们能闯出这么一条路，就够我崇拜得五体投地了，我星期天，也来给你帮忙。”

杨乐全赶快说：“行呀行呀，你来吧，不能帮钱场，也能帮人场。”

“钱场也能帮，我正想换个‘猫’，你这有什么好牌子的吗？”

“有，什么牌子的都有，你想要哪一种？”杨乐全问。

“只要好用就行。”

“新的都好用，你一会儿拿走一个就是。”

“行。”

杨乐全给她拿出一个联想的猫，“用用这个怎么样，不好用，给你换。”

“真好，杨哥的服务真好。”燕子把猫收了，掏出五十块钱，“就这些，多少都是它了。”

“哎，燕子你太外气了，咱自己的东西，拿什么钱的，拿回去拿回去。”杨乐全把钱硬塞给燕子，燕子说：“你们刚开业，要是都这样送，再多也能送出去。”说完，拉着黄莹莹就走。

杨乐全说：“李强，这个钱你拿回去，退给你妹妹，咱不能收这个钱。”

黄莹莹和燕子走后，又来了几个顾客，问了问价格，又有一个过来问：“我的电脑坏了能不能帮忙修一下？”

李强马上接过来说，“能，能修。”

“怎么收费？”

“怎么收费？”李强看看杨乐全，杨乐全没有说话，李强说，“不收费。”

“哪能不收费？”

杨乐全接过来说：“你要执意给呢，就象征性地给几个就行。”

“好，咱们走吧，我住在西三环，路远了点。”

“没事，我跟你过去。”李强说。

下午五点，李强才回来，喜滋滋地说：“人家给了五十块钱呢，还要留我晚上吃饭。”

“哟！你行呀，李强，这五十块钱放在玻璃台板下边，让我们时刻看着它，想着它，这是我们淘到的第一桶金，是我们经过辛勤的劳动得到的第一笔收入，是我们正正经经的收入。”乐全高兴地倒了两杯茶，和李强碰了一下喝了。

“下一步怎么办？”李强问。

“下一步，等呗。”

“我感觉光是等不行，我们应当主动出击。”

“怎么主动出击？”

“我们是不是印一些小纸片，像身份证那样，散发出去，让更多的人知道我们的‘大公司’？”

“这个方法很不错，印，不过可以印得大一点，像书本这么大一张纸就行，纸张要薄一些的，薄一些的纸，价格会低一些吧？”

“不知道，一会儿问问。”

两个人计划着下一步怎么办，李强唉了一声说：“雯莉在就好了，她什么都懂。”

“喊她来，请教请教她。”

“唉，不知什么原因，她不理我了，和我恼了。”

“女人就爱耍小孩子脾气，不要紧，过几天就会好的，放心吧。”

“唐梅送来一个梅瓶什么意思？”

“祝贺呗。”

“这么大一个东西，我们往哪儿放？”

“没地方放，过几天你拿回家算了。”

“我要这个干什么？”

“拿给你爸爸妈妈看呀。”

“这有什么看头，她的名字叫梅，又送个梅瓶，还是红色的，我总觉着这里边有说不清的意思。”

“能有什么意思，就是一个祝贺呗，来人了。”杨乐全迎上去，“先生，要什么？”

“我看看。”

“好，看吧，我们这里东西，美国的东西多。”

“听说美国的苹果电脑不错，有苹果吗？”

“有，要的话先登个记，我让美国方面航空邮寄过来。”

“价格很高吧，加上航空费？”

“价格是有点高，不过质量是第一流的，保证你用得放心。”

“嗯。”那人看看梅瓶，哟了一声，“这个梅瓶不错，多少钱买的？”

“送的。”

“先生，登个记好吗？”

“我先来看看的。”说着那人要走，杨乐全马上跟着，一直跟到门外，还在一个劲地跟他介绍苹果的好处。看到那人不愿理他，他有点沮丧，回来了，说：“我看那人是来探路的，根本不想买。”

“哈哈哈，你也看出来了，买不买一看表情就能知道，你还跟着他，他不撵回来就是好的了。”

两人都尴尬地笑笑。

唐梅的肯德基餐厅依然开着，生意一般，她没想到李强的公司开业会请她祝贺。好呀，你李亦邙不是躲我的吗，你儿子不躲我，我反正就这样了，我破，就破到底，你儿子是干净的，那么咱就等着瞧吧，我把我们之间的那些事都给你儿子说，我看看你儿子是什么态度。

她收到李强的短信之后，没有多想，就把以前的一个梅瓶，让下边的人擦擦，在开业这天，让员工送了过去。送，不能白送，她在计划着下一步打算。

李强的出现，说实话对她来说不是件好事，在对李亦邙下手、怎么下手问题上，她迟疑了好久，这两天她一直还在考虑这件事。前些天她给他单位写的那封匿名信，检举他的腐败行为，检举他的副局长升迁的原因。

信发出去之后，又有些后悔，他升迁是人家党委决定的，碍着你啥事了？要证实自己说的全是真话，就要把记者的那个假报道也翻出来说，想到这里，她不好往下想了，当初记者采访你的时候，那是你自己提供的材料。如果现在把这些都提供上去，肯定被他单位说我是诽谤，弄不好还要追究我的责任，到那时我就里外不是人了，狐狸没逮到反招一身骚。

怎么让人家重视我反映的情况，这是首先要解决的。自己亲自去最好，能让吴晓娟也去更好，现在最难办的是吴晓娟根本不知道他爸爸是李亦邙推倒摔的脑出血。经过好几个假设，最后决定还是自己亲自去，指望谁都没用，自己到那里能说得清楚，她决定下星期直接找他的局长或者书记谈。

唐梅自从和高宝庆结了婚，开始的几天还算可以，过了两个月，那股新鲜感一过，唐梅怎么看怎么烦，好吃懒做不说了，有几次唐梅放抽屉里的钱，不知道就没有了，唐梅每月给他一两千块的零花钱，按说也算可以，但是，她放进去的钱不是少了，就是没有了，这让她不知怎么回事，许是忘了。唐梅平时对钱根本不在意，钱有多少也不知道，包里的钱随便往哪里一扔，也没有数，可是放抽屉里的钱，老是少，这就不是忘的问题了，有一次问他，他说不知道，不知道就不知道吧。

还有一次唐梅又放进抽屉一万块钱，准备第二天交税，第二天拿了钱到税务所，会计一查少了三千。明明放家里一万怎么会少三千呢？她说："对不起，我明天再交吧。"回到家她问高宝庆："我放抽屉里的一万块钱，你用了吗？"

"我没用，我不可能用，你是不是忘了，你当紧好忘事。"

唐梅生气了，"我昨天放进去一万块钱去交税的，怎么会忘。"

"那，会不会进小偷了，被小偷偷走了。"他越这样说，唐梅越生气，"小偷偷也不能一万块钱只偷三千？"她不好再往下问了，她知道肯定被他拿走用了。你用就用，为什么不说实话的？正因为这些烦心事，她想起了李亦卭的好。她对李亦卭的恨一直在心里憋了一个疙瘩，一年多了，一直没能释放出来。加上高宝庆这些事，无形当中增加了对男人的仇恨。她想清楚了，男人都是一样的货色，只有把这些臭男人彻底从心里清除干净，让他们完蛋，心里才舒服。

过了星期六，过了星期天，又熬到星期一这天的下午，她知道星期一上午一般各单位大头头小头头都有雷打不动的会议，她要下午过去。她拿好准备的材料，不化妆，不打扮，做出一个忍受屈辱不能再忍受的弱女子模样，去了国税局。今天她准备闹他一个鱼死网破，非把这个仇报了不可。

上了楼，一个一个办公室找，在四楼看到各个门上挂着一个铜牌牌，上写×××局长办公室，×××副局长办公室，她推推门没推开，敲门没人应，她又到别的办公室看看，在×××书记办公室隔壁是×××局长室，没有名字，一连三个都是副局长办公室，她看到一间办公室门闪点缝，她敲敲，推开，里边没人。正想退出来，有人来了，问："你找谁？"

她一愣，听声音这么熟悉，转过脸一看，是李亦邙。李亦邙也看见她了，四目相视，让李亦邙像看见恶鬼一样，一愣，马上做出一个微笑："哟，是唐经理呀，你怎么来了？来，来来，坐坐，坐下。"李亦邙说着把她拉进办公室，往沙发上让。

唐梅让他的"热情""热"得不知道怎么好，那一时竟然没了话说，看到李亦邙忙着倒茶，她说："我找你们局长。"

"局长去北京开会了，你找他干、干什么？"

"反映问题，你们书记呢？"唐梅冷着脸问。

"他们都不在，反映什么问题？可不可以给我说说？"

"给你说什么，我能跟你说吗？我能给你说什么？我傻呀我，我跟你说……你想得也太幼稚了吧？"唐梅的脸寒着，声音很大，像一只要斗架的母鸡。

"哎，哎，别生气，你喝水，喝水，你先静下来喝口水，有问题通过正确途径反映上来，我们十分欢迎。"李亦邙唯恐她再大声嚷嚷。

唐梅侧着身子坐在那里不理他，李亦邙站在那里看她不说话，他看看表，说："梅子，我马上要走，对不起，到县里去。"

"你不能走，我就是来反映你的问题的。"

"反映我的问题？我有什么问题？"李亦邙故意装糊涂，站在那里张着嘴，装着傻不啦唧的样子看着她，不说话了。

"你看你个熊样。"唐梅睥睨地看他一眼，又大声说，"你们局长什么时候回来？"

"哎，梅儿，你，你小点声，别让保安听见了，他们听见会来抓你。"这句话说完，果然有人敲门。李亦邙打开门，是保安沈队长，"沈队长，有事么？"

沈队长往里边看看，说："我没事。"

"今天该你值班？"

"是的，李副局，没有事吧？"

"没事没事。"

沈队长说完，又往李亦邙身后看看，带上门退出去。

两人都沉默了，李亦邙想了想，问："梅儿，还住那里么？有什么话不好说，非要到这里来，过几天我去找你。这个沈队长挺负责也挺厉害的，他不管你来是干什么，大声嚷嚷，他绝对不允许，听到了非把你赶走不可，梅儿你有事我们好好商量解决，不要把事情弄得大家都不愉快好吗？"

"是你把我弄得不愉快，你快活了是吧，局长当着，小车坐着，你快活了是吧？"

"哎哎，梅儿，走……咱到咖啡店坐坐吧，好好谈谈，新开张的咖啡店，环境特别好，你去了绝对让你满意。"

唐梅不吭声。

"走吧梅儿，这两天我正想找你谈谈心里话，走吧。"

女人好哄，三句好听的话就把她哄住了。

唐梅站起来。

"哎，走梅儿，咱们走。"

唐梅本来心火很旺很旺的，这回被他一声连一声叫得像被浇了一盆凉水，温度下降得很快。

李亦邙走过去拉她。她拽一下肩膀，站起来，拽拽衣摆跟着他走出门。

心愿咖啡屋在郊区，一片不太大的场地利用农村闲置的库房，又盖了几处简陋房子，房子没有正经地装潢，四处漏风，这里的人知道城里人追求那种简朴的原生态的生活方式，就改造了一处咖啡屋，没想到生意还挺红火，他们找了一个僻静的半间房，要了两份咖啡和点心。

李亦邙没话找话地问："怎么样生意？"

李亦邙看她不吭声，他又问一句。

唐梅说："你叫我来，就是问问我生意的吗？"

"不是不是，就是想问问，还想问问那个管你税收的小刘怎么样，税收没问题吧？"

唐梅不想往这上边扯，她还是生着气，坐在那里不说话。

李亦邙又说："地税和我们是两个单位，但是地方税务局受省级人民政府和国家税务总局双重领导，所以也属我们管理，地税的领导我都熟悉，有事你可以找我，我会给你疏通关系的。"

"我不需要你献勤子……"唐梅这句话说了半截她不说了，她现在知道了地税和国税的关系，以后有些事还真的有需要用得着李亦邙的地方。

"你想让我干什么？"

"我，想让你离婚，让你那个黄脸老太婆离开你，让她滚蛋。"唐梅说到这些，她的气又鼓起来了。

"好好说，别生气。"

"别生气？哦，我什么都给你了，你把我玩完了，骂完了，打完了，你这时候该提着裤子充好人了。你知道我怎么过的吗，我的鼻子被你打得一年多了，到现在还常常流血，你个没良心的东西，我恨不得把你撕个稀巴烂，我长这么大，我老爹老娘都没敢动我一指头，你敢打我……"

李亦邙见她越说越气，忙赔不是："梅儿，实在对不起，都怪我，我拳头重了点，我一时脾气不好，实在对不起，请你原谅，我现在再给你赔礼道歉。"

"道歉就完了？"

"那你说怎么办？"

"跟你那个老太婆离婚。"

李亦邙沉默了。

"怎么，哑巴了？不愿意啦？"

"什么话都好商量，何必动这么大的肝火，慢慢说，慢慢说嘛……"李亦邙笑着说。

"好商量，慢慢说，没有好商量的事，就这一条，你离婚，咱什么事都没有。"

"离婚也不是说离就能离的，你没有别的要求吗？除了这一条，别的我都能答应你。"

“没别的要求，就这一条。”

“就这一条现在我不能答应你。”

“好呀，你儿子知道吧？”

“我儿子怎么了？”

“你儿子开公司，要我给他祝贺，我的条件你不答应也好，我就把你的丑事全都兜给你儿子听，我让他看看你应当担个什么罪名，我还要说给你那个干女儿吴晓娟听，让你干女儿知道她认的这个干爹到底是一个什么玩意儿，要她知道她的爸爸是怎么死的，还有，也让他们知道知道你这个局长是怎么当上去的。整天在人前人五人六，实际上你连狗都不如，狗还知道摇尾巴，你连尾巴都不知道摇。你把我玩够了，还说我脏我破，我破我心甘情愿，你呢，你比我还脏还破，披着人皮的畜生！我要去国税局，我明天就去。”

李亦邙被她骂得脸红，脸青，又开始泛白，骂得他心里直冒汗，骂得他又到了忍无可忍的地步了，他的拳头又开始攥紧了，他心里的那个气，已经鼓到嗓子眼马上要爆了，他圆睁着的两只眼睛，两只通红的眼珠鼓胀着，像要爆出来，他想着怎么去打她，打她哪里，鼻子打伤了，再打她的嘴巴，把她嘴打得咔吧一声，牙齿打掉了。这样最好，眼珠子打得噗的一声打掉地上，这样最好。他攥了拳头。他要打吗，他准备要打她吗，他一拳头就能把她打得不再骂人。他盯着唐梅，他没有打，他不能打，这一打也许什么都完了，这时候他发现唐梅这张尖嘴巴，没打就歪了，他一愣，以前怎么没发现呢。他有点可惜她了，一张还算漂亮的脸蛋子，嘴巴歪了，多难看，他想站起来，把她的嘴巴磨正，但是想站起来的欲望，被她下边的话拦下了。

“怎么，想打我是吧？来吧，你来吧。”她做出一种诡异的笑脸，嘻嘻笑着伸出食指向他勾着，“你来打吧，一年多没挨你的老拳了，这回你来打，我看我还能不能撑住你的拳头。”

听着她这样说，李亦邙的拳头松开了，接着再一次攥紧，他真想一拳向她砸去，他的手指关节被攥得磕巴磕巴响……心里的那个气一直往头顶上蹿……他看到他的拳头真要砸下去了，她的嘴巴肯定更歪，她的脑袋肯定会塌下去，她满脸都是血，他吓了一跳，退了一步，揉揉眼，看她，又晃晃脑袋，看她，唐梅影子不是双的了，一个实实在在的唐梅在那里。下一步是继续，还是停住？他不知道，因为他从来没这样打过人，尤其是女人。就是因为一年多之前的那一拳，让他后悔了很长时间，没想到这一年多以来，她对他的恨有增无减，仇恨逐步升级，他才知道她是要报复他，要毁了他。他朝她吼道："你他妈的坐在那里干什么，真想挨打吗？"唐梅被他这一声吼叫吓一跳，赶快从包里拿出水果刀，霍地站起来，拉开自卫的架势。

这时候外边突的一声霹雳，咔嚓嚓的雷声瞬间响起来。有雷暴雨。

李亦邙站在那里，转脸看看窗外一闪一闪划破天空的闪电，他有些害怕，紧闭着嘴，无声地怒视着她一会儿不动，随后壮了壮胆子，大声吼叫一声："我要真想打死你，你他妈拿枪也没用。"

唐梅手里拿刀子的手哆嗦一下，她看到门口进来一个叫小美的服务员，小美把灯扭亮，说："先生，还要什么吗？我们该下班了。"

"不要，我们也该走了。"

小美走出门，回头看一眼唐梅，对她真诚地笑笑，好像猜到他们两人的关系似的，对她摆一摆手，又做了一个飞吻的手势，唐梅也对她笑笑，摆一摆手。

由于这么一个小小的插曲，唐梅的心软下了不少。她迟疑了一下，把刀折起来放包里。

李亦邙没有看见服务员小美的动作，他态度变得柔和起来，他想拉唐梅，告诉她该走了。唐梅以为李亦邙这回要打她，她把刀拿出来再一次横在胸前。

"你想干什么你？"她看着他问。

"有雷暴雨，人家该下班了。"李亦邙平静地说。

她没理他，也没有想走的意思，他要拉她，她又问一句："你干什么你？"

李亦邙不答话，阴着脸，看着她手里的刀，他想夺过来，他这时闻到一股浓腥的血臭，这是身体内分泌出来的腐烂的气息，该死的人才会有这样的味道。他吓了一跳，跳后一步，坐下。他觉着这半间房阴冷恐怖，所有的东西在他眼里都变成了刀子，向他刺过来。他掏出钱，放在桌上的咖啡杯下边，走出去。

这时候快五点钟了，天越发黑得厉害，在这里待了两个多小时，他被她骂了两个多小时，看看乌云密布雷电交加的天空，在外边站一会儿。唐梅拿着刀子站起来，跟在他身后，他感觉到她贴近了自己，感觉到身后有一个硬硬的东西抵着自己的后腰，他径自快步冲出门。

“你不能走。”他不理她，他开始小跑。

“你不能走，你要还债。”

“还你什么债?”他转过脸问，她跟上来了。

“你简直是无赖，你欠的什么债，你清楚。”唐梅说。

他吼一声：“你，你还在骂我?”

“我杀了你。”

李亦邙看看天：“有雷暴雨。”

“有什么我都要杀了你。”

“疯女人，你简直就是一个疯女人。”李亦邙对着她喊。

“我要杀了你。”

“走吧，有雷暴雨。”

唐梅咬了咬牙齿，使劲张几张嘴，没说出一个字。大街上空无一人，她一直跟在他身后，雨下起来了，快到公交车站，好多人都在站台上避雨等车，李亦邙也去了公交车站台避雨，他以为唐梅也要过来，但唐梅没有来，她没有避雨的意思，她一直直着头淋着雨不慌不忙朝前走，她把刀子放进包里。

李亦邙看到她不来躲雨，感到不理解，他想喊她过来，又不想喊她。

“随便她怎么淋去。”心里这样想着，可是他还是喊了，还冒雨追上去了。

“疯女人，你回来!”他要把她拉回来。

李亦邙大声叫喊着，唐梅什么也不说，她甚至加快了脚步。

“有雷暴雨。”

与此同时一道弯曲的闪电，从地上到天上唰地划破天空，电光一闪，咔啦啦，咔，一声霹雳，惊天动地，他看到唐梅在那里站一会儿倒下了。倒下去的地方距李亦邙仅一百多米，等车的人被震惊了，紧紧地偎在一起。站台上所有的人都看到一个人倒下了，接着瓢泼似的大雨倾盆而下。

他今天自认为犯了一个天大的错误：他把她叫出来是错的，把叫她到这里来也是错的。他的原意是想避开局里的人，到外边跟她谈谈，然后和好，没想到弄成了仇上加仇。还有一个错误是雷暴雨倾盆而下的时候，他应该拉着她的手，把她拉到站台就好了。

有人打了 120。

第十七章　我把男友让给你

我好长时间不再理阿强了，看得出他很着急，好几次他问我为什么。他期待着我回答，我不搭理他，这让他有了要哭的感觉。在我想着怎样和他谈论这件事的时候，今天上午他去了我的宿舍，我中午下班正想去食堂吃饭，看见他在那里，正给我叠早上没来得及叠的被子。

看他在那里，我有些意外，转身要离开，他看到我，马上站起来："雯莉，你到哪里去?"

这让我想起在武汉的家里，我妈妈弯腰给我叠被子的情景，我说："二婶娘来了。"

妈妈说："你到哪里去了，被子也不叠。"我又说："二婶娘来了。"

妈妈直起腰，走到客厅，看到二婶娘来了，两个人在沙发上坐下。说起二叔不能来武汉参加思奕婚礼的事。二婶娘无奈地唉了一声。我看到二婶娘痛苦无奈的表情，我心里瞬间掠过一种对男人的看法："这些男人真可恶，太可恶了。"妈妈脸上好像没有任何表情。这样的话我没说，一旦说出了，会让妈妈增添许多联想，最常听妈妈说的话就是，这些男人可恶，真是无药可救。

"可恶"是从心里感觉到厌烦的一种很激烈的表达的词汇。谁也不愿意被别人说可恶。

不过阿强还没到让我可恶的地步。这是我和他断与不断，好与不好难以下决心的重要的原因。难道他不可恶我就能和他好起来吗?也不能，绝对不可能。

"……你们不能在一起知道吗，你们在一起传出这里边的事，会被人耻笑。反正我也老了，到了该死的人了，我这一辈子抬不起头不说了，你还年轻，还有好长的路要走。”

妈妈说的话总让我难受，妈妈不知道我的心里已经在流血。

……四周充斥着腐烂气息，死亡跟在我的身后，我在这种气氛中艰难地跋涉，想挣脱这条锁链，爬出这片沼泽，向着前方光明平坦的路走去。我陷得很深，路就在前边，可我怎么也跨不过去，我醒悟到其中的原因，是我心里的那段总也抛不掉的情感，它占据着我心中最软的那部分，在那里滋生、蔓延，竟然是那么的强势。

有吵吵嚷嚷的声音传过来，那是心灵上没有任何牵绊的人发出的声音，与跋涉中的我没有丝毫关系，我羡慕地看着他们，依旧不知疲倦地在道德的泥潭里挣扎、跋涉。跋涉是我争取做一个正常人的必需，没有这种必需，我的生活很可能也像他们一样很快乐。我现在是那样讨厌这种必需，可我又不得不有这样的必需。每时每刻的努力我都是为着挣脱这条锁链而努力。我睡过去，又醒过来，又开始跋涉在这片沼泽里，一个漫长的苦恼总是跟着我，我没有挣脱的力量，我瘫软在床上，我瘫软在床前，我瘫软在地上，但我确实不心甘。我支撑着吱嘎作响的骨骼，扶着床，抱着枕头站起来。我慢慢蹒跚着走动，在我的卧室里，我想走出去，晒晒太阳，呼吸一下新鲜的空气。一面大镜子毫无来由地挡住了我，我看到我身材依然那么窈窕，我的面庞依然那么漂亮、文雅，一副仕女的形象。只是我的脸苍白，一种病态让我的美丽失去光彩，我站在镜子跟前，把我的头发往上绾，头发又滑落下来，松松散散地垂在胸前，我放下手中的枕头，用手干搓我的面孔，我看到镜子里是一张老得不成样子的脸。

这是我吗？怎么没有过去的模样了？我仔仔细细地看着，猜着想着这是不是我的脸，我摸摸我的脸，镜子里的人也摸摸脸，是我，确实是我，只是脸上没有了光泽，真的苍老许多，竟然像一个老太婆。

这时我突然发现身后站着一个人，吓我一跳，我转过脸寻找，什么也没有，过一会儿，又出现了，我看见它了。当我注视它，想看清楚一点的时候，它和镜子里的我合二为一了，一瞬间变得什么都没有。我前后看看，寻找，还是没有。这肯定是我的灵魂被放逐的时候，在茫然无助跟在我身后的，紧紧尾随着我的，有时候很近，有时候很远，是想保护我？还是把我带到死亡的境地？

我住院期间它就一直跟着我的。它不是走了吗？它不是还我一个本我了么？怎么又回来了？我心里疑惑着，有些不安。我看着我卧室的房顶，我在寻找，房顶上什么都没有，现在只能看到镜子里的我，我默默注视着我，不动，脸色阴郁。过一会儿一个声音说话了：我跟着你很长时间了，范雯莉，你没有感到一个来自另一个世界的我吗？我是来自另一个世界的我。我机械地摇摇头。因为你对某件事情的坚持，使得你很难在这个社会中生存，因为整个社会都是这个样子，要改变不太容易，要批判更是不易，你的坚持只会导致你毁灭。我揉揉耳朵，耳朵嗡嗡作响，我分辨着声音来源，它为什么要这样说？

“只有全社会都像你这样，也许才能改变，仅仅依靠几个人的坚持是不行的。”它这样说。

我再一次寻找声音的来源。没有。我苦笑一声，说：“有一个算一个吧。”

这是那个在病房里的我么？病房里的我和现在的我不是一个吧，那一个我死掉了，现在这一个我站在这里。

挽歌交织着残存的希望，在耳边一遍一遍唱着一支歌。是在诉说曾经在阴阳两界激烈地竞争的我？我在想究竟谁占上风。我靠我的选择，我似乎有了两个选择，一个是真实的，一个是虚幻的。

我希望做前边的一个真实的我。

人没有灵魂不行。现在我的灵魂开始唱歌了，是残存的希望在唱歌，歌声不太嘹亮，是压抑在喉咙里的低音，因为我一唱歌，这个虚幻的我就会离开，我还是唱那支《我们正年轻》的歌吧。这支歌每当我沮丧或者在迷茫中难以自拔的时候，它就我从心底翻上来，那么清晰，那么明亮，那么现代，驱赶了我身体里所有的雾霾。

……青春是柳枝头跳跃的百灵，歌唱着我们的青春年华，青春是一杯浓烈的美酒，把我们的四季浸透……

我心里唱这支歌的时候，另一个我逃走了，我感觉自己年轻了，我向前走动的脚步也踏实了。年轻年轻，我看着我自己，灵魂在夜的光波中一次次被放逐，流浪，折返过来的光，曾几度风雨，几番愁肠，几度心里躁动不安。我眼角挤出的皱纹，尽管不太清晰，也已经证明我老了，虽然“老”了，但是我依然坚持，因为我的心没有老。

好长时间我都是在“老”的泥泞中挣扎着，我做了些什么？为着一个“情”字，一个爱字，缱绻、倾情，一次次回眸，一次次牵绊，却又那么顽固地守望着我的道德情操。

他站起来，说：“雯莉，你下班了。”

我嗯了一声。

看到我冷冰的面孔，李强赔着笑，继续说：“你休息一会儿，我们到外边吃饭好不好？就我们两个，公园旁边新开了一家茶馆很好的，我们公司开业之前，我和杨乐全来过那里，很好的，我们去喝午茶，这是一家广东人开的茶社。”他给我拿一瓶矿泉水，替我打开盖子，看着我的脸很小心地说。

我知道，就是因为他给了我这样的温暖情意，我才这样地一次次地回眸，才让我有这样一次次的牵绊，我没办法与他决绝。

看着他乞怜的样子，我的心软了，我突然生出一种悲哀，慢慢地泛起的悲哀，让我无以自拔地走在道德的边缘，往左是万丈深渊，往右是坚实的土地。是的，我们两人之间没有任何隔阂，就是因为那条让我无法逾越的道德底线，不能和他在一起。

这当然不是他的错。

跟他散掉吧。另一个我说。

“但是，我怎么对他说呢？对这件事我考虑了无数遍，后来决定，想让他自己说出来，如果他能主动说出和我散掉，我会很轻松的。可是他不会按照我的意思说出来的。”

“走吧，我们去南屏湖，看看我们曾经待过的地方。”

怎么，要做一次彻底的告别吗？是要把这次相聚推回到爱的原点，然后做一次诀别时的祭祀吗？

这是我期盼的吧，同时又是我那么迫切需要的吧。想到了这些，我不自觉地心惊肉跳一阵。

人真是很奇怪，本来是想让他按照我的想法去做，他这样要去做了，我反倒害怕了。

“要不，我们划船，上一次就想划船的，还记得吧。我们去吧，好不好？”

听他这样说，我向他走过去，为了表示曾经对他有过的始终不渝的爱，也为了做一次彻底诀别的祭奠，我站在他面前，我主动拥抱了他。我哭了，狠狠地哭了，哭得天昏地暗。我哭，是因为我在思想上踌躇了大半年时间，我哭，是因为我失去了一个心之所向，全身心都交付给我的人。

“别了阿强，真的别了，祝福你，真心祝福你，在没有我的日子里，好好照顾好自己。”我在心里默默地念叨着。

“走吧，到南屏湖公园那个茶楼去吧，那里很干净的，到南屏湖我们可以划船。”他又说一遍。

划船……在这个秋天的早晨，雨后的早晨，凉爽的早晨，白色的游船在湖面上荡漾，我和阿强坐在船上，拿着桨，轻轻拨动水面，我突然想起小时候奶奶教我的“鹅，鹅，鹅，曲项向天歌。白毛浮绿水，红掌拨清波”的诗。哦，鹅呀鹅……呀，这一时我怎么想起鹅来了呢？太阳在天上清清爽爽地照着，我们走在光滑的柏油路上，然后拐到去湖边的小路，长长的小路，曲曲弯弯的小路，通到湖边的小路，都预示着爱情经过这么一段曲折，将要在今天结束，我此刻真的又想哭。

湖边一片一片的是花草，绿的草，黄的花，红的花，紫的花，在这样美好的秋季里，铺在地上像一块看不到头的地毯，像一个个女孩子漂亮的裙。各种各样的颜色，涌向我，特别引我注目的是蝴蝶、蜜蜂，还有鸟叫、蝉鸣……树是绿，绿得依然那么浓烈，一簇簇，连成一片，我要仔仔细细地看，我要留住在心里，留在我的脑海里，我要记住它，记它一辈子。蓝蓝的湖面，蓝蓝的天空，蓝色蓝色，一阵风吹来，风也是蓝色的，空气也是蓝色，吹走的吹来的都是蓝色的，整个世界都是蔚蓝色的，那么干净，那么清爽，岸上的紫薇花丛，虬枝横斜，勾肩搭背，有红的花，红得耀眼，有紫的花，紫得淡然，有白的花，白得粉白，一棵棵，一串一串，掠过眼帘。远处是渺茫的南屏山，山下黄色的金山塔，白色的小楼……街上开得很快的大汽车，小轿车，穿梭样的……阳光不再灼目，一切都是那么柔和。坚持晨练的老人，坚持长跑的年轻人，美丽的姑娘，玩耍的孩子，打闹奔跑的孩子，背着书包上学的孩子，路边吃早点的人，骑自行车的人……像电影闪回镜头。

他拿起我的包。

“走吧，雯莉。”

“嗯。”

到那里再给他谈这件事情吧。我心里想着，呼吸变得平缓，又变得急促，心脏不自觉地又开始忐忑起来了。

快到南屏湖的时候，我们去了公园附近新开的那家茶楼，我们找个座位坐下。服务员前来请我们点茶和糕点，廉价的“一盅二件”，是指一盅茶，二件点心。配茶的点心除了广东人爱吃的干蒸马蹄糕、糯米鸡等外，还增加了西式糕点。李强不愿意点这种廉价的“一盅二件”，他想点什么，是为了这一次的相聚？那就让他点好了，我心里本来就不高兴，这会儿最好随他去。我们邻桌坐着母女两个，说是邻座，中间隔了一扇玻璃，女儿很小，有四五岁的样子，穿着漂亮裙子，白色的紧身裤，她跪在双人椅子上，用手指在玻璃上画着什么，画一会儿她问她妈妈，指指上边的画，我听不见她们说什么，我看到她画的是一只小鸭子，她妈妈把她抱下来，切了一块“草莓大福”放在她面前的小盘子里。

我模模糊糊地突然发现我的妈妈也来了，她手里托着一块榴莲酥，榴莲酥的香味引诱着我。我穿着花一样的裙子，穿着紧身裤，我的裙子好漂亮，是爸爸给我买的。妈妈切了一块榴莲酥，让我用塑料叉叉起来。我的爸爸也过来了，他去买了三杯果汁……似乎没有任何东西能够破坏我们一家那份温馨，玷污那份感情的纯真，搅乱那一切的宁静中的幸福。这幸福在房间里弥漫，却隔不断外边人声的喧闹，隔不断长江里轮船的汽笛声，隔不断田野里放风筝的孩子的欢笑声，老牛低沉的哞哞声、狗的汪汪声……人声和外边音乐声交织在一起，并用它们的热闹把房子包裹起来。我还看见在有孩子放风筝的地方，我的爸爸安卧在鲜花丛里了，那是人的灵魂安息之处。那花是南屏湖公园里采来的花，妈妈问我，莉莉想爸爸了吗？不，不想。我坚决不承认。妈妈离开之后，我哭了，我想爸爸……楼上的书法家叔叔来了，他又来和爸爸讨论他最近写的一幅书法作品，他要去参展，张教授总是很认真。

爸爸是委屈的，因为有了这个李亦卬，使得爸爸的委屈，在另一个世界都无法得以伸张，得到心灵的补偿。

吃了一点糕点，喝了半盅茶，我不想再吃，我们就去了公园。

我们在湖边慢慢地走着，湖还是原来的样子，以前湖对面的假山，假山上的亭子，一切照旧。湖面上的游船，荡漾着的游船，被微风吹动的游船，湖里的鸭子，向前游着的鸭子，目不旁视的鸭子，像是去赴宴，……看到我们曾经坐过的连椅，这更适合我们重拾当年的记忆，重拾那些生涩的初恋。但是今非昔比，起点在这里，结束也在这里。那个时候的甜蜜和幸福，已经一去不返了，一丝忧伤掠过我心头。

李强坐在他原来坐的地方，我坐在我原来坐的地方，他抱住我的肩，我心里很烦，我推开他，他便把头倚在我头顶上，嗅着我的发香，尔后一动不动，仿佛在确认我的体温，享受一份温馨。我再一次推开他，不让他靠近我。我想说话，而他先说了："雯莉，阿娟从武汉回来了，度过了蜜月期，据她说，范思奕的妈妈也要来彭州，来彭州给他们哄孩子，已经申请早退……"

哄孩子，哄孩子，晓娟快做妈妈啦。下一代人就要来到这个世界了。我想。

我不想听他说人家的事，阿娟与我们有关系吗？这时候怎么说这样的话呢？我心里又开始烦了，阿强却不明白我，他像是没话找话似的说着他感兴趣的话。

说实在的，他们结婚，我过去还有点嫉妒，现在我心里什么都没有了，我的心已经死了，我现在心里非常平静，平静得就像这一湖静水。他们结婚和我们一点关系都没有，我想。

"听阿娟说，她回来上班以后，领导让她做了实习法官，有些案子就要独立审判了。"李强看看我，我低着头，他肯定很佩服阿娟。可是这会儿他一定在想我怎么不说话的呢。

他不知道我在想什么。我在想有关散的第一句话怎么才能说出口，又不刺激他。

"雯莉，怎么不说话的呢？"

"……我，我……没有，没有话。哦，有件事我不好说，我不好说。"开头的话我终于说出口了。

"什么话不好说？"

"你……"

阿强静静地等着我。我唉了一声站起来，阿强坐在那里看我。

"雯莉，来坐下，你说，是不是我们也要谈谈结婚的事？"

"唉……阿强，你这个人呀……"我结结巴巴说了这半句，过了好一会儿才又说，"你是一个好人，是一个很难找到的好人……"

阿强迷惑不解，他好像警觉到了什么，他不知道我为什么要说出这种没头没尾的话。他说："雯莉，我们同学几年，相爱几年，我们互相都很了解，自从毕业之后，我们之间的友情发展很好，也很快……"

"不要说那些了，我们的友谊是永远的……请你记住，我们的友谊是永远的。"

"友谊是永远的？……怎么回事？"阿强稍稍吃一惊，又问道，"雯莉，怎么回事，你说的话我怎么一点都不明白？"

他两手抓着我的肩膀，看着我的脸。

"我们，不能在一起……"我终于把这样的话说出来了。

"什么？你说什么？我们，我们为什么不能在一起，雯莉，你说清楚一点，我们为什么不能在一起？"李强有点慌了。

"唉……说什么说，不说了……"

“你得说说，我们，是我不好，是我没对起你，还是怎么啦？你说呀，我们为什么……是不是你，另有……”

“你想哪儿去了。”我突然生了气地拧着眉毛，拨开他的手，“你瞎想什么的你。”

“那，你为什么说这样的话？”

我不得不说了，我问他：“……你还记得我们和黄莹莹一起吃饭的时候，黄莹莹说的话吗？”

“说的什么话？我不记得，这和她有什么关系？”

“有密切关系。”

“说的什么啊，什么有密切关系？你说清楚，我听不懂，怎么有密切关系？”

“求求你，别问了好不好？就是没有任何密切关系，我们也不能在一起。”

“啊！雯莉，雯莉！你今天是怎么了，不但说话吞吞吐吐，还净说些我听不懂的话，你的话让我想不明白。”

我突然双手抱头，使劲摇着，我眼里含着泪站起来。

李强伸手拉住我：“你别走，雯莉，请你说清楚，我想知道怎么回事。”

我摆脱不掉他的手，只好坐下来，说：“请原谅我，阿强，我，不能说清楚，我不能……”我又摇头，呜呜地哭了，“我不能说清楚呀，不能啊……”

李强呆住了，他不知道在我身上发生了什么，为什么让我这样痛苦，他等了一会儿，等我情绪稳定一些，又问：“雯莉，是不是有人欺负你了，你害怕是不是，你不用怕，怕什么的，有我在，有法律在，怕什么？我们都是学法律的，这点你应当比我明白，真是有人欺负你，我去找他，我绝对把他打个稀巴烂。”阿强愤愤地说，攥紧的拳头，朝自己的大腿狠狠地就是一拳。

过一会儿我说：“李强，你回忆回忆，你还记得黄莹莹说的话吗，她说的什么你还记得吗？”

“哎呀，我说什么大事呀，她说的什么话和我们有什么相干，我想不起来了，一点也想不起来了，咱们扯她干什么?”

“……黄莹莹说，黄莹莹说，男人的精液进入女性体内后，会被阴道吸收，然后在体内不断循环。男人的雄性激素与女人体内的雌性激素产生类似化学反应。这种反应所产生的新物质会使女人的身体内部发生微妙的变化，变化之后会固定不变。这就是人们通常所说的受到了爱情的滋润……”

“是呀，我记得她说过这样的话，我没当回事，这和我们有什么关系?”

“女人和她老公生的孩子，在血缘上讲，孩子确实是老公所生，但相貌却更像和女人发生关系的第一个男人，这就是‘双父’之说。还说:科学家研究发现：女人一生的第一个男人的体液激素成分，会长期附着在女人的子宫内壁上，这样的激素成分，将在一定的概率下影响下一代的性格、长相、爱好。再婚的妇女朋友和现在的丈夫生的小孩子长得像前夫。从另一个侧面讲，处女的圣洁之处也就在这里，检测报告还显示非处女会丧失其原有的纯洁的基因。”

“雯莉，你越说，我越糊涂，这和我们没有丝毫关系，你想，她说的这些事，只是随便说说的，我们何必当真？即使不是随便说说，也是想让我们在以后的男女朋友交往中引起注意，这是对我们一个很好的提醒。我们以前到现在又没有做过什么，她的话哈哈一笑拉倒就是的，你还记在心里，实在不应该。”

“不是这样的，不是的。”

“不是这样是什么?”

我的脸突然感觉热辣辣的，我看着李强好一会儿，才小声说：“你还记得上一次你妈妈请我们吃饭的时候吗?”

“当然记得，那又怎样？不是很正常的吗?”

“你爸爸是后来才来的对吧?”

“对，怎么了?”

“你爸爸妈妈和我妈妈在武汉是校友……”

“校友？这个我知道，我听我妈妈提了一句，校友不是很正常吗？怎么回事？……”李强想想，他的嘴突然嘟噜了，下边的话他没法说出来，不用问，他似乎明白些什么，他惶恐地看着我。

“你爸爸李亦邙是我妈妈的第一个男朋友，他们曾经……”

“什么，你说什么，你说什么!”李强彻底震惊了，好半天不说话。

他用拳头砸自己的脑袋，抓自己的脸，他无法排除自己的愤怒。随后他啊啊啊地叫。

看着李强如此，我有些害怕，我后悔这话说得太冒失。

黄莹莹来找我，这一天是李亦邙和唐梅去咖啡馆的第三天。我刚刚和晓娟说完话，电话挂上，黄莹莹来了。

“你来了莹莹，我正想找你。”

“不用找我就来了，呵呵呵，我们这是心灵感应对吧?”

“别开玩笑，我找你有正经事。”

“什么正经事，你看你表情严肃的，好像天要塌地要陷似的。”

“先说一件事，中午，晓娟请我们去她那里吃饭，要我们看看她的婚房，感受一下她新婚的感觉。”

“好呀，正想去呢，问问她的感觉如何。”

“呵呵呵。”我红了脸。

吴晓娟现在的新家安在江浦公司招待所，要等到明年买的孙健开发的房子下来之后，才能住进去，现在等不及了，阿娟身上已经有了反应。

“别开玩笑，真的，我问你，你现在有没有男朋友，正面回答我。”

“这个问题呀，怎么，想胡乱抓一个男人给我配对啦？姐姐，别跟小妹开玩笑了。”

“我没有开玩笑的意思，你正面跟我说，你现在有没有男朋友?”

“我以前不是说了吗，我这辈子不要男朋友了。”

“为什么?”

“不为什么，就是不想要，一个人生活多自由，无牵无挂，再有一个人跟着反倒不习惯。”

“不是真心话吧，莹莹，我问你，你在加拿大也没处过一个满意的吗?”

“没有。”

“我不相信你没有。”

“真的没有。”

“咱姐妹不要绕圈子。”

“我说的全是真的，雯莉，咱姐妹我骗你干什么？”

“这样说吧，假如有那么一个人是你喜欢的，而他又喜欢你，你也不要吗？”

“是我喜欢的？他又喜欢我？我当然要，不过这世界太残酷，哪有这样的好事让我捡着了，别拿我开涮了好吧，姐姐，天下的好男人漏下的也摊不上我来捡，我的心现在是死灰一堆，没一点火星，燃不起来了。”

“死灰一堆，燃不起来了？这样说，在这个问题上你肯定遭受过很大的打击，说说吧莹莹，我想听听，替你保密。”

“保密不保密又有什么。”黄莹莹深叹一口气，唉了一声，心情沉重地说，“这不是打击，是我自己感觉不能这样做，这样做了不道德，对不起朋友。”

“什么不能这样做，有什么事会牵扯到不道德？”

“这件事以前跟你说过，我准备自己一个人生活一辈子。”

“莹莹，你这个话我不喜欢听，也不太相信，真的莹莹，哪怕你再怎么保证，我都不相信。”

“……那个人是我最爱的最尊敬的朋友的男朋友，知道了吧，好了，就这些，不说了。”说完她做个鬼脸，又伸一下舌头，笑了，笑得很自然又很天真，像没事一样。

“你爱上了你朋友的男朋友，是在加拿大的朋友吗？”我还想问问清楚，她却说：“不，不是的，你别问了，我求求你雯莉，今后不要再提这件事，我心里很难过。”说着她竟然真的难过起来，眼窝里蓄着的眼泪掉下来。她拿出一张纸巾擦擦眼，苦笑一下说：“不说这些了。哎，雯莉。我问你，你和李强什么时候结婚？我都替你们着急了。”

我沉默着看她一会儿，突然抱住她，我也很想哭。黄莹莹轻轻地把我推开，抓着我的手说：“告诉我雯莉，你和李强怎么了？什么时候结婚？你哭什么的？闹意见了吗？”

我不说话，莹莹大概看出什么了，是不是刚才我问她的话触动了她心痛？她一直没说出来。这时候她说：“雯莉，两人闹意见很正常，不要为一点小事坏了你们多年的友情，赶快结婚吧，结了婚大事变成小事，小事变成没有事，对李强你还有什么不满意的吗？”

我点点头，嗯了一声。黄莹莹有点吃惊，问道：“怎么，你不满意他？你还要找什么样的？”

“是的，我们不能在一起。”

这更让莹莹吃惊、愕然，她愣愣地看着我。

“怎么可能呢，为什么不能在一起，你们这么多年，为什么不能在一起？能告诉我吗？是他有外遇，还是什么？”

“不是，都不是。”

“那是什么？”

“别问了莹莹，说出来很难为情，我们已经彻底散掉了。”

“啊？彻底散掉了？”不能，不可能散掉，雯莉，你们不能散掉，你发疯了。”

“我没发疯，真的，我们已经散掉了。”

“真的呀……雯莉，你一向做事很沉稳，许多事情在你都是思之再三才去做，这一次这么大的事怎么轻易就下决定了呢，不会吧，雯莉你骗我的吧？”

“我没骗你……”我很痛苦地唉了一声。

黄莹莹抓住我的手好一会儿，目不转睛地看着我痛苦的样子，结结巴巴地说：“那，我、我能帮你什么吗？我能不能找阿强跟他说说，我就说，是你一时昏了头，不该做出这样的决定的？”

我痛苦地摇摇头。

“李强知道为什么吗？”

“我跟他说明白了。”

“他什么意见？”

“他也非常痛苦，甚至不想活了。”

“呀，你们呀，又不是年轻的小青年，什么事情解决不了，怎么能一冲动做出这样的事情呢。你妈妈知道吗？这事当然不能让老人知道，是你私自决定的对吧？”

“我妈妈知道。”

“哎哟，你越说我越不能理解，你妈妈也不同意你们结合？这，这到底为什么？这么严重。”

“不说这个了莹莹，我问你，你认为李强怎么样？”

“很优秀，非常优秀，在我认识的所有的男生当中，他是我最最欣赏的。”

“……如果这样，莹莹，我有个请求，也算给我帮帮忙，我们同学这么多年，我知道你的为人处世，我想请你帮帮我。”

“好，我能帮你，我怎么帮你，你说吧。”

“我想把阿强……让给你，希望你能接受……”

“什么什么?！你说什么雯莉?！把阿强让给我？让我接受？哈哈哈哈，你开什么国际玩笑呀我的好姐姐，咱们关系再好也不能这样，这是能让的事吗？”

“我没开玩笑，我说的是真的，现在阿强也非常痛苦。”

“就因为你不和他好了，他痛苦，你就把他让给我？这又不是商品，可以换，可以退，可以转让，这是一个活生生的人呀，我的姐姐……”

“莹莹，你听我说，在学校的时候我就看出你对他有那种意思，但是你不敢，因为中间碍着我、碍着吴晓娟你才不能表达你的爱意的，这是我对你的人品非常仰慕的，在这样的事情上，你不光有情而且有义，这不是一般人做得到的。”

这时我想起了莹莹曾经说的话：对一个心仪的人，平时只要能看上一眼，聊聊心里话，做一个亲密无间的朋友，在以后的日子里相忘于世，相记于心就够了，何必整天黏在一起？你是这样做的吗？莹莹，你不该这样做。

黄莹莹像是被我看透了心底的隐秘，她的脸突然变得通红。

“是的姐姐，我是爱他，直到现在都是，可是，我并没有做一点点伤害过你的事呀姐姐。”

“我知道你没做伤害我的事，正是因为这样，我才喜欢你，尊敬你，你宁愿自己忍着，也不伤害别人。现在看来，如果我没说错的话，你没找男朋友的原因，一直都是等着他的对吧，你从加拿大回国，不在温州找工作，偏偏来彭州工作，你一定也是为了他的，我没说错吧？”

黄莹莹没有表示，她低着头。

这时我忽然想起什么似的，“哦”的一声说：“莹莹，你刚才不是说，是你喜欢的，他又喜欢你，你当然要，对吗？”

"……嗯。"

"如果是这样，莹莹，我的意思是说，你就救救李强吧，他现在非常痛苦，我又不能和他继续好下去，现在除了你能救他，任何人都不行，你就救他吧，我这一辈子都会感激你。"

"雯莉，你知道的，这感情上的事，不是一个人能完成的……他，他他什么意思?"莹莹又开始结巴了。

"他什么意思我去找他。"

"那，你能告诉我，是什么原因你们不能结合吗?阿姨为什么也不支持你跟他结合?"

"莹莹，这件事说出来很丢人，我简直没办法做人了。"接着我痛苦地把李亦邙和我妈妈的事告诉了莹莹。

这时我的手机响了，是晓娟的。"晓娟，是我。"

"什么时候过来，我准备了桂花酒，我们也像男哥们来个一醉方休好吗?你喊上莹莹一块过来。"

"莹莹在我这里了。"

"好，你们一块过来吧。"

我和莹莹到了阿娟新房，这和上次来见到的房子完全不一样了，整套房子的装潢都是按照武汉当地的样式来做的，范思奕就干这个，所以他找来的装修工，按照范思奕提供的图形开始装潢，吴晓娟说："暂时住着吧，房子下年才能交钥匙。"

黄莹莹笑嘻嘻地说："真好真好，一个小生命诞生在新房子里，多好呀。"

吴晓娟幸福地笑了，说："莹莹喜欢小孩子?"

"是呀，小孩子多好玩，小胳膊小腿小脸蛋，小鼻子小嘴小眼睛，多好看呀。"

"你赶快结婚也生一个。"

黄莹莹说："我想生一个，没有男人不好生，我到哪去找男人呢?"

"三条腿的蛤蟆不好找，两条腿的男人到处都是，在哪不能找一个。"

"那不一样，一千多年前，宋人在《清波杂志》记载："日本的一条船漂泊在宋朝的码头上，一行几十人，遇到中原人，看到冲常人长得端庄帅气，择端丽者就寝，美其名曰‘度种’。这则记载说日本妇女来到宋代的中国，遇到宋朝美男子就要主动献身，目的是生下后代，来给日本改良人种。”

“这样的记载我也有印象，”吴晓娟说，“宋人洪皓在《松漠纪闻》记载，回鹘自唐末浸微，本朝盛时，有入居秦川为熟户者。女未嫁者先与汉人通，有生数子年近三十始能配其种类。媒妁来议者，父母则曰，吾女尝与某人某人昵，以多为胜，风俗皆然。今亦有目微深而鬌不虬者，盖与汉儿通而生也。这则历史记载大意是说在宋朝时回鹘的年轻女子未嫁前有与宋朝汉人先‘同居’的传统。回鹘人以此为自豪，在嫁女儿时回鹘的父母们会自豪地宣扬说‘我女儿曾和哪个汉人同居生活过’，并以与汉人同居人越多越为光荣。这是回鹘的风俗。所以回鹘的后代有大量的宋代汉人的后代。他们要的是人种的质量。所以一个女子不可随意择人而附，自己这一代这样了，要为下一代考虑，没有好的，宁可一辈子不嫁，也不能马虎行事。”

“哈，晓娟，这段话你记得这么清，所以你找了姐夫这么一个优秀的人种，是吗?”

“去你的。”由此看来，她们不单单是感情上的结合，还有人的外貌上的选择。

莹莹和吴晓娟的一番话让我吃惊。莹莹，好“鬼”的丫头，原来你久久不嫁的原因就是因为这个?

“你们吃什么，一会儿我来给你们做。”吴晓娟说，“哎哎，请你们来是想给宝宝起名字的，我们还没给宝宝起名字呢，你们说说帮着给宝宝起个名字。莹莹，冰箱里有吃的，别干坐着，你去拿吧，看有什么好吃的。”黄莹莹站起来打开冰箱。

“起名早了些吧?”我说。

“早做准备，雯莉你想想，起个什么名字好?我和思奕都想好几天了，也没起一个好名字，思奕说，把你们请来参考参考。”

“还不知道生男生女，就要起名。再说这起名的事应当是爷爷奶奶起吧。我们没这个权利，对不对雯莉。”莹莹拿了几个橘子和两串葡萄，把葡萄用开水烫烫，拿过来，很老到地说。

我应着，拿了一个橘子，坐在那里剥。

“哪有这么多讲究，孩子是我们生的，起名还是以我们为主。”

“不不不，还是看爷爷奶奶怎么说。”

“雯莉，你也说说。”

“我不参考意见。”我心里这时候很乱。

“别忘了你是宝宝的姨姨呀，雯莉。”

我心里一颤，装着很轻松的样子，说：“没忘，怎么会忘呢，这事摊在谁头上都不会忘。”

“那好，等宝宝生下来，我让他（她）喊你干妈，不喊你姨，行不行雯莉？”晓娟说着，脸上总是带着幸福的表情。

“喊亲妈多好，喊什么干妈的，喊亲妈。”莹莹说完，突然捂了嘴，马上意识到不该说这样的话，这样的话说出来无疑是对雯莉的又一次打击。看着范雯莉的脸红一阵，白一阵，她改口说道：“男孩取个女孩名，女孩起个男孩名，最好，据说对孩子以后成就事业有帮助，男孩的阳刚配个女孩的名字，阳刚之中会有收敛，女孩取个男孩名，温柔当中会增强一点阳刚之气，仔细看看身边的男女，看看他们的名字，就知道准不准了。”

“瞎扯，莹莹你这是瞎扯。”我说。

“嘿嘿，瞎扯就瞎扯吧，我是这样认为，我希望我们的下一代要出人头地，最起码不要像我们似的这么笨。”

听着莹莹又开始调皮了，我心里依然有一种痛苦难以表述。下一代，下一代，我没有下一代了，以后也不会有下一代。

“咱们吃点什么吧，我打电话让他回来捎只桂花鸭，再到楼下烧几个菜。”

“行，随便点就好，你可不能喝酒哦，对孩子不好。”

“我不喝。”

“孩子生下来，你们工作都这么忙，怎么带，是送到他妈妈那里，还是怎么着。”

“他妈妈过来。”

“怎么，二婶娘过来哄孩子？她退了吗？”我问。

“不该退，他妈妈申请退休了，要过来给我们带孩子。”吴晓娟说。

第十八章　引咎辞职

秋天的彭州是美丽的，高高低低的楼房，以及风景园区的建设，自然风光更是令人难以言表。这座城市的特点是，山不是很高，把这座城都围起来了，湖不是很大，但是清清的湖面占着这个城市的三分之一。山多姿多彩，跌宕起伏，形成一个个秀丽的山谷。尽管是黄莹莹熟悉的城市，但是她的整个心灵的美，还是充满了奇妙的幻想，使得她整个人都置于这甜美的色彩浓淡之中。她的感觉是幸福的、快乐的。她的朋友，她的亲如同胞的姐妹，一想到她们，她完全会沉浸在宁静生活当中。尤其是那个人，以及这可爱的南屏山，都是她爱的。秋天的雾气在山谷间萦绕，太阳高悬在郁郁葱葱的松林上空，几束阳光静静地穿过树的疏叶，洒在山石上。

还在学校的时候，她就喜欢和晓娟与雯莉来这里，来南屏湖公园，享受大自然的恩赐，躺在草丛中看蓝天，坐在山石上看山下的南屏湖，她尽情地呼吸着这座城市带给她的快感。每当这时，她会生出许多憧憬和联想，并思忖：我要到这座城市生活，一定要在这里生活，要在这里安家，因为这里有她心之所向、心之所爱的人。

在加拿大何尝不有这样的想法？现在她回来了。

黄莹莹穿过大街小巷，在每一个清晨或黄昏，与迎面而来的行人擦肩而过，她都有一种亲切的感觉，尽管未曾相识，但是那个人在她心里占据着相当的位置，因此她看什么都是亲切的。下了班，她不急于回宿舍，总想在街上慢慢地多溜达一会儿，这里看看，那里看看，感受一下亲切的内涵。原本就打算这样没有指望地一个人生活下去的，没想到雯莉告诉她和李强不能结合的事，这让她好一阵心跳。初初听起来她不能理解，听着雯莉真的不能和他结合以及不能结合的原因，她简直震惊了，怎么会有这样的事情发生在他们身上？她由衷地为李强和雯莉这一对真挚恋情的夭折而感到遗憾。

世界上美好的东西总是容易破损的。这是谁说的，她想不起来。为了坚持一个信仰，守住一个道德的底线，用多年的感情去交换，去维护，她感到太不值得。人活在世上，有一个相亲相爱的人足够了，何必追根问底想那么多呢？世上所有的人不都是这样生活着吗，知道了也假装不知道，是一种人性对社会看法的升华，只要两个人好就行，何必计较那些呢。她不赞同雯莉的想法，但是又没能力反驳她。这两天来她一直都在想这件事。这件事她清清楚楚了解了，心里有些伤感，为他们而感到伤感，如果不知道呢……如此看来，传统的道德观念和现实当中发生的总是冲突的。为什么要厘清这中间的关系？可以说每一个家庭，每一对夫妻甚至每一个人，多多少少都有数不清的遗憾。

黄莹莹不考虑这么多，爱一个人爱着就爱了，从来不追根问底。一个人在她心里能留着一种美好就够了，能结合对她来说更是一种奢侈，这是上天无偿的安排，不能结合是前世没有缘分，是强求不得的。

有时想想一个人在她的心里暗恋这么多年，究竟值不值得？但是回到爱的原点，又不愿意有那么多庸俗的想法。她给了自己一个定义：这种爱是绿色的，是一种绿色的幸福围绕着她的。这种幸福让她留恋，她常常为这种幸福沉醉。

雯莉约她到南屏湖公园附近的茶社，同时还告诉她也约了李强，她明白是什么事了。她早早从单位回到宿舍，花了半个多小时化了妆。她本来不太喜欢化妆的，这一次却是为了李强。她想把妆化得漂亮一点，让别人看不出，她努力了好长时间，化了两次妆，总是不满意，最后还是洗去了。她像是为了赴一个高水平的盛大舞会，每一个细节都做得那么一丝不苟，准备得那么充分，化到最后，一看时间不早了，她干脆轻轻在唇上点一下蜜丝佛陀锁色水凝唇膏，在嫩白的脸上轻擦一点兰蔻，衣服上洒一点香奈儿，这些化妆品，都是她临回国的时候在加拿大买的，没想到第一次就用在了这样的场合。最后，她拿过一个在加拿大买的奶白颜色的高档手包，出门了。

这时间她心情是愉快的，也带了点儿小小的激动。本来不应该有这样的激动的。但是今天是有点不能和过去相比，过去是想拥有的那枚果子却无法尝到，只能是眼馋，现在这枚果子就要到手上了，所以心情是完全不一样的。就是在加拿大和李强有过的那一次肌肤之亲，也没有像现在这样让她情绪那么紧张。今天这是怎么了？不就是和以前暗恋的朋友见个面吗？

她打车到了公园门口就下车了，她要静一静，调整好自己的情绪，不能紧张。她要穿过公园，穿过紫薇花的林荫小道，向茶楼走去，远处是连绵不断的南屏山，她无心欣赏。

到了楼上，她看到雯莉已经在那里了，雯莉的打扮很漂亮，很庄重，也很时尚，衣着的颜色是雯莉喜欢的，带着一种常人无法比拟的优雅。因此看到她的时候，莹莹对她优雅中带着的那种庄重的表情，从心底是羡慕的。看着雯莉纯纯的微笑，她被她特有的气质融化了，这一时她甚至感觉自己很猥琐，很悲催，她无法和她相比，她简直就是一尊女神，她和李强才是天生的一对。而现在这尊“女神”正在做着一种把痴恋的情人让给她的“高尚”之举。

黄莹莹的到来，给雯莉增加了一些喜悦的情愫。“来，莹莹这里坐。”黄莹莹去了她那里和她并排坐在一起。

“这个茶馆环境很好的，以前没有吧。”莹莹四周看看。花格隔墙，仕女屏风，红木桌椅，几凳，茶具，名人字画，古色古香，无不在雅致中透露出一种古朴、典雅。

“这是新开的，上一次我跟李强来过，感觉不错，才邀你们过来的。”

李强还没到，雯莉就先点了两杯铁观音。

“吃的东西最后点吧。”雯莉说。

“行，还是等一等李强吧。”

这时服务员把点的茶单子拿过去，阿强这时正好捧着一大束鲜花来了。

“莹莹你来了。”说着他把花放下，伸过手和黄莹莹握了一下。“今天生意特别好，给一个单位装机五台，另两家各要十五台，其他的软件销出去二十多件，很多客户在我们那里留了电话，我来得有点晚了，对不起雯莉，对不起莹莹。”李强客客气气地看着范雯莉说。

“没事，我们也刚来一会儿，你坐，坐吧你。”雯莉说着又对服务员说，“再添一杯铁观音。”

李强说：“没想到生意就是这么做的，以前说做生意，就在心里想，这生意怎么做呀，有人要吗，现在知道了，只要货源有，就不怕没有客户。”

“你这是刚开始，做电脑生意的还不多，以后做这种生意的人多了，就不是这么容易了。”

“嗯。”

总的来说，李强他们的公司开得还算顺利，刚开业就有人要这买那，前天签了一个单，一所高级中学要装十台电脑。中饭都没来得及吃，杨乐全就给他美国的哥哥打电话，让他火速邮来五十套电脑整机、一百套软件。邮到之前，李强和杨乐全先就现有的件开始组装，另外他们又联系一家国外在中国的总代理。忙到晚上十点还没忙完。

“这就好，忙不怕，只要能赚钱，再忙都是值得的。”雯莉老练地说。

“是，是的。”

黄莹莹看着阿强，要在以前早就跟他开玩笑了，现在不行。

“莹莹，你工作还好吧？”李强问她。

“很好。”

看到茶上来了，服务员给他们每人摆了一个茶碗，拿了一个精巧的小壶，一一注了茶水，阿强端着轻轻抿了一口。

“这茶后味醇厚。”

黄莹莹也抿了一口，感觉也不错。

喝着茶，阿强和雯莉说起公司的事，黄莹莹插不上嘴，只在那里呆坐着。

“莹莹怎么不说话的?”李强看着她问。他这时并不知道雯莉喊他来的目的，到了之后看到黄莹莹也在这里，他心里明白几分。看着黄莹莹有点羞怯的表情，他感觉范雯莉让黄莹莹来，似乎有什么目的。“给晓娟他们说了吗?”他问。

“燕子正在积极筹办他们的婚事，没通知她。”

“哦。”阿强已经完全明白了。他看着范雯莉不冷不热地坐在那里，似乎在思索什么，他心情翻滚着，他不能不想在家里和妈妈谈起爸爸和嵇芳阿姨的事，谈起他和雯莉不能结合的事。妈妈听了很震惊，非常生气，也非常激动，不但这么好的“儿媳”一下没了，连两家的关系也弄得乱七八糟的。更让她不能接受的是，和李亦卭结婚的前后，他从没向她透露过一点他和雯莉妈妈的事，以前的事就不说了，不熟悉，这几年和雯莉认识了，也见到雯莉的妈妈是谁了，你李亦卭不该告诉我吗?现在孩子都这么大了，到了该谈婚论嫁的时候了，竟然出现这样丢人现眼的事，太丢人了。林婉秋痛苦地坐在那里一个劲地掉眼泪。

李强看到妈妈这样，心里害怕，他从没见过妈妈这样生气过，他后悔把这件事告诉妈妈。不告诉妈妈自己怎么处理?告诉了又怎么处理?他一点办法没有，他想搬出去住，他想离家出走，永远不再进这个家……

正在这时候他接到范雯莉的电话，雯莉约他出来喝茶。他当然知道，他们不可能复好，雯莉约他出来干什么?他连公司都没去，就直接来到这里。他要看看雯莉约他什么事。来到后，看到莹莹也来了，他心情很复杂。

喝着茶，谈了一些无关紧要的事，雯莉叫来服务员点了瓦罐汤、竹笋鸡翅、豆角扣肉、香甜黄金糕、香葱烤多春鱼、西湖牛肉羹、小米排骨，她恨不得把所有的吃食都点一遍，她不吃荤，却点了不同样的荤菜，她知道李强爱吃荤。

李强直愣愣地看着她，他不知道她今天这是怎么了。

“雯莉不要点了，吃不下浪费就不好了。”黄莹莹说。结果雯莉又点了一个小炒肉、一个翡翠烧卖。

“哎，怎么了，雯莉，炫富呀?”黄莹莹要过服务员的单子看看，长长一大串，她划掉一长溜，留下三种和一个瓦罐汤。

“这就够了。”黄莹莹把单子交给服务员。

“怎么了莹莹，想要你们都尝尝的，怎么都划掉了？哪怕尝一口，也是我的心意。”

“以后有的是机会。”

雯莉想说以后没机会了，但是她没有说，她想等吃了饭再说。

上了主食，三个人不声不响地吃了，快要吃完的时候，雯莉说：“我后天要回武汉了，今天是最后一餐，阿强，阿姨出差还没回来吧，等阿姨回来，请你告诉阿姨和你爸爸，跟他们说一声，我回武汉了，就不单独给他们说了。望他们保重身体。我现在回公司，把东西整理整理，明天把工作移交一下……”

阿强听了一愣，他想说，我妈妈根本没出差，这时候他觉出雯莉是故意这样说的，也不往下说了。

雯莉看着阿强的反应，又说一句：“我就先走了，你们好好吃吧。”阿强又一愣，“怎么，雯姐，你要走？怎么没听你说要回武汉的事。”

黄莹莹也有些吃惊：“雯莉，怎么没听你说一声要回武汉的事?”

“我谁都没告诉，就让我悄悄地来，悄悄地走吧，这座城市不是我待的地方。”

说完，三个人都开始沉默。好一会儿，莹莹问：

“你走，什么时候再回来?”

“可能不回来了。”她热热地看着莹莹和李强，不自然地又说。

“如果这件事情能按着我预想的发展，我可能会回来一次，如果不是，我就不回来了。”雯莉勉强做出一个笑脸。

“预想的，你预想的是什么?”

她依然带着微笑，看着莹莹和李强，她什么也没说。

阿强很伤心，他走过去拉着雯莉的手，紧紧地握着，又松开，他把她紧紧地揽在怀里，一时哽咽着说不出话来。

“阿强，别这样，男子汉，要有男子汉的担当，要有男子汉的气概，不能这样，生离死别，人生很正常，何必儿女情长。好了好了，别难过，你们永远是我最好最好的朋友。”

她喊来服务员，拿出一千块钱，交给服务员，服务员数数又退给她七百。

雯莉拿起包，对莹莹说：“莹莹，我走了，你和李强好好谈谈，知道吗？要好好谈谈，有什么问题给我打电话，无论发生什么都要告诉我。”

李强站在那里看着她，他不明白雯莉的意思，他要送她，雯莉说：“不要你送，我跟莹莹说几句话。”

莹莹和雯莉挽着胳膊下了楼，在楼下雯莉对她说：“我已经给他留言了，让他今后好好照顾你，我跟他说了，我们这辈子不行了，等下一世吧，下一世我会站在人生的路口一直等着你，你不来，我不老，一直等到你娶我……就这些。哦，还有一个，莹莹，这是我最牵挂的，我希望我能看到你和李强结合，你把你穿婚纱的照片寄给我，我就没有要惦念的了。”说完，她眼里蓄满了泪，但是她强忍着不让掉下来。

“雯莉，你刚才说按着你预想的发展，你可能会回来，如果不是，你就不回来了，什么意思，你预想的什么？”

“就是想让你嫁给李强，李强是个好男人，如果不是因为这件事……好了我不说了。”

“哦，雯莉，你重新走的一条路，多不容易，你要走好，我们都希望你能走好，最后我还是希望你能回来。”

“嗯，前天二叔给我打电话，说他很希望我去他那里，思奕也告诉我说，那里需要人。我还是先回武汉吧，看看武汉那个机械公司怎么说。”

“好，雯莉，希望你能走好。”

“我们还很年轻，我会走好的，我们都会走好的。”

“是的，雯莉，我们都还年轻，但是以后的路还是很长。”

“路是很长，但婚爱这条路，不是我走的路了。”

“怎么了雯莉，你怎么说这样的话，为什么不是你走的路了？”

“我是这样想的，一个人的真正的爱情，一生中只能给一个人，我爱过一次就够了。”

“那怎么行呢，那怎么行呢？雯莉，不行呀雯莉，一辈子长着呢。”

“不论是长是短，已经给过一个人了，就不可能再给第二个人了。”

“雯莉，你太固执。”

雯莉没接她的话，说：“你要好好爱他，他这个人，人品好，素质好，有时做事还像个孩子，你能给他指出来还是指出来，但愿你们相亲相爱白头到老。”

黄莹莹默不作声，她紧紧拉着雯莉的手问：

“你回武汉是不是真的不回来了？”

“我是这样想的，还是看情况吧，事情总是有许多变数的，不过你们结婚，我肯定要回来。”

“雯莉，你……”

“回去吧，好妹妹，他还在那里等着你，你快回去吧，不要让他久等了，你们的事我时时都是记挂着的。”说完她转身要走，黄莹莹扑上去，紧紧抱住她，呜呜呜地哭出声，雯莉也哭了。

“买的后天几点的票？”

“后天晚上七点钟。”

黄莹莹回来的时候，看见李强正在打电话，又有客户要买整机，黄莹莹心情沉重地坐在那里。

深秋的天气，有点儿凉，雯莉要走的这天下午，黄莹莹在单位请了假，她去买了好多礼物送雯莉。李强和莹莹吃了饭准备早早去车站送她，他们打了一下午电话雯莉都是关机，他们开车到了江浦公司，范思奕说：“姐姐走了。”

“走了？什么时候走的？为什么不等等我们，她不是晚上七点的车吗？”

“她上午走的，昨天她去车站，正好有人退票，她就换了今天上午的票。”

唐梅被120救护车拉医院去了，李亦邙没有任何考虑地和几个人也跟了过去。他想跟着看看唐梅怎么样了，他这一时心里不知是喜是忧，是该庆幸还是该怎么着，威胁自己的人遭天谴了，他心里突然涌出这么一句话：多行不义，必自毙。

按常理，这本来是该他高兴的事，但是他高兴不起来，他要跟过去看看唐梅究竟怎样了。

到了医院，医生已经紧张地实施抢救，查看身体的伤势，胸口和腿部有烧灼伤，然后晕倒在地。但是不要紧，身体没受多大的伤害，惊吓一场，抢救过后，她慢慢有了意识。

“我一定是被雷击中了！雷击的时候，我看到天空白梭梭的一片，我站在那里一会儿，听到胸口有‘吱吱’的声响。过后才倒下，包里的水果刀也响。时间不长，我腿发麻发软，我就倒地了。”恢复意识的唐梅对医生的第一句话是这样说的。

衣服大部分被烧得乌黑，好像是被火烤焦的一般，一碰就碎，要不是她胸衣上的钢圈，要不是包里的水果刀，要不是脚上穿着橡胶底皮鞋，电流通过她的身体接地，她很可能就没命了。

是什么原因被雷击的，后来110来了，查看她身上的伤痕，一把水果刀的刀柄被雷击得乌黑，刀子和胸衣上的钢圈已经变形。

彭州日报记者刘昊来了，见到了唐梅也这样问。急救过后的唐梅还惊魂未定。她告诉刘昊：“当时被雷击的时候，我一直站着的，过一会儿才倒地，我感到腿麻，好像不是我的腿似的。”

医生查看她身上，整个右腿的右侧有明显的红色印迹，唐梅说：“这是当时电流穿过时留下的痕迹吧。”

接诊的医生说，伤者曾有短暂昏迷，不过随后自己苏醒了。目前其伤势主要集中在胸部和腰部，腰部有一个长3厘米、深0.5厘米的伤口，不排除是在遭遇雷击时，电流穿过内衣的钢圈和那把水果刀，将胸口和腿部灼伤。至于是不是文胸钢圈和水果刀导致伤者被雷电击中，还需要进一步观察研究。

唐梅出事后，来看她的人很多，她爸爸唐焕章也来医院看望她，他很伤心，不过不幸中的万幸还是令他欣慰，人没有生命危险。

经过抢救，医生说休息两天就可以出院。

第二天，在彭州日报《百姓栏目》刊发一条不起眼的消息：×××公司××老总，昨日被雷电击伤……吴晓娟看到了，她吓了一跳，下了班在路上买了水果，就赶去医院看她。见到唐梅，看她躺在床上正在吊水，一个肯德基餐厅的服务员在那里照看她。

“梅姐，怎么搞的，看到报道心里特别紧张，怎么会有这样的事发生？现在怎样了？我下午快下班了，才看到桌子上的报纸，知道这件事。”

“晓娟呀，是你。”唐梅挣扎着要起来。

“不要起，你躺下，不要动。”

“嘿嘿，这老天给我开了天大玩笑。”唐梅也学会幽默了。

“感觉怎么样？”

“没什么，过几天就可以出院。”

“这么巧的呢？真的很吓人，那阵雨当时下得非常大，马路上积水都淹没了脚。”

“嗯，我正想找你，晓娟，想找你谈点事。”

“什么事，梅姐？”

唐梅把餐厅服务员支出去，说：“这件事压在心里一年多了，一直没机会给你说，说了又怕你接受不了，想想还是说了吧。”

“什么事这么严重？”

唐梅看看病房没有人注意，她小声说：“你爸爸的事。”

“我爸爸什么事？”吴晓娟疑惑地看着她。

“你爸爸不是自己摔倒的，是李亦邙推倒的。”

吴晓娟一愣：“你说什么，梅姐，你说清楚点……”

“你爸爸不是自己摔倒的，是李亦邙推倒的。”

吴晓娟惊呆了。

“怎么可能……不可能，根本不可能，这是谁说的？”她说。

“这其中的事情你当然不知道，当时我在现场的，只有我和李亦邙清楚怎么回事，你爸爸到李亦邙的办公室，说交税的事，李亦邙不理他，只给我说到哪里旅游的事。你爸爸看他不理他，说他官僚，李亦邙生气了，赶他走，你爸爸就不走，李亦邙把他拉到门口，使劲一推，你爸爸摔倒了，当时就摔晕了，起不来，他一看事情闹大了，赶快过来，又是掐又是拍，都不起作用，他就背着你父亲和我一起打车到医院。”

“报纸上都登了。”晓娟还是不相信地说，她没法接受这个现实。

“报纸上登了，是我提供的材料，彭州日报记者来采访我，是我做的一个假证。”

“那你，你为什么要做这样的假证?!”吴晓娟生气了，质问她。

唐梅等吴晓娟平静下来，把事情的来龙去脉都告诉了晓娟。最后说：

“我为什么要做这样的假证？就是因为我跟他有一年多的地下夫妻关系……我是为了维护我们的关系才这样的。我现在也不怕丢人了，我把这件埋在心头的事说给你知道，不说出来我心里不舒服，压抑得要死了。”

“……”

“就是这样的事，千真万确。”

“现在呢，现在为什么要说，就是因为不舒服？不会这么简单吧。”吴晓娟像是在法庭上询问被告。

“我是要报复他，因为后来他打我、骂我，骂得很难听，我实在受不了，我跟他散伙了，我现在要报复他。”

吴晓娟看着她。

“还有，”唐梅看晓娟还是不太相信，她又说，“李亦邙怎么升任的副局长，你可能不知道。就是因为那天的报纸，对他的所谓‘见义勇为’的一个报道。”

现在唐梅是铁了心地要把李亦邙搞臭，搞倒，她喋喋不休地向晓娟诉说着，好像她做的都是光明正大的。

说完，唐梅似乎出了一口怨气，她轻松地看着吴晓娟：“晓娟，我当时做得确实不对，很对不起你，对不起你去世的父亲，我要早说真相，你父亲也能合眼了，据说你父亲去世的时候，连眼睛都没合上……”

吴晓娟什么也没有说，她站起来看着窗外。

后来唐梅又跟她说了什么，她都没听见，她只想着爸爸死得冤枉。

吴晓娟不知自己是怎么离开医院的，也不知怎么回到家的，这件事情她前前后后想了很多。

怎么办？林婉秋妈妈，李亦邙对我像亲生女儿一样，李强待我像亲姐姐一样，我怎么办，怎么办？起诉他？不……不可能。不起诉？我爸爸死得太冤枉……

吴晓娟被这件事折磨了一个星期，最后还是决定：不起诉。

唐梅被雷击的消息是李亦邙下班回到家听妻子说的，吃饭的时候，林婉秋说：“小强以前在肯德基打工的老板，叫雷击了，知不知道？”

“这个？还不知道，伤情怎么样？”

“听说不要紧，过几天就要出院了。这个唐经理也够惨的，说她结了几次婚，又离了几次，最后这个，结婚半年又离了。”

李亦邙不吭声，只在那里喝他的酒。

“外边传得很离奇，人要是挣点钱，出了名，什么样的谣言都出来了，尤其是女人，女人活在这个世界上真累，还说她离婚的这个男人有艾滋病，传染了她……”

“是吗，这传得太不靠谱了。”对这一点李亦邙是不知道的，不过他还是警觉地想到自己，他一年多没跟她来往，这艾滋病不会找到他吧。

“这是谁这么会胡扯，这样的事能乱说吗？”

“技术部里的人传的，他爱人是那家医院的护士长，还说是唐经理的朋友胡云说的，胡云把她表弟介绍给唐经理，胡云的表弟有艾滋病，传染给了唐梅，唐梅就跟胡云的表弟离婚了，现在这个女人到处败坏唐梅。”

“唉，这些人哪，素质太低。”

这时李亦卬想起在咖啡馆的一幕，她拿刀子的情景。他不由一哆嗦。他是想让我见血，把病传给我？想到这里，他又一阵哆嗦。

“还有更离奇的。”妻子接着说，“被雷击了刚住院的时候，医生检查出她有艾滋病，现在出院了，再检查，艾滋病毒没了，你说怪不怪？难道雷击就这么厉害。如果雷击真能把艾滋病治好，以后艾滋病患者有治好的希望了。”

“你说的更不靠谱，雷击能治好这个病，也不可能让雷去劈人吧？艾滋病没死人，倒叫雷劈死了。”李亦卬笑笑说。

“我的意思是说，根据这个启示，科技人员在这方面可以研究一套治疗方案，譬如说，制造一个雷鸣电闪的仪器。”

“这个倒有可能，但愿能变成现实。”

雷击事件过去十多天了，李亦卬估计唐梅可能已经出院。这些天他吃不好饭，睡不好觉，他一直考虑唐梅不会跟他完的，她不跟我完，我怎么办？这是他一直考虑的。她这个人的脾气性格非常像她的母亲，惹着她了，她会记仇一辈子，总要想办法报复，玩弄你，有机会了甚至置你于死地。这样的人惹不起，惹不起只能躲，有时候你躲了，她还要不间断地给你制造麻烦，这样的人在报复你的时候，智商非常低，连三岁四岁的孩子都不如，做出来的事情让人可笑。这种人女人有，男人也有，女人有了，是条毒蛇，男人有了，是个恶魔。

李亦卬想来想去，玩硬的肯定不行，还是用软办法比较好。这一天是星期天，他买点礼品决定去看看她，以和为贵，把关系尽量往近了拉，他确实怕她哪一天再犯神经，不计后果地来局里告他，败坏他。

到了她家，看到唐梅的父亲唐焕章也坐在那里。唐焕章看到是李亦卬，忙站起来：“是李局长啊，来来，请坐，您请坐请坐。”

“我是来看看我们的纳税户。”李亦卬笑着说。

“局长亲自来了，真让纳税户感动。”

李亦卬说："也没什么，纳税户每年给国家交这么多税，来看看还是应该的。"

"哦，好，谢谢李局长，唐梅的公司属于国税了吗?"

"属于地税，今年局里开展下户走访活动，提倡'税务人走近纳税人'。"

"哟，国税局很接地气呀。"

"是的，上边要求是这样，只有多'接地气'，才能广聚人气。前段时间'税务通讯'表扬了唐经理，说她按时按额交税，总是走在其他户之前，对这样的税户我们要大力支持、表扬，也要好好宣传宣传，现在唐经理出了点意外，我们来看看也是应该的。"

李亦卬的一段话，圆了自己来这里看她的尴尬，说得唐焕章直点头，唐梅在那边坐着，也有点高兴。

"现在怎么样了唐经理，身体没大碍吧。"

"还可以，谢谢李局长。"唐梅说，在父亲面前她不能说别的。

"天灾人祸。"

"是呀，想不到的事情。"唐焕章说。

"你喝水，李局长。"

李亦卬说："不喝，刚吃了饭就来了。"

"李局长，公司还有点事，我告辞了。"说着他伸过手给李亦卬握握，李亦卬说："我们来看看，没出大问题就好，我坐一会儿就走。"

唐焕章走了，李亦卬回来，问唐梅："没有什么不舒服吧?"

"……嗯，没有。"接下来两人都没话说，干坐着好一会儿，李亦卬说："我走了，我给你买的一点补品，以后有时间我会再来看你。"说着李亦卬站起来要走，刚到门跟前。

唐梅说："你别慌走。"

"什么事?"

唐梅磨蹭了好一会儿，才说："我的问题，你还没说怎么办就走吗?"

"什么问题?"

“跟你老婆离婚，你离了婚我们还像以前那样。”

“梅儿，这事不可能！完全不可能，除了这一条什么我都能答应你。”

“我就这一条，我什么条件都没有。你说不可能是吧？不可能我也叫它变得可能，我这回要给你们局纪检写揭发你的信，把吴晓娟的爸爸怎么死的、你怎么搞腐化的、怎么搞女人的、怎么升上副局长的等等这些烂事，我都兜出来，我漫天撒，不但往你们局纪检，还要往往市里监察局，往省国税局。我到底看看能不能治了你，我让你彻底丢人丢到底。你就等着纪检部门来找你吧，纪检找过你，我再找你老婆，把这些事都说给她听，上一次给你们局的那个严书记寄一封检举信，石沉大海，这一次我就不能让它石沉大海，我要弄出点名堂来。”

李亦邙听她这样说，脸色气得焦黄，他试了几试想站起来好好教训她。但是，他没有这样做。他笑了笑，说：“梅儿你这样做能行吗，为了满足你个人，连老天都看出你过分了，这次你还不接受教训吗，老天真要把你劈死了，剩下你老父亲一个人怎么办，你也不替他想想吗，他一个男人当爹又当妈把你养大容易吗？”几句话说得唐梅不说话了。李亦邙压住心头的气，想了想，微笑着看着她，“你现在写检举揭发我有什么用？你写十封一百封都不起作用了梅儿，我已经辞职了。”

“辞职了？你局长不干了？”唐梅听到他辞职了，吃惊不小，她像被抽去了脚筋，整个人都软了。

过了一个月，李亦邙真的打了一份《引咎辞职报告》给严书记。辞职报告是这样写的：

尊敬的局党委严付明书记：

您好！

很遗憾，在这个时候向您提出辞职，三十多年前，我从一个小小的什么都不懂的税务人员做起，工作上兢兢业业，任劳任怨，后来到了政策法规科、办公室工作，在办公室期间，对工作也是兢兢业业，任劳任怨，八年前我很荣幸地提升地税局×所任所长，两年前，由于领导的厚爱，又被提升为副局长，分管负责全市税政管理工作，自从担任副局长以来，工作虽然仍然兢兢业业，但是却感到力不从心。最主要是思想认识还存在差距，专业素质还有待提高。自从学习领会兄弟市局某某案例，我深受启发，也很有感触。这样的案例分析对我们及时掌握涉税案件的分布特点、作案手段和发展动向，有针对性地采取税收征管措施，防范、打击涉税违法活动，达到以查促查、以查促管的目的是非常有效的，同时也是对我们下一步建立和运行“良性互动机制”的一个有益尝试。

因本人不才，这些工作不一定能做好，恐有失众望。特向局党委提出辞职，甘愿做一名税收人员。

此致

敬礼

申请人　李亦邙

×年×月×日

写好之后，他看了两遍，改了几个字。坐在那里想，会不会弄巧成拙，局党委真的批准了？

再看一遍，想着严书记平时对他的照顾、对他的好，尤其是他这个副局长还是严书记力荐的，他有点放心了，想着严书记不会这样贸然做出决定的，他心里有点坦然。

第二天，他去了严书记办公室，门没锁，他敲门进去之后，严书记不在，他坐在沙发上等了十来分钟，严书记也没来，不知道他去哪里了。他看看手表，把辞职报告放在他抽屉里，露出一个角。回到办公室坐了半个多小时，桌上的电话响了，他看看，是严书记的。他拿起来。

“老李，你来一下。”说完挂了电话。

李亦邙去了他的办公室。

严书记见了他，劈头就问："老李，你怎么搞的？怎么想起辞职来了呢？"

李亦邙坐在那里，一脸不是地低着头。

"简直是胡闹！正干得好好的为什么要辞职？心里有什么事，怎么不给我说一说的？有什么事跟组织上讲讲也可以嘛，组织上帮你解决，也不能动不动辞职撂摊子。"

"是这样，"李亦邙心不由衷地说，"我感觉工作越来越不好干了，年轻人上来这么多，让给年轻人，所以我，我提出想换换工作。"李亦邙把他真正想辞职的原因隐瞒了。

"你是一个党员，你是这样执行党的决定的吗？撂摊子？"严书记真生气了，他在办公室来回走了几趟。

"唉，你呀，老李，不好干学着干，边学边干，还有干不好的工作吗？我还有两年就退了，正想着培养你接我的班，你却给我搞这一套。"

李亦邙不说话，他心里十分清楚，严书记肯定不会同意他辞职的。

"回去好好想想，对我有意见也可以提嘛，什么都可以提。"

严书记的态度，令李亦邙十分感动："我对您没意见严书记。"

"嗯，好长时间没在一起喝了，我那里还有两瓶五粮液，今天晚上到我家去，叫你嫂子弄两个菜，咱哥俩好好喝一杯，聊一聊。"说完，他把报告撕了，"以后不要再提这样的事，有我在，你不能走，你这样做对不起我对你的信任。"

半个月之后，严书记又把李亦邙叫到办公室。推开门，看到严书记正在那里看一份文件。

"严书记，您找我？"

"你坐，老李。"

李亦邙在他办公桌前的沙发上坐下来，严书记站起来走过去，给他倒了一杯水，在他旁边的沙发上坐下。

"老李，经过局党委研究决定，调你到新阳市国家税务局临时接任黄局长的职务，有困难吗？”

“我，没困难，严书记。”李亦邙心里一下子高兴起来。

“家里要安排一下吧，和婉秋同志商量一下，做好临走前的工作安排。”

李亦邙高兴地说：“家里没什么要安排的，什么时候走严书记？”

“下午召开全局领导干部会议，宣布一下，你准备准备吧，最近两三天就可以动身。”

“好的，严书记，我明天就过去吧，我回家跟婉秋讲一下就可以，反正不远，来去都很方便。”李亦邙巴不得赶快离开彭州。他想这是上天对他的惠顾，感谢老天，他在心里说。虽说对这些他不相信，那是你没摊上事，摊上事了，正好有这么一个机会“解救”了你，不谢老天谢谁？

李亦邙告辞严书记，回到办公室，对着窗外的天空，他双手合十拜了拜，只差跪下给老天爷磕头了。

回到桌前，他给林婉秋打了个电话，说中午回家吃饭。

下午，全局干部会上，市局组织处季处长宣读了干部任命决定：任命李亦邙同志为新阳市国家税务局代理局长，王倩玉同志为新阳市国家税务局纪检组组长；孙岩同志为新阳市国家税务局副调研员。

至此，李亦邙在新阳市一直工作到退休。新阳市虽说是一个县级市，但是，李亦邙像在彭州市国家税务局工作的时候一样，兢兢业业，任劳任怨，把新阳市的税收工作做得很好，受到彭州市国税局的表彰，同时也受到省国税局的表彰。

后记：

“后现代表现主义” 文学

成就一部小说有多种原因，采用的手法也可以是多样性的。这套系列作品的一个显著特点是它不按照传统的写作程序叙述故事，也不靠耸人听闻的事件把读者吸引过来。第一部《青衿》扉页上有一段话是以灵魂回顾对这套作品整体的一个概括，借着这个旨意，自始至终都是在“灵魂”回顾过往的故事里，让读者在似是而非的意识中俯察过往人生的经历及所处的人物生活原本。我把这种写作方式称为“后现代表现主义”。

“后现代表现主义”一词原指绘画，1901 年法国画家朱利安·奥古斯特·埃尔韦为表明自己绘画有别于印象派而首次使用此词。后德国画家也在章法、技巧、线条、色彩等诸多方面进行了大胆的“创新”，逐渐形成了派别。后来发展到音乐、电影、建筑、诗歌、小说、戏剧等领域。

“后现代表现主义”文学我则认为：人生本来就是亦歌亦舞亦书的，反映生活的真实，是“表现”的核心，也是灵魂自我所经历的回顾。作家可以从主观自我的认识出发，达到一种奇妙而又真实的效果。我写我心可以演绎出万事万物，演绎出的万事万物不一定是现实中的时间概念，而是人生过往中时空参差错综的一种生活显像。其叙述的本质事件，恰好提供给作者任意发挥。就是在沉淀中思考，在思考中提取沉淀中需要表述的成分，厘清唯我非我的概念关系。

“后现代表现主义”文学，我认为应是倡导现实生活中的细微的真实，在细微中拂去表面化、简约化，因为是回顾，在客观外的现象中经过思维，存在于是与不是之间，带点似是而非，带点魔幻色彩。它力图细致地表现所描写事件、人物的真实核心，达到生活细末的显像。分析这套小说，说明其结构、其节点、其再现人物内在的想法，均来自对事件更贴近人物内心本能的处理，这样有助于对人物内心真实部分的展示，以期达到“读者”参与到人物自身中去，在一定层面上读者就是书中的某个人，较好地积极再现人物的心态，以唯“我”为尊，让读者在自我中存在于小说当中，达到零距离触碰。

“后现代表现主义”文学不是故意选择这种亦幻亦魔、亦真亦虚的写法，而是生活本身决定了非要采取这种写法不可。纷繁的世界总有纷繁的故事发生，在你经意不经意之间都有存在的原始意义和价值。书中的主人公范雯莉是“死”过一回的，为情，为爱，更是为了道德在心底的坚守，在灵魂出格之后，后现代表现主义作品以再现人物思想的根源和社会现象为基础，倡导人物性格的深层次描绘。为了达到这个目的，常常使用新奇的语言、奇特的倒装、灵魂的反水、词语的重复以及扭曲句子结构等方式，形成一种过于紧张又急促的节奏，在急促节奏中又故意放缓，借此表现人物内心激烈狂热、喧嚣不安，又理性地戛然而止，使得情绪得以舒缓。

“后现代主义”文学和“后现代表现主义”文学的区别，我认为有两点：一、前者是以现代为基础为前提的写作，后者则是纯表现的写作，而且不受时空束缚，可以随意生发，求得现实社会中对时间对人物（尤其是人物内心）的一种自我真实感，让读者和作品中的人融为一体。

表现主义文学，具有独特的艺术风格：怪诞、诡异的特色。具有原创性、开拓性，而且是粗线条的，是一种反传统的现代主义流派。而后现代表现主义文学则是一种反叛，它重视细节的叙述，追求强有力地表现主观精神和内心反应。其基本特征则要求表现事物存在的本质，突破人的行为和人处的环境的描写而揭示人的内心世界，展现现实生活中人物的思想、行为，甚至臆想。这种主张完全突破了传统的对于人物事件粗略的描写。这种写法恍看是散的，烦腻的，甚至是杂乱的，实际上对每一个人物的描写都有其具象的展现，在细微中达到每一个人物的完整性（从内心到外在的行为）。这样的描写，主要人物（主人公）就不是主要的了，甚至退居到次要人物。像这套书中的主人公范雯莉，次要人物冼杰、田斌、吴晓娟等人的描写，它不是素描，它是从根源上、基因上，突破那种粗线条式的对人物的刻画，揭示人物及物象的本质，这近乎像福克纳主张的那样。在艺术表现方面，在“掘进”人物的内心生活上力图达到新的深度，使作品万花筒般繁复、杂乱，同时引人入胜。第一部《青矜》及其以后的三部《紫殇》《橘红》《裸绿》中，都用这种类似的写法。

如此看来，主人公不一定是贯穿书中的主要人物，在第二部《紫殇》里尤其明显，主人公范雯莉退居次要人物，次要人物冼杰居主要地位，这种写法《三国演义》《水浒传》《醒世姻缘传》等古著多多少少都有类似展示，在形式上形成多主人公性。巴金的“激流三部曲”，多主人公性也提及过这一点。

另一个特色：后现代表现主义文学在语言风格上，常常凸显一种唯美的散文式描写和诗意的语言结构，它强调表现事物的诗意性，给读者提供一种美的氛围。它是热情的、温暖的，洋溢着一种粉色的画面感。它极力反对冷漠、旁观和平淡冷静的客观叙述，用诗意的语言表述环境、人物，以抒情的带有温热的、美的句子引领读者对美的感受。

前十几年社会上流行一种说法，认为80后这代人自私、娇惯，不能吃苦，不负责任，完全是一群以自我为中心，没思想、没追求的小屁孩。很多人直指“80后一代人的脊梁长歪了”“80后一代集体得了软骨症”，甚至有人放言“80后一代将是垮掉的一代，中国将垮在他们手上”。接着中国青年报推出了“80后是不是垮掉的一代”的系列报道和讨论。其中，既有社会各界，包括有大学老师、学生对80后的批评与建议，也有80后大学生自己的申辩和反思；既有尖锐的言论，也有理性的分析。“垮掉的一代”是美国二十世纪五十年代的一个文学流派，把它借用到中国80后的这代人身上，听后不免让人心寒。

几年来对这个问题常常引发我的思考，我非常注意观察这代人的言行。他们追求时尚，热衷于流行元素。他们会为周杰伦发行的一张新专辑疯狂；他们会为日本党首参拜靖国神社而愤慨，会为钓鱼岛的争端骂骂咧咧。光临80后一代的BBS，还会发现，“周杰伦”“韩剧”会是热点，“两岸统一”“抵制日货”“中国崛起”同样也是热门词汇。不能否认这代人是有知识的，思想是开阔的，他们有理想、有追求、有同情心。社会的变革，促使这代人为找一份工作到处奔波，但是在爱的问题上，他们从不保守，且大胆追求，由于家庭上辈人的影响和社会公德的留存，他们追求的方式、目的又是那么的不一样……

基于这些认识，我在2007年以《别说不爱我》，后改名《我们正年轻》为题断断续续写了五六万字发到网上，没想到有几万读者阅读。当时我是两部书一块写的，另一部是《暗警》（《暗警》于2012年出版后，我全身心地投入到《我们正年轻》这部系列作品的写作中去）。我一边写，一边把前五万字样章，传给出版代理人，没想到出版是那么艰难，投了几家代理商均无一例外地退稿，且说法不一。出版代理商注重的是市场效益，我这种纯文学作品他们不能接受。当时我真有些灰心，后来想想，我没见到“真神”（出版社有明见的责任编辑）。后来联系到上海文艺出版社资深老编辑丁元昌老师，并给他五万字样章，他两天看完回函说：“已经收到，并且浏览了一下，只有七章。希望拜读全文。”当天晚上我把整部书给他传过去，没想到的是十三天后，丁老师回函：

李世君先生你好！

大作已经拜读。题材是好的，文字流畅，在人物刻画上比较用心。如果在几年前，我们会毫不犹豫地采用大作。但是，我社已经改为企业，完全靠图书市场吃饭，对作品的要求主要看是否有市场冲击力。大作的叙述节奏比较缓慢，难以吸引目前图书市场的主力军年轻读者的阅读口味。

非常抱歉，大作只能退回给你。以上意见不一定准确，仅供参考，请再投别家试试。

十分感谢你对我社工作的大力支持！

这封回函无疑又给我一次打击，“真神”都这样说了我还坚持什么？我把回函重新细读几遍，发现他说的一句话让我恢复了自信：“如果在几年前，我们会毫不犹豫地采用大作。但是，我社已经改为企业，完全靠图书市场吃饭，对作品的要求主要看是否有市场冲击力。”这就是说，这本书若排除市场问题，在故事编排上、语言上他已经认可。

借着他这句话，第一部写好后，我继续开始第二部的写作，并且把整个故事结构、人物称谓改了一遍。2015 年 1 月初第二部完稿，就选出版社，没想到中国文史出版社的薛媛媛编辑看了我的样章后，第二天就给了我反馈。“会这么顺利吗？”我有些怀疑，我说这是三部曲，第三部刚写几万字，薛编问：“第三部什么时间完成？六月份能完成吗？六月份完不成先给你出前两部，第三部你慢慢写，什么时间写好什么时间给我。”

我喜出望外：“好，两个月吧。”

出版社三审通过后，与我签了合同，后来我提前一星期完成第三部《橘红》。稿子传过去，三审和编辑加工完成后，就发了校对。

应该说薛编辑编稿是很认真的，是非常有责任心的，也是有独到的见解的，她本身就是 80 后，知道这代人喜欢什么样的作品。校对员三校完成后，薛编辑不但重新对漏校的字词标点进行了校正，即使去国外探亲的二十多天，也是对这套书的校对遥控指挥，探亲回来又碰上青岛书展。我本来以为稿子校对结束了，可以付印，没想到她还是不放心，青岛书展回来后又重新看了一遍。薛编辑认真负责一丝不苟的态度，每天工作到深夜十一点，不为名不为利的辛劳，作者是有目共睹的，也深深感动着我。

“我们正年轻”系列小说已出版《青矜》《紫殇》《橘红》三部，第四部《裸绿》也即将付梓，在这部书中，范雯莉失魂得到控制，像正常人一样工作生活，但是她不能忍受老一辈人做的那些肮脏事，她选择了离开。全套四部书内容上总共八卷，计一百二十五万字。

值得一提的是，“我们正年轻”系列小说的前三部自 2016 年 1 月出版后，10 月份又重新修订，重新设计封面再版，并且参加了 2017 年 1 月 12 日至 14 日在北京中国国际展览中心隆重举办的书展。这也充分显示了薛编辑的慧眼。

至此，在我的计划中写企业改制下的社会生活以及当代年轻人的理想追求和奋斗的小说就告一段落了。

在此，再次对薛媛媛编辑及其部门主任，表示诚挚的谢意。感谢为这套书付出辛勤劳作的领导和编辑老师。

作　者

2017 年 3 月

图书在版编目(CIP)数据

裸绿 / 李世君著. — 北京 ：中国文史出版社,2018. 1
(跨度长篇小说文库)
ISBN 978 - 7 - 5034 - 9319 - 5

Ⅰ. ①裸… Ⅱ. ①李… Ⅲ. ①长篇小说 - 中国 - 当代
Ⅳ. ①I247. 5

中国版本图书馆 CIP 数据核字(2017)第 144788 号

责任编辑：薛媛媛

出版发行：**中国文史出版社**
网　　址：http://www. chinawenshi. net
社　　址：北京市西城区太平桥大街 23 号　邮编：100811
电　　话：010 - 66173572　66168268　66192736（发行部）
传　　真：010 - 66192703
印　　装：北京盛彩捷印刷有限公司
经　　销：全国新华书店
开　　本：720 × 1020　1/16
印　　张：22. 75　　　字数：304 千字
版　　次：2018 年 1 月第 1 版
印　　次：2018 年 1 月第 1 次印刷
定　　价：58. 00 元